HEYNE <

Das Buch

Im Jahr 1524, Schauplatz: ein Dorf im Odenwald. Anna Elisabeth, die Tochter eines Pachtbauern, achtzehn Jahre alt, ist außergewöhnlich hübsch. Johannes Rebmann, Mühlenbesitzer, verliebt sich in Anna. Doch auch der Reichsritter Albrecht Wolf von Weißenstein hat ein Auge auf Anna geworfen und wird zum erbitterten Rivalen. Die Bauern wollen sich nicht mehr von der Obrigkeit unterjochen lassen, und überall im Land flackern erste Aufstände auf – geschürt unter anderem auch von Martin Luther, der sich zuerst auf die Seite der Armen stellt, diese dann aber verrät, als die Sache ernst wird und die Fürsten und Äbte sich bedroht fühlen. Mitten in die Wirren werden Hannes Rebmann und Albrecht Wolf von Weißenstein hineingezogen, dessen Liebe zu Anna schwere Prüfungen überstehen muss.

Die Autorin

Barbara von Bellingen, Pseudonym für Ilka Paradis-Schlang, ist im Oberbergischen Land geboren, studierte Malerei an den Kölner Werkschulen, arbeitete im Entwicklungsdienst und übersetzte zahlreiche Romane, hauptsächlich Krimis, aus dem Englischen. Seit 1982 schreibt sie selbst, meist gründlich recherchierte historische Kriminalromane. Bei Heyne erschienen bisher die »Engelke Geerts Tetralogie« mit dem historischen Hintergrund der Hansestadt Hamburg, der im Mittelalter angesiedelte Roman »Die Sterndeuterin« und historische Kriminalromane mit der Hobbydetektivin Felicitas Faber in der Hauptrolle.

Lieferbare Titel

Ein Netz so fein gesponnen – Die Sterndeuterin

BARBARA VON BELLINGEN

Blutiger Frühling

ROMAN

Originalausgabe

WILHELM HEYNE VERLAG
MÜNCHEN

FSC
Mix
Produktgruppe aus vorbildlich
bewirtschafteten Wäldern und
anderen kontrollierten Herkünften

Zert.-Nr. SGS-COC-1940
www.fsc.org

Verlagsgruppe Random House FSC-DEU-0100
Das für dieses Buch verwendete FSC-zertifizierte Papier
München Super liefert Mochenwangen.

Vollständige Taschenbuchausgabe 08/2006

Printed in Germany 2006
Umschlagillustration: © Archivo Iconografico, S. A./corbis und
© Nele Schütz Design, München
Umschlaggestaltung: Nele Schütz Design, München
Satz: KompetenzCenter, Mönchengladbach
Druck und Bindung: GGP Media GmbH, Pößneck
ISBN-10 : 3-453-47020-6
ISBN-13: 978-3-453-47020-0

http://www.heyne.de

September Anno 1524
Scheiding

Will's Gott, so zeigt sich in Scheidings Blick
noch einmal das Lächeln des Wonnemonds.

Die Sonne stand bereits im Westen. In den Pfützen, die noch vom kürzlich gefallenen Regen die tief ausgefahrenen Karrenspuren füllten, spiegelten sich Bäume und Gebüsch rechts und links des Weges. Der Wald war hier von vielen Lichtungen unterbrochen. Im vergangenen Winter hatte der Klostervogt beinahe alle alten Bäume schlagen lassen. Überall ragten an dieser Stelle die mächtigen Stümpfe der Eichen und Buchen aus dem schütter bewachsenen Boden.

Die Frau, die sich beim Gehen sorgfältig auf dem grasigen Mittelstreifen zwischen den Karrenspuren gehalten hatte, blieb stehen. Sie stellte den kunstlos geflochtenen Weidenkorb ab, den sie am Arm getragen hatte, zupfte das Tuch zurecht, mit dem er zugedeckt war, und betrachtete tief aufatmend ihre Umgebung. Im kühlen Wind, zwischen den toten Stümpfen des Kahlschlags, wehten die fahlgelben Rispen des Waldgrases wie blasses Mädchenhaar. Aufsteigender Dunst verschleierte die jungen Fichten jenseits der Lichtung und verwandelte ihr schwärzliches Grün in zartes Blaugrau. Die Wipfel einiger letzter Hainbuchen trugen schon Spuren herbstlichen Goldes. Hoch oben in der durchsichtig gläsernen Luft über der Senke zogen zwei Habichte ihre trägen Kreise.

Einen Augenblick stand die Frau still und träumend, die Augen zum Himmel gerichtet. Dann, als sei sie plötzlich wieder erwacht, senkte sie den Kopf und tat einen langen Schritt über die wassergefüllte Karrenspur zum Wegrand. Ihr Blick wanderte suchend, prüfend über den moosigen Fleck am Fuß einer Kiefer. Sie bückte sich und klaubte drei, vier dicke, braunköpfige Pilze aus dem Moos.

Steinpilze. Und da, dicht am Stamm der Kiefer, standen weitere – fleischige, junge Exemplare, wie sie schöner nicht sein konnten.

Die Frau zog ein kleines Messer aus der ledernen Scheide an ihrem Gürtel und halbierte die gefundenen Pilze sorgfältig. Alle waren ohne Maden – tadellos. Aber in den vollen Korb passten sie nicht mehr. Ein Augenblick des Überlegens, dann knüpfte die Frau das verblichene rote Tüchlein von ihrem Hals los und band die Pilze vorsichtig darin ein.

Sie lächelte, als sie den improvisierten Beutel am Henkel ihres Korbes festknotete. Sie mochte siebzehn sein, vielleicht auch achtzehn und sicherlich noch nicht verheiratet, denn sie trug das prachtvoll glänzende schwarzbraune Haar unbedeckt, schlicht in der Mitte gescheitelt und im Nacken zu einem dicken geflochtenen Knoten aufgesteckt. Über ihrer runden Stirn und an den Schläfen kringelten sich ein paar widerspenstige Löckchen.

Ihr Gewand, ein aus graubraunem Wollzeug gemachter knöchellanger Rock mit schwarzleinenem Schnürmieder, unter dem ein üppig gefälteltes weißes Hemd hervorblitzte, war ohne Zweifel ein Bauerngewand. Aber vielleicht unterstrich es, so grob und ungeschlacht es war, gerade durch seine völlige Schmucklosigkeit die zierliche Gestalt seiner Trägerin. Nicht einmal das dicke, ebenfalls graubraune und rauwollige Tuch, das ihre Schultern verhüllte, konnte über ihr wenig bäuerliches Aussehen hinwegtäuschen.

Die junge Frau hievte den schweren Korb vom Boden hoch. Mit einem letzten kurzen Blick zum Himmel setzte sie ihren Weg fort, stapfte in den klobigen, holzbesohlten Schuhen weiter den Weg entlang. Steinpilze! Beinahe die Hälfte ihrer Beute bestand aus Steinpilzen. Natürlich waren die für das Bauernvolk verboten und mussten abgegeben werden. Nicht umsonst wurden sie ja auch Herrenpilze genannt. Aber diesmal sollten sie zu Hause in der Pfanne landen und nicht in der Klosterküche!

Über der Nasenwurzel der jungen Frau zeigte sich eine senkrechte Falte. Sie kniff die Lippen zusammen, schob das Kinn vor und beschleunigte ihre Schritte. Man würde die Steinpilze so fein schneiden, dass sie zwischen den anderen – den Täublingen und Ritterlingen und Stockschwämmchen – nicht mehr auszumachen waren. Man würde viel Zwiebel dazugeben. Und dann sollte einmal jemand kommen und behaupten ...

Die tiefstehende Sonne warf goldene Lichter durch das Gezweig der Haselbüsche. Der Himmel, noch vor kurzer Zeit von hellem, durchsichtigem Blau, begann sich rosig zu färben. Es war empfindlich kühl geworden.

Hufschläge drangen auf einmal durch die Stille. Die junge Frau wandte den Kopf. Ein Reiter näherte sich hinter ihr in schwerfälligem Trab. Sein Tier, ein kräftig gebauter Falber, blies weiße Atemwolken aus den Nüstern und schritt weit aus. Es dauerte nur wenige Herzschläge, bis er die junge Frau eingeholt hatte. »Gott zum Gruß«, sagte der Reiter, indem er sein Pferd zügelte, »wie weit noch bis zum Dorf?«

»O – nicht mehr weit«, erwiderte sie und hob dem Reiter das Gesicht entgegen. »Ihr kommt leicht in wenigen Augenblicken hin ... zu Pferd.«

Der Reiter hatte blondes, schulterlanges Haar und blitzblaue Augen. Seine lange, leicht gekrümmte Nase verlieh ihm etwas Verwegenes, denn sie saß wie der Schnabel eines Raubvogels in dem scharf gezeichneten Gesicht. Aber der breite Mund war weich und milderte den Eindruck. Dieser Mund lächelte und enthüllte dabei zwei Reihen kräftiger weißer Zähne. »Gehe ich recht, wenn ich annehme, dass Ihr auch dorthin wollt, Jungfer?«, fragte der Reiter augenzwinkernd.

Sie fand sein Benehmen frech. »Wohin sollte ich wohl sonst wollen?«, erwiderte sie abweisend. »Glaubt Ihr, ich streune einfach so im Wald herum – gegen Abend und ohne Ziel?«

Der Reiter lachte, plötzlich etwas verlegen, wie es schien. »Um Vergebung, Jungfer«, sagte er, »das hätte ich niemals von Euch angenommen.«

Die junge Frau sagte nichts dazu und musterte ihn aus den Augenwinkeln. Um seine breiten Schultern lag ein Koller aus dunkelgrünem Filz – mit langzipfeliger Kapuze, nützlich bei Regenwetter. Seine Beine steckten in röhrenförmigen Beinkleidern aus speckigem Rauleder von nicht mehr auszumachender Farbe, und die Sohlen seiner Schuhe waren durchgelaufen – ein Fremder, wer wusste, woher? »Wollt Ihr jemanden besuchen im Dorf?«, fragte sie ihn vorsichtig.

»Nein.« Er betrachtete sie ebenfalls. »Ich reise nur durch.«

»Ach.« Sie senkte die Lider, denn seine Augen waren bei ihrem Gesicht angekommen und hatten ihren Blick gesucht. »Ihr kommt wohl von weit?«

»Hmm«, brummte er. »Gibt es ein Wirtshaus im Dorf?«

»Seid Ihr ein Kaufmann auf Reisen?«, forschte sie, ohne seine Frage zu beantworten.

Er schüttelte den Kopf, tätschelte seinem Pferd die Mähne, lächelte.

»Das hätte mich auch gewundert«, sagte sie. »Wie ein Kaufmann seht Ihr mir überhaupt nicht aus ... zumal Ihr offenbar keinerlei Waren mit Euch führt.«

Er schwieg einen Augenblick. »Ich bin nur ein Wanderer«, sagte er dann langsam, »ein müder Wanderer auf der Suche nach Herberge für die kommende Nacht.«

Sie wandte sich zum Weitergehen. »Mein Vater führt eine kleine Wirtschaft«, sagte sie. »Könnt Ihr zahlen?«

»Ich denke schon«, gab er zurück und trieb sein Pferd wieder an. »Wenn's nicht zu teuer ist ...«

»Gut und seinen Preis wert«, informierte sie ihn nüchtern und stapfte los. »Lasst Euer Tier langsam gehen, damit es mich nicht mit Schlamm bespritzt. Dann reitet einfach neben mir her – ich zeige den Weg.«

Sein Blick ruhte auf ihr, das spürte sie. Seine Stimme hatte einen sanften Klang, als er fragte: »Verratet Ihr mir wohl Euren Namen?«

»Anna Elisabeth.«

»Das sind zwei Namen. Bei welchem ruft man Euch?«

»Bei beiden.«

»Wie soll das gehen? Lisanna? Annabeth?«

Sie musste lachen. »Annelies.«

»Ich werde Euch Anna nennen. Das gefällt mir besser.«

»Ganz nach Belieben.« Sie drehte sich halb zu ihm um. »Und wie ist Euer Name?«, fragte sie, sich gleich wieder abwendend, denn seine Augen hatten schon auf ihren Blick gewartet.

»Albrecht«, sagte er, noch immer in dem leisen, beunruhigend sanften Ton. »Mein Name beginnt mit dem gleichen Buchstaben wie Eurer.«

»Albrecht Namenlos?« Sie hatte nicht vor, sich einschüchtern zu lassen.

»Albrecht ... Hund«, antwortete er mit einem Zögern in der Stimme, »Albrecht Hund aus Schwarzental ...«

»Hund ... ein sonderbarer Name.« Sie übersprang eine Wasserlache, die sich quer über den Weg zog, und hielt dabei die freie Hand schützend über ihren Korb, damit nichts von seinem kostbaren Inhalt herausfallen konnte. »Wo liegt Schwarzental?«

»Warum wollt Ihr das wissen?«, fragte er.

»Nur so … aus Neugier.« Sie wagte einen neuen Blick. »Ist es ein schöner Ort?«

»Ich weiß nicht … ich bin da geboren, darum finde ich ihn vielleicht schön, auch wenn er es nicht eigentlich ist …«

Sie stieß einen Seufzer aus. »So geht es mir mit meinem Dorf«, erwiderte sie, indem sie den Blick von seinen Augen losriss und ein sonderbares Gefühl der Unsicherheit niederkämpfte. »Es ist klein und nicht besonders hübsch, aber es ist meine Heimat … und trotzdem, manchmal wünschte ich mir, ich könnte …« Sie unterbrach sich.

»Was?«, fragte er nach.

»Die Welt sehen«, flüsterte sie, »die Welt hinter dem Wald.« Sie hob den Kopf zum Himmel, dessen Rosenfarbe sich vertieft hatte. »Die Schwalben sind schon fortgezogen …«

Er setzte seinem Pferd die Fersen in die Flanken. »Es ist die Natur der Schwalben, im Herbst nach Süden zu ziehen«, sagte er. »In der Natur der Bauern aber liegt es –«

»Ich dachte ja auch nur«, unterbrach sie ihn spröde. »Was spreche ich überhaupt mit Euch über solche Dinge … mit einem wildfremden Menschen, den ich gar nicht kenne …«

»Das ist wahr.« Am Klang seiner Stimme konnte sie erkennen, dass er wieder lächelte. »Warum solltet Ihr mir wohl Eure Gedanken preisgeben – mir, einem wildfremden Menschen? Reden wir über andere Dinge.«

Sie blies die Wangen auf und bemühte sich, mit dem weit ausgreifenden Tritt seines Tieres Schritt zu halten. »Müssen wir überhaupt noch miteinander reden?«, erwiderte sie schroff. »Alle nötigen Worte sind ja bereits gewechselt, und es gefällt mir nicht, wie Ihr Euch über mich lustig macht.«

»Tu ich das?« Er fuhr sich mit der Linken durch sein ungeordnetes Haar. »Glaubt mir, Jungfer Anna – das war mir nicht bewusst. Ich bitte demütig um Vergebung.«

»Seht Ihr?«, blitzte sie ihn an, »da tut Ihr's schon wieder. Das ist nicht schön von Euch!« Sie schaute auf ihren Rocksaum hinab, der vom Streifen über die langen Gräser einen feuchten Rand bekommen hatte. »Außerdem klatscht mir Eure Mähre mit jedem Schritt Wasser übers Kleid. Obwohl ich Euch vorhin gebeten hatte ...«

»Vielleicht solltet Ihr Euren Rock ein wenig höher schürzen«, gab er in gespielter Ernsthaftigkeit zurück. »Meine Mähre, wie Ihr meinen Hengst zu nennen beliebt, ist eben nur ein unverständiges Tier und hat überdies unziemlich große Hufe ...«

»Das könnte Euch so passen.« Sie spürte, wie ihr das Blut in die Wangen stieg. »Lasst Euren ... Euren Gaul gefälligst langsamer gehen und sanfter auftreten. Ich denke nicht daran, vor Euren Augen meine Beine zu entblößen!«

Er hielt sein Tier an. »Jungfer Anna«, sagte er, diesmal mit tatsächlichem Ernst in der Stimme, »Ihr tragt da einen schweren Korb – wollt Ihr mir nicht erlauben, ihn zu mir aufs Pferd zu nehmen, und Euch dazu?«

Sie war ebenfalls stehen geblieben und widmete ihm schweratmend einen empörten Blick. Diese Dreistigkeit! Für den Augenblick fehlten ihr die Worte. Nur ein zorniges »Oh!« entrang sich ihr.

Er schien sich der Frechheit seines Angebotes überhaupt nicht bewusst zu sein, sondern streckte tatsächlich eine Hand nach dem Korb aus. »Kommt, reicht mir Eure Last herauf.«

»Auf keinen Fall!« Sie schnaufte indigniert und zerrte mit der freien Hand ihr Umschlagtuch am Hals zusammen. »Damit Ihr mir womöglich davonreitet? Ich müsste ja von allen guten Geistern verlassen sein!«

»Was enthält denn das Behältnis Kostbares?«, erkundigte er sich, aufs Neue belustigt.

»Pilze«, war ihre knappe Antwort. Sie schoss ihm einen trotzigen Blick zu.

Um seine Lippen zuckte ein Lächeln, das sich bis in die Winkel seiner Augen fortsetzte. »Und Ihr fürchtet, ich könnte mich damit davonmachen«, fragte er in gespieltem Ernst, »mit einem Korb voller Pilze? Ich kann ja nicht einmal beurteilen, ob sie essbar sind!«

Sie gab sich alle Mühe, seinem Blick standzuhalten. »Aber es ist doch jedermann bekannt«, konterte sie, »dass Pilze eine gute Speise abgeben.«

»Wenn man weiß, welche kein Gift enthalten«, widersprach er.

»Und Ihr wisst es nicht?«

Er schüttelte den Kopf.

»Das nimmt mich wunder«, murmelte sie verwirrt. »Als ein Fahrender solltet Ihr Euch eigentlich auskennen.« Sie umklammerte den Henkel ihres Korbes fester. »Im Herbst bietet der Wald doch alle Art von Nahrung, die man nur einzusammeln braucht …«

»Ich musste bisher noch nicht auf solche Mittel zurückgreifen«, erklärte er mit belustigt zuckenden Lippen.

Sie nickte zögernd. »Nun ja«, erwiderte sie halbherzig, »arm könnt Ihr nicht sein, Ihr besitzt immerhin ein Pferd – es sei denn, Ihr habt es …« Sie presste die Hand auf den Mund. Ihre Augen weiteten sich erschrocken.

»Gestohlen?« Er lachte. »Nein, Jungfer, seid ohne Furcht. Das Tier ist mein. Hab's selbst aufgezogen … in Schwarzental.«

Sie atmete tief durch. »Ich weiß nicht genau, warum«, sagte sie mit einem gepressten Atemzug, »aber ich will Euch einmal glauben. Nur – wenn wir noch länger hier stehen bleiben und schwatzen, werden wir erst in der Dunkelheit das Dorf erreichen.«

Sie wollte weitergehen. Doch er beugte sich vom Pferd herab und streckte energisch die Hand aus. »Jetzt seid klug und gebt mir wenigstens Eure Last«, forderte er.

Mit leisem Widerstreben ließ sie es zu, dass er den Korb zu sich heraufhob und ihn vor sich auf den Sattel setzte – einen alten, abgewetzten Sattel, der früher sicherlich einmal recht teuer gewesen war, genau wie das Riemenwerk des Geschirrs, mit dem das Pferd aufgezäumt war. Langsam setzte sich der große Falbe wieder in Bewegung. Sein Reiter achtete sorgfältig darauf, den Wasserlachen der Fahrgeleise auszuweichen, und hielt den Korb ordentlich in der Waage. Sie schwiegen beide. Erst nachdem eine letzte Wegbiegung umrundet war, sagte die junge Frau: »Da sind wir. Das Haus am Weiher, das gehört meinem Vater.«

Der westliche Himmel hatte sich mit glühendem Rot überzogen, in dem fliederfarbene, goldgesäumte Wölkchen schwammen. Das Dorf, eine kleine Ansammlung bescheidener, mit Schindeln gedeckter Gehöfte, die von Flechtwerkzäunen umgeben waren, lag in rosiges Licht getaucht. Der Weiher, eigentlich ein Mühlenteich, strahlte das überwältigende Farbenspiel aus dunstigem Violett, Schwefelgelb und Feuersglut wider, in dem heute die Sonne versank; auf seiner stillen, fast unbewegten Mitte aber spiegelte sich als hell blinkender, leuchtender Punkt der Abendstern.

Der Reiter brachte sein Pferd zum Stehen und verhielt einen Augenblick, ganz verzaubert von dem Bild, das sich ihm bot. Doch die junge Frau strebte weiter. »Kommt«, drängte sie, »ich bin schon viel zu spät dran. Der Vater wird schelten, weil ich mich so lange habe aufhalten lassen!« Sie marschierte weiter, bog auf den Pfad ein, der um den Teich herumführte und bei dem Anwesen gleich neben der Mühle endete. Der Reiter ließ sein Tier in langsamem Schritt gehen und folgte ihr, den Blick fest auf ihre schmale Gestalt geheftet.

In dem Haus hart am Rand des Weihers brannte Licht; es schimmerte durch die bleigefassten Butzenscheiben zweier winziger Fenster auf den Weg. Drinnen schienen sich mehrere Leute aufzuhalten. Durch die spaltbreit offen stehende Bohlentür drangen Gelächter und Unterhaltungsfetzen.

»Himmel«, sagte die junge Frau, »es sind sogar Nachbarn da! Das wird was geben ...« Sie streckte dem Reiter beide Hände entgegen. »Reicht mir den Korb und sitzt ab – ich führe Euch hinein. Hurtig!«

Der Reiter kam ihrer Bitte schleunigst nach. Er zeigte ein schiefes Lächeln, als er sich aus dem Sattel gleiten ließ. »Ihr habt wohl viel Respekt vor Eurem Vater?«, bemerkte er mit leisem Spott.

»Ihr nicht?«, fragte sie und trat an die Tür.

Im gleichen Moment wurde sie von innen aufgestoßen. Ein grauhaariger Mann, faltig und beinahe greisenhaft, steckte den Kopf heraus. »Annelies«, polterte eine brüchige Stimme, »ich hatte schon gedacht, ich müsst dich suchen lassen ...«

»Aber Väterchen!« Sie machte dem Reiter ungeduldig ein Zeichen, näher zu treten. »Ich hab viel gefunden – und außerdem noch einen Gast mitgebracht. Da ist es ein bisschen später geworden ...«

»Dass dich ...!« Der Alte tat wütender als er war. »Jetzt aber an die Arbeit. Frisch Bier geholt – und die Supp ans Feuer!« Einen Augenblick ruhte sein Blick wohlgefällig auf seiner Tochter, dann hob er die Hand und tat, als wolle er sie schlagen. »Willst du wohl ...?«

Anna Elisabeth duckte sich ebenso halbherzig, deutete auf den Reiter, der hinter ihr an der Tür stand, und huschte mit dem Korb ins Haus. Drinnen, bei dem aus Feldsteinen gemauerten Herd, auf dem bereits ein Feuer loderte, stellte sie ihre Last ab.

Der Alte unterzog indessen den Mann, den seine Tochter ihm da ins Haus geführt hatte, einer gestrengen Prüfung. Der Reiter wurde vom unordentlich zerzausten Haupthaar bis zu den schadhaften Stiefeln gemustert und dabei ausgefragt: »Woher und wohin?«

»Ich komme von Wittenberg«, antwortete der Reiter, »und ich bin auf dem Weg nach Hause – nach ... Schwarzental.«

»Soso.« Der Alte legte den Kopf schief, wie Schwerhörige das oftmals zu tun pflegen. »Was habt Ihr getrieben in Wittenberg?«

»Ich ...«, der Reiter verzog den Mund zu einem schmallippigen Lächeln, »ich habe ... Studien betrieben. Und nun will ich zurück zu den Meinen.«

»Ihr seid ein Scholar?« Dieser Gedanke schien dem Alten zu gefallen. »Oder habt Ihr am Ende gar schon ausgelernt?«

»So könnte man sagen«, wich der Reiter aus. »Gebt Ihr mir ein Nachtlager, Speisung und einen Unterstand für mein Ross?«

»Könnt Ihr zahlen?«

Diese Frage war schon einmal gefallen. Der Reiter beantwortete sie mit den gleichen Worten, die er bereits der Tochter dieses Mannes geboten hatte. »Wenn es nicht zu teuer ist ...«

Das Lachen des Alten mündete in einem trockenen Husten. »Hm, hm! Wir werden uns schon einig«, erwiderte er in weitaus freundlicherem Ton als zu Beginn der Unterredung, »wenn Ihr uns neue Zeitung aus der Welt bringt.« Er sah den Reiter gespannt an. »Ihr werdet doch viel erlebt haben in der Fremde. Oder nicht?«

»O ja«, murmelte der Reiter.

»Wie nennt Ihr Euch?«

Auch das war der Reiter bereits gefragt worden. Er räusperte sich. »Albrecht ... Hund. Aus Schwarzental«, wiederholte er milde.

Der Alte streckte noch einmal den Kopf aus der Tür. »Michel«, rief er laut in die sinkende Dunkelheit hinaus, »herbei, Taugenichts ...!«

Es raschelte. Wie aus dem Nichts tauchte eine schmächtige Gestalt an der Tür auf – ein barfüßiger Junge, dem der grobe graue Kittel um die knochige Figur schlotterte. »Ja, Ohm ...«, sagte er und duckte sich vorsorglich vor dem Faustschlag, den der Alte in seine Richtung gezielt hatte und der ebenso wie bei seiner Tochter nicht wirklich ernst gemeint war.

»Versorg das Tier«, befahl der Alte mit knarrender Stimme. »Reib es ab, gib ihm Heu und einen Eimer Wasser zum Saufen. Erst, wenn du es gut gemacht hast, kriegst du selber was – verstanden?«

»Ja, Ohm.« Der Junge zögerte. »Aber die Packrolle …« Er deutete auf den Mantelsack hinter dem Sattel des Pferdes.

»Die holst du erst herunter, Tunichtgut!«, donnerte der Alte. »Tummel dich!«

Er holte noch einmal aus, um dem Jungen eine Kopfnuss zu verpassen. Michel wich mit einem kleinen Satz zur Seite aus. »Sofort, Ohm …«, murmelte er dienstbeflissen.

Der Reiter mischte sich ein. »Lass nur – ich schnalle den Mantelsack schon selber ab«, sagte er. »Kannst dann den Rest besorgen.«

Michel nickte so heftig, dass es seine ganze schmächtige Gestalt zu schütteln schien, und drückte sich an die Hauswand. Als die Packrolle vom Pferd heruntergehoben war, nahm er mit einem tiefen Bückling die Zügel entgegen und führte den Falben um die Hausecke.

»Tretet ein unter mein bescheidenes Dach«, sagte der Alte zu seinem neuen Gast und deutete ebenfalls eine Verbeugung an.

Die Mundwinkel des Reiters zuckten. »Der Knirps scheint mir nicht sonderlich gewitzt zu sein«, meinte er. »Wird er es auch richtig machen? Wenn nicht, dann kümmere ich mich lieber selbst darum. Bevor ich eine Mahlzeit zu mir nehme, muss erst mein Ross sein Futter haben.«

»Recht gesprochen«, bemerkte der Alte mit Wohlgefallen, »so soll es sein. Aber sorgt Euch nicht, der Michel ist schlauer, als er aussieht. Der tut schon seine Arbeit – und besser als so mancher Knecht.«

»Wenn das so ist«, sagte der Reiter zweifelnd. Er hob den Mantelsack auf die Schulter, trat hinter dem Alten in die Stube ein und sah sich um. Unter einer Decke aus schweren, lastenden Eichenbalken bot sich ihm der Anblick eines großen Raumes mit weiß gekalkten Wänden, dessen spärliche Einrichtung – ein dunkles Tellerbord und ein breiter Brotschrank mit durchbrochenen Türen – offensichtlich schon seit Generationen hier im Gebrauch war, denn ihr Eichenholz war wie das der Deckenbalken beinahe schwarz vom Alter.

Auf der Bank an der Stirnwand, wo in eisernen Halteringen zwei Kienspäne flackerndes Licht verbreiteten, saßen an einem langen Tisch mehrere Männer – wohl Bauern aus dem Dorf, die sich hier zum Abendtrunk eingefunden hatten. Zwei von ihnen, grauhaarig und mit zerknitterten, wettergegerbten Gesichtern, hatten wie der Wirt sicherlich die fünfzig schon überschritten. Die anderen vier, junge Kerle mit schwieligen Fäusten und schmutzigen Fingernägeln, hätten ihre Söhne sein können. Alle trugen die gleichen grauwollenen Kittel und klobigen Holzpantinen, nickten dem Reiter wortlos zu und blickten ihm aufmerksam entgegen.

»Zieht Euch einen Stuhl an den Tisch und setzt Euch dazu«, forderte der Wirt den Reiter auf. Der ließ seinen Packen gleich neben der Tür auf die Steinplatten des Fußbodens fallen und schob ihn mit der Stiefelspitze dicht an die Wand. Die Tochter des Wirtes hatte das Umschlagtuch abgelegt und an einen Wandhaken gehängt. Sie kauerte an der Längsseite des Raumes neben dem Herd und war mit dem Putzen und Schneiden der Pilze schon beinahe fertig. »Nur ein Augenblickchen Geduld«, rief sie zu den Gästen herüber, »heut dauert's Essen nit lang.«

»Aber erst holst du neues Bier«, befahl der Alte, »bevor die Pfanne am Feuer steht und du nicht mehr davon wegkannst.« Er deutete auf den großen bauchigen Krug, aus dem eben einer von den Jüngeren, ein hagerer Kerl mit schütterem, fuchsfarbenem Schnurrbart, den letzten Schluck in seinen Becher geschüttet und getrunken hatte. Der neben ihm Sitzende, ein breitschultriger junger Mensch mit kurz geschnittenem Flachshaar und einem gutmütigen Gesicht, war besonders angetan von diesem Gedanken. »Ja, spute dich, Annelies. Gell – du lässt dein Schatz nit verdursten?«

Das Mädchen hatte sich aus ihrer hockenden Stellung beim Herd aufgerichtet und wandte sich jetzt unwillig ihrem Vater zu. »Kann nicht der Michel in den Keller gehen?«, fragte sie mit einem leichten Stirnrunzeln. »Wo steckt denn der Bengel schon wieder?«

»Der Michel versorgt das Pferd von dem Gast, den du hergebracht hast«, gab der Wirt zurück. »Lauf nur selbst – es wird dir nit schaden.«

»Dem Gast würd es nit schaden, wenn er sein ... seinen Gaul selbst füttern und tränken tät«, murmelte das Mädchen widerstrebend. »Er zeigt rechte Herrenmanieren – was ihm weiß Gott nit ansteht.« Sie strich sich den groben Rock glatt, ging zum Tisch und griff nach dem Krug. »Bei den durchgelaufenen Stiefeln ...«, fügte sie mit einem abschätzigen Blick auf das Schuhwerk des Reiters hinzu.

Die Männer am Tisch lachten. »Soll ich dir helfen, Schätzle?«, fragte der Flachshaarige und legte den muskulösen Arm um die Hüfte des Mädchens. »Ich könnt's Licht halten ...«

Die Wirtstochter machte sich verlegen aus dem festen Griff des Mannes los. »Lass doch, Hannes«, erwiderte sie, während ihr eine sanfte Röte in die Wangen stieg.

Der Flachshaarige heftete den Blick fest auf ihre Augen und umfasste sie noch einmal. »Jeder darf sehen, dass du die Meine bist«, sagte er, »weil's ja eh alle wissen – seit Jahr und Tag.« Er zog sie an sich. »Hannes Rebmann seine Annelies. Und nächstes Jahr die Frau Rebmännin.«

Sie entzog sich ihm ein zweites Mal. »Dann lass das nächste

Jahr erst kommen«, sagte sie unwillig, packte den Krug und brachte sich mit einem langen Schritt außer Reichweite.

Die Männer lachten noch einmal. Der Reiter, der mit schmalen Augen zugesehen hatte, meldete sich zu Wort. »Wenn Ihr mir beschreibt, wo das Bier zu finden ist, gehe ich für Euch in den Keller«, sagte er und straffte sich. »Das wäre nicht mehr als recht und billig, da doch Euer ... Euer Mann mein Ross versorgt.«

Die Wirtstochter war beim Herd angekommen. Im Vorübergehen bückte sie sich, nahm von dem am Boden lagernden Haufen ein schmales Scheit auf und warf es in die Flammen. Funken stoben, wirbelten in einer glühenden Wolke den dachförmigen Kamin hinauf. Auch der Reiter, der dicht daneben stand, bekam einen kleinen Funkenregen ab. »Macht Euch nur keine Mühe«, sagte das Mädchen und warf dem Reiter einen schadenfrohen Blick zu. »Ich kenne meine Pflichten – selbst gegenüber Gästen, die sich wie Herren gebärden und schadhafte Schuhe tragen.«

Er wischte einen glimmenden Funken vom Rand seiner Gugel ab, verbrannte sich den Finger, zuckte zusammen, wollte etwas erwidern. Doch sie hatte schon von ihrem Vater ein brennendes Unschlittlicht entgegengenommen und war mit Krug und Kerze durch die schmale Brettertür verschwunden, die an der vorderen Stirnwand lag und offenbar in den Keller führte.

»Das ist meine Annelies, 's schönst Mädchen im ganzen Odenwald«, sagte der Flachshaarige gut gelaunt, »wirblig wie immer – aber sie meint es nicht bös.« Er machte eine einladende Handbewegung. »Kommt – setzt Euch dazu. Wir haben gern Reisende hier, die uns was erzählen können.«

Der Reiter schüttelte den Kopf. »Gestattet, dass ich ein Weilchen beim Feuer bleibe«, gab er zurück, »ich bin ganz durchgefroren – hab heute mehr als vierzig Meilen zurückgelegt.«

»Ein langer Ritt«, brummelte einer der älteren Männer beeindruckt. Er legte den Kopf schief und widmete dem Reiter einen zweifelnden Blick. »So weit bin ich im Leben noch nie von hier weg gewesen ...«

»Lang genug jedenfalls, dass einem der Wind bis auf die Knochen geht«, erklärte der Reiter, ohne auf die unausgesprochene Frage in der Stimme des alten Bauern zu achten. Er trat näher an den Herd heran. »Das macht, dass man ganz lahm wird ...«

»Euer Pferd wird es gewiss auch spüren«, sagte der Dürre mit dem rotem Schnauzbart. »Es sei denn, Ihr habt ein sehr gutes Ross.«

»Es ist kräftig, wenn Ihr das meint.« Der Reiter nickte wie zu sich selbst und dehnte sich in der Wärme, die ihm vom Herd entgegenstrahlte. »Hat mich bis heut noch nie im Stich gelassen.«

»Euer Eigen?«, wollte der Alte wissen.

»So sagte er mir«, mischte sich die Wirtstochter ein, die mit dem gefüllten Krug wieder aus dem Keller aufgetaucht war. »Er will es selbst aufgezogen haben.«

Der Reiter drehte sich zu ihr um und sah sie an. Dann schaute er in die Schüssel mit den Pilzen, die auf dem Herdrand stand. »Solche habe ich schon gesehen«, sagte er langsam und maß das Mädchen mit einem bedeutsamen Blick. »Sind das nicht Herrenpilze?«

Plötzlich war nur noch das Krachen und Knistern des Feuers zu hören. Die Männer am Tisch sahen sich betreten an. »Ich dachte, Ihr könnt die Arten nicht auseinander halten«, sagte das Mädchen in die Stille hinein. »Wie wollt Ihr wissen ...«

»Diese sind mir durchaus bekannt«, erwiderte der Reiter. Er vertiefte den Blick auf ihr Gesicht. »Und sehr schöne habt Ihr gefunden, Jungfer Anna – dunkelbrauner Samt ... ganz wie Eure Augen ...«

Sie musste schlucken. Doch sie fing sich gleich wieder. »Lasst solche Scherze«, widersprach sie störrisch, »es sind ja bloß Schusterpilze.«

Der Wirt hatte ihr mittlerweile den Krug abgenommen. Nun warf auch er einen Blick in die Schüssel. »Was redest du denn da, Tochter«, fuhr er das Mädchen an. »Unser Gast hat Recht. Die Herrenpilze kommen wieder in den Korb. Die stehen dem Kloster zu.«

»Stehen dem Kloster zu«, bestätigte einer der älteren Männer gottergeben, während die anderen missmutig zustimmten. »Als ob die fetten Pfaffen es nötig hätten«, knurrte der mit dem fuchsfarbenen Schnurrbart zornig, »die kriegen doch alle Tage volle Schüsseln – sogar in der Fastenzeit!«

Der Reiter räusperte sich. »Gibt es hier einen, der den Mönchen stecken könnte, dass heute in eurer Pfanne Herrenpilze schmoren?«, fragte er in den Raum hinein. »Wisst – ich wäre der Letzte, der es tun würde. Ich esse sie nämlich auch für mein Leben gern.«

Schlagartig hellten sich die Mienen der Männer wieder auf. »Ihr habt schon ...?«, fragte der Wirt in unwillkürlichem Flüsterton.

»Aber sicher.« Der Reiter grinste und hob verschwörerisch eine Augenbraue. »Ich muss sogar zugeben, dass ich mir aus den anderen Arten nicht so viel mache.« Dabei schnippte er spielerisch mit den Fingern.

»Ihr seid ein rechter Kerl!« Der Flachsblonde schlug mit der Faust auf den Tisch. »Es wird sowieso höchste Zeit, dass sich der Bauer widersetzt ... viel zu lange hat er demütig zu allem Ja und Amen gesagt!«

»Johannes!« Einer der beiden alten Männer am Tisch machte ängstliche Augen und legte den Finger an die Lippen. »So sollst du nicht sprechen. Das ist nicht nach Gottes Willen!«

»Und ich dulde solche Reden nicht in meinem Haus«, stimmte der Wirt zu. Doch seinen Worten war die Halbherzigkeit anzumerken.

Der mit dem roten Schnauzbart hob den Kopf. »Aber er hat

ja Recht, der Hannes«, brummte er gereizt. »Es stinkt zum Himmel, wie mit uns Bauern umgesprungen wird!« Er ballte die verarbeitete Faust. »Habt ihr schon vergessen? Mitten in der Heuernte haben uns die Pfaffen ihre Gärten jäten lassen – die faulen Fresser! Derweil ist uns das Heu auf den Wiesen verfault ...«

Die beiden anderen jungen Männer, die bis jetzt noch keinen Ton gesagt hatten, hoben die Köpfe. »Als unser Vater damals vom Baum erschlagen wurde«, sagte der eine von ihnen, »da hat unsere Mutter alle Hab abgeben müssen. Unser gnädiger Herr Abt«, er spuckte das Wort förmlich aus, »hat ihr den Todfall nicht erlassen.«

»Obwohl er wusste, dass er uns damit ins Elend stößt«, fügte der andere hinzu. »Unsere Mutter hat's nicht überlebt – das wisst ihr alle.«

»Und wenn uns der Hannes nicht aufgenommen hätt ...«

»Versteht sich von selbst.« Der Flachshaarige ließ seine Faust noch einmal auf die eichene Tischplatte knallen. »Es geht doch nicht darum, Gottes Ordnung umzustoßen. Gerechtigkeit – das ist es, was wir wollen. Nichts mehr als nur Gerechtigkeit!«

Der Reiter nickte. »Mit der Gerechtigkeit ist es wie mit der Liebe«, sagte er ernsthaft, »beide braucht man zum Leben. So lehrt es der Doktor Luther in Wittenberg.«

Er warf der Wirtstochter, die unbeweglich beim Herd stand, einen funkelnden Blick zu. Hannes Rebmann riss den Mund auf. »Ihr habt den Doktor Martinus gesehen«, fragte er staunend, »leibhaftig ...?«

»Leibhaftig«, bestätigte der Reiter. »Er predigt ebendas, was Ihr gerade ausgesprochen habt. Nicht Gottes Ordnung soll aus den Angeln gehoben werden, nein. Denn Gottes Ordnung lautet anders als die der Menschen.«

Der mit dem fuchsigen Bart stieß einen Schnaufer aus. »Ich hab es immer gewusst«, sagte er, »und ihr spürt es doch auch,

Brüder.« Seine blauen Augen leuchteten schwärmerisch. »Es muss sich etwas ändern …«

Die Tochter des Wirts war unter dem Blick des Reiters blutrot geworden und wandte sich hastig ab. »Du sagst es, Simon«, sprach sie den Rotbart an, »es muss sich was ändern, und ich richte jetzt das Essen. Damit ihr zu kauen habt und nicht mehr solche gefährlichen Reden führt.«

»Ja, meint Ihr denn, Jungfer Anna, dass man denen, die nach Gerechtigkeit rufen, nur mit Essen das Maul stopfen muss?« Der Reiter suchte den Blick des Mädchens. »Glaubt Ihr, es geht dem Volk einfach darum, sich den Bauch zu füllen?«

Doch die Wirtstochter stellte sich ihm nicht. »Wer weiß das schon so genau?«, antwortete sie ausweichend und nahm eine eiserne Pfanne vom Wandhaken. »Es würde jedenfalls helfen …«

»Zum Donnerwetter«, polterte Hannes Rebmann, »wir wollen mehr als nur genug zu essen. Euch Weibern mag das ja reichen – aber wir Männer …«

Die Wirtstochter stellte die Pfanne auf den Dreifuß über den lodernden Flammen und tat aus einem Steinzeugtopf Schmalz hinein. Es zischte. »Ihr Männer«, sagte die Wirtstochter abfällig, »ihr solltet uns Weibern öfter zuhören.« Sie schnitt eine Zwiebel in das rauchende Bratfett, rührte mit einem hölzernen Löffel um, wandte sich dabei von der Pfanne ab und wischte sich über die Augen.

»Siehst du, Annelies«, frotzelte Hannes Rebmann, »jetzt musst weinen. Gut, dass du deine unüberlegten Worte so schnell bereust!«

Die jungen Männer am Tisch lachten. Die beiden Alten begnügten sich mit einem knappen Schmunzeln. »Tu noch Speck dazu«, befahl der Wirt seiner Tochter, »und schwatz nicht so viel. Weiber sollten sich vor allem sehen lassen und nur reden, wenn sie gefragt werden.«

Er schlurfte zu seinen Gästen an den Tisch und schenkte ihnen frisches Bier in die Becher. Den widerspenstigen, zornigen Blick, den seine Tochter ihm nachschickte, bemerkte nur der Reiter.

Ein kleines Lächeln blitzte in seinen Augen auf, während er ihr beim Hantieren am Herd zusah. Sie hatte jetzt nur noch Augen für die Pilze, von denen der kleinere Teil in ihrer Pfanne schmorte und mittlerweile einen köstlichen Duft verbreitete. »Was werdet Ihr mit der übrigen Ausbeute anfangen?«, sprach der Reiter sie an.

»Wegwerfen werde ich sie ganz bestimmt nicht«, kam ihre abweisende Antwort, »und die Mönche sollen sie auch nicht kriegen.«

»Also – was tut Ihr dann damit? Spart Ihr sie auf für morgen?«

Sie wandte ihm kurz das Gesicht zu, das von der Hitze des Feuers ganz rosig schimmerte. In ihren Augen flackerte der Flammenschein, als sie antwortete: »Unsere Schweine sollen auch einmal ein Festessen bekommen ...«

»Das kann doch nicht Euer Ernst sein!« Der Reiter war ehrlich betroffen. »Herrenpilze für die Schweine – wo hat man je so etwas gehört!«

Sie rollte die Augen. »Jetzt ist es heraus«, spottete sie, »Ihr seid ein Dummkopf. Was werde ich schon mit so schönen Steinpilzen tun? Ich trockne sie natürlich – damit wir im Winter auch manchmal etwas Köstliches im Topf haben!«

»Ach so.« Er atmete auf, suchte ihren Blick festzuhalten. Doch sie gönnte ihm keinen weiteren Augenblick ihrer Aufmerksamkeit. »Wenn Ihr Euch genug aufgewärmt habt«, sagte sie, »dann setzt Euch endlich an den Tisch zu den anderen und stört mich nicht bei der Arbeit!«

Er wollte etwas erwidern. Ein leises Klopfen, eher ein Kratzen, das von der Haustür herkam, lenkte ihn davon ab. »Mir scheint, da kommen noch mehr Gäste«, murmelte er. »Eure Schenke ist wohl recht beliebt.«

»Schenke?« Sie rührte in ihrer Pfanne, ohne ihn anzusehen. »Dies ist keine Schenke.«

»Aber Ihr sagtet doch ...«

»Mein Vater braut das beste Bier am Ort«, widersprach sie ihm. »Die Nachbarn kommen gern, um hier ihre Krüge füllen zu lassen oder einen Becher bei uns zu trinken.«

»Aber ...«

»Und Ihr könnt gern unter unserem Dach übernachten«, schnitt sie ihm die Rede ab. »Mein Vater hat Euch ja schon aufgenommen.«

Der Reiter schüttelte den Kopf. »Ich dachte ...«, begann er.

»Das lasst lieber bleiben«, unterbrach sie ihn ein zweites Mal, »denn Ihr versteht nicht viel davon. Nun setzt Euch endlich zu Tisch – das Essen ist gleich fertig!«

Er holte tief Luft. Doch bevor er etwas sagen konnte, klopfte es erneut, und diesmal dringlicher. Sie warf kopfschüttelnd einen Seitenblick auf die Tür. »Kommt doch herein«, sagte sie, »wir haben nicht abgesperrt!«

Die Klinke bewegte sich, die Tür schwang langsam auf. Aus der Dunkelheit trat mit unsicheren Schritten eine Gestalt in die Stube – ein ausgemergelter Mann von dreißig oder fünfunddreißig Jahren, dessen blasses Gesicht mit Schweißperlen übersät war. Seine Augen, dunkel umschattet, lagen tief in den Höhlen, als habe er lange nicht mehr geschlafen; seine ärmliche Kleidung war zerrissen, und er schlotterte am ganzen Leibe.

»Matthias!« Das Mädchen starrte den Mann erschrocken an. »Um Gottes willen – was gibt es denn?«

Der Mann torkelte in den Raum herein, schwankte, brach in die Knie. »Ich ... suche meine Kinder ...«, stammelte er, »habt ihr sie gesehen ...?«

»Deine Kinder?«, fragte der Hausvater. »Ich dächte doch, die hätten Besseres zu tun, als sich nächtens herumzutreiben. Zumal dein Weib –«

Matthias ließ den Kopf auf die Brust sinken und bedeckte das Gesicht mit den Händen. Kein Laut kam über seine Lippen, aber seine zuckenden Schultern verrieten, dass er weinte.

Mit zwei Schritten war der Hausvater bei ihm und zog ihn vom Boden hoch. »Was ist geschehen?«, wollte er wissen. »Erzähle, Matthias – warum suchst du deine Kinder bei uns?«

Der Mann nahm seine Hände noch nicht vom Gesicht. Es dauerte einen Augenblick, bevor er in der Lage war, zu sprechen. »Sie ... sie sind fortgelaufen in der Angst ...«, stammelte er schließlich und wischte sich mit einer halb wütenden, halb resignierten Bewegung über die nassen Augen. Seine Finger hinterließen blutige Schmieren in seinem Gesicht.

Der Hausvater sah es mit Schrecken. »Du hast ja ganz blutige Hände, Matthias«, sagte er fassungslos. »Rede doch endlich! Wovor haben sich deine Kinder gefürchtet?«

Matthias räusperte sich, senkte wieder den Kopf. »Der Vogt war da«, erwiderte er mit tränenrauer Stimme, »hatte fünf Mann bei sich und wollte den Zehnten eintreiben ...« Er hielt einen Moment inne, zuckte die Achseln. »Aber ihr alle wisst es ja selbst – meine Ernte ist mir dies Jahr auf dem Halm verdorben. Ich hätt nichts abgeben können ...«

»Und da haben sie dir das genommen, was du für die Deinen brauchst.« Der Hausvater nickte und zog die Stirn in tiefe Falten. »Ist es das?«

Matthias schüttelte den Kopf. Ein wildes Schluchzen, das er diesmal nicht unterdrücken konnte, entrang sich ihm. »Wenn es nur das wär«, flüsterte er, »wenn es nur das wär ...«

Der Hausvater legte den Arm um ihn. »Sorg dich nicht, mein Lieber«, versuchte er zu trösten, »deine Kinder tauchen schon wieder auf – die sind doch alle nicht dumm. Besonders dein Ältester ist ein kluger Bursche. Der bringt die Kleineren wieder nach Hause, sobald die Klosterknechte weg sind. Und was deine Nahrung betrifft ...«, er sah sich zu seinen Gästen um, »da wird sich Rat finden. Es wär nit das erste Mal, dass einer Hilfe braucht.«

Über Matthias' eingefallenes Antlitz strömten plötzlich neue Tränen. »Mein Junge«, flüsterte er, »den haben die Knechte ...« Er kam nicht mehr weiter. Mit aufgerissenen Augen, aus denen jetzt unaufhörlich Tränen stürzten, starrte er seine Hände an. »Und da sind die Kleinen ... weggerannt ...«, fügte er zitternd hinzu.

»Sie haben deinen Jungen verwundet?«, fragte der Hausvater ungläubig, »einen, der noch keine dreizehn ist? Wie schwer ist er verletzt?«

Matthias, der bis jetzt am Boden gekniet hatte, versuchte wieder auf die Beine zu kommen. »Ihm kann keiner mehr helfen«, sagte er tonlos. »Ihm nicht ... und mir nicht ...«

Anna Elisabeth sah ihn entrüstet an. »Und deine Frau ist jetzt ganz allein mit der Leiche? Du hättest nicht weggehen dürfen, Matthias – nicht so kurz vor ihrer Niederkunft!« Sie raffte ihr Umschlagtuch von der Wand und warf es sich um die Schultern. »Ich gehe hinüber zur Barbara, Vater, und leiste ihr Beistand. Ihr werdet schon noch ein Weilchen auf das Essen warten müssen.« Ihre Stimme hatte fest und sehr entschlossen geklungen. Mit einem Ruck zog sie die Pfanne vom Feuer und wollte zur Tür. Doch Matthias hielt sie am Rock fest. »Die Barbara hat mich verlassen«, sagte er mit blassen Lippen, »schon heute früh ...«

»Was soll das heißen?« Anna Elisabeth machte sich unwillig von ihm los. »Das glaubst du doch selber nicht. Nie würde die Barbara –«

»Sie hat's nicht überlebt«, flüsterte er, während seine Augen sich in nachträglichem Entsetzen noch weiter öffneten. »Sie ist gestorben – einfach so, mitsamt dem neuen Kind. Die alte Margrethe hat ihr beigestanden, aber helfen hat sie ihr auch nicht können. Und als die Klosterknechte meine Barbara auf der Bahre sahen, haben sie gleich den Todfall eingefordert.« Die Worte sprudelten jetzt aus ihm heraus, er hob die Stimme. Sie klang schrill und wuterfüllt. »Für die Barbara forderten sie die Kuh. Und das Schwein haben sie für das Kleine aus dem Koben geholt. Aber mein Matthias, mein lieber Junge –«, er reckte sich und hob die geballte Faust, »der wollt's ihnen verwehren. Ist's nicht genug damit, dass meine Mutter tot ist, hat er geschrien und die Knechte mit der Forke angegriffen ...«

Seine Stimme brach. Er sackte von neuem auf den Steinplatten des Bodens zusammen. Es war totenstill geworden im Raum.

Der Hausvater war der Erste, der sich fasste. Er beugte sich zu seinem Nachbarn nieder und streichelte ihm mit rauer Zärtlichkeit über das wirre Haar. Dann ergriff er Matthias' Hände. »Komm, steh auf«, sagte er sanft, »der Michel soll deine Kinder suchen, und du bleibst hier bei uns. Das Essen reicht für alle. Und es hat keinen Sinn, dass du weiter durch die Nacht irrst. Später, wenn du dich satt gegessen und aufgewärmt hast, gehen ein paar von uns mit dir hinüber zur Barbara und deinen toten Kindern. Die Totenwache sollst du nicht allein halten – hörst du?«

Matthias erschauerte. Dann, wie ein Schlafwandler, ließ er sich aufhelfen und an den Tisch führen.

Der Hausvater drückte ihn auf die Bank nieder. Anna Elisabeth stand noch in ihrem Umschlagtuch. Sie hatte augenscheinlich Mühe zu begreifen, was geschehen war, und kam erst ganz allmählich wieder zur Besinnung. Dann endlich nahm sie mit müden Bewegungen das Tuch von den Schultern, hängte es auf und machte sich mechanisch daran, das Pilzgericht fertig zu kochen, während ihr Träne für Träne über die Wangen rollte.

Der Reiter hatte wie die Männer am Tisch stumm beobachtet. Nun sprach er die Tochter des Hauses an. »Die junge Frau war wohl Eure Freundin?«, fragte er teilnahmsvoll.

Anna Elisabeth streifte ihn flüchtig mit einem Seitenblick aus tränennassen Augen. »Ich kenne niemanden, dem sie nicht Freundin war«, erwiderte sie tonlos. »Wollt Ihr Euch nicht endlich zu Tisch setzen und mich in Ruhe lassen?«

Der Reiter schluckte schwer an dieser unmissverständlichen Abfuhr. Verlegen nestelte er am Koller seiner Gugel herum, zog sich schließlich das Kleidungsstück über den Kopf und streifte es ab. Erst dann fand er Worte. »Sagt, Jungfer Anna – was missfällt Euch so sehr an mir?«

Ihre Antwort kam schnell. »Ihr könnt nicht schweigen«, sagte sie, »nicht einmal in einem solchen Augenblick. Und was Ihr sagt, das hat einen geckenhaften Klang – als wolltet Ihr Euch nicht nur über mich, sondern auch über alle Welt lustig machen.«

Sie hatte ihn voll angesehen, und er begegnete dem Blick ihrer dunklen Augen mit großer Verwirrung. »Aber um Gottes willen«, begann er zögernd, »Jungfer ... ich ...«

»Lasst Gott besser aus dem Spiel«, fuhr sie ihm in die Rede, »der steht über uns allen. Selbst über einem, der in einem wohlhabenden Bürgerhaus geboren ist.«

»Ihr meint ... einem wie mich?« Tief in seinen Augen irrlichterte es, auch wenn seine Miene Anspannung verriet.

»Ganz recht.«

»Und woraus schließt Ihr, dass das Haus, dem ich entstamme, wohlhabend ist?« Er schaute auf seine Stiefelspitzen hinab und suchte dann wieder ihren Blick. »Spricht nicht der Augenschein dagegen?«

Sie hielt stand. »Euer Schuhwerk mag schadhaft sein«, widerlegte sie ihn, »doch Euer Benehmen – das verrät Euch.«

Er räusperte sich, senkte den Kopf. Sein blondes Haar fiel ihm tief in die Stirn und verbarg seine Betroffenheit. Doch der

Augenblick seiner Verwirrung dauerte diesmal nur einen Herzschlag. Dann richtete er sich auf und strich mit einer heftigen Bewegung die Strähnen aus dem Gesicht. »Ihr unterstellt mir eine Haltung, die ich keineswegs einnehme«, gab er zurück. »Ihr selbst seid, was Ihr mir vorwerft, Jungfer – hochmütig.«

Sekundenlang war Anna Elisabeth sprachlos. Mit großen Augen starrte sie den Reiter an, der eben etwas so Ungeheuerliches ausgesprochen hatte, und wusste nichts zu erwidern. Und mit einem Mal wurde ihr auch bewusst, dass die Männer am Tisch ihr Gespräch mit dem Fremden verfolgt hatten und gespannt auf ihre Antwort warteten.

Sie holte tief Luft. »O nein«, sagte sie, »jeglicher Hochmut liegt mir fern. Nur ... wenn einer sich aufführt wie ein Herr ... und ist doch keiner ... dann geht mir die Galle über!«

»Wacker zurückgeschlagen!« Der junge Bauer mit dem roten Bart lachte. »Das ist meine Annelies«, sagte der Mann namens Hannes und grinste. »Die weiß sich zu wehren ...!«

Der Hausvater runzelte die Stirn, während er den Arm fest um die Schultern des armen Matthias legte. »Mir geht die Galle auch über«, knurrte er mit unterdrücktem Groll. »Du beschuldigst diesen Reisenden, zu viel zu reden, und kannst selbst den Mund nicht halten. Unter meinem Dach sind ehrliche Männer willkommen. Alle – außer Edlen oder Pfaffen.«

Im Gesicht des Reiters zuckte ein Muskel.

»Vater, was ich sagen wollte«, lenkte Anna Elisabeth ein, »das war lediglich ...«

Doch der Hausherr ließ sie nicht ausreden. »Ich dulde es nicht, dass mein eigen Fleisch und Blut einen Gast beleidigt, den ich aufgenommen habe«, sagte er abschließend. »Wo bleibt das Essen?«

Damit war für ihn der kurze Disput abgetan. Doch seine Tochter sah es anders. Mit kurzen, heftigen Bewegungen rührte sie den Inhalt der Pfanne um – nicht, ohne dem Reiter einen letzten, zornig glühenden Blick zuzuwerfen. »Es ist fertig«, sagte sie knapp.

»Dann trag auf, Tochter«, sagte der Hausvater, jetzt wieder in milderem Ton. »Vergiss nicht, auch Matthias einen Löffel zu geben. Er hat bestimmt heute noch nichts zu beißen gehabt.«

Die Haustür ging auf. Herein kam der spindeldürre Junge, der das Pferd des Fahrenden versorgt hatte. In seinem Kielwasser folgten vier Kinder, zerlumpt, frierend, barfüßig und alle noch unter zehn Jahre alt.

Matthias, der sich umgesehen hatte, stand schwankend von seinem Platz am Tisch auf. »Gelobt sei der Allmächtige«, stammelte er mit rauer Stimme, »ihr seid da – und es geht euch gut ...«

»Wir sind einfach zum Michel«, sagte eins der Kinder, ein etwa fünfjähriges kleines Mädchen mit dünnem blondem Haar. »Beim Michel in der Scheune, da ist es dunkel. Da hätten sie uns nie gefunden.«

Die Kleine nickte ernsthaft. Ihr Bruder, vielleicht acht Jahre alt und ebenso blond, bestätigte die Worte seines Schwesterchens. »Ja. Aber ich schnitz mir einen Bogen«, sagte er, während Tränen sich in seinen Augen sammelten. »Ich hol unsere Kuh zurück, Vater – kannst dich auf mich verlassen ...!«

»Unser Schwein auch«, piepste das Jüngste, ein Mädchen, das höchstens drei Jahre alt sein konnte. »Wir gehen zum Kloster und schießen den Vogt tot, hat der Martin gesagt. Nicht, Martin?« Sie zupfte ihren Bruder am Ärmel. »Und der Michel kommt mit – und ich, und die Gertrud. Nur der Mattheis nicht ...«

»Ach, mein Schätzchen!« Der Vater der Kinder ließ sich auf die Knie nieder und umfing sein Jüngstes mit beiden Armen. »Du hast ja ganz kalte Finger ...« Er drückte das kleine Mädchen an sich. »Die Annelies, die gibt dir ein bisschen zu essen – dann wird dir warm ...«

Die anderen Männer, die am Tisch gesessen hatten, erhoben sich. »Dank für den Abendtrunk, Ohm«, sagte der mit dem roten Bart, »wir gehen nach Hause zu den Unsrigen. Wenn wir unser Nachtmahl verzehrt haben, treffen wir uns beim Matthes.« Er sah Hannes an. »Du kommst nach?«

»Das versteht sich.« Hannes schob das Kinn vor. Auch er war aufgestanden. »Ich ess daheim ein Stück Brot und Speck«, sagte er und warf einen mitleidigen Blick auf die zerlumpte kleine Gesellschaft, die sich um ihren Vater geschart hatte. »Damit hier für die Kinder genügend übrig ist ...«

Alle stapften hinaus in die Nacht. Der Hausvater ließ sie mit einem Nicken schweigenden Einverständnisses gehen. Hannes war der Letzte. Er wollte sich mit einer Umarmung von Anna Elisabeth verabschieden, doch sie wich seiner Berührung aus. »Nicht, Hannes«, sagte sie, während sie sich abrupt abwandte. »Dies ist kaum der rechte Augenblick.«

Er ließ die Arme sinken. Im Hinausgehen warf er ihr einen Blick zu, der Überraschung und völlige Verständnislosigkeit zu erkennen gab. »Dann wünsch ich dir eine gute Nacht, Annelies«, sagte er leise, »und dass du dich morgen wieder besser fühlst, mein Mädchen.«

Die Tür schloss sich hinter ihm. »Sagt, Jungfer«, fragte der Reiter, »wird es wirklich für alle reichen? Wo nicht, kann ich mich leicht mit einem Stück Brot begnügen – und einem Becher von Eurem guten Bier.«

Er hatte sich zu seinem Mantelsack niedergebeugt, ihn aufgeschnallt und einen kleinen irdenen Napf herausgenommen, dazu einen Zinnlöffel und einen Becher aus dem gleichen Metall. Anna Elisabeth hatte ihm zugesehen. Auf seine Frage nickte sie zuerst. Dann verzog sie spöttisch den Mund. »Ich sehe«, sagte sie, »Ihr seid auch, was Eure Ausstattung betrifft, durch und durch ein rechter Herr.«

»Heißt das, ich kann etwas von Eurem Pilzgericht für mich

beanspruchen?« Er hatte ihre Bemerkung anscheinend überhaupt nicht zur Kenntnis genommen, sondern rieb seinen Becher am Ärmel ab und prüfte, ob er sauber war.

»Ganz recht«, erwiderte Anna Elisabeth, »und sogar ein Stück Brot dazu – wie auch einen Schluck Bier.« Sie hielt einen Augenblick inne. »Oder erwartet Ihr etwa Wein?«

Er hob den Kopf und sah sie erfreut an. »Ihr habt Wein in Eurem Keller? Das hätte ich mir kaum träumen lassen!«

Anna Elisabeth schüttelte den Kopf – nicht verneinend, sondern ungläubig. »Wie könnt Ihr so etwas ernsthaft annehmen?«, fragte sie.

»Aber ...« Einen Wimpernschlag lang begriff der Reiter nicht. Dann kam ihm die Erleuchtung. »Um Vergebung«, murmelte er, »ich bin müde von der langen Reise. Da vergeht einem das Denken, und der Verstand schläft ein.« Er hielt ihr den Napf hin. »Nur ein wenig, wenn ich bitten darf. Auch ich will nicht, dass die Kinder hungern.«

Wortlos füllte Anna Elisabeth ihm seine Schüssel, schnitt eine dicke Scheibe für ihn von dem Brotlaib ab, den sie aus dem Vorratskasten genommen hatte, und füllte seinen Becher mit Bier. Während er sich zum Essen auf den Herdrand setzte, nahm sie bei ihrem Vater, dem armen Matthias und den Kindern am Tisch Platz, wo alle gemeinsam mit Holzlöffeln aus der Pfanne aßen. Gesprochen wurde nicht. Niemandem stand der Sinn danach.

Als alles aufgezehrt war, wandte sich Anna Elisabeth an ihren Vater. »Die Kinder sollten über Nacht bei uns bleiben«, bestimmte sie. »Hier haben sie es warm, wenn der Michel ihnen neben dem Herd eine Strohschütte bereitet, und der Gast könnte ja auf der Bank schlafen.« Sie warf dem Reiter einen Seitenblick zu. »Falls ihm der Heuschober nicht bequem genug ist ...«

»Ein Platz im Stall bei meinem Pferd reicht mir vollkommen

zum Nachtlager«, sagte der Reiter. »Und mit Verlaub, Jungfer Anna – das Pilzgericht, das Ihr zubereitet habt, war von überaus köstlichem Wohlgeschmack. Ich danke Euch sehr dafür.«

Sie fühlte sich gemaßregelt. Doch seine Worte boten ihr keinen Anhaltspunkt zu einer bissigen Erwiderung. »Bitte«, sagte sie steif und drehte ihm den Rücken zu.

Ihr Vater nickte und nahm dann Matthias beim Arm. »Du wirst sicher auch nicht wollen, dass deine Kleinen diese Nacht bei dir daheim ...?«, begann er zögernd.

»Nein, nein.« Matthias zitterte von neuem. »Ich wollte dich und deine Tochter selbst darum bitten, die Kinder heut bei dir aufzunehmen. Was gescheh'n ist, bekommen sie noch früh genug zu spüren ...« Er stand auf. »Dank dir, Joseph, für deine Güte. Gott vergelt's dir tausendfach ...«

»Lass gut sein und komm nun«, sagte der Hausvater. »Die anderen werden schon warten. Wir wollen deine Barbara und deine beiden anderen Lieben nicht länger als nötig unversorgt lassen. Der Pfarrer war doch sicherlich schon da?«

Matthias wischte sich über die Augen. »Nein«, antwortete er. Seine Stimme klang erstickt. »Der Pfaffe sagte, weil ich nicht bezahlen kann, kommt er auch nicht zum Versehen.«

»Was?« Der Hausvater richtete sich steil auf. »Wann war das?«

»Heute morgen – als es mit der Barbara zu Ende ging ...«

»Heißt das, dein Weib ist ohne Beichte hinübergegangen?«

Matthias nickte bekümmert. »Aber mit mir hat sie noch gebetet«, flüsterte er. »Martinus Luther sagt, jeder aufrechte Christ kann unserm Herrgott seine Sünden selbst vortragen, und es braucht keinen Priester, damit Gott uns vergibt ...«

»Und damit hat der Doktor Luther Recht«, sagte der Reiter. »Nirgendwo steht geschrieben, dass zur Vergebung der Sünden ein Priester nötig ist.« Er erhob sich vom Herdrand und kam langsam an den Tisch. »Seid ohne Furcht, guter Mann«, sprach er Matthias direkt an, »Eure Verstorbenen sind in Gottes Hand – auch ohne den Segen der Kirche.«

»Drauf setz ich meine ganze Hoffnung.« Matthias sah den Reiter mit müden Augen an. »Aber Ihr ... wie könnt Ihr so sicher sein? Wer seid Ihr?«

Anna Elisabeth mischte sich ein. »Er ist Albrecht Hund aus Schwarzental«, antwortete sie für den Reiter. »Er behauptet, er hat diesen Doktor Luther schon selbst gesehen. Ist es nicht so?«

Sie heftete den Blick forschend auf das Gesicht des Reiters. Doch der verzog keine Miene. »Ja, ich habe ihn predigen gehört und seine Schriften gelesen«, sagte er gelassen. »Was er sagt, das spricht mir aus der Seele – und vielen anderen ebenfalls.«

»Komm, Matthias«, wiederholte der Hausvater noch einmal und stand auf. Er zog den Unglücklichen am Arm mit sich zur Tür. »Was auch immer der Pfaffe heute gesagt hat – morgen wird er deine Toten nach Fug und Recht auf dem Gottesacker zur Ruhe betten. Mit allem, was dazu gehört. Und sollte er sich noch einmal weigern, seine Pflicht zu tun, dann zerre ich ihn persönlich aus seinem Betstübchen. Darauf kannst du dich verlassen!«

Matthias folgte ihm mit schleppenden Schritten. »Gottes Segen über dein Haus, Joseph«, murmelte er, als er mit seinem Nachbarn die Stube verließ.

Nun war Anna Elisabeth mit den Kindern und dem Fremden allein. Sie schickte den Michel hinaus, um Stroh zu holen, und der Junge, der den Reiter die ganze Zeit neugierig beobachtet hatte, ging widerwillig. Schneller als erwartet war er wieder da – mit einem riesigen Bündel, das er eilfertig neben dem Herd auseinander zerrte und zu einem Lager ausbreitete. »Gut so?«, wollte er anschließend wissen.

Anna Elisabeth kam seinem Wunsch nach Lob entgegen. Sie nickte. »Kannst es dir mit den Kleinen schon mal darauf gemütlich machen«, sagte sie. »Ich zeig dem Gast den Stall.«

Sie nahm eine Sturmlaterne, die in der Ecke neben der Kellertür auf dem Boden gestanden hatte, steckte ein neues Unschlittlicht hinein und zündete den Docht an. Dann winkte sie dem Reiter. »Wenn Ihr mir folgen wollt«, meinte sie knapp.

Der Reiter schulterte seinen Mantelsack und kam ihrer Aufforderung nach. Der Stall, ein Anbau hinter dem Haus, bot nur einen einzigen Raum, in dem jedoch kein Vieh zu stehen schien. An seinem hinteren Ende gab es lediglich einen Koben, der mehreren Schweinen zur Unterkunft diente. Vorn neben dem Eingang stand der große Falbe angebunden und rupfte gemächlich Heu aus einer Raufe.

Anna Elisabeth deutete auf eine Leiter, die zum Heuboden führte. »Da oben ist es recht gemütlich, wenn Ihr Euch ins Heu eingrabt«, sagte sie, plötzlich mit Verlegenheit in der Stimme. »Etwas Besseres kann ich Euch nicht bieten – selbst wenn ich möchte.«

Er lächelte. »Möchtet Ihr wirklich?«, fragte er leise.

Sie antwortete nicht. Mehrere Atemzüge lang herrschte Stille. Dann holte sie tief Luft. »Ich wünsche Euch eine ruhige Nacht«, sagte sie frostig. »Morgen früh schicke ich den Jungen, um Euch zu wecken.«

»Warum?«, wollte er wissen. »Glaubt Ihr, ich mache mich heimlich davon, ohne zu zahlen?«

Sie schnaufte. »Es ist Sitte bei uns«, erwiderte sie, »einen Gast nicht ohne Frühstück wieder auf die Reise zu schicken. Darum ... Herr Albrecht Hund aus Schwarzental.«

»Meinen Namen habt Ihr jedenfalls gut in Eurem Gedächtnis untergebracht«, sagte er lächelnd in der Dunkelheit.

Sie warf den Kopf zurück. Hastig stellte sie die Sturmlaterne hin und wollte gehen, doch ihr Schuh verfing sich in einem Strick, der am Boden lag. Sie strauchelte. Der Reiter fing sie gerade noch auf, bevor sie fallen konnte.

Er zog sie an sich. Für einen Augenblick lag sie an seiner

Brust, und er spürte ihre Wärme durch den groben Stoff ihres Gewandes. Ihr Haar berührte seine Wange. Aus dem Ausschnitt ihres weißen Hemdes stieg ihr Geruch auf – ein Duft nach Kräutern und Wald und junger Haut. Sie atmete heftig. Aber lange hielt sie nicht still. Nur wenige schnelle Herzschläge, dann riss sie sich los und stürmte hinaus.

Wetterleuchten

Es ging gegen Abend. Der große Falbe bewegte sich in gemächlichem Schritt den steilen Pfad hinauf. Sein Reiter saß vornübergebeugt, das Haar gegen den treibenden Nieselregen unter der grünen Filzgugel verborgen. Er schwankte mit den Bewegungen des Tieres, doch den Halt verlor er nicht. Nach einem vollen Tag im Sattel hatte ihn jetzt die Müdigkeit übermannt, und er döste mit geschlossenen Augen. Aber das war ungefährlich. Sein Pferd kannte den Weg.

Rechts und links vom Pfad stand nur niederes Gebüsch und gab den Blick frei auf ein Tal, in dem dunstverschleiert die Dächer eines Dorfes zu erkennen waren. Eine gedrungene Kirche mit einem klotzigen Turm bildete den Mittelpunkt. Um sie herum drängten sich kleine Häuser wie Schafe um den Hirten.

Das Pferd umrundete eine weitere enge Kehre. Hinter wehenden Regenschleiern kam eine Mauer aus grauem Felsgestein in Sicht – ein verwitterter Torturm, von dem eine heisere Stimme brüllte: »Halt! Wer da?«

Der Reiter schreckte auf, hob den Kopf, zügelte den Falben. Mit schlaftrunkener Bewegung schob er sich die Kapuze in den Nacken, so dass sein helles Haar sichtbar wurde. »Kennst du deinen Herrn nicht, Bursche?«, rief er zurück. »Das Tor auf – und ohne Verzug!«

Eisen rasselte. Ein Fallgitter wurde hochgezogen. Ein schlanker junger Mann in grauer Wolle rannte aus dem Torbogen, der jetzt frei war. »Willkommen, gnädigster Herr«, stammelte er, »ich bitte demütig um Vergebung ...«

Der Reiter lachte und gab dem Jungen eine derbe Kopfnuss. »Hast wohl auch geschlafen, was? Dass ich dich nicht noch einmal dabei erwische!«

»O nein, Herr – niemals mehr!« Der Junge machte ein zerknirschtes Gesicht. »Es war auch nur wegen ... wegen ...«

»Wegen des Wetters?«, half ihm der Reiter schmunzelnd. »Hast Recht, Christoph – solches Wetter sollte man besser verschlafen.« Er trieb sein Pferd an und ritt durch den Torbogen. Der Junge lief nebenher. Hinter ihnen rasselte das Gitter wieder herunter.

»Ah«, sagte der Reiter mit einem Blick auf die laufenden Ketten, »du warst wenigstens nicht allein auf Wache. Wer noch?«

»Burkart.« Der Junge schickte einen Seitenblick zu dem schmalen Wehrgang hinauf, der sich an der Innenseite der Mauer entlangzog. Dort stieg gerade ein weiterer Mann die Treppe herab und zog sich im Gehen die Ledermütze vom Haar. Dieser Wächter war mindestens fünfzig und von untersetzter Gestalt. Er strahlte über das ganze wettergegerbte Gesicht und grüßte mit einer tiefen Verbeugung. »Auch ich heiße Euch willkommen, Herr«, sagte er, während er nah herantrat, »Dank sei Gott. Ihr kommt zu guter Zeit.«

Der Reiter kniff die Augen zusammen. »Wie steht es auf Weißenstein?«, fragte er den Alten.

Burkart verneigte sich noch einmal, als wolle er sein Gesicht verbergen. »Euer gnädiger Herr Vater ...«, begann er und kam nicht mehr weiter.

Der Reiter wartete einen Augenblick. Dann wurde er ungeduldig. »Sprich frei heraus«, verlangte er, »geht es ihm gut?«

»Er liegt danieder«, sagte Burkart. »Seit dem letzten Ausritt konnte er ... konnte er nicht mehr ...«

»Was soll dein Gestammel?«, unterbrach der Reiter den Alten

grob. »Nimm dich zusammen, Mann – und sag mir endlich, was ich wissen will.«

»Herr«, fuhr der Alte zögernd fort, »es ist nun an dem, dass Ihr auf Weißenstein das Regiment übernehmt. Denn Euer gnädiger Vater … kann es nicht mehr führen.«

Der Reiter verhielt einen Augenblick ohne Regung. Dann setzte er dem Falben hart die Fersen in die Flanken, so dass das müde Tier einen erschrockenen kleinen Sprung tat. »Offenbar bekomme ich hier keine Antwort«, stieß er hervor. »Ich will selbst sehen, wie es meinem Vater geht!« Damit sprengte er den Weg entlang, der von hier aus über eine freie Rasenfläche zur inneren Mauer führte.

Das zweite Tor war zwar bewacht, aber nicht gesichert. Sein Fallgitter war aufgezogen, und der Reiter konnte ungehindert in den inneren Hof einreiten. Hier umringten ihn alsbald mehrere Knechte, grüßten demütig mit der Mütze in der Hand, halfen ihm beim Absitzen, führten den Falben weg, trugen den Mantelsack in den Palas. Der Reiter ließ alles wortlos geschehen und wandte sich erst, als er die große Halle betreten hatte, an einen der Knechte. »Wo ist mein Vater?«

»Er ruht in seinem Gemach«, antwortete der Knecht mit schleppender Stimme. »Er hat nach Euch gefragt, gnädiger Herr …«

»So, hat er?« Der Reiter überlegte einen Augenblick. »Lauf und ruf mir die Magdalene«, befahl er dann. »Sie soll hierher kommen. Ich will zuerst mit ihr sprechen.«

Der Knecht verschwand durch eine niedrige Tür, die von einem zierlich in Stein gehauenen Spitzbogen gekrönt war und rechter Hand aus der Halle in ein Nebengebäude führte. Der Reiter wartete. Es war dämmrig in dem großen Raum. Die hoch in der vorderen Wand liegenden Fensterchen ließen besonders an einem so trüben Tag nur wenig Licht ein. Von den Steinplatten, mit denen der Boden gepflastert war, stieg feuchte Kälte auf. Überhaupt war es empfindlich kühl hier – daran konnten auch die verblichenen Bildteppiche, mit denen zwei der vier Wände behangen waren, kaum etwas ändern.

Ein mächtiger Tisch mit gedrechselten Beinen war das einzige Möbel. Darauf stand ein zinnener Halter mit einer zur Hälfte abgebrannten Wachskerze. In dem eisernen Radleuchter, der an einer Kette von der Decke hing, steckten keine Kerzen.

Das Türchen in der Wand öffnete sich wieder. Heraus trat eilfertig eine alte Frau mit weißleinenem Kopftuch und lief mit ausgebreiteten Armen auf den Reiter zu. »Albrecht«, rief sie freudig, »mein lieber Junge – endlich!«

»Magdalene.« Der Reiter schenkte ihr ein Lächeln, doch es blieb nicht lange auf seinem Gesicht. »Sag, Magdalene – was ist hier geschehen? Du wirst mir Auskunft geben.«

Die alte Frau wurde ernst. Ihr Gesicht, von unzähligen Fältchen zerknittert, drückte plötzlich tiefe Besorgnis aus. Ihr ohnehin schon schmaler Mund wurde zu einem dünnen Strich. »Wisst, Albrecht«, sagte sie, »unser gnädiger Herr, dein Vater, ist vom Arm des Herrn niedergestreckt worden. Der Zorn Gottes hat ihn getroffen – wie ich es ihm schon so oft vorhergesagt hatte. Und da er –«

»Du redest um den heißen Brei herum«, unterbrach der Reiter sie unwillig. »Ein letztes Mal – was ist während meiner Abwesenheit auf Weißenstein vorgefallen?«

Die Alte schob sich mit zittriger Hand eine weiße Haarsträhne zurück unter das Kopftuch. »Nun«, begann sie zögernd, »sie sind ausgeritten, unser gnädiger Herr und die Männer. Sie hatten vor, die Straße nach Heilbronn ... zu bewachen ...«

»Wie sie das gemeinhin tun«, fuhr ihr der Reiter in die Rede. »Das Wichtige, Magdalene. Das Wichtige sollst du erzählen!«

»Hört also«, sagte die alte Frau bekümmert, »Euer Vater liegt danieder – drei Tage schon hat er sich nicht mehr erheben können, jedwede Bewegung fällt ihm schwer. Er wartet auf Euch, mein Albrecht …« Sie hob den Blick und suchte seine Augen, »er hat sogar nach Euch gefragt.«

Der Reiter runzelte die Brauen. Die Alte hatte abrupt das vertrauliche Du mit dem ehrerbietigen Ihr vertauscht. »Das ist allerdings sonderbar«, murmelte er und wandte sich der Treppe zu, die vom hinteren Teil der Halle in die oberen Geschosse des Palas führte. »Bring mich zu ihm, Magdalene. Jetzt gleich.«

Diese Forderung duldete keinen Widerspruch. Die alte Frau raffte ihr grauwollenes Kleid und beeilte sich, dem Reiter nachzulaufen. »Seid bereit, Albrecht«, murmelte sie, »für einen Anblick, den Euer Vater in seinem Leben noch nie geboten hat … Wappnet Euch vor allem gegen seine üble Laune!«

Der Reiter hatte die ersten Stufen bereits genommen und drehte sich halb zu ihr um. »Also ist er doch immer noch der Alte«, erwiderte er wenig beeindruckt, »und mit seiner Krankheit kann es so schlimm nicht sein.«

Sie gab keine Antwort. Er hörte sie schwer atmen, während sie sich mühsam hinter ihm die Stufen hinaufarbeitete. Als das erste Geschoss erreicht war, wollte sie sich an ihm vorbeischieben. »Lasst mich erst sehen, ob er schläft«, sagte sie mit unterdrückter Stimme, »und wenn das so ist, sollten wir ihn in Frieden lassen – er hat eine sehr unruhige Nacht hinter sich.«

»Unsinn«, sagte der Reiter unwirsch, »eher wird er wütend werden, wenn er später erfährt, dass ich nicht gleich nach meiner Ankunft an seinem Krankenlager erschienen bin und ihn geweckt habe.« Er sah sich um. Vom Treppenabsatz war ein Korridor mit altersschwarzer Balkendecke zu erkennen. Seine grün gestrichenen Wände, durchbrochen von mehreren Türen aus dunkel glänzendem Eichenholz, zeigten ebenfalls Altersspuren, die sich in abblätternden Farbpartien äußerten. Der Reiter näherte sich der ersten Tür und klinkte sie auf. Sie öffnete sich mit einem Knirschen.

Das dahinter liegende Zimmer war ohne Möbel – bis auf ein

mächtiges Bett, dessen von vier gedrehten Säulen getragener Baldachin fadenscheinige Vorhänge aus verschossenem rotem Damast aufwies. Sie waren offen und gewährten den Blick auf dicke weiße Kissen und eine mit Wolfspelz gefütterte Decke, unter denen eine hagere Greisengestalt ruhte. Der alte Mann hatte langes, schlohweißes Haar, das wirr um Gesicht und Schultern ausgebreitet lag. Seine Augen waren geschlossen, doch er öffnete sie ruckartig in dem Moment, als der Reiter ins Zimmer trat.

»Das wurde Zeit«, knurrte er.

»Grüß Euch Gott, Vater«, antwortete der Reiter. »Was höre ich? Ihr seid nicht wohlauf?«

Der alte Mann hustete. »Wer sagt das?«, raspelte er. »Derjenige soll zur Hölle fahren!«

»Alle meinen es, Vater«, gab der Reiter trocken zurück. »Irren sie sich?«

»Sie irren sich.« Der alte Mann versuchte im Bett hochzukommen, brachte es aber nicht fertig und ließ sich wieder in die Kissen sinken. »Gib mir drei, vier Tage, und ich reite wieder aus.«

»Magdalene berichtet mir«, begann der Reiter, »Ihr hättet –«

»Das Rabenaas!« Der alte Mann hustete noch einmal. »Ihr Leben lang hat sie nichts anderes getan, als wieder und wieder geunkt und Unheil prophezeit! Dabei müsste sie doch die Erfahrung gelehrt haben, dass ein Wolf von Weißenstein so leicht nicht aus dem Sattel gehoben werden kann!«

Magdalene war inzwischen eingetreten und hatte sich in der Nähe des Bettes postiert. Sie hob den Finger und drohte dem alten Mann. »Auch ein Wolf von Weißenstein unterliegt den Gesetzen Gottes, Herr Eberhart«, sagte sie ruhig. »Auch Ihr müsst irgendwann vor Euren Richter treten. Bedenkt es wohl!«

»Irgendwann, alte Unke«, sagte der Alte heiser, »aber jetzt noch nicht. Ich weiß genau, mir bleibt noch etwas Zeit!«

»Seid Ihr da so sicher?«, wandte Magdalene ein und heftete den Blick ihrer grauen Augen auf das Gesicht ihres Herrn. »Ist es nicht vielmehr so, dass der Allmächtige Euch diesmal Einhalt geboten hat?«

Der Alte wurde zornig. Sein Gesicht, das bis jetzt bleich gewesen war, rötete sich, und an seiner Schläfe begann eine Ader zu pulsieren. »Dummes altes Weib«, fuhr er Magdalene an, »von Ammendiensten magst du etwas verstehen – hast mir meinen Sohn recht kundig großgezogen. Aber alles andere kann dein einfältiger Kopf doch nicht fassen! Kümmere dich nun darum, dass die Mägde ihre Arbeit tun – da Albrecht deine Dienste nicht mehr braucht – und behalte ansonsten deine Weisheiten für dich!«

Die Alte ließ sich nicht einschüchtern. Sie trat an die Seite ihres Herrn und drückte ihn energisch in die Kissen zurück, denn er hatte wieder versucht, sich aufzusetzen. »Herr Eberhart«, erwiderte sie streng, »Ihr mögt es wenden wie Ihr wollt – Gott lässt nicht mit sich handeln. Eure Zeit ist abgelaufen, das sagte auch der Medicus, der Euch untersucht hat.«

»Der unfähige Quacksalber?« Herr Eberhart lachte auf. »Woran will der denn erkennen, wann ich abtrete? Er hatte keine Ahnung. Faselte was von Schlagfluss und schlechten Säften ...«

»Das meine ich auch, Herr«, sagte Magdalene ungerührt. »Der gütige Gott hat Euch bloß noch eine Gnadenfrist gelassen, damit Ihr Eure Angelegenheiten ins Lot bringen könnt. Und bedenkt, was Euch unser hochwürdiger Herr Pfarrer riet ...«

Herr Eberhart sah seinen Sohn an und rollte mit den Augen. »Als ob ich das vergessen könnte«, stöhnte er. »Noch jetzt triefe ich vom heiligen Crisam, das dieser Pfaffe über mich ausgegossen hat ... meine Haare sind so fettig wie meine Stirn und meine Hände. Vergiss nicht, mir eine Magd mit einer Schüssel Wasser und etwas Seife heraufzuschicken, wenn du mich später wieder verlässt. Ich muss mich unbedingt reinigen von all dem geweihten Schmieröl!«

Die alte Magdalene unterdrückte eine erschrockene Bemerkung. Der Reiter schaute ernst drein. »Ihr habt bereits die Sakramente erhalten, Vater?«, fragte er. »Wann war das?«

»Zum Teufel, Albrecht ... als sie mich herbrachten!« Herr Eberhart ballte die dürre Faust. »Sie dachten, ich hätte das irdische Jammertal hinter mir – aber weit gefehlt! Einen Wolf von Weißenstein erklärt man nicht so schnell für tot. Noch lebe ich – und es ist noch nicht heraus, wann mich der Teufel holt!«

»Herr – ich bitte Euch«, sagte die alte Magdalene.

»Nun gut«, knurrte Herr Eberhart mürrisch, »es ist also noch nicht heraus, wann ich in die Grube fahre. Bis dahin –«

»Erzürnt den Himmel nicht über Gebühr«, unterbrach ihn Magdalene.

»Hexe«, donnerte der alte Edelmann in einem plötzlichen Wutanfall, »du hast meine Geduld jetzt über Gebühr in Anspruch genommen. Hinaus – was ich von nun an zu sagen habe, ist allein für die Ohren meines Sohnes bestimmt!«

»Herr«, wollte Magdalene einwenden. Doch der Alte ließ sie nicht mehr zu Worte kommen. »Hinaus!«, schrie er, während er von neuem dunkelrot anlief, »dein Anblick ist mir ein Gräuel, und ist es immer gewesen! Erspare ihn mir für den Rest des Tages!«

Magdalene senkte den Kopf und zog sich zurück. Leise schloss sich die Tür hinter ihr; Vater und Sohn waren allein miteinander. Einige Augenblick verstrichen, während derer Eberhart Wolf von Weißenstein ins Leere starrte. Dann sagte er: »Ich hatte befürchtet, du könntest nicht rechtzeitig hier anlangen, Albrecht ...«

»Aber nun bin ich da.«

»Ja – du bist da.« Der Alte seufzte tief. »Es ist ein Glück, dass du dich nicht länger hast aufhalten lassen.« Er heftete den Blick auf Albrechts Antlitz. Seine Augen waren von dem gleichen hellen Blau wie die seines Sohnes, doch sie wirkten ungleich kälter und härter. »Gut, dass ich noch einmal mit dir reden kann, bevor ...« Er unterbrach sich.

»Bevor was geschieht?«, fragte sein Sohn nach.

»Du warst immer ein besonnener Mensch, Albrecht«, sagte Herr Eberhart, ohne die Frage zu beantworten, »zu besonnen für meinen Geschmack. Aber das Tier in unserem Wappen ist der Wolf – ein wildes, reißendes Tier, das die Gefahr nicht scheut. Ein Wolf«, er betrachtete seinen Sohn scharf, »ein Wolf lässt sich nicht zähmen. Er bleibt, was er ist – sein Leben lang.«

»Was wollt Ihr mir damit sagen, Vater?« Zu Albrechts Besorgnis kam noch Verwunderung. Er trat näher an das große Bett heran. »Werdet deutlicher.«

»Gemach.« Herr Eberhart atmete tief durch. Es klang wie ein unterdrücktes Röcheln. »Ich will, dass du dich unseres Wappens würdig erweist, wenn das Regiment an dich übergeht«, fuhr er fort. »Ein Wolf von Weißenstein ist ein Wolf – und soll es sein, solange noch Glieder unseres Stammes am Leben sind. Sei ein Wolf, mein Sohn – kein Schaf!«

Albrecht brauste auf. »Wann wäre ich je ein ... ein Schaf gewesen, Vater?«, sagte er zornig. »Nennt mir auch nur eine Gelegenheit, zu der ich –«

»Nicht weiter!« Der Alte hob die knochige Hand und gebot seinem Sohn Schweigen. »Wenn andere Fehde schworen, wolltest du verhandeln. Wenn um Pfründe und Land hätte gestritten werden müssen, hättest du versucht, dich gütlich zu einigen. Nun ist unser Besitz der Gier der Fürsten beinahe vollkommen zum Opfer gefallen, und nur ein einziges jämmerliches Dorf ist uns geblieben – ein erbärmlicher Weiler, dessen wenige Bauern uns schon längst nicht mehr standesgemäß ernähren können. Ich will, dass mein Sohn ...«

Seine Stimme war immer schwächer geworden und versagte nun. Aber seine Augen hatten den wilden Ausdruck nicht verloren. Sie starrten Albrecht an und verlangten Antwort auf seine unausgesprochene Forderung.

Albrecht Wolf von Weißenstein wartete, doch er wusste, was sein Vater hatte sagen wollen. Schon seit seiner Kinderzeit hatte es ab und zu diese Unterredungen zwischen ihm und seinem Vater gegeben; und immer waren sie genau gleich abgelaufen.

Herr Eberhart hatte wieder Atem gefasst. »Ich will, dass du uns die alten Ländereien zurückgewinnst«, fuhr er mit leiser, bissig klingender Stimme fort. »Ich will, dass meine Kindeskinder so leben, wie es uns Edlen aus altem Stamm gemäß ist. Ich will ...«

Wieder versagte ihm die Stimme. Doch diesmal ergriff Albrecht das Wort. »Wie oft haben wir schon über diese Eure Forderungen gesprochen, Vater«, sagte er geduldig, »und wie oft habe ich Euch zu erklären versucht, dass die Zeiten sich geändert haben! Es geht nicht mehr an, dass ein Reichsritter ohne Besitz sich mit einem reichen Fürsten bekriegt. Der Ausgang eines solchen Streites wäre sonnenklar – von Anfang an!«

»Der Sickingen hat's gewagt«, widersprach der Alte wütend. »Der hatte Mark in den Knochen ...« Er ballte die Faust und schlug damit auf die pelzgefütterte Bettdecke. »Hab ihn gut gekannt. Ein Ehrenfester von gutem Adel – und nicht zu feige, den Fürsten aufs Dach zu spucken!«

»Wir wissen beide, was aus dem Sickingen geworden ist«, sagte Albrecht trocken. »Sein Krieg hat ihm nichts eingebracht als die Acht und den Tod!«

»Die Acht ...« Der Alte schloss kurz die Augen. »Aber geächtet waren schon viele Gute aus alten Geschlechtern.« Das Atmen schien ihm zunehmend schwer zu fallen. »Kein Ritterbürtiger scheut sich vor der Acht, wenn er im Recht ist. Und der Kaiser –«

»Aber gerade der Kaiser hat doch damals die Acht über den Sickingen verhängt«, unterbrach ihn Albrecht störrisch. »Der Sickingen hätte am Ende Urfehde schwören müssen, wenn er nicht umgekommen wäre!«

Herr Eberhart riss die Augen auf. Ein wilder, unversöhnlicher Blick traf seinen Sohn. »Ich will, dass du unsere Wälder vom Bischof von Eichstätt zurückgewinnst«, brüllte er unbeherrscht, »ich will, dass du diesem gefräßigen Pfaffen den Handschuh hinwirfst. Unsere Reisigen stehen treu zu uns – fünfunddreißig Mann im besten Alter, und alle kampfgewohnt. Wenn du noch Bauern aus dem Dorf aushebst, müssten ... an die fünfzig ... zusammenkommen ... und ...«

Er hustete krampfhaft. Der Wutausbruch war offensichtlich über seine Kräfte gegangen. Albrecht streckte die Hand aus und legte sie auf dem Arm seines Vaters. »Mäßigt Euch«, sagte er in einem Versuch, Herrn Eberhart zu beschwichtigen, »es tut nicht Not, Euch so darüber zu erregen.«

»Ich übergebe dir dein Erbe erst, wenn du mir schwörst, es wieder zu mehren«, keuchte der Alte. »Also gib mir deinen Eid darauf!«

»Wie kann ich das?« Albrecht erwiderte den wilden Blick seines Vaters mit Befremden. »Dem Bischof von Eichstätt steht eine Armee zur Verfügung. Eine Fehde gegen ihn ist nicht zu gewinnen mit unseren wenigen Männern – und seien sie noch so getreu.«

»O ja«, stieß der Alte aus, »sie würden sterben für uns!«

»Das würden sie«, stimmte Albrecht zu. »Aber was wäre mit ihrem Tod gewonnen?«

Herr Eberhart hob noch einmal die dürre Faust. »Nichts«, knirschte er erregt, »aber sie sollen ja auch nicht in den Tod gehen, sondern unser Land zurückgewinnen! Schwöre mir ... du wirst es nicht nur versuchen – du wirst es erreichen!«

»Einen solchen Eid kann ich nicht ablegen.« Albrecht schüttelte den Kopf. »Ich wüsste ja von vornherein, dass ich ihn brechen müsste ...«

»Dann sieh zu, wo du bleibst.« Der Alte ließ den Kopf sinken. »Sei sicher – das Erbe übertrag ich dir nicht. Nur ein Wolf kann Herr sein zu Weißenstein!«

»Vater!« Albrechts Stimme war eindringlich geworden. »Überdenkt Eure Worte gut – ich bitte Euch sehr! Vor allem merkt: Ich bin weder ein Wolf noch ein Lamm. Ich fühle mich als Mensch unter Menschen, und –«

Der Alte riss die Augen weit auf und starrte seinen Sohn voller Abscheu an. »Mensch unter Menschen«, stieß er hervor, »ha! Welche Ähnlichkeit hätte denn ein Ritterbürtiger mit einem Bauern oder Handwerker oder Pfeffersack? Verrate mir doch das, Albrecht Weißenstein! Fühlst du dich etwa eins mit den Jammergestalten da unten aus dem Dorf? Dann wärst du wirklich das Schwarze unterm Fingernagel nicht wert!«

»Der Doktor Luther sagt, vor Gott sind alle Menschen gleich«, erwiderte Albrecht lakonisch. »Er sagt außerdem, sie sollten es nach Gottes Willen auch vor der weltlichen Obrigkeit sein.«

»Es ist mir völlig gleich, was dein Doktor Luther sagt«, schrie Herr Eberhart. »Die Meinung eines entlaufenen Mönchs schert mich keinen Deut! Ich will, dass wir vom guten Adel wieder freie Herren auf unseren Burgen sind – dass wir jagen in den eigenen Wäldern und den Zehnten einfordern von den eigenen Bauern und unser gutes Auskommen haben, wie es früher war! Ich will ...«

Er hielt abrupt inne und schnappte heftig nach Luft. »Vater«, sagte Albrecht in neuer Besorgnis, »erregt Euch doch nicht so sehr! Das tut Euch nicht gut!«

Herr Eberhart krallte die Hand in den weichen grauen Pelz seiner Decke. »Hätte ich mehr Luft«, zürnte er, »ich würde es noch lauter herausschreien. Sechs Dörfer haben für Weißenstein gefront damals ... wir besaßen reiche Wälder und Land genug! Dann kam die Teuerung ... wir mussten Fürstendienst leisten ... und die Burgen und Dörfer gingen drauf, an den gierigen Pfaffen und seine Wucherer – nur, um die Kosten zu bezahlen, die ein fremder Krieg forderte!« Er keuchte mühsam. »Doch er soll uns Land und Leute wieder herausgeben, der Schurke – so wahr ich lebe!«

»Ich flehe Euch an, Vater«, begann Albrecht erneut, »seid still und gebt Euch erst einmal der Ruhe hin! Morgen werdet Ihr Euch besser fühlen – dann können wir –«

Mit einer herrischen Geste brachte der Alte seinen Sohn zum Schweigen. »Ich werde nicht verhandeln«, flüsterte er heiser, »nicht heute und nicht morgen. Du kennst nun meinen Willen, Albrecht. Handle danach und schwöre, dass du ihn ausführen wirst – oder verzichte auf dein Erbe und lass dich mit Schimpf von der Burg weisen!«

»Kann ich denn mit keinem vernünftigen Wort erreichen, dass Ihr anderen Sinnes werdet?« Albrecht heftete den Blick angestrengt auf das Antlitz seines Vaters, das auf einmal starr und wächsern wirkte. »Könnt Ihr wirklich nicht einsehen –«

»Schwöre – oder weiche ...«, kam die schwache Antwort.

»Es gibt keinen anderen Erben außer mir, Vater. Wem wollt Ihr Weißenstein denn anvertrauen, wenn nicht mir?«

»Gut«, wisperte der Alte, »gut denn ... so gebe ich Weißenstein dem Christoph ... Ich wollte ... ich hätte ... ihn anerkannt ...«

»Christoph ...?« Das war der Junge, der dem Torwächter zur Seite stand. »Du willst den Christoph in mein Erbe einsetzen, Vater?« Albrecht verstand kein einziges Wort von dem, was Herr Eberhart eben von sich gegeben hatte. »Aber der Christoph ist doch –«

» ... mein Sohn«, flüsterte der Alte so leise, dass seine Worte kaum noch vernehmlich waren. »Seine Mutter ... hat mein Bett geteilt ... ein paar Jahre, nachdem die deine gestorben war ...« Er röchelte, fuhr mit der Hand an seine Brust. »Er soll kommen … lass ihn rufen …«

»Vater!« Albrecht beugte sich entsetzt über den Alten und griff nach seiner Hand. Sie war eiskalt und zitterte. »Vater – um der Liebe Gottes willen … was ist Euch?«

»Lass ihn kommen …!« Noch immer sprach heißer Jähzorn aus dem Alten. »Sofort … ich dulde … keinen Aufschub!«

»Vater – wenn Ihr mit mir keinen Frieden machen wollt, dann tut's wenigstens mit dem Himmel«, sagte Albrecht. »Mir scheint, die Zeit drängt.«

Der Alte heftete den Blick auf seinen Sohn und stieß ein kurzes Lachen aus. Es klang hohl und atemlos. »Was brauche ich … Pfaffengeleier …«, kam es über seine blassen Lippen. »Ein freier burggesessener Herr ist niemandem etwas schuldig – nicht einmal …«

»Ihr versündigt Euch«, fuhr ihm Albrecht in die Rede.

»Nicht mehr … als ich mich schon … versündigt habe …«

»Dann lasst Euch freisprechen.« Albrecht drückte die knochigen Finger seines Vaters. »Danach wird Euch wohler sein, und der Segen des Himmels bewirkt vielleicht, dass Ihr klarer seht.«

»Ich sehe … klar genug«, wisperte der Alte mühsam. »Du bist vom Wolf … zum Hund geworden … und nicht mehr würdig … einer meines Stammes … zu sein …«

Albrecht spürte, wie auch in ihm Zorn aufstieg. Er ließ die Hand seines Vaters wieder fahren, wandte sich wortlos ab und ging zur Tür. Draußen auf dem Korridor warteten die alte Magdalene und ein Mädchen, das Essen für den Kranken hatte bringen wollen. »Lauf«, befahl ihr der Jungherr, »der Priester soll heraufkommen, falls er noch anwesend ist. Wenn nicht, lass ihn holen – und auch den Christoph. Herr Eberhart verlangt nach ihm.«

Die kleine Magd riss erschrocken die Augen auf. Dann reichte sie Magdalene die Suppenschüssel, drehte um und rannte mit fliegenden Röcken die Treppe hinunter. Magdalene heftete den Blick auf ihren jungen Herrn. »Dann hab ich mich doch nicht geirrt«, murmelte sie wie zu sich selbst.

»Wusstest du es?«, fragte Albrecht.

»Was? Dass Herr Eberhart sterben wird?«

Albrecht schüttelte den Kopf. »Das mit Christoph«, erwiderte er ungeduldig.

»Was soll mit ihm sein?«

Magdalene stellte sich dumm. Doch ihr junger Herr merkte es sofort. »Steh mir Antwort, Magdalene. Hast du es gewusst?«

Sie lächelte. Doch die winzige Bewegung ihrer Mundwinkel hatte nichts Fröhliches. Dann nickte sie. »Aber Euer Vater hat ihn nie anerkannt«, erklärte sie leise.

»So sagte er mir. Warum nicht?«

»Der Junge war ihm gleichgültig. Er ist ja nur ... ein Bastard.«

Albrecht ließ die Augen nicht vom Gesicht seiner alten Amme. »Magdalene – Christophs Mutter«, forschte er, »lebt sie noch unter diesem Dach?«

»Schon lange nicht mehr«, kam die Antwort. »Sie starb im Kindbett, genau wie Eure edle Mutter – Gott gebe ihr Frieden ...« Die Alte bekreuzigte sich und senkte den Blick zu Boden. »Sie war ein hübsches junges Ding, die Käthe ... und der Junge hat sie bei der Geburt zerrissen. So, wie Ihr Eure Mutter zerrissen habt ...«

Albrecht stockte für einen Augenblick der Atem. Bis heute hatte er über die Umstände seiner Geburt nicht viel gewusst. Was die Amme gerade verraten hatte, kam unerwartet für ihn. »War sie so zart?«, fragte er.

»Nein.« Die Amme hob den Kopf und spähte ihrem jungen Herrn ins Gesicht. »Nein – sie war hoch gewachsen und sehr kräftig, nicht anders als die Käthe.«

»Wie konnte den beiden Frauen dann solches Unheil geschehen?«, wollte Albrecht wissen.

Magdalene war sehr ernst. »Die Söhne, die die Herren von Weißenstein zeugen, sind oftmals allzu groß bei ihrer Geburt«, antwortete sie nachdenklich. »Herr Eberhart lachte, als er erfuhr, dass du anderthalb Ellen lang seist, und meinte, ein Wolf müsse eben rechtens von Anbeginn seines Lebens den anderen an Größe voraus sein ...«

Albrecht biss die Zähne zusammen. »Doch er weinte, als meine Mutter starb?«, fragte er gepresst.

»Er war ... gefasst«, sagte Magdalene. »Auch er selbst war schließlich ohne Mutter aufgewachsen.«

»Aus dem gleichen Grund wie ich?«

Magdalene nickte. »Und sein Vater, den ich noch gekannt habe, nahm gleichfalls keine zweite Frau«, erwiderte sie.

Die Magd kam wieder die Treppe herauf, einen ältlichen Priester im Gefolge. Dem folgte ein Knabe mit dem liturgischen Gerät und einer langen weißen Wachskerze, die noch nicht angezündet war.

»Wo bleibt der Christoph?«, herrschte Albrecht die Magd mit unterdrückter Stimme an. »Ich hatte dir doch aufgetragen, ihn herzubestellen!«

»Ich hab den Bub nirgends auftreiben können«, verteidigte sich das Mädchen erschrocken. »Und da sagte mir der alte Burkart, er hätt in den Wald wollen, um Knüppelholz zu sammeln fürs Feuer im Wachturm ...«

»Schon gut.« Albrecht zwang sich zur Gelassenheit. »Du kannst ja nichts dafür, dass der Herumtreiber gerade aushäusig ist. Geh wieder nach unten und schick ihn herauf, sobald er zurück ist.«

Das Mädchen knickste verschüchtert und huschte davon. Inzwischen hatte der Priester die Hand auf die Klinke gelegt und sacht die Tür aufgedrückt. Albrecht folgte ihm ins Krankenzimmer, während Magdalene auf dem Korridor zurückblieb.

Herr Eberhart lag still da; sein Gesicht war nun beinahe

ebenso weiß wie das Leinen seiner Kissen. Er regte sich auch nicht, als der Priester an seine Seite trat. »Bin ich zu spät gerufen?«, fragte der Priester im Flüsterton. »Herr – könnt Ihr meine Stimme noch hören?«

Der Alte öffnete langsam die Augen. »Schreien musst du nicht, Pfaffe«, flüsterte er mühsam, »noch höre ich gut genug ...«

Die letzten Worte waren mehr einem schmerzlichen Stöhnen ähnlich gewesen. Der Priester neigte sich über den Kranken. »Ihr solltet Eure Seele erleichtern«, sagte er, einen drängenden Unterton in der Stimme. »Ihr werdet ruhiger in die Ewigkeit hinübergehen können, wenn –«

»Halt's Maul«, stieß Herr Eberhart hervor. »Mach kein Brimborium ... und erspare mir auch das elende Räuchern ... es nimmt mir den Atem ... und den brauche ich für das, was ich ... noch zu sagen habe ...«

Er keuchte, rang nach Luft. Albrecht näherte sich seinem Lager von der anderen Seite. »Vater«, sagte er, »wir alle glauben, es geht mit Euch zu Ende. Ihr müsst nun –«

»Deine Ratschläge brauche ich nicht, Hund«, schnitt ihm Herr Eberhart mit einem verachtungsvollen Blick die Rede ab. Er bäumte sich in den Kissen auf. Mit beiden Händen bekam er die Bettkanten zu fassen, stemmte sich dagegen, schaffte es aber nicht, zum Sitzen zu kommen. Langsam sank er wieder in sich zusammen. »Wo ... ist mein Sohn ...?«, fragte er, während seine Augen unruhig suchten.

»Ich bin hier, Vater«, erwiderte Albrecht ruhig, »an deiner Seite.«

Herrn Eberharts Blick blieb auf Albrechts Antlitz haften. »Du ...«, kam es beinahe unhörbar von seinen Lippen, »du ... bist nicht gemeint ...« Er schaute zur Tür hinüber. »Wo ist ...«

Seine Stimme riss abrupt ab. Plötzlich trat ein wilder Glanz in seine Augen; sein Mund öffnete sich, er tat einen heulenden Atemzug und versuchte noch einmal, sich aufzusetzen. »Verflucht sollt ihr sein ... Verräter ...«, stieß er hervor, »zum Teufel mit euch allen ...«

Der Priester hatte die Hand des Alten ergriffen. »Herr Eberhart«, fragte er, »bereut Ihr Eure Sünden?«

»Was ... Sünden ...« Eberhart Wolf von Weißenstein saugte noch einmal heftig den Atem ein. »Weg, Pfaffe ...«, knurrte er, »weiche von mir ... und spar dir deine Litaneien ... ich verlange nicht danach!«

Der Priester zuckte zurück, doch er gab dem kleinen Ministranten einen Wink. Der Junge zündete an der mitgebrachten Laterne die lange Wachskerze an und reichte sie dem Priester. Der drückte sie dem Kranken in die abgezehrte Hand. »Pater noster – qui es in coelis – sanctificetur nomen tuum ...«, begann er zögernd zu beten.

Herrn Eberharts Finger schlossen sich wie Krallen um das Wachslicht. Einen weitäugigen Blick warf er auf die flackernde kleine Flamme, dann schleuderte er die Kerze von sich. »Totenvogel«, hauchte er mit letzter Kraft und sah den Priester starr an, »schwarze Krähe ... der letzte Wolf vom Weißenstein ... fürchtet dich nicht!«

»Dann fürchtet den Zorn Gottes«, sagte der Priester, »bekennt Eure Sünden, Herr!«

»Der Satan soll dich holen ...«, flüsterte der Burgherr. Der Glanz begann aus seinen Augen zu schwinden. »Ich will ... ich will ...« Ein langgezogener, leidenschaftlich ausgestoßener Hauch entfloh seinem Mund. In dem Augenblick, als die Kerze am Boden erlosch, brach auch sein Blick.

Eberhart Wolf von Weißenstein war nicht mehr. Mehrere Atemzüge lang verharrten die Anwesenden in beklommenem Schweigen. Schließlich sprach der Priester murmelnd und mit monotoner Stimme die Worte des Vaterunsers zu Ende. Nach dem Amen erhob sich Albrecht, der niedergekniet war, von seinem Platz neben dem Bett und drückte seinem Vater mit sanfter Hand die Augen zu, während der Ministrant Salböl und Weihwasserkessel bereitstellte.

Doch der Priester wollte den Toten nicht aussegnen. »Wie kann ich ihm die Tröstungen der heiligen Mutter Kirche verleihen?«, sagte er verbissen. »Er starb ja mit einem Fluch auf den Lippen ... nicht einmal die Beichte hat er abgelegt.«

»Ich bin mir sicher, dass mein Vater seine Sünden ehrlichen Herzens bereute«, widersprach Albrecht. »Was also sollte dich daran hindern, deine Pflicht zu tun?«

»Ich sagte es schon.« Der Priester machte eine abwehrende Handbewegung. »Betet für ihn, Herr Albrecht. Vielleicht erbarmt sich ja Gott seiner schuldbeladenen Seele, und er fährt nicht zur Hölle ...«

Albrecht erstarrte für einen Augenblick. Dann packte er den Pfarrer am Kragen seines Priestergewandes. »Du gibst ihm den Segen, Pfaffe«, befahl er wütend, »sonst landest du im tiefsten Loch, das auf Weißenstein zu finden ist. Der neue Herr bin ich – und sei sicher, ich werde zu gebieten wissen!«

Der Priester schrumpfte in sich zusammen. Etwas im Blick des jungen Wolf von Weißenstein brachte ihn dazu, klein beizugeben. »Da Ihr sicher zu sein scheint, dass Euer Vater ein reuiger Sünder war, will ich Eurem Wunsch nachkommen«, murrte er, »doch mit Überzeugung füge ich mich nicht.«

Starren Angesichtes tat er, was noch zu tun übrig blieb, und vollzog die Totensegnung. Dann verließ er wortlos und mit anklagendem Blick das Gemach. Albrecht war mit der Leiche seines Vaters allein.

Er stand da und starrte in das stille Gesicht des Toten, das selbst jetzt noch streitbar und zornig wirkte. Widerstreitende Gefühle – Wut, Auflehnung, Schmerz und Trauer – überwältigten ihn fast. »Schon immer wolltest du mich anders haben als ich bin, Vater«, murmelte er mit schmalen Lippen, »ich musste dir als Kind die Studien in der Klosterschule abtrotzen, weil du dachtest, ein freier Herr braucht weder lesen noch schreiben zu können. Hinter deinem Rücken musste ich mich nach Wittenberg absetzen – weil du die Erlaubnis zum Studium nicht geben wolltest. Und jetzt ...?«

Er fuhr sich über die Stirn, schloss für einen Moment die Augen. »Was du jetzt von mir verlangst, das ist zu viel«, fuhr er fort. »Es gibt kein Zurück in die alten Zeiten ... kein Fürst ist mehr angewiesen auf die Gefolgschaft freier Ritter. Heute wirbt man einfach Lanzknechte an – es melden sich ihrer genug, wenn genügend Handgeld geboten wird. Nein, Vater ...«, er fixierte den Toten noch einmal, als könne Eberhart von Weißenstein die Augen wieder aufschlagen, »die Welt hat sich gewandelt – du wolltest es bloß nicht wahrhaben.«

Die Tür ging leise auf. Magdalene und der junge Christoph traten ins Zimmer. Albrecht blickte ihnen geistesabwesend entgegen. »Was gibt's?«

Die Amme warf einen kurzen Blick auf den Toten. Dann schickte sie mit einer Handbewegung den Jungen wieder hinaus. Christoph verließ mit einem verständnislosen Blick das Gemach. Magdalene sah Albrecht an. »Nun hat Herr Eberhart doch nicht mehr sagen können, was er wollte, und wir sollten des zufrieden sein«, bemerkte sie gelassen.

»Hast du dem Jungen nicht Bescheid gegeben?«, fragte Albrecht. »Weiß er immer noch nicht, dass er –«

»Still, mein Albrecht«, unterbrach ihn Magdalene, »es ist besser so. Gott in seiner großen Güte wird wissen, warum er Eurem Vater im rechten Augenblick die Worte nahm.«

»Er schalt mich einen Hund, als er noch Sprache hatte«, murmelte Albrecht. »Und einem Hund wollte er das Regiment nicht überlassen ...«

Die alte Amme warf einen zustimmenden Blick auf den Toten. »Recht so, Herr Eberhart«, sagte sie, »und da Euer ältester Sohn kein Hund ist, sondern ein Echter aus dem

Stamm Weißenstein, so geht das Erbe auch an den Richtigen.«

Albrecht musste lächeln. Das Bild eines zierlichen jungen Mädchens mit dunklen Augen und schwarzbraunem Haar war plötzlich vor seinem inneren Auge aufgetaucht. »Vielleicht hatte er aber doch Recht«, murmelte er versonnen, »und ich bin schon vor zwei Tagen vom Wolf zum Hund geworden ...«

Oktober Anno 1524
Gilbhart

Sankt Michael zündt's Feuer an.

Wir gehen zur Kirchweih«, sagte Anna Elisabeth und streichelte dem kleinen Mädchen über das Strubbelhaar, »ich sorge dafür, dass ihr alle einen Wecken bekommt – und wenn ich dafür singen und tanzen muss!«

Das Kind lachte und klatschte in die Hände. »Kommt Mutter vielleicht auch hin?«, fragte es erwartungsvoll.

Anna Elisabeth richtete den Blick wieder auf ihre Näharbeit und stichelte weiter an dem dicken braunen Wollzeug, das auf ihren Knien lag. »Nein«, gab sie der Kleinen zur Antwort.

»Warum?«, wollte das Kind wissen.

»Sie kann ja nicht«, sagte Anna Elisabeth, »sie ist doch bei den Engeln.«

»Aber vielleicht lassen die Engel sie gehen«, meinte die Kleine hoffnungsvoll, »dann kommt sie doch, und wir feiern alle zusammen ...«

»Ach, Mariechen.« Anna Elisabeth legte die Nadel für einen Augenblick aus der Hand und sah das Kind an. »Wenn sie das könnte, würdest du sie gar nicht sehen.«

»Warum?« Mariechen ließ nicht locker.

»Weil sie jetzt selbst ein Engel ist.«

»Aha.« Die Kleine legte den Kopf schief. »Aber warum kann ich sie nicht sehen?«

»Weil Engel unsichtbar sind.« Anna Elisabeth nahm ihre Arbeit wieder auf. Sechs Wochen war es jetzt her, dass man die Barbara zu Grabe getragen hatte, und die anderen Kinder hatten auch begriffen, dass ihre Mutter nicht wiederkehren würde. Nur die kleine Marie mit ihren drei Jahren wollte es immer noch nicht wahrhaben.

Jetzt fragte sie wieder: »Warum?«

Anna Elisabeth gingen die Erklärungen aus. »Sieh mal, Schätzchen«, erwiderte sie geduldig, »den lieben Gott können wir Menschen doch auch nicht sehen – denn er lebt im Himmel. Aber er kann uns sehen und weiß immer, was wir tun.«

Das Kind machte ein nachdenkliches Gesicht. »Kann Mutter mich auch sehen?«, wollte es wissen.

»Ich glaub schon«, sagte Anna Elisabeth. »Sie schaut vom Himmel auf dich herab, und –«

»Und warum kommt sie dann nicht einfach mal zu mir herunter?« Marie war immer noch nicht zufrieden. »Es wär so schön, wenn sie da wär – auch wenn ich sie nicht sehen könnt!«

»Vielleicht ist sie ja manchmal da«, mutmaßte Anna Elisabeth. »Vielleicht hat der liebe Gott sie zu deinem Schutzengel gemacht, und sie passt jetzt auf dich und deine Geschwister auf ...«

Marie schob die Unterlippe vor. »Ich will aber, dass ich sie sehen kann«, sagte sie schmollend. »Sie soll wiederkommen – das soll der liebe Gott machen!« Sie heftete forschend den Blick auf Anna Elisabeths Gesicht. »Du hast doch gesagt, der liebe Gott kann alles, Annelies!«

Anna Elisabeth steckte die Nähnadel in den Stoff und schnitt einen neuen Faden ab. »Das kann er«, bestätigte sie dem Kind, »aber willst du wirklich, dass sie aus dem schönen Himmel wieder in eure kleine Hütte kommt? Ich meine – sie hat es doch jetzt so viel besser ...«

Mariechen dachte nach, das sah man ihrer ernsten Miene an. »Ist es immer warm im Himmel?«, fragte sie schließlich. »Und hat meine Mutter immer genug zu essen … auch Wecken mit Rosinen?«

»Sie kriegt im Himmel alles, was sie sich nur wünschen kann«, sagte Anna Elisabeth.

»Alles?« Mariechen machte große runde Augen. »Sogar … ein Stück Braten und weißes Brot, so viel sie will?«

»Aber ja!«

»Und sie muss nicht mehr so viel arbeiten – und es tut ihr nie der Rücken weh, und die Sorgen sind alle weg?«

»Nie mehr.«

»Dann will ich, dass sie im Himmel bleibt.« Die Worte des Kindes waren durchdrungen von Überzeugung. »Ich hab sie lieb … auch wenn ich sie noch lieber bei mir hätte …«

Anna Elisabeth lächelte über das ernste, gläubige Antlitz des kleinen Mädchens. Gleichzeitig stiegen ihr unvermittelt die Tränen in die Augen. Wie bescheiden sich das Kind den Himmel vorstellte – gutes Essen hin und wieder, Wärme, weniger Arbeit und kein Schmerz … Das war weiß Gott nicht zu viel verlangt – auch nicht für diese Welt.

Sie fädelte die Nadel ein und arbeitete weiter. Der Kindermantel, den sie nähte, sollte für Mariechen sein. Zwei warme Jacken hatte sie bereits für Matthias' kleine Jungen gemacht; die dicke Decke, die der Reiter damals einfach im Stall hatte liegen lassen, war groß genug gewesen und hatte dazu ausgereicht. Geistesabwesend streichelte sie mit dem kleinen Finger über die weiche, flauschige Wolle. Hatte der Fremde seine Decke nur vergessen – oder hatte er sie als zusätzliche Zahlung für Unterkunft und Speise gedacht? Anna Elisabeth wusste es nicht. Sie vermutete das Erstere, denn er war schon ein wunderlicher Kerl gewesen, dieser Albrecht Hund aus Schwarzental …

»Was hast du, Annelies?«, fragte Mariechen. »Du machst so ein finsteres Gesicht.«

»Ich denke, du solltest schnell heimlaufen«, wich Anna Elisabeth aus. »Ganz bestimmt warten dein Vater und die anderen schon mit dem Essen – Gertrud hat heute Hirsebrei gekocht.«

»Mit Sirup?«

»Mit Salz.«

Das plötzliche Leuchten in dem Augen des Kindes verschwand wieder. Dann kehrte es zurück. »Mit Salz schmeckt's auch gut«, sagte Mariechen, »nur ohne alles nicht ...«

»Freu dich auf den Kirmesweck«, empfahl Anna Elisabeth lächelnd. »Jetzt ab mit dir. Später kommst du dir deinen neuen Mantel abholen – und ein Butterbrot.«

Das Kind nickte begeistert und sauste los. Seine Füßchen steckten in nagelneuen ledernen Bundschuhen – festen, solide benagelten kleinen Stiefeln, wie der Müllerhannes sie vor ein paar Tagen für alle Kinder des armen Matthias gemacht hatte. Überhaupt hatten sich alle aus dem Dorf daran beteiligt, die Not der Familie ein wenig zu lindern. Matthias und seine Kinder würden diesen Winter sicherlich nicht mehr darben müssen als alle anderen auch.

Anna Elisabeth stand auf und ließ die Kleine hinaus. Einen Augenblick blieb sie an der Tür stehen und schaute zum Weiher hinüber, der jetzt, an zwei Seiten umrahmt von braunem Schilf, in bleigrauer Glätte dalag. Die Buchen, die dahinter zu sehen waren, prangten in goldenem Herbstlaub, das an einem trüben Tag wie heute beinahe den Sonnenschein ersetzte. Von dort hinten, wo der Waldweg begann, war sie damals mit dem fremden Reiter ins Dorf gekommen – bei Einbruch der Dunkelheit war das gewesen, und sie erinnerte sich sonderbarerweise noch in allen Einzelheiten daran.

Er hatte freche Reden geführt. Doch was er in der Stube mit den Männern gesprochen hatte, das hatte Hand und Fuß gehabt. Er hatte sich aufgeführt wie einer, der das Befehlen gewohnt war – aber sein Gewand war abgetragen gewesen.

Sie atmete tief ein und ging wieder in die warme Stube. Der Wind pfiff heute besonders kalt. Sie warf noch ein Scheit aufs Feuer. Funken sprühten, wirbelten hinauf in den Kamin. Wo er jetzt wohl sein mochte, der fremde Reiter? Sie hatte ja bei seiner Abreise kein Wort mehr mit ihm gewechselt. Zu sehr hatte sie sich geschämt, weil sie doch wie ein kopfscheues Rindvieh vor ihm davongelaufen war, im Stall, am Abend zuvor ...

Nachträglich schüttelte sie den Kopf. Alles, was recht war – aber ein überheblicher Tropf war dieser Albrecht Hund schon gewesen, und es ging gar nicht an, dass sie immer noch an ihn dachte. Bald musste der Vater heimkommen, der heute zusammen mit dem Hannes in der Mühle eine neue Maische fürs Bier hatte ansetzen wollen. Wenn dann die Grütze nicht fertig war, würde es wohlverdiente Schelte setzen – abgesehen davon, dass ja auch das Mäntelchen noch fertig werden sollte.

Sie nahm den Breikessel, füllte ihn aus dem Eimer zur Hälfte mit Wasser und setzte ihn ans Feuer. Das Breimehl, eine Mischung aus grob gemahlener Gerste und zerstampftem Hafer, kam als Nächstes hinein. Sobald das Gericht zu dampfen begann, musste kräftig gerührt werden; der Vater liebte es gar nicht, wenn sein Essen angebrannt war.

Anna Elisabeth widmete sich dem Rühren mit Hingabe. Dabei überlegte sie angestrengt, womit sie die tägliche Speise heute verbessern konnte. Speck war keiner mehr da; auch an Gemüse standen ihr nur Kraut und Rüben zur Verfügung, und die schmeckten nicht zur Grütze.

Der Brei war beinahe gar. Einen großen Teil des vorhandenen Salzes hatte Anna Elisabeth heute Matthias' ältester Tochter, der Gertrud abgetreten. Was war mit Lauch oder Zwiebeln? Davon hatte sie reichlich.

Sie rückte den Breitopf vom Feuer und nahm die Pfanne

vom Wandhaken. Zwiebeln waren die richtige Wahl für heute. Wenn man sie über dem Feuer schälte, tränten die Augen nicht so. Nun die Pfanne ans Feuer – hurtig, Annelies. Himmel, war die schnell heiß ... schon rauchte sie beinahe! Schmalz hinein – einen Löffel voll, mehr nicht. Nun die Zwiebeln schneiden und schön braun braten ... wie lecker das duftete ...

Eine Prise Salz musste doch in den heißen Brei. Dann kamen die Zwiebeln dazu. In dem Augenblick, als alles gut vermischt war, überschritt der Hausherr die Schwelle. »Gott zum Gruß, Tochter«, polterte er, indem er einen schnellen Blick in den Kochkessel warf, »ich sehe, du hast genügend gekocht für zwei hungrige Mannsleute!«

Hannes war bei ihm, grüßte Anna Elisabeth mit einem Lächeln über die Schulter des Vaters. »Riecht gut, mein Mädchen«, sagte er, »du bist die beste Köchin weit und breit!«

»Warte erst einmal ab, bis du gekostet hast«, gab Anna Elisabeth zurück. »Mag sein, dass du dann ganz anders redest.«

»Kaum.« Hannes warf seinen Mantel ab und hängte ihn an den Haken neben der Tür. »Ich kenn doch deine Künste – wenigstens, was die Küche angeht.« Er zwinkerte übertrieben deutlich, so dass Anna Elisabeth lachen musste und der Vater finster die Brauen runzelte. »Unkeusche Reden gibt's nicht unter meinem Dach!«, schnaubte er.

»Aber Vater!« Anna Elisabeth nahm dem Alten den Mantel ab und hängte ihn ebenfalls auf. »Du kennst uns doch und weißt genau, wie's gemeint war.« Sie deutete auf den Tisch, wo schon die Löffel für das Essen bereitlagen. »Ihr könnt euch gleich niedersetzen.«

Dem kamen die beiden Männer nur allzu gern nach. Sie schöpften wortlos aus dem Breikessel, sobald er vor ihnen stand, und aßen heißhungrig ohne zu sprechen. Schon kurze Zeit später war der Kessel so gut wie leer. Hausherr und zukünftiger Schwiegersohn lehnten sich zufrieden zurück, während die Tochter abräumte, den eigenen bescheidenen Anteil aus dem Topf in ein Schüsselchen kratzte und dann Löffel und Kochgefäß reinigte.

Anschließend forderte der Vater Bier. »Die neue Maische ist angesetzt«, sagte er, »da können wir vom alten Bier ruhig noch den Rest wegtrinken.«

»Sonst wird's eh sauer«, stimmte Hannes zu. »Nimm dir auch einen Becher und setz dich zu uns, Schätzle«, fügte er mit einem zärtlichen Blick auf Anna Elisabeth hinzu. »Nun wird's bald ernst mit uns. Auf der Kirmes – da sollen es alle erfahren, sagt dein Vater. Freust dich auch so wie ich?«

Anna Elisabeth, die den Bierkrug schon vom Boden aufgehoben hatte, spürte, wie ihre Hände zu zittern begannen. »Auf der Kirmes?«, fragte sie nach. »Was meinst du denn damit, Hannes?«

»Na, unser Verlöbnis«, erklärte Hannes mit leuchtenden Augen. »Wir geben bekannt, dass wir einig sind, Annelies. Und nächsten Mai – da halten wir Hochzeit!«

Sie sah ihn mit großen Augen an. »Aber ich ...«, begann sie unsicher.

»Was meine Hausfrau können muss, das geht dir doch längst wunderbar von der Hand«, unterbrach Hannes sie gut gelaunt. »Du kochst wie keine andere, du kannst sauber machen, nähen, flicken, weben und was der Weibertugenden mehr sind. Und wie du mit Mattheis seinem Mariechen umgehst ...«, er lächelte sie an, »die eigene Mutter würd's auch nit besser machen!«

»Aber mein Vater braucht mich noch«, widersprach Anna Elisabeth. »Wer soll ihm denn den Haushalt führen?«

»Es wird höchste Zeit, Tochter, dass du heiratest«, mischte sich der Alte ein. »Hast schon viel zu lange deine Zeit vertrödelt. Ich will meine Enkel noch kennen lernen!«

Anna Elisabeth betrachtete die beiden Männer, wie sie mit ausgestreckten Beinen auf der Bank beim Tisch saßen und forschend zu ihr herüberschauten. Beide trugen Kittel und Hosen aus selbst gewebtem, graubraunem Wollzeug; ihre Füße steckten in klobigen Bundschuhen, deren Schnürriemen bis zum Knie hinauf die Hosen umschlossen. Und beide waren vom gleichen Schlag. Ihre Gedanken drehten sich immer nur um die tägliche Last und Plackerei, aus denen ihr Leben bestand, ums Essen und um die wenigen bescheidenen Lustbarkeiten, die sich gelegentlich boten. Anna Elisabeth war sicher: Hannes Rebmann der Müller hatte sich sicherlich noch nie gewünscht, lesen und schreiben zu können und die Welt außerhalb des Odenwaldes kennen zu lernen. Sie holte tief Luft. »Nun ja«, wich sie aus, »irgendwann wird's so weit sein. Drängt mich nicht.«

Hannes gab auch für diesmal klein bei. »Weißt du«, sagte er, »wir werden das schönste Paar sein beim Tanz. Ich hab was für dich, Annelies – das sollst du tragen, wenn aufgespielt wird.« Er grub in seinem weiten Hosensack, förderte ein Päckchen zutage, hielt es ihr hin. »Mach's auf und sag mir, ob es dir gefällt!«

Anna Elisabeth nahm das kleine Paket zögernd entgegen. »Was ist es denn?«, wollte sie wissen.

»Mach's auf, dann siehst du's!«

Sie wickelte den Leinenstoff auseinander, in den sein Geschenk eingeschlagen war. Ein Tüchlein kam zum Vorschein – ein Halstuch aus ganz zartem, hellblau gefärbtem Barchent, so fein, wie sie noch nie eines gesehen hatte. »Oh«, flüsterte sie, »das ist schön ... es muss ein Vermögen gekostet haben ...«

Hannes strahlte. »Dann magst du es?«, wollte er wissen. »Es soll mein Verlobungsgeschenk sein, Annelies!«

Sie fuhr mit den Fingerspitzen ganz sacht über den weichen Stoff. »Ja, ich mag es«, antwortete sie ehrlich, »aber ich weiß nicht, ob ich es annehmen kann ...«

»Warum denn nicht?«, ließ sich der Vater polternd vernehmen. »Wenn du erst die Frau Rebmännin bist, wirst du auf deinen Stand zu achten haben, und es schadet nicht, schon im Brautstand damit anzufangen!«

»Im Brautstand ...«, flüsterte Anna Elisabeth. Sie hatte als Hannes Rebmanns Braut gegolten, so lange sie zurückdenken konnte. Irgendwie war es für alle aus dem Dorf immer eine ausgemachte Sache gewesen, dass sie einmal Hannes' Frau werden würde. Nur sie selbst hatte sich mit dem Gedanken nie näher befasst. Der Zeitpunkt ihrer Hochzeit hatte immer in weiter, weiter Ferne gelegen. »Hannes, bist du dir wirklich sicher, dass du mich nehmen willst?«

Er sprang von der Bank auf, kam um den Tisch herum und fasste sie um die Taille. »Schätzle«, sagte er fröhlich, »noch nie im Leben war ich mir so sicher. Nächsten Mai gibt's eine Hochzeit, die soll drei Tage dauern!«

»Aber ich krieg kaum eine Mitgift«, wandte Anna Elisabeth ein. »Von meiner Mutter hab ich nur eine Kiste mit Weißzeug ...«

»Weißzeug ...« Hannes lachte und zwinkerte dem Alten zu. »Was brauchst du Heiratsgut, wenn dein Mann einen Hausstand schaffen kann?« Er beugte den Oberarm, so dass seine Muskeln sich spannten. »Glaub mir, Schätzle – in der Mühle werden wir bestimmt nicht hungern und frieren!«

»Du könntest dir im Kirchdorf eine Bessere ausfindig machen als mich.« Anna Elisabeth gab noch nicht auf. »Eine, die mehr in die Ehe mitbringt.«

»Eine Bessere als dich gibt es nicht.« Hannes schaute ihr in die Augen und nickte wie zur Bestätigung seiner eigenen Worte. »Du bist die Meine und warst es schon immer, Annelies.«

»Finde dich damit ab, Tochter, dass die Kinderzeit nun bald zu Ende geht«, sagte der Vater trocken. »Ich weiß wohl, warum du dich bisher immer vor dem Heiraten gedrückt hast.« Er lachte kurz auf. »Aber nun wollen wir nicht mehr warten, der Hannes und ich. Er will ein Weib – und ich will Enkel. Gefreit wird nächsten Frühling. Keine Ausflüchte mehr!«

»Ja, wenn's so steht ...« Anna Elisabeth rang sich ein Lächeln ab. Sie mochte den Hannes ja auch. Er würde sicher einen guten Hausvater abgeben. Die Liebe kommt später, hatte die Mutter immer gesagt, als sie noch lebte.

Sie ließ sich von Hannes auf die Wange küssen. Als er mutiger werden wollte, schob sie ihn weg. »Nicht so wild«, wies sie ihn zurecht. »Das ziemt sich noch nicht für uns ...«

Er grinste. »Aber auf der Kirchweih«, sagte er mit einem lustigen Augenzwinkern, »da wirst du es dir gefallen lassen müssen, Annelies. Für Brautleute ist das Küssen erlaubt – sogar vor allem Volk!«

»Untersteh dich!« Anna Elisabeth ging auf seinen neckenden Ton ein. »Und solltest du's doch zu toll treiben wollen – ich kann immer noch schneller rennen als du, Hannes Rebmann!«

»Dumme Kindereien«, brummelte der Vater. »Für so etwas bist du inzwischen zu alt, Annelies.« Er deutete auf den Bierkrug. »Renn lieber in den Keller – da kommt was Nützliches bei raus. Und werde endlich erwachsen!«

Hannes kniff ein Auge zusammen und versuchte, weise dreinzuschauen. »Hör auf deinen Vater, Annelies«, fügte er hinzu, »ich hab auch auf meine Mutter gehört.«

»So? Was hat dir die denn aufgetragen?« Anna Elisabeth stemmte die Faust in die Hüfte. »Hoffentlich war's derselbe Ratschlag, den mir mein Vater gerade gegeben hat.«

»Sie meinte, ich soll endlich Nägel mit Köpfen machen«, sagte Hannes, der die kleine Ironie in ihren Worten nicht mitbekommen hatte. »Für mich gäbe es keine bessere Frau als dich, Schätzle«, er grinste sie breit an, »und wenn ich noch länger warten tät, dann könnt es sein, dass dich mir ein anderer vor der Nase wegschnappt.«

»Wer sollt denn das sein?« Anna Elisabeth legte den Kopf schief und gab sich alle Mühe, den scherzenden Ton beizubehalten. Gleichzeitig kam ihr das Bild eines hochgewachsenen

Mannes mit durchgelaufenen Stiefeln und schulterlangem Blondhaar in den Sinn – das Bild dessen, der die wollene Decke im Stall hatte liegen lassen ...

»Wer weiß?«, brummelte der Vater. »Bist schon lang im heiratsfähigen Alter, und auch andere täten dich gern nehmen – noch andere außer dem Hannes.«

Anna Elisabeth nahm den brennenden Kienspan aus der Wandhalterung und entriegelte die Kellertür. Dann, ohne zu antworten, nahm sie den Krug und stieg in die dunkle Kellerhöhle hinab. Die Worte ihres Vaters hatten sie in Verwirrung gestürzt – sie wusste selbst nicht genau, warum.

Das Bierfass stand in der hinteren Ecke des niedrigen Tonnengewölbes. Anna Elisabeth steckte den Kienspan in den dafür vorgesehenen Eisenring an der Wand, stellte die Kanne unter den Zapfhahn und drehte langsam und sorgfältig auf. Während das Bier lief, kippte sie den Krug ganz leicht, damit nichts überschäumte, und schloss den Hahn wieder, als die Kanne voll war. Wer sollte sich denn wohl für sie interessieren außer dem Hannes, dachte sie. Im Dorf kam außer ihm niemand als Bräutigam in Frage, und aus den Nachbardörfern hatte sich noch nie ein Bewerber gemeldet ...

Was der Vater sich immer so zusammenreimte! Auf der Kirmes, beim Michaelifest, würde sie ganz sicher mit keinem tanzen außer dem Müllerhannes – so, wie der es gesagt hatte. Die anderen jungen Männer wussten doch alle, dass sie zu ihm gehörte, und fürchteten sich außerdem vor seinen harten Fäusten. Der Hannes stand mit gutem Grund in dem Ruf, dass er sein Eigentum bestens zu verteidigen verstand.

Eigentum. Aber war sie sein Eigentum – und wollte sie es überhaupt sein? Wollte sie jemandem ganz und gar gehören, mit Leib und Seele?

Der Kienspan zischte und begann zu blaken; ein Wassertropfen musste von der Decke gefallen sein und die Flamme getroffen haben. Anna Elisabeth nahm die Fackel wieder an sich und packte den vollen Krug am Henkel. Tief in Gedanken trug sie ihn die Treppe hinauf. Wie konnte es ein Mensch überhaupt ertragen, einem anderen untertan zu sein? Der Vater hatte ihr immer viel Freiheit gelassen und niemals auf unbedingtem Gehorsam bestanden – doch er hätte es tun können. Es war sein Recht. Nach der Hochzeit würde es Hannes Rebmanns Recht sein, ihr zu befehlen ... und sie würde gehorchen müssen.

Eine Frau tat nicht immer gut daran, zu heiraten. Was geschehen konnte, wenn sie den Falschen gewählt hatte, das konnte man an der Grete sehen, der Frau des Schmieds ganz am Ende des Dorfes. Die Grete war schon oft genug von dem Ihren so misshandelt worden, dass sie tagelang das Bett hatte hüten müssen. Mittlerweile fehlten ihr zwei Schneidezähne. Ihre Unterarme waren krumm von schlecht verheilten Knochenbrüchen. Und ihre Kinder waren immer so verschüchtert und ängstlich, dass einem bei ihrem Anblick das Herz wehtat. Nur ihr Ältester, der Toni – der würde später sicher einmal ebenso gewalttätig werden wie sein Vater. Schon jetzt hatten alle anderen Kinder aus dem Dorf Angst vor ihm.

Aber der Hannes war nicht so einer wie der Schmiede-Jörg. Bei dem würde es ihr gut gehen. Er würde ihr alles zuliebe tun, würde auf keinen Fall zulassen, dass ihr ein Leid geschah. Der Hannes war ein anständiger Kerl. Sie kannte ihn ja schon seit der Kinderzeit. Besser als mit ihm konnte sie es nicht treffen. Und die Liebe würde später kommen.

Der Vater und sein zukünftiger Schwiegersohn waren in ein munteres Gespräch vertieft, als Anna Elisabeth mit dem Bier in der Stube ankam. Sie steckte den Kienspan wieder in seine Halterung, holte Becher vom Wandbord und schenkte den Männern ein. »Magst auch ein Schlückchen trinken?«, fragte der Hannes und bot ihr seinen Becher an.

»Ausnahmsweise.« Anna Elisabeth liebte Bier nicht besonders, auch wenn es in diesem Fall das beste war. Widerstrebend füllte sie einen Becher für sich.

»Komm, setz dich zu uns, Annelies«, forderte der Vater sie auf. »Der Hannes hat noch ein Weilchen Zeit.«

»Und ich hab zu nähen«, sagte sie. »Der Mantel fürs Mariechen soll so schnell wie möglich fertig sein. Hab's ihr versprochen.«

»Seit wann nähst du mit dem Mund oder mit den Ohren?«, wies der Vater sie zurecht. »Am Zuhören oder Reden wird dich die Näherei ja wohl nicht hindern.«

»Was soll ich bei Männergesprächen mitreden?«, gab Anna Elisabeth zurück. »Das schickt sich nicht – so hast du es mich selbst gelehrt.« Sie sah ihren Vater trotzig an. »Ihr habt sicherlich Dinge zu besprechen, die nicht für mich bestimmt sind – oder?«

Hannes lächelte und griff nach ihrer Hand. »Es geht sogar um dich«, erklärte er mit einem zärtlichen Blick, »und du sollst dich nicht ausgeschlossen fühlen, Schätzle.«

»Ich hab nämlich dem Hannes gerade erklärt, was du von mir in die Ehe mitkriegst«, sagte der Vater. »Es ist von deiner Mutter selig, Annelies – ein schöner Batzen. Zehn Joachimstaler.«

»Was?« Anna Elisabeth hatte nicht geahnt, dass der Vater all die Jahre so viel Geld im Haus gehabt hatte. »Und du hast es nicht verbraucht, als wir's nötig hatten?«

Der Vater lächelte verschmitzt. »Wir leben ja noch – auch ohne dass ich das Heiratsgut deiner Mutter anbrechen musste«, erwiderte er mit einem gewissen Stolz. »Hab's sogar noch ein bisschen vermehren können ...«

Er stand vom Tisch auf, schlurfte zu der großen Truhe, die an der Längswand unter dem kleinen Fenster stand, hob den Deckel auf und machte sich daran zu schaffen. Anna Elisabeth sah mit Verwunderung, dass sich darunter ein kleines verborgenes Fach befand, von dessen Existenz sie nichts geahnt hatte.

Der Vater nahm eine in Leinen gewickelte Rolle heraus. Es klimperte, als er sie auf den Tisch legte. Und nachdem er das Leinen abgenommen hatte, lagen plötzlich vierzehn silbern schimmernde, dicke Münzen vor ihren staunenen Augen. Ein kleines Vermögen.

»Das ist deins«, sagte der Vater. »Sobald du heiratest, kann dein Mann darüber verfügen.« Er warf Johannes Rebmann einen vielsagenden Blick zu. »Er findet sicher gute Verwendung dafür – nicht, mein Sohn?«

Hannes war genauso erstaunt wie Anna Elisabeth. »Ich weiß nicht, was ich sagen soll«, gab er zurück. »Meine Mutter und ich – wir hatten uns schon Gedanken gemacht, weil Annelies ja nichts mitbringt. Aber jetzt ... jetzt sieht alles ganz anders aus!«

Er hatte glänzende Augen bekommen. Er betrachtete die Taler, streichelte sie förmlich mit Blicken. »Was denkst du, Hannes?«, fragte Anna Elisabeth. »Was würdest du mit dem Geld anfangen?«

»O ... ich weiß noch nicht«, murmelte er. »Es gibt so vieles, was man dafür kaufen könnte ...« Sein Blick schien durch sie hindurchzugehen. »Es wird sich finden.«

»Das meine ich auch«, brummelte der Vater zufrieden. »Lass dir nur Zeit, es weislich zu überlegen, Junge. Überstürze nichts – das bringt selten Gewinn.«

»Und bis Mai ist ja auch noch viel Zeit«, sagte Anna Elisabeth fest. »Wer weiß, was bis dahin alles geschieht.«

Hannes musterte sie mit einem leisen Befremden im Blick. Dann sprang er vom Tisch auf und zog Anna Elisabeth mit hoch. »Erst einmal feiern wir«, sagte er und stieß einen Juchzer aus, während er sie noch einmal um die Taille fasste und im Kreis herumwirbelte. »Wir werden tanzen und Kirmeswecken essen und einen guten Schluck trinken und uns sogar ein Stück Braten gönnen ... gefällt dir das, Schätzle?«

Anna Elisabeth machte sich aus seiner Umarmung los. »Wenn ich jetzt nicht weiternähe«, erwiderte sie nüchtern, »dann wird zumindest das Mariechen auf dem Fest erbärmlich frieren.«

»Ja – kann der Mattheis sich denn den Besuch auf der Kirmes überhaupt leisten?«, wollte Hannes wissen.

»Der Matthias nicht«, sagte Anna Elisabeth, »aber ich hab den Kindern versprochen, sie mitzunehmen und ihnen einen Weck zu spendieren.«

»Dafür ist nichts übrig«, grollte der Vater in plötzlichem Missmut. »Es kostet schon genug, sie alle durchzufüttern.«

Die Tür schwang auf. Michel kam herein, den Arm voller frisch gespaltener Holzscheite, die er neben dem Herd auf den Boden fallen ließ. »Aber wenn's zu knapp würde, dann wollte die Annelies dafür singen und tanzen«, mischte er sich in das Gespräch ein.

Hannes schob die Taler zusammen und rollte sie mit hastigen Bewegungen in das Tuch ein. »Was redest du da für Unsinn«, sagte der Vater halb belustigt, halb verärgert. »Von wem hast du denn das, Schwachkopf?«

»Vom Mariechen«, sagte der Michel ernsthaft. Er kratzte sich den flachsfarbenen Schopf. »Die Annelies hätt's selbst gesagt ...«

Anna Elisabeth erinnerte sich und lächelte. »Nicht mehr nötig«, meinte sie mit einem Blick auf die eingerollten Taler. »Es wird reichen – auch ohne das.«

»Aber du willst doch nicht das schöne Geld ans Bettelvolk verschwenden!« Hannes Rebmann war entrüstet. »Und es gehört uns ja auch erst nächstes Jahr – wenn wir verheiratet sind!«

»Vater«, wandte sich Anna Elisabeth an den Hausherrn, »für ein paar Heller könnte man den Kindern so viel Freude machen

– ich bitte dich, mir schon jetzt einen winzigen Anteil von dem Reichtum zu überlassen. Sag ja!«

Der Michel machte runde Augen. Er verstand kein Wort. »Reichtum?«, murmelte er ehrfürchtig. »Du hast ... Reichtum?«

»Ach was!« Der Alte polterte los. »Mach dich an deine Arbeit, Lausebengel, bevor ich dir das Fell gerbe! Hinaus mit dir. Dein Essen kriegst du erst, wenn alles Holz gehackt ist.«

»Aber ... ich bin ja fertig ...«, stotterte der Michel.

Anna Elisabeth warf einen Blick auf den leeren Breitopf und reichte dem Jungen dann ihre Schüssel. »Setz dich her«, bestimmte sie, »kriegst ein Stück Brot zum Brei.« Sie musterte Johannes Rebmann mit einem zutiefst missbilligenden Blick. »Und du, Hannes, vergiss eines nicht: Dein ist, was mein ist – aber erst, wenn wir ein Paar sind!«

Das wirkte. Hannes machte ein betretenes Gesicht. »Hast Recht, Annelies«, murmelte er schuldbewusst. »Verzeih ...«

»Sechs Heller«, knurrte der Vater. »Mehr nicht!«

Erntefest

Milchig weißer Dunst lag über dem Tal; der Nebel, der aus den feuchten Wiesen aufgestiegen war, verhüllte die Konturen des Dorfes beinahe vollständig. Hinter den Bergen, die das Dorf umgaben, da, wo die Sonne in violetter Dämmerung versunken war, erhoben sich rosig behauchte Wolkenbänke, und hoch darüber, im schon nachtfarbenen Blau, stand strahlend der Abendstern.

Der Stein des Fenstersitzes, auf dem sich Albrecht niedergelassen hatte, war eiskalt. Auch die Wände des Turms strahlten bereits winterliche Kälte aus, doch Albrecht fror nicht. Sein Blick hing an dem leuchtenden Punkt im Nachthimmel. Sie würde da sein – dessen war er sich gewiss. Das Erntefest zu Michaeli war für die Bauern einer der wichtigsten Höhepunkte des Jahres. Das verpasste keiner, der laufen konnte.

Er hatte Erkundigungen eingeholt, zu welchem Kirchspiel ihr Dorf gehörte. Zwei Tage noch, dann würde er sie wiedersehen, und wiedersehen musste er sie. Die letzten Wochen waren kaum zu ertragen gewesen.

Auch jetzt, während er den Stern anschaute, klopfte sein Herz schwer und sehnsuchtsvoll. Sie würde sicher mit ihrem Vater erscheinen, dem alten Griesgram, und ohne Zweifel mit einer ganzen Horde von Verehrern im Gefolge – diesen Hannes Rebmann eingeschlossen. Wahrscheinlich würde ihm, Albrecht, nur der Anblick ihrer elfenhaften Gestalt vergönnt sein ... aber mit etwas Glück vielleicht auch ein Blick in ihre samtbraunen Augen, die ihn so verzaubert hatten.

Er seufzte. »Holder Abendstern«, wisperte er, »wie fern bist du mir ...« Dann musste er lachen. »Narr«, wies er sich zurecht, »seit wann verlierst du dich in tatenlosen Schwärmereien? Sei gescheit und überlege, wie du sie für dich einnehmen kannst!«

Sie war nicht die erste Bauerntochter, der seine Begierde galt – beileibe nicht. Schon seit er herangewachsen war, hatte er es gerne mit Dorfmädchen getrieben; die waren unkompliziert und am Ende der Leidenschaft leicht wieder loszuwerden. Aber diesmal war alles anders. Noch nie hatte eine sein Feuer zu so lodernder Glut angefacht. Noch nie hatte er sich nach einer so verzehrt wie nach ihr.

Auch eine gewöhnliche Bauerndirne war sie keineswegs. Schon vom ersten Augenblick an hatte er den Eindruck gehabt, dass er es bei ihr nicht leicht haben würde – was ihn umso mehr reizte. Sie hielt ihn für einen Herumtreiber, dem nicht zu trauen war. Und diesen Eindruck würde er nachträglich auch so einfach nicht mehr entkräften können. Warum zum Teufel hatte er ihr bloß einen falschen Namen genannt, damals auf dem Waldweg? Warum hatte er vor ihr verborgen, dass er einer vom Adel war?

Andererseits – würde es für einen Ritter leichter sein, sie ins Heu zu locken zu einem erlösenden Liebesspiel? Er bezweifelte es. Was tun in dieser verfahrenen Lage?

Er würde seine Verkleidung beibehalten müssen, wenn er nicht vor ihr als Lügner dastehen wollte. Außerdem – der Bürger Albrecht Hund aus Schwarzental konnte sich ihr eher nähern als der burggesessene Albrecht Wolf von Weißenstein. Vor Albrecht Hund hatte sie keine Scheu. Ein Wolf von Weißenstein dagegen konnte nur Furcht und Misstrauen bei ihr wecken – das spürte er.

Albrecht erhob sich vom Fenstersitz und begann im Turmgemach hin- und herzugehen. Nein, aus Angst sollte sie sich ihm nicht ergeben. Freiwillig musste es sein ... wie ein Geschenk. Erst dann würde das Zusammensein mit ihr so vollkommen werden, wie er es sich vorstellte.

Eine heiße Welle der Sehnsucht überströmte ihn mit plötzlicher Gewalt. Was war bloß los mit ihm? Wieso war er sich seiner diesmal so unsicher? War es ihm denn nicht immer gelungen, ans Ziel seiner Wünsche zu gelangen – und das ziemlich schnell? Warum war seine Ungeduld mit so viel Angst vermischt, er könne bei gerade diesem Mädchen nicht zum Zuge kommen? Zumindest auf seinen Charme war doch Verlass. Der hatte ihm noch jedes Mal geholfen.

Albrecht blieb stehen und ballte die Fäuste. Reiß dich zusammen, befahl er sich. Mit den Bauernburschen ihrer Umgebung wirst du ganz bestimmt fertig. Es dürfte dir leicht fallen, sie allesamt auszustechen. Anna ist nicht dumm. Sie wird zu unterscheiden wissen zwischen Gut und Schlecht.

Anna. Anna ...

Sechs lange Wochen hatte dieser Name all seine Gedanken beherrscht. Nun musste etwas geschehen – länger hielt er diesen Zustand nicht aus. Zumal andere Weiber keinerlei Interesse in ihm zu wecken vermochten. Er sah sie nicht einmal mehr. Es war wie eine Krankheit.

Ein zaghaftes Klopfen an der Tür ließ ihn aufhorchen. »Herein!«, rief er. Seine Stimme klang rau.

Die kleine Küchenmagd huschte ins Turmzimmer. »Herr – wenn Ihr speisen möchtet«, begann sie, »dann trage ich auf ... unten im Saal ...«

Er musterte sie und nickte. Sie wollte wieder hinaus, doch er ergriff sie am Zipfel ihres Fürtuchs und zog sie zu sich heran. Dann riss er sie in die Arme und suchte mit dem Mund ihre Lippen. Sie schmeckten süß und jung ...

Er vertiefte seinen Kuss. Ihre Lippen gaben bereitwillig nach, öffneten sich ihm und ließen ihn ein. Er presste das Mädchen heftiger an sich, tastete, streichelte ihre festen kleinen Brüste, deren Spitzen sich unter dem Leinen ihres Arbeitskleides deutlich abzeichneten. »Anna ...«, flüsterte er mit heißem Atem.

Sie drehte den Kopf weg und sah ihn an. »Ich bin Hedwig, Herr ...«, hauchte sie mit glänzenden Augen.

Das Kopftuch war von ihrem glatten Scheitel herabgerutscht. Ihr blondes Haar hatte sich gelöst und flutete wie ein hellseidener Wasserfall über seinen Arm. Ihre Augen waren blau.

Er ließ sie los. »Geh jetzt, Kind«, sagte er atemlos. »Richte die Tafel. Ich komme gleich herunter in den Saal.«

»Sofort, Herr ...«

Sie widmete ihm einen verehrungsvollen Blick und huschte hinaus. Er brauchte einen Augenblick, um wieder zur Besinnung zu kommen. Sein ganzer Körper schmerzte. Ja, er war krank – krank vor Verlangen. Aber nur eine konnte ihn von diesem Leiden befreien. So etwas hatte er noch nie erlebt. Zum ersten Mal fühlte er sich seinen Gefühlen wehrlos ausgeliefert.

Um den langen Tisch im Saal des Palas saßen schon die Männer der Burg und schauten Albrecht erwartungsvoll entgegen, als er die Treppe herunterkam. Er setzte sich ans Kopfende – seinen rechtmäßigen Platz, seit sein Vater zu Grabe getragen worden war –, und musterte die Doppelreihe seiner Getreuen. Beinahe alle waren um vieles älter als er; Burkart mit seinen siebzig Jahren war der Älteste von allen.

Albrecht richtete das Wort an den Torwächter. »Wo ist Christoph?«, wollte er wissen. »Ich dachte, ich hätte auch ihn herbefohlen.«

Der alte Burkart zuckte die Achseln. »Wird wohl noch kommen, Herr. Hab's ihm gesagt, dass Ihr ihn sehen wollt.«

»Er war auf dem Weg«, sagte Meinrad, einer der Bogenschützen. »Hab ihn bei den Hunden zum letzten Mal gesehen. Er wollte seinem Lieblingsrüden noch Futter bringen.«

In diesem Augenblick trat der Gesuchte in den Saal. Als er alle schon an der Tafel versammelt sah, blieb er erst einmal verlegen bei der Tür stehen. Die kleine Küchenmagd, die mit ihm hereingekommen war, verhielt ebenfalls, obwohl die Schüssel, die sie mit beiden Händen vor sich hertrug, heiß und schwer sein musste.

»Nur heran, Christoph«, befahl Albrecht. »Setz dich«, er deutete auf den Stuhl zu seiner Rechten, der leer geblieben war. »Wo warst du so lange?«

»Vergebung, Herr«, murmelte der Junge. Er nahm hastig seine Ledermütze ab und fing an, sie nervös in den Händen zu walken. »Ich dachte, es hätte noch Zeit ... da Ihr doch oben im Turm wart und nicht gestört werden wolltet ...«

»Wer sagte das?«

»Magdalene ...«

»Hattest du mich denn stören wollen?« Albrecht hob eine Augenbraue.

»Zuerst ja, Herr«, stotterte der Junge. »Aber dann sagte mir die Magdalene –«

»Schon gut.« Albrecht wies dem Jungen noch einmal den Stuhl an. »Also, setz dich her und verrate mir, womit du mich behelligen wolltest.«

Christoph näherte sich zögernd und nahm auf der Stuhlkante Platz. Noch nie hatte er mit den Burgmannen speisen dürfen. Am heutigen Abend geschah es zum ersten Mal, und niemand hatte ihm verraten, wie er zu dieser großen Gunst gelangt war. Natürlich rutschte ihm jetzt das Herz in die Hose.

»Also«, begann er unsicher, »es ist wegen der Hunde, Herr ... der Tiras, Ihr wisst schon – der große Weiße –, der lahmt seit der letzten Hatz auf Schwarzwild. Und er ist doch ein so guter Hund. Und da hab ich mir aus dem Dorf eine Salbe geholt, um seine Pfote einzureiben ... damit er bald wieder wohlauf ist, der Tiras ... und nun –«

»Geht es ihm besser?«, unterbrach Albrecht das Gestotter.

»O ja, Herr!« Christoph lächelte, machte aber sofort wieder ein ernstes Gesicht. »Nur ... es wird mehr Salbe nötig sein«, fügte er kleinlaut hinzu, »und ich habe kein Geld mehr ...«

»Willst du damit sagen, du hast die alte Hexe im Dorf für die Salbe bezahlt?«, fragte Albrecht ungehalten.

Der Junge bekam vor Verlegenheit rote Ohren. »Sie wollte mir nichts geben ohne Bezahlung«, murmelte er, »und der Tiras hat sie doch gebraucht!«

»Zum Teufel!« Albrecht ließ die Faust auf den Tisch niedersausen, dass es krachte. »So weit kommt es noch, dass ein Herr von Weißenstein in seinem eigenen Dorf für Dienste bezahlt!« Er sah den Jungen durchdringend an. »Schämst du dich nicht, Christoph?«

»Doch, Herr.« Der Junge senkte den Kopf.

»Was wirst du also tun?«

»Ich geh wieder hin und fordere mehr«, sagte Christoph tonlos. »Mehr Salbe ... ohne Geld.«

»Recht so.« Albrecht klopfte ihm auf die Schulter. »Und lass dich nicht so gehen. Das schickt sich nicht für einen von der Burg.«

Christoph nickte, immer noch mit gesenktem Kopf. »Werd's mir merken, Herr ...«

Die Männer am Tisch lachten. »Dann hoch mit dem Kinn«, forderte Meinrad den Jungen auf. »Sei mutig und sieh dem Feind in die Augen. Oder hast du die Hosen voll?«

Diesmal blickte Christoph auf. Die jähe Bewegung, mit der er den Kopf hochriss, erinnerte Albrecht an seinen Vater. Und auch Christophs Augen schienen Funken zu sprühen. Ganz offensichtlich fiel es ihm schwer, den Spott der Männer unbeantwortet hinzunehmen – wozu er doch am Tisch seines Herrn gezwungen war. An seinem Unterkiefer zuckte ein Muskel. Mühsam beherrscht sagte er: »Nein. Das habe ich keineswegs.«

Noch einmal scholl Gelächter auf. Christoph errötete stärker, aber nicht vor Verlegenheit. Albrecht, dem der wachsende Zorn des Jungen nicht entging, rettete die Situation. Bevor Christoph sich zu einer unbedachten Äußerung hinreißen lassen konnte, sprach er ihn an: »Ich habe dich hierher befohlen, weil ich dir etwas mitteilen will. Morgen früh werde ich mich auf einen längeren Ritt begeben, und du sollst mich begleiten.«

»Was?«, entfuhr es Meinrad.

»Aber ein Kaufmannszug aus Würzburg wird erwartet«, meldete sich Bernhard, einer aus der Reihe der älteren Reisigen. »Wir dächten doch, dass wir uns den nicht entgehen lassen sollten – zumal der Zug schlecht bewacht ist. Die Pfeffersäcke reisen mit einem Geleitschutz von nur zehn Bewaffneten!«

Albrecht nickte. »Recht, Bernhard«, erwiderte er, »und die Zeit ist auch günstig, einen solchen Zug abzufangen. Unsere Fehde mit Würzburg erfordert zudem wieder einmal einen Angriff. Wir werden zugreifen. Aber unter deinem Kommando.«

Bernhards Miene verriet totale Überraschung. »Aber, Herr ...«, wollte er widersprechen, »ohne Eure Führung sind wir noch nie ausgezogen! Ich bin ohne Erfahrung ... und die Männer –«

»Wie lange dienst du jetzt den Wölfen vom Weißenstein«, fragte Albrecht, »zwanzig Jahre? Oder sind es schon fünfundzwanzig?«

»Beinahe dreißig Jahre«, erwiderte Bernhard, »aber ...«

»Und da willst du behaupten, du seist ohne Erfahrung?« Albrecht zeigte ein schiefes Lächeln. »Das kann nicht dein Ernst sein. In so vielen Jahren lernt jeder, eine Truppe zu befehligen – und du beherrschst diese Kunst schon seit langer Zeit. Also – tu, was du schon oft getan hast.«

»Es ist wahr, dass ich viele Male die Männer kommandiert habe«, versuchte Bernhard noch einmal, sich aus der Sache herauszuwinden, »aber noch nie ist es vorgekommen, dass ein

Herr von Weißenstein nicht dabei gewesen wäre und meine Befehle gebilligt hätte.«

»Sag mir«, Albrecht heftete den Blick zwingend auf die Augen seines Hauptmanns, »war es je so, dass mein Vater selig oder ich selbst dein Vorgehen nicht gutgeheißen hätten?«

»Nein«, murmelte Bernhard. Er wusste: Er hatte verloren. Und er schickte sich drein. »Das war nie der Fall – weder unter Eurem Herrn Vater noch unter Euch selbst.«

»Dann ist es abgemacht.« Albrecht beendete die kurze Diskussion mit einer abschließenden Handbewegung. Er wandte sich an die übrigen Reisigen. »Ihr werdet Bernhard bei dem Angriff auf den Kaufmannszug in jeder Hinsicht Gefolgschaft leisten – so, als sei ich an eurer Spitze. Glück auf der Jagd, ihr Wölfe!«

Er hob den Becher und trank seinen Männern zu. Die taten ihm mit Hochrufen Bescheid: »Es lebe unser Herr – es lebe das feste Haus Weißenstein!«

Christoph hatte Albrecht derweil mit staunenden Augen angesehen. Nun wagte er einen Einwand. »Aber wer wird die Hunde führen, wenn die Männer ausziehen?«, fragte er verständnislos.

Albrecht erwiderte seinen Blick mit einem Lächeln. »Da wird sich ein anderer finden«, antwortete er ruhig.

»Sie gehorchen nur mir«, widersprach Christoph. »Und Euch«, fügte er zögernd hinzu.

»Nun – dann werden sie für diesmal daheim bleiben müssen«, meinte Albrecht, noch immer lächelnd. »Oder willst du nicht mit mir auf die Reise gehen?«

Christoph schluckte. »Nein, Herr«, murmelte er befangen, »ich meine ... doch, Herr! Nur ...«

»Nur – was?«

»Ihr habt mich noch niemals mitgenommen, Herr ...«

»Wie viele Jahre zählst du jetzt, Christoph?«, unterbrach ihn Albrecht.

»Siebzehn, Herr ...«

»Dann wird es höchste Zeit. Meinst du nicht auch?«

Der Junge begann zu begreifen, welche Ehre ihm zuteil werden sollte. »Ja, Herr ...«, murmelte er, »und ich danke Euch auch sehr ...«

Das Küchenmädchen Hedwig hatte angefangen, den Grießbrei auszuteilen – dem Herrn der Burg zuerst. Albrecht bemerkte den zärtlichen Augenaufschlag, mit dem die Kleine ihn bedachte, und dankte ihr für die reichliche Portion, die aus ihrer Kelle in seinem Napf landete, mit einem flüchtigen Kopfnicken. »Vergiss nicht, dass auch die anderen hungrig sind«, ermahnte er sie. Die kleine Magd knickste und ging schnell zum Nächsten weiter, nicht, ohne ihrem Herrn einen weiteren anbetenden Blick zuzuwerfen.

Christoph sah es und runzelte die Brauen, doch nur für einen Wimpernschlag. »Ganz wenig für mich, Hedwig«, sagte er.

»Hat es dir den Appetit verschlagen?«, scherzte Meinrad vom anderen Ende der Tafel.

Christoph würdigte ihn keiner Antwort. »Stimmt es, dass in der Küche ein Frischling auf dem Spieß hing?«, fragte er die Magd.

»Richtig«, bestätigte sie, »und ich soll das Fleisch auftragen, sobald die Breischüssel leer ist.«

»Schlauer Kerl«, sagte Albrecht und grinste Christoph an.

Der Junge grinste zurück, zwang sich aber sofort wieder zu einer ernsten Miene. »Eigentlich habe ich nicht so großen Hunger ...«, murmelte er befangen.

Ein Knecht trug eine große zinnerne Platte mit Bratenstücken herein. Er wunderte sich sehr, als schallendes Gelächter ihm entgegendröhnte. »Nimm dir auch etwas«, forderte ihn Albrecht auf, »wir sind beinahe alle schon satt von dem guten Grießbrei – nicht wahr, Hedwig?« Und er zwinkerte dem Mädchen zu.

Der Knecht nahm das Angebot des Herrn freudig an und

angelte ein kleines Stückchen Fleisch von der Platte. Hedwig dagegen wand sich vor Verlegenheit. Sie gab keine Antwort, sondern nickte nur verschüchtert und hastete, sobald sich die Gelegenheit bot, mit der Breischüssel aus dem Saal, während die Männer sich gutgelaunt über den Braten hermachten.

Albrecht hätte müde sein müssen von dem anstrengenden zweitägigen Ritt. Doch die innere Anspannung, unter der er stand, brachte es mit sich, dass er hellwach war – anders als Christoph, der völlig erschöpft im Sattel seiner braunen Stute hing und mehr oder weniger im Halbschlaf die Zügel hielt. Sie hatten sich dem Kirchdorf genähert, dessen Dächer bereits vor einer halben Stunde in Sicht gekommen waren, und ritten nun dem Dorfplatz zu, wo das Fest in vollem Gange war. Gellende Musik schallte herüber zu ihnen – der näselnde Klang der Schalmeien vermischte sich mit dem Quäken von Sackpfeifen und den gellenden Tönen mehrerer Zinken.

Albrecht zügelte seinen großen Falben und bedeutete auch dem Jungen, zu halten und ihm zuzuhören. Er hatte ihm den Zweck der Reise während des Rittes nicht verraten, und Christoph hatte auch nicht danach gefragt, doch jetzt musste ein offenes Wort gesprochen werden.

»Christoph«, begann Albrecht, »willst du nicht wissen, warum wir hier sind?«

Der Junge rappelte sich im Sattel auf. »Doch, Herr«, gab er schläfrig zurück, »aber ich dachte, Ihr werdet's mir schon beizeiten sagen.«

»So.« Albrecht suchte den Blick des Jungen. »Nun – jetzt ist es an der Zeit. Wir sind auf der Jagd.«

Christoph öffnete die Augen weit. Alle Müdigkeit schien plötzlich von ihm abzufallen. »Auf der Jagd, Herr?«, sagte er. »Aber dies ist ein Dorf – und außerdem haben wir weder Armbrüste noch Spieße bei uns!«

»Waffen werden nicht benötigt«, erklärte Albrecht. »Unser Wild ist kein Keiler oder Hirsch.«

»Was dann?« Christophs Blick war aufmerksam und gespannt.

»Eine junge Frau«, sagte Albrecht.

»Aha.« Der Junge tat, als verstehe er. Doch seiner Miene war anzusehen, dass er keine Ahnung hatte, was sein Herr meinte.

Albrecht schwieg einen Augenblick. Dann räusperte er sich. »Vor einiger Zeit«, fuhr er fort, »habe ich Gefallen an einem Mädchen gefunden, das heute hier sein müsste. Und dieses Mädchen möchte ich –«

»Entführen?«, unterbrach Christoph aufgeregt. »Ihr wollt es nach Weißenstein holen – mit Gewalt?«

Albrecht klappte den Mund auf.

»Herr«, sprudelten weitere Bedenken aus Christoph heraus, »das wird dem Grundherrn dieses Mädchens nicht gefallen!«

»Aber wer redet denn von –«

Albrecht kam nicht zu Wort. Christoph hatte sich so in seine Bestürzung hineingesteigert, dass er seinem Herrn einfach noch einmal die Rede abschnitt. »Wir werden mit Krieg überzogen werden, wenn Ihr das Mädchen gegen seinen Willen wegschleppt«, stieß er hervor. »Herr – das will gut überlegt sein!«

Albrecht musste seine Erheiterung verbergen. Die Schreckensmiene des Jungen war allzu komisch. »Fürchte nichts, Christoph«, beruhigte er ihn, »es geht mir nur um ein Wiedersehen. Aber damit sie unbefangen bleibt, müssen wir eine List anwenden.«

Christoph stieß erleichtert den Atem aus. Dann legte er den Kopf schief und betrachtete seinen Herrn mit neuem Misstrauen. »Eine List?«, fragte er. »Was für eine List?«

Dieser Blick war Albrecht vertraut und berührte ihn seltsam. Wieso war ihm nur früher die große Ähnlichkeit des Jungen mit Eberhart Weißenstein nie aufgefallen? Einen Augenblick musste er innehalten und durchatmen. »Hör zu«, sagte er dann, »ich weiß, auf deinen Schultern sitzt ein kluger Kopf, Christoph. Das Mädchen kennt meinen Namen nicht – sie glaubt, ich sei Bürger einer Stadt. Als ich sie kennen lernte, nannte ich ihr einen falschen Namen – Albrecht Hund aus Schwarzental, weil ich wollte –«

Christoph unterbrach ihn zum dritten Mal, und zwar durch ein Kichern. »Hund aus Schwarzental«, sagte er, »das ist lustig!«

»Schweig jetzt und lass mich ausreden«, rief ihn Albrecht streng zur Ordnung. »Ich will, dass du mich ab sofort nicht mehr Herr nennst. Du bist Christoph Hund, mein Bruder – verstanden?«

»Euer ... Bruder?« Das Ungeheuerliche, das für Christoph in dieser Forderung lag, brachte ihn dazu, Mund und Augen aufzureißen.

»Ganz recht«, sagte Albrecht. »Ich bin dein Bruder – und du nennst mich beim Namen, wie es unter Brüdern üblich ist.«

»Das ... das kann ich nicht.« Christoph war zutiefst erschrocken. »Wie könnte ich Euch ...?«

»Ich fordere es von dir«, gab Albrecht zurück. »Ich befehle es, und du wirst gehorchen.«

»Herr ... ich ...«

»Bruder«, wiederholte Albrecht. »Du wirst mich ab sofort mit Du ansprechen. Und verhasple dich nicht, wenn dir meine Gunst etwas wert ist.«

Christoph nickte.

»Wirst du es ohne Fehler fertig bringen?«

»Ja ... Bruder«, kam tonlos Christophs Antwort.

»Also: wie heißt du?«

»Christoph ... Hund aus Schwarzental.«

»Und wer bin ich?«

»Albrecht Hund ... mein Bruder.«

»Um wie viele Jahre bin ich älter als du?«

»Um sieben Jahre, Herr.«

»Bruder!«

Der Junge erwiderte Albrechts Blick mit Ergebenheit. »Du, mein Bruder Albrecht, bist um sieben Jahre älter als ich. Wir sind Bürger einer Stadt ... welcher Stadt?«

»Der Stadt Amorbach«, sagte Albrecht aufs Geratewohl. »Es spielt keine Rolle – jede ist recht.« Er gab seinem Hengst die Sporen. »Wirst du dich auch nicht verplappern?«

»Nein ... Bruder.« Christoph ließ sein Tier ebenfalls antraben. »Zu antworten brauche ich ja nur, wenn ich gefragt werde ...«

»Ich wusste, dass ich mich auf dich verlassen kann«, sagte Albrecht. »Nun wollen wir uns Unterkunft beschaffen, damit wir das Fest in Ruhe genießen können.«

Es ging hoch her auf dem Michaeli-Markt vor der Kirche. Die beiden Reiter, die am Rand des Festplatzes abgesessen waren, hatten Mühe, ihre Tiere durch das Gewimmel der Feiernden hindurchzubugsieren. Von allen Seiten drängelten und schoben sich festlich gekleidete Männer, Frauen und Kinder in Richtung der Buden, an denen alles Mögliche und Unmögliche feilgeboten wurde. Durch die weit offen stehende Tür der Schenke zum Schwarzen Ross aber, aus der die Musik hervorschallte, flutete im Wechselspiel ein wahrer Strom von Kirmesbesuchern hinein oder heraus.

Bettler waren auch da – verschämte Elendsgestalten, die sich scheu in die Ecken drückten und manchmal in einer stummen Bitte um Almosen die Hand ausstreckten, wie Unverschämte, die laut schreiend ihre Lumpen und verkrüppelten Gliedmaßen vorzeigten und sich lamentierend an die Vorübergehenden hängten.

Es war schwer, sich der Letzteren zu erwehren. »Pass auf deine Börse auf«, raunte Albrecht dem Jungen zu, »hier wimmelt es ganz bestimmt von Beutelschneidern!«

Christoph hob die Augenbrauen. »Aber die Börse habt doch Ihr, Herr ... Bruder«, stammelte er und biss sich auf die Lippen.

Albrecht gab ihm eine Kopfnuss. »Übertreib deine Höflichkeit nicht, Kleiner«, sagte er laut. »Und halt dich an die Regeln!«

Im Gedränge entstand eine Bewegung. Ein paar Leute versuchten da zum Gasthaus durchzukommen. Albrecht blieb stocksteif stehen. Am Arm eines kräftig gebauten, breitschultrigen jungen Mannes schritt ein schlankes Mädchen vorüber, das er unter Tausenden wiedererkannt hätte.

Sie war in einen dunkelblauen Mantel gehüllt. Ihr prächtiges schwarzbraunes Haar, im Nacken zu einem glatten Knoten aufgesteckt, glänzte in der Oktobersonne. Kleine Löckchen wehten am Ansatz ihrer Stirn ...

Albrechts Herz hatte schmerzhaft zu schlagen begonnen. Er hörte kaum, wie Christoph an seiner Seite fragte: »Ist sie das?«

»Wie ...?«

»Ist das diejenige?«, wiederholte Christoph seine Frage.

Albrecht nickte, aber er hatte Mühe, sich vom Anblick des Mädchens loszureißen. Erst, als sie mit ihrem Begleiter im Wirtshaus verschwunden war, fand er die Sprache wieder. »Stell die Pferde unter«, befahl er dem Jungen. »Wenn das geschehen ist, kommst du zu mir. Ich bin drinnen ...«

Damit ließ er Christoph stehen und begann, sich durch das Gedränge zum Eingang der Schenke zum Schwarzen Ross vorzuarbeiten.

Endlich hatte er es geschafft, in den Saal zu gelangen. Vorn, gegenüber dem Tresen, war der Tanzboden aufgebaut – ein niedriges Podest, neben dem die Spielleute ihren Platz hatten. Drei Flöten, ein Zink, eine Blasenpfeife und ein Päuklein erklangen hier. Ihre Musik war bei weitem nicht so ohrenbetäubend wie die der Sackpfeifen und Schalmeien draußen auf dem Marktplatz, und deutlich melodischer. Auf dem Tanzboden drehten sich mehrere Paare, meist junge Leute. Andere standen am Tresen oder saßen auf Bänken, die an den Wänden aufgestellt waren, und ließen sich das Kirmesbier schmecken.

Albrecht suchte den überfüllten Raum mit Blicken ab. Im Durcheinander der Menschen konnte er das Ziel seiner Sehnsucht nicht entdecken, aber sie musste hier sein – er hatte sie ja mit eigenen Augen hineingehen sehen. Unschlüssig wandte er sich dem Tresen zu, ließ sich einen Becher Bier einschenken, zahlte. Die Musik hatte aufgehört zu spielen; von der Tanzfläche strömten die Leute zurück zu den Fässern, aus denen der Wirt unablässig zapfte und austeilte.

Albrecht spürte, dass seine Hände kalt und feucht waren. Er wischte sie an der alten, raueledernen Hose ab, die er auch heute trug. Ihm war, als seien alle seine Sinne geschärft – er roch den Schweiß des dicken alten Kerls, der neben ihm stand, empfand den strengen Geruch von dessen ungewaschener Haut wie einen Angriff auf sein Selbstgefühl und rückte angewidert von ihm ab. Auf der anderen Seite, zu seiner Linken, war eine Frau mit verlebtem Gesicht und einem dünnlippigen Mund, der ihn anlächelte. »Holla, Herr Nachbar ... seid Ihr immer so feurig?«

»Nur heute«, gab Albrecht zurück, ohne ihr Lächeln zu erwidern.

Sie stieß ein Lachen aus, das etwas zu schrill klang. »Gut gebrüllt«, kakelte sie, »machen wir den nächsten Tanz zusammen?«

Albrecht wusste nicht, wie er das Weib loswerden sollte, doch Christoph rettete ihn. »Hab die Rösser ordentlich untergebracht«, sagte er und schob sich zwischen die Frau und seinen Herrn. »Sogar Futter war da. Und der Knecht sagte, wir können im Heu übernachten.«

»Gut gemacht, kleiner Bruder.« Albrecht atmete auf. »Willst du auch Bier?«

»Was denkst du denn?«, sagte Christoph unbekümmert und biss sich gleich wieder auf die Lippen. »Ich meine ...«

»Hast dir auch eines verdient«, unterbrach ihn Albrecht mit einem Augenzwinkern. »Vielleicht suchst du dir sogar eine Tänzerin?«

»Ich?« Der Junge lief rot an. »Ich bin doch fremd hier. Welches Mädchen sollte denn wohl mit mir tanzen wollen?«

»Aber ich bin es auch«, erwiderte Albrecht, »und ich werde bestimmt nicht den ganzen schönen Tag am Tresen verbringen.«

Die Frau mit dem schmalen Mund, die jetzt hinter Christoph stand, kakelte noch einmal und schaute dem Jungen über die Schulter. »Für Euch wüsste ich schon eine, Herr Nachbar«, sagte sie zu Albrecht und spitzte die dünnen Lippen. »Eine, die Euch bestimmt nicht missfallen würde.«

»Gestattet, dass ich mir diejenige, mit der ich tanze, selbst auswähle«, sagte Albrecht schroff. »Ich brauche dabei keine Hilfe.«

»Aber warum denn so abweisend?« Die Frau ließ nicht locker. »Seht nur – unsere Musikanten setzen wieder an. Habt Ihr nicht doch Lust, mit mir ein Tänzchen zu wagen?«

Albrecht hatte kaum wahrgenommen, was sie sagte, denn er hatte Anna Elisabeth gesehen. Am Arm des Mannes, mit dem sie gekommen war, schritt sie gerade zum Tanzboden. Ein Blümchen aus rotem Papier steckte in ihrem Haar ... es stammte sicherlich von irgendeinem Tandhändler draußen auf dem Markt. Den Mantel hatte sie abgelegt; darunter trug sie heute ein rostrotes wollenes Kleid, dessen schwarzes Mieder mit glänzenden Kordeln verschnürt war. Das Leinenhemd darunter leuchtete blendend weiß.

Wie schmal ihre Taille war, und wie wundervoll ihre Haut mit der dunklen Seide ihres Haares kontrastierte! Albrecht sog heftig die Luft in die Lungen, bemerkte erst jetzt, dass er die ganze Zeit den Atem angehalten hatte. Sein Herz hämmerte so laut – er glaubte, seine dumpfen Schläge hören zu können.

Der Mann da vorn umschlang Anna Elisabeth mit seinen groben Armen. Sie legte graziös ihre kleinen Hände auf seine Schultern ... Albrecht spürte, wie ihm bei diesem Anblick heiß wurde. Er schob Christoph beiseite und fasste die Hand der aufdringlichen Person mit den schmalen Lippen. »Kommt«, sagte er, »Ihr sollt Euer Tänzchen haben – wenn Ihr mich danach in Ruhe lasst!«

Die Frau lachte schrill auf und ließ sich nur allzu gern zum Tanzboden führen. »Wer weiß«, kicherte sie, indem sie mit gezierten Schritten neben Albrecht hertrippelte, »vielleicht gefällt Euch das Tanzen ja auch – und Ihr macht noch eine zweite und dritte Runde mit mir ...«

Albrecht hörte nicht auf ihr Geschwätz. Während die ersten Takte erklangen, suchte er mit Blicken nach der einen, der seine ganze Aufmerksamkeit galt. Anna Elisabeth und der grobe Klotz drehten sich in der Mitte des Tanzbodens; Rebmann machte unbeholfene Sprünge, sie verstand es meisterhaft, seine tapsigen Fehltritte immer wieder auszugleichen.

Es galt, ihr ins Blickfeld zu kommen. Albrecht schob seine mehr als willige, unablässig grinsende Tänzerin zum Zentrum des dicht gedrängt tanzenden Bauernvolkes. Schritt für Schritt näherte er sich Anna Elisabeth und diesem Kerl ... und dann sah sie ihn.

Sie lächelte ihn an. »Albrecht«, sagte sie – er konnte es an ihren Mundbewegungen erkennen – »Albrecht Hund ...!«

Er lächelte zurück, spürte, wie seine Gesichtsmuskeln sich völlig verkrampften, hob grüßend die Hand. Sie winkte auch, und der grobe Klotz wandte ihm den Kopf zu. Doch Rebmann lächelte nicht, sondern nickte nur kurz.

Albrecht atmete gepresst. Das schreckliche Weibsbild, mit dem er sich im Kreis drehte, versperrte ihm die Sicht, und das war mehr als nur ein Ärgernis. Außerdem schwatzte sie drauflos, versuchte ihn dauernd in eine Unterhaltung hineinzuziehen, wonach ihm weiß Gott nicht der Sinn stand. Am liebsten hätte er sie einfach stehen lassen und wäre zu Anna Elisabeth hinübergegangen. Am liebsten hätte er diesen Rebmann einfach weggestoßen und sie in die Arme genommen ...

Der langsamen Anfangsweise folgte eine schnell zu tanzende Volte. Jetzt konnten die besseren Tänzer sich zeigen. Einige der jüngeren Männer hatten ihre Tänzerinnen schon um die Taille gefasst und wirbelten sie jetzt zu den lebhafteren Klängen des Springtanzes in die Höhe. Röcke flogen, mehr oder weniger hübsche Frauenbeine wurden sichtbar, manche Mädchen kreischten erschrocken auf, wenn von ihren Reizen mehr enthüllt wurde, als ihnen lieb war. Der grobe Klotz hatte Anna Elisabeth an der Hand genommen und wollte sie von der Tanzfläche herabführen.

Albrechts Tänzerin dagegen hielt ihn eisern fest. »Jetzt wird's erst richtig lustig«, schnaufte sie und grinste anzüglich. »Herr Nachbar – werdet Ihr mich wohl auch so hoch werfen können?«

Albrecht fühlte sich abgestoßen. »Das könnte ich schon«, erwiderte er trocken, »aber ich glaube nicht, dass ich Euch wieder fangen würde.«

Die Frau kreischte auf. »Ihr seid herrlich«, jubilierte sie, »einfach herrlich!«

Doch er hatte es endgültig satt, ihr Geschwätz länger zu erdulden. »Verzeiht«, sagte er und machte sich aus ihrem klammernden Griff los, »ich muss jemanden begrüßen. Vielleicht sehen wir uns später noch einmal.«

Damit ließ er sie stehen und steuerte einfach auf Anna Elisabeth zu, die die Stufen des Tanzbodens bereits herabgestiegen war und am Arm des groben Klotzes zum Tresen geleitet wurde. »Jungfer Anna«, rief er sie an, »auf ein Wort!«

Sie drehte sich zu ihm um. Ihr Gesicht schien förmlich zu leuchten. In ihren Augen schimmerte ehrliche Freude. »Wie sonderbar, Euch hier zu sehen«, sagte sie, »das hätte ich nicht erwartet!«

Er sah sie an und fand keine Worte. Sein Herz dröhnte so sehr, dass es ihm beinahe die Brust sprengte. Er fühlte sein Blut in den Ohren rauschen.

Sie musterte ihn verwundert. »Was führt Euch so bald wieder in diese Gegend?«, wollte sie wissen.

»Eine Nachricht ...«, stammelte er, »ich habe eine Nachricht zu überbringen ...«

Der grobe Klotz mischte sich ein. »Und wo Ihr schon einmal hier wart, kam Euch das Erntefest wohl gerade recht, was?«, sagte er gut gelaunt. Er schien bereits ziemlich angetrunken, denn er schwankte ein wenig und sein Atem roch stark nach Bier.

»Man soll die Feste feiern, wie sie fallen«, erwiderte Albrecht mangels einer besseren Antwort.

»Wie klug bemerkt«, spottete Anna Elisabeth.

Albrecht schämte sich. »Eigentlich wollte ich Euch um den nächsten Tanz bitten, Jungfer«, sagte er, seine Verlegenheit bekämpfend. »Wenn es gestattet ist ...«

Der letzte Satz war für Johannes Rebmann bestimmt gewesen. Doch der grobe Klotz brauchte einen Augenblick, bis er das begriffen hatte. »Es ist gestattet«, sagte er geschmeichelt. »Ihr habt wohl Anstand und Sitte genug, dass ich Euch meine Braut für einen Gang überlassen kann.«

»Seid bedankt«, murmelte Albrecht, »ich weiß Euer Vertrauen zu schätzen.« Er fühlte sich leichtköpfig, beinahe schwindlig.

Anna Elisabeth reichte ihm die Hand. »Ihr habt zwar vergessen, mich zu fragen, ob auch ich einverstanden bin«, sagte sie mit einem kleinen Lächeln, »aber die Antwort ist ja.«

Hannes Rebmann war bereits auf dem Weg zum Tresen. Albrecht fühlte den Druck ihrer schlanken Finger und spürte, wie seine Hand zu beben begann. »Was habt Ihr denn?«, fragte Anna Elisabeth. »Ihr seht so blass aus – ist Euch nicht wohl?«

»Doch«, sagte er, »mir geht es gut … sehr gut.«

»Dann kommt«, forderte Anna Elisabeth ihn auf. »Gleich ist diese wilde Volte vorbei, und es wird wieder ein langsameres Stück gespielt. Das strengt nicht so an.«

Er folgte ihr die Stufen zum Tanzboden hinauf. Er konnte nicht antworten – all seine Kraft schien ihn verlassen zu haben. Noch nie hatte er sich so schwach und hilflos gefühlt, und gleichzeitig so voll wilder Freude. Der Augenblick im Stall, da sie an seiner Brust gelegen hatte, fiel ihm mit plötzlicher Deutlichkeit wieder ein; nur noch wenige Herzschläge, dann würde sie von neuem in seinen Armen liegen, er würde –

»Albrecht Hund …«, sagte sie neben ihm, »ich hätte mir nie träumen lassen, dass ich Euch je wiedersehen würde!«

»Mögt Ihr die schnellen Tänze denn nicht?«, fragte er unpassenderweise.

»Hannes mag sie nicht«, gab sie zur Antwort. »Er ist kein sonderlich guter Tänzer. Der Zweitritt liegt ihm mehr.«

Die Musik endete mit einem heftigen Paukenschlag. Atemlose Paare mit erhitzten Gesichtern verließen die Tanzfläche, andere stiegen herauf und suchten sich einen Platz. Anna Elisabeth zog Albrecht an den hinteren Rand, nahe bei den Spielleuten. Hier ließ sie seine Hand los, lief zu dem Zinkenbläser hinüber und flüsterte ihm etwas ins Ohr. Der Mann, ein pausbäckiger kleiner Dicker, nickte lachend. Dann setzte er sein Instrument an.

Die Pauke schlug einen Wirbel. Anna Elisabeth war wieder an Albrechts Seite und nahm mit einem spitzbübischen Lächeln Aufstellung. »Nun könnt Ihr zeigen, ob Ihr besser tanzt als Hannes«, flüsterte sie.

Er umfasste ihre Taille. Sie legte die Hände um seinen Nacken. Die Volte, die jetzt erklang, war noch viel lebhafter als die vorige. Anna Elisabeth stieß einen kleinen Schrei des Erschreckens aus, als Albrecht sie seitlich hochschwang und sie mit einem zweiten kurzen Drehschwung an seine Brust beförderte.

Er hielt sie eng, sogar bei den Schreitschritten zwischen den Sprüngen. Unbewusst tanzte er mit ihr all die Figuren, die er von den Hoffesten her kannte. Weil er Anna Elisabeth so nah an seiner Seite führte, fiel ihm gar nicht auf, dass ihr die komplizierteren Schrittfolgen der Volte unbekannt waren. Sie folgte, so gut sie es vermochte. Und ihm misslang kein einziger Hebeschwung, so dass niemand einen Blick unter ihre Röcke geboten bekam.

Als die Spielleute das Stück mit einem wilden Akkord beendeten und Albrecht Anna Elisabeth nach dem letzten Schwung absetzte, saugte sie atemlos Luft in ihre Lungen. »Puh«, sagte sie, »wo habt Ihr den Hupfauf so tanzen gelernt?«

»Den – was?«

»Den Hupfauf. Wie nennt Ihr den Tanz denn?«

»Vo... Weiß nicht«, gab er zurück. »Ist das der richtige Name – Hupfauf?«

»So sagen die Leute. Aber all die schwierigen Schritte und Schrittchen – auf die versteht sich hier keiner.«

»Ach?«

»Auch mir waren sie ganz neu.« Anna Elisabeth hob den Kopf und sah ihm ins Gesicht. »Tanzt man so in ... aus welcher Stadt kommt Ihr eigentlich?«

Er wusste nicht gleich, was er antworten sollte. Sein Blick tauchte tief in ihre Augen, die ihn gefangen hielten. »Ich ...«, begann er zögernd, »ich bin in ... Heilbronn zu Hause, und ...«

Siedend heiß fiel ihm ein, dass er Christoph Amorbach als ihre Heimatstadt eingeschärft hatte. Ein Blick über Anna Elisabeths Schulter zeigte ihm, dass Christoph sich am Tresen gerade sehr gut mit diesem Johannes Rebmann zu unterhalten schien. Die beiden Männer lachten, tranken sich zu, schienen sich bestens zu verstehen.

»Aber zurzeit hab ich meinen Standort in Amorbach«, fügte er seiner Ausführung hastig hinzu.

»Euren Standort? Was meint Ihr damit?«

»Nun ...« Albrecht bemerkte, dass sein Arm immer noch um Anna Elisabeths Taille geschlungen war. Er lächelte. »Mein Arm«, sagte er, »hängt fest an meiner Schulter. Doch sein augenblicklicher Standort ist –«

Anna Elisabeth öffnete die Augen weit. Einen Herzschlag lang sah sie ihn verwirrt an, dann errötete sie heftig und befreite sich abrupt aus seinem Griff. »Ihr führt immer noch die gleichen lockeren Reden, Albrecht Hund«, sagte sie bissig, »und Ihr könnt es einfach nicht lassen, Euch über mich lustig zu machen!«

Er griff nach ihrer Hand. »Anna«, erwiderte er sanft, »das liegt mir fern. Ich wollte lediglich Eure Frage beantworten. Und da Ihr nun wisst –«

»Ich weiß jedenfalls, wer Amor ist«, hauchte Anna Elisabeth in unterdrückter Empörung. »Ihr sagtet, der augenblickliche Standort Eures Armes sei –«

»Moment ... Moment!« Albrecht hatte plötzlich die größte Mühe, ein lautes Lachen zurückzuhalten, das unter allen Umständen herauswollte. »Eins muss ich Euch lassen, Anna – Eure Gedanken gehen höchst verschlungene Wege. Es fällt mir nicht leicht, Euch zu folgen.«

Ihr Blick war immer noch ungnädig. »Inwiefern?«, fragte sie. »Es dürfte Euch doch klar sein, dass ich Eure Anspielungen verstehe!«

Albrecht schlug das Herz plötzlich bis zum Hals. Wie süß ihr Mund sich rundete, wenn sie sprach – und wie zauberhaft der Schlag ihrer Wimpern sekundenlang ihre Augen verschattete! Die Flügel ihrer schmalen Nase bebten ... und die Linie ihrer

Oberlippe entsprach genau der Waffe des kleinen Liebesgottes, den sie eben erwähnt hatte. Diesen doppelt geschwungenen Bogen zu küssen – das musste höchste Glückseligkeit sein ...

Er senkte den Kopf, neigte sich dem lockenden Antlitz entgegen, und Anna Elisabeth wich ihm diesmal nicht aus. Ihr Blick hatte jetzt etwas Trotziges, Kämpferisches. »Nun?«, sagte sie. »Wollt Ihr mir darauf die Antwort verweigern?«

»O nein«, erwiderte er, »und vielleicht gefällt Euch meine Antwort sogar ...«

»Das kann ich mir kaum vorstellen.« Sie kniff die Lippen zusammen, doch er sah, dass sie ein Lächeln verbarg.

»Dass Ihr gewitzt seid, ist mir schon bei den ersten Worten aufgefallen, die Ihr an mich gerichtet habt«, sagte er.

Sie senkte die Lider. In diesem Moment, da der Zauber ihrer Augen ihn nicht bannen konnte, nahm er all seinen Mut zusammen. Er neigte sich noch tiefer zu ihr hinab und berührte mit dem Mund sachte ihre Lippen. »Und Ihr habt nicht nur einen klugen Kopf«, fügte er flüsternd hinzu, »Ihr seid das liebreizendste Geschöpf, das mir je begegnet ist ...«

Sie zitterte. Sie öffnete die Augen wieder, doch Zorn und Ablehnung konnte er in ihnen nicht entdecken – nur ein jähes Erschrecken. »Lasst das sein, Albrecht«, wisperte sie, »ich bin versprochen. Wenn uns jemand sieht!«

Sie war einen Schritt zurückgetreten, aber er ließ sie nicht fort. Als die Musik erneut einsetzte, hielt er sie an den Händen fest und zog sie in seine Arme. »Ein langsamer Tanz«, sagte er, »den müsst Ihr mir noch schenken, Anna!«

»Aber mein Verlobter ...« Sie warf einen unsicheren Blick zum Tresen hinüber.

»Der scheint mir gut aufgehoben«, sagte Albrecht. »Er schaut nicht einmal her.«

Tatsächlich ließ sich Hannes Rebmann gerade einen neuen Becher Bier einschenken, und seine Aufmerksamkeit galt voll und ganz dem jungen Mann, der neben ihm stand und ihm lachend Bescheid tat. Für die Vorgänge auf dem Tanzboden hatte er keine Augen.

Anna Elisabeth nahm einen tiefen Atemzug. »Aber nur noch den einen«, sagte sie zu Albrecht. »Unwiderruflich ...«

Sie ließ sich von ihm in die Tanzreihe führen. Doch den altmodischen Reigen, den die Musik jetzt spielte, kannte Albrecht nicht. Immer wieder kam er aus dem Takt, brachte die Ordnung durcheinander, konnte auch mit Anna Elisabeths Hilfe nicht recht hineinfinden. Schließlich zog er sie aus der Reihe heraus. Am Rand war genügend Platz; da konnte man sich drehen, ohne die anderen zu behindern.

Anna Elisabeth zögerte. »Sonderbar«, meinte sie, »dass Ihr wohl den Hupfauf in Vollkommenheit, aber dafür den einfachen Reigen überhaupt nicht beherrscht.«

Woher soll ich denn wohl alle Bauerntänze können, dachte Albrecht. Er umschlang Anna Elisabeth mit beiden Armen. »Mir liegt es eher, meine Tänzerin immer bei mir zu haben«, sagte er, während er sie fester an sich zog. »Dauernd zu wechseln und eine andere führen zu müssen – das gefällt mir gar nicht!«

»Aber so ist das nun mal beim Reigen«, gab Anna Elisabeth zurück. »Ich muss ja auch den anderen Männern dabei die Hand reichen – und glaubt mir, sie sind nicht alle die besten Tänzer!«

Albrecht lachte leise. »Tanzen wir doch allein«, sagte er, »die Musik wird uns schon sagen, welche Schritte wir machen müssen.«

Er wiegte sich im Rhythmus der einfachen Weise. Anna Elisabeth staunte über die Schritte, die er offenbar neu erfand und lächelnd mit ihr durchtanzte, über die Leichtigkeit seiner Bewegungen, die Grazie seiner Haltung. »Mit wem tanzt Ihr, wenn nicht gerade mit mir?«, fragte sie. »Wo tanzt man so, wie Ihr es mir hier zeigt?«

»Ich tanze nur sehr selten«, wich Albrecht aus.

»Das glaube ich nicht.« Anna Elisabeth blieb stehen und sah ihn an. »Ihr seid sicherlich auch versprochen – genau wie ich. Oder habt Ihr eine Geliebte?«

Tief in ihren braunen Augen schimmerte eine Spur von Furcht – er konnte es deutlich erkennen. »Wie kommt Ihr darauf?«, fragte er verwundert.

»Es kann eigentlich gar nicht anders sein«, murmelte Anna Elisabeth. »Ein Mann wie Ihr ist bestimmt nicht mehr ungebunden. Eure Verlobte –«

»Ich habe keine.«

Doch Anna Elisabeth ließ sich nicht von ihrem Gedanken abbringen. »Und wie heißt Eure Geliebte?«, fragte sie störrisch.

Albrecht entschloss sich, sie jetzt wirklich einmal ein bisschen zum Narren zu halten. »Viola«, murmelte er zärtlich, »sie heißt Viola ... da Gamba.«

»Seht Ihr?« Anna Elisabeth wandte den Kopf ab. »Jetzt sagt Ihr endlich die Wahrheit.«

»Ich sage Euch immer die Wahrheit, Anna.«

Sie sah ihn nicht an. »Ein merkwürdiger Name«, sagte sie leise, als habe sie seine Bemerkung nicht gehört.

»Meine Viola stammt aus Cremona – im fernen Italien.«

Anna Elisabeth hob den Blick. Der Funke der Angst war verschwunden. Stattdessen erkannte Albrecht jetzt eine leise Traurigkeit in ihren Augen. »Und Ihr liebt sie sehr«, stellte sie fest, »der Klang Eurer Stimme verrät es mir.«

»Ich kann es kaum erwarten, ihre runden Hüften wieder einmal zwischen meinen Schenkeln zu spüren«, sagte Albrecht lächelnd, »es ist so wunderbar, die Fingerspitzen über ihren Hals gleiten zu lassen und mit meinem Bogen ihre Saiten zu streicheln.«

Anna Elisabeths Augen sprühten plötzlich kleine zornige Blitze. »Ihr seid schamlos, Albrecht Hund«, stieß sie hervor.

»Ohne jegliche Hemmungen schäkert Ihr mit mir, während Viola –«

»Schäkern nennt Ihr das?«, unterbrach sie Albrecht, noch immer lächelnd.

»Ihr habt mich ... geküsst«, flüsterte Anna Elisabeth, »vorhin habt Ihr mich sogar geküsst! Und Eure Geliebte –«

Er unterbrach sie noch einmal. »Meine Viola hätte nicht das Geringste dagegen«, sagte er schnell, »das müsst Ihr mir glauben. Sie ist nämlich –«

»Ich will gar nicht wissen, was diese Welsche für eine ist«, fuhr Anna Elisabeth ihm ungestüm in die Rede. »Sie hat ältere Rechte – ganz abgesehen davon, dass ich ohnehin vergeben bin! Sofort lasst Ihr mich los ... sonst ...«

Der Tanz war zu Ende, und die Musik schwieg. Anna Elisabeth war ebenfalls verstummt. Ihre Augen schienen allen Glanz verloren zu haben. Albrecht erschrak. »Bitte, Anna – ich glaube, ich schulde Euch eine Erklärung«, bettelte er. »Die Viola, von der ich sprach, und die ich wirklich sehr liebe, ist nämlich –«

Die Tür zum Saal wurde aufgestoßen. Eine Gruppe von jungen Männern drängte johlend herein und strebte sogleich zum Tresen. Alle waren auffällig bunt und teuer gekleidet; sie trugen Lederwämser, zwiefarbene Hosen und Degen an der Hüfte. Einer von ihnen, ein hoch gewachsener, breitschultriger Kerl mit einer Narbe, die sich längs über die linke Seite seines Gesichts zog und ihm etwas Furchteinflößendes verlieh, schaute zum Tanzboden herüber. Sein Blick blieb an Albrecht hängen. »He, Herr Vetter«, rief er, während sich sein entstelltes Gesicht zu einem zerfurchten Grinsen verzog, »ich sehe, Ihr seid wieder bei Eurer liebsten Tätigkeit!«

Albrecht hatte mitten im Satz innegehalten. Hastig wollte er der Tür den Rücken zukehren, doch es war zu spät. Der Riese nahm sein federgeschmücktes Barett ab, schwenkte es in einer äußerst übertriebenen Verbeugung und rief noch einmal: »Wolf von Weißenstein – Holla! Seid Ihr schon so betrunken, dass Ihr mich nicht mehr erkennt, Bruder?«

Hätte Albrecht den Gruß des Mannes jetzt nicht zur Kenntnis genommen – er hätte sich einer groben Beleidigung schuldig gemacht. Also ließ er Anna Elisabeths Hand fahren und grüßte ebenfalls: »Hinzheim – nanu! Was treibt Euch denn hierher?«

Der Riese lachte und setzte sich sein Federbarett schief aufs Ohr. »Dasselbe wie Euch, Herr Vetter«, sagte er. »Es gibt doch nichts Schöneres, als sich gelegentlich mit hübschen Bauerntöchtern zu verlustieren.«

»Nicht wahr?«, erwiderte Albrecht mit gespielter Munterkeit. »Ich habe mir gedacht, man muss sich am Erntefest nicht unbedingt einsam zu Hause betrinken. Hier herrscht wenigstens gute Stimmung ...«

Der Junker von Hinzheim grinste. Er musterte Anna Elisabeth mit einem scheelen Seitenblick. »Ich sehe, Ihr beweist wieder einmal Geschmack, Weißenstein«, sagte er und dehnte seine Worte über Gebühr, »gestattet Ihr, dass ich mir von diesem reizenden Mund einen Kuss genehmige?«

Bei Albrecht spannten sich unter dem dreisten Blick des Junkers alle Muskeln. »Nicht so schnell, Herr Vetter«, gab er zurück.

»Ihr wollt Euch mit mir anlegen?« Hinzheim verzerrte sein entstelltes Gesicht. »In diesem Dorf hab ich die älteren Rechte – das merkt Euch!«

Seine Hand lag auf dem Knauf seines Rapiers. Albrecht erwiderte den hochmütigen Blick des Junkers mit einem stählernen Lächeln. »Mag sein«, gab er zurück, »aber ich habe das entzückende Blümchen zuerst entdeckt. Mir gebührt darum auch der Vortritt.«

Hinzheim zog blank. Mit einem scharfen Zischen fuhr seine Waffe aus der Scheide. »Schlagen wir uns doch drum«, forderte er gereizt.

»Ich bin unbewaffnet.« Albrecht bemühte sich um einen ruhigen Ton. »Mit einem wehrlosen Gegner ist nicht gut fechten. Oder habt Ihr einen Faustkampf im Sinn?«

Der Junker von Hinzheim suchte nach den passenden Worten. Sekundenlang musterte er Albrecht ärgerlich. Dann steckte er die Waffe wieder in die Scheide. »Dummes Zeug«, schnarrte er. »Es sieht Euch ähnlich, Weißenstein, ohne Euren Degen herumzulaufen. Wenig standesgemäß, Herr Vetter – wenn ich das bemerken darf!«

»Nun ja«, sagte Albrecht, »aber unter Bauern ist selbst ein waffenloser Edelmann König.«

Hinzheim wusste nicht recht, was er von dieser Antwort halten sollte. Er zuckte die Achseln. »Wenn Ihr meint«, sagte er und trat auf Anna Elisabeth zu, »dann gebe ich mich eben mit einem Tupfer auf die Wange zufrieden ... einstweilen!«

Albrecht spürte, wie sich ihm die Nackenhaare sträubten. Er handelte ohne lange abzuwägen, zog Anna Elisabeth an sich, nahm ihr Gesicht in beide Hände und küsste sie wild auf den Mund. Sie schien in seinen Armen zu erstarren. Doch ihre Lippen waren weich und nachgiebig und wehrten seinen Angriff nicht ab – im Gegenteil. Bebend öffneten sie sich, nahmen Albrechts Zärtlichkeiten willig, ja begierig entgegen und erwiderten sie sanft. Plötzlich, ganz unvermittelt, bog Anna Elisabeth den Kopf zur Seite und beendete den Kuss.

Der Junker von Hinzheim war nicht dazwischengegangen, aber er hatte mit unverhohlen lüsternen Blicken zugesehen. »Nun«, fragte er Albrecht gespannt, »wie schmeckt sie?«

Albrecht holte tief Luft, ließ Anna Elisabeth los und schob sie von sich weg. »Großer Gott, Hinzheim«, sagte er und zog eine Grimasse, »Ihr habt Euch ganz umsonst erregt. Die da – die würde Euch keinen Spaß machen. Sie hat mindestens drei Unzen rohen Knoblauch gegessen!«

»Was?«, schnaufte der Junker von Hinzheim. »Bruder – dann

könnt Ihr sie behalten. Eine, die aus dem Hals stinkt, ist das Letzte, was ich mir für mein Vergnügen wünsche! Knoblauch ... Pfui Teufel!«

Er brach in schallendes Gelächter aus. Albrecht spürte, wie die Anspannung wieder von ihm wich. »Geh wieder zu den Deinen, Mädchen«, befahl er Anna Elisabeth und schubste sie noch einmal. »Von mir kannst du keinen Tanz mehr erwarten. Du riechst wirklich allzu streng ...« Er wandte sich an den Junker von Hinzheim. »Wollt Ihr Euch erst nach einer Tänzerin umsehen, Herr Vetter – oder trinken wir einen Becher zusammen?«

»Das Letztere«, erwiderte Hinzheim und enthüllte grinsend seine schadhaften Schneidezähne. »Ihr wisst doch, was für ein gottserbärmlicher Tänzer ich bin. Springen und Schreiten liegen mir nicht besonders.« Er machte eine obszöne Hüftbewegung. »Stöße sind mehr mein Fall!«

»Später«, sagte Albrecht und zwinkerte dem Junker zu. »Der Wirt hat gutes Bier – man erkennt es an den vielen Säufern, die den Tresen belagern!«

»Richtig – gesellen wir uns dazu«, gröhlte Hinzheim. »Geübt im Saufen sind wir allemal – was, Weißenstein?«

Albrecht entgingen Hinzheims Bemerkungen. Sein Blick hing an Anna Elisabeths Gesicht, das kreidebleich geworden war. Sie starrte ihn an; ihr Mund formte Worte, die er gerade noch verstehen konnte: »Weißenstein ... Wolf von Weißenstein! Ihr seid einer von denen?«

Ihre Augen waren riesengroß. Er wusste nicht, was er jetzt tun sollte. Notgedrungen nickte er, öffnete den Mund, brachte es aber nicht fertig, etwas zu erwidern. Sie wandte den Blick nicht ab. Langsam, ganz langsam sammelten sich Tränen in ihren Augen.

Hinzheim hatte es bemerkt. »Tja, mein Kind«, spottete er und verzog sein narbenzerfurchtes Gesicht zu einem neuen, bösartigen Grinsen, »das hättest du dir früher überlegen müssen, bevor du dem Knoblauch so übermäßig zugesprochen hast! Nun bist du deinen hübschen Tänzer los, und stechen wird er dich auch nicht. Oder legt Ihr doch noch Wert darauf, Weißenstein?«

Er versetzte Albrecht einen derben Rippenstoß und gab noch einmal einen röhrenden Lacher von sich. Anna Elisabeth sagte nichts auf Hinzheims rüpelhafte Worte, sondern knickste nur und ging langsamen Schrittes zu Hannes Rebmann hinüber, der noch immer mit Christoph am Tresen stand.

Albrecht senkte zutiefst beschämt den Kopf. Schmerz und Trauer, die deutlich in Anna Elisabeths Blick zu erkennen gewesen waren, trafen ihn mit umso größerer Gewalt. Er hielt den Junker von Hinzheim so lange am Tanzboden in ein Gespräch verwickelt, bis Anna Elisabeth und Rebmann den Saal verlassen hatten. Erst dann brachte er die Kraft auf, mit seinem Standesgenossen zum Tresen zu gehen und sich bis zur Besinnungslosigkeit voll laufen zu lassen.

November Anno 1524
Nebelmond

Wie der November sich gebärdet,
so auch der März, der ihm folgt.

Durch den dichten Nebel, der die ganze Welt wie mit einem Leichentuch verhüllt hatte, schimmerte bleigrau der Spiegel des Mühlenteiches. Anna Elisabeth, die am Fenster stand und hinausschaute, fand es unmöglich, ihre Tränen zurückzuhalten. Drei Wochen lag das Erntefest jetzt schon zurück, und noch immer schmerzte unsäglich, was damals mit ihr geschehen war.

Alles stand noch so frisch in ihrer Erinnerung, als sei es gestern gewesen. Sie hatte mit *ihm* getanzt – zuerst einen wilden, danach einen zahmeren Tanz. Dass ihm die Schritte des Reigens nicht geläufig gewesen waren, hatte sie verwundert, aber als er mit ihr an den Rand des Tanzbodens ausgewichen war, hatte sie das wunderbare Gefühl gehabt, in seinen Armen zu schweben ... ja, es war ein Schweben gewesen, wahrhaftig.

Dann hatte sie ihn gefragt, ob er gebunden sei – warum eigentlich? –, und er hatte ihr von seiner Geliebten erzählt. Mit einem schrecklichen Donnerschlag war die Erde wieder unter ihren Füßen spürbar gewesen. Und dann ...

Anna Elisabeth wischte sich über die nassen Wangen. Die ganze Welt war eingestürzt, auf dem Tanz beim Erntefest. Sie war beleidigt worden, gedemütigt, auf übelste Weise geschmäht. Doch das Schlimmste war die Tatsache, dass *er* sich als einer vom Adel entpuppt hatte. Er hatte sie getäuscht. Er hieß nicht Albrecht Hund und kam auch nicht aus Schwarzental. Sein Name war Albrecht Wolf von Weißenstein. Und sie liebte ihn.

Hannes ahnte nichts davon. Er hatte neulich den Auftritt bei der Tanzfläche nicht einmal mitbekommen. Viel zu sehr war er mit Trinken und Reden beschäftigt gewesen. Erst ihre Tränen später am Tag hatten ihn bewogen, nach ihrem Kummer zu fragen. Da hatte sie ihm lediglich von den Beleidigungen durch den Junker Hinzheim erzählt und den wahren Grund ihres Schmerzes nicht erwähnt. Wie konnte sie auch?

Anna Elisabeth unterdrückte einen Schluchzer. Wie oft hatte sie jetzt die ganze entsetzliche Geschichte in der Erinnerung noch einmal ablaufen lassen – hundertmal? Tausendmal? Das Herz hatte ihr bis zum Hals geschlagen, als sie Albrecht in der Menschenmenge auf dem Fest erkannt hatte, und ihr war klar geworden, dass sie sich ein Wiedersehen erhofft hatte. Als er Hannes um Erlaubnis gebeten hatte, mit ihr zu tanzen, da war sie beinahe in die Luft gesprungen vor Freude. Auch auf dem Tanzboden dann hatte sie immer noch nicht begriffen, warum sie so unangemessen glücklich war – da hatte sie noch geglaubt, es sei nur die Festesstimmung. Erst als der andere Junker ihn angesprochen und er sie weggestoßen hatte, war es ihr bewusst geworden. Sie liebte ihn. Und sie hatte ihn verloren.

Nein – sie hätte ihn nie gewinnen können. Er war ein Schuft – so viel stand fest. Dass er sich ihr genähert hatte, konnte nur einen einzigen Grund haben. Er war auf ein Abenteuer aus gewesen. Herren von Stand machten sich einen Spaß daraus, Bauernmädchen zu entehren ... der andere Junker, sein Vetter, hatte ja keinen Zweifel darüber gelassen.

Anna Elisabeth schloss die Augen. Tränen rollten heiß über ihre Wangen und tropften auf das Fensterbrett. Er war ein Schuft – aber sein Kuss war so süß gewesen ...

Hinter ihr trat jemand in die Stube. Sie wischte sich schnell über die Augen und drehte sich um. Hannes war hereingekommen; seine groben Stiefel hinterließen nasse Spuren auf den Pflastersteinen beim Herd.

Sein Gesicht war von der rauen Luft gerötet. Wie er so dastand in seiner braunen, mit zotteligem Schaffell gefütterten Jacke, die topfartige Wollmütze tief in die Stirn gezogen, erinnerte er an einen vierschrötigen Waldgeist – einen Schrat oder Wurzelmann. Er hielt einen Feldhasen an den Ohren, ein großes, ausgewachsenes Tier, dem die Schlinge noch um den Hals baumelte. »Annelies«, sagte er munter, »hier bringe ich dir einen Braten fürs Nachtessen. Ich hoff, du lädst mich dazu auch an deinen Tisch!«

»Bist du des Teufels?«, gab Anna Elisabeth erschrocken zurück. »Wenn dich einer gesehen hat …!«

»Hat aber keiner«, sagte Hannes und grinste. Dann musterte er betroffen ihr Gesicht. »Schätzle – was ist dir?«

»Nichts«, erwiderte Anna Elisabeth. »Hab Zwiebeln geschält.«

Er schüttelte den Kopf. »Ich weiß schon, was dir immer noch nachgeht«, sagte er, und in seiner Stimme lag ein Grollen. »Aber fürchte nicht, dass das ungestraft bleibt. Es kommt die Zeit, Annelies – da beleidigt keiner mehr die Meinige!«

Er hatte wütend die Faust geballt. »Dagegen kommst du doch nicht an«, wies sie ihn zurecht. »Außerdem – es ist ja längst vergessen.«

»Das meinst du.« Hannes schob das Kinn vor. »Ich hab's nit vergessen!« Er runzelte die Brauen und starrte einen Augenblick finster vor sich hin. Dann hielt er ihr den Hasen entgegen. »Machst du's selbst – oder soll ich ihn für dich abziehen und ausnehmen?«

»Ja, tu das nur«, sagte Anna Elisabeth. »Und vergrab den Abfall auf dem Mist.«

»Auch das Fell?« Er streichelte dem Hasen sacht über die Flanke. »Es ist ganz dicht und weich ... gäb einen schönen, warmen Muff für dich.«

»Auch das Fell«, erwiderte Anna Elisabeth, »so schade es drum ist.« Man durfte nicht riskieren, mit einem solchen Pelz erwischt zu werden. Die Knechte des Klostervogtes hatten scharfe Augen. »Wenn du fertig bist, bring mir das Fleisch wieder herein. Ich koch uns einen Hasenpfeffer. Hab gestern erst frisch gebacken – so was schmeckt gut mit neuem Brot.«

Hannes war schon wieder ganz der Alte. »Ich bring zum Essen noch den Quirin und den Simon mit«, sagte er augenzwinkernd im Hinausgehen, »wir haben was zu besprechen – unter Männern.«

Albrecht hatte einheizen lassen. Aber heute stand der Wind nicht günstig. Die ganze Wärme, die das mächtig ziehende Feuer entwickelte, wurde brausend durch den Kamin weggesaugt, ohne der Kemenate auch nur ein Minimum an kalter Feuchte zu nehmen.

Fröstelnd zog Albrecht seinen mit Wolfsfell gefütterten Mantel enger um den Hals und starrte den Funken nach, die aus den lodernden, krachenden Scheiten in dem Kamin hinaufwirbelten. So, wie dieses Feuer völlig nutzlos Holz verzehrte, so verzehrte ihn seine Sehnsucht – ganz ohne Sinn und Verstand. Denn auf dem Heimweg von dem unglückseligen Erntefest war ihm aufgegangen, dass er das Ziel seiner Sehnsucht niemals erreichen würde. Er verlangte ja nicht nur nach Annas Körper. Er liebte sie.

Was hatte er doch Christoph als Grund für die Fahrt zum Fest angegeben? Wir sind auf der Jagd, hatte er dem Jungen gesagt – auf der Jagd nach einem hübschen Mädchen. Genau das hatte er selbst auch geglaubt. Nicht einmal im Traum wäre er an jenem Tag darauf gekommen, dass er auf etwas anderes aus war als nur auf ein schnelles Liebesstündchen in irgendeinem Heuschober ...

Wie sie ihn angesehen hatte, nachdem sein wahrer Name durch Hinzheim verraten worden war – welche Verachtung aus ihrem Blick gesprochen hatte! Für alle Zeit hatte er in dieser Sekunde jede Glaubhaftigkeit verloren, durch bloßes Spiel des Zufalls. Er stand als Lügner und Betrüger vor ihr da – als adliger Schürzenjäger, der sich auf übelste Weise bei einem unbescholtenen Mädchen hatte einschmeicheln wollen und der ihr auch noch eine unverzeihliche Demütigung angetan hatte.

Wolf von Weißenstein. Wolf im Schafspelz. Dass er sie mit seinem beleidigenden Verhalten vor den dreisten Annäherungsversuchen des Junkers von Hinzheim bewahrt hatte, konnte nicht zu seinen Gunsten ausgelegt werden. Anna ahnte ja nicht, warum er sie mit einer so unverschämten Begründung von sich weggestoßen hatte. Dass Hinzheim ein notorischer Jungfernschänder war, konnte ihr kaum bekannt sein, denn ihr Dorf gehörte zur Abtei Kaltenbrunn, wo Hinzheim nichts verloren hatte.

Hinzheim. Albrecht knirschte mit den Zähnen. Morgen würde er mit diesem eitlen, überheblichen Raufbold, der weder Skrupel noch Gewissen kannte, auf die Jagd reiten. Hinzheim hatte sich selbst dazu eingeladen; Ablehnung wäre Beleidigung gewesen, und die zog unweigerlich eine Fehde nach sich.

Wenigstens würde die Jagdgesellschaft nicht nur aus solchen wie Hinzheim bestehen. Berlichingen hatte zugesagt, weil er sich just in der Gegend aufhielt, und der Götz sorgte immer für Spaß. Er und seine Männer würden schon keine schlechte Laune aufkommen lassen. Es würde eine lustige Hatz geben, und abends einen guten Braten, hinuntergespült mit reichlich Wein und Bier – der Keller war voll von Fässern aus dem Transportgut der Kaufleute, das sein guter Bernhard neulich erbeutet hatte. Sogar Gaukler würden ihre Kunststückchen zum Besten geben – Fahrende, die Christoph an der Straße aufgegabelt hatte.

Albrecht drückte sich tiefer in die Polsterkissen des klobigen Lehnstuhls, in dem er saß, streckte die Beine noch näher an die glühenden Scheite und richtete den Blick zur Decke. Dieses Zimmer – einer der wenigen heizbaren Räume der Burg – hatte einmal seiner Mutter als Schlafkammer gedient. Die Farben, mit denen die dicht beieinander liegenden Deckenbalken samt ihren Konsolen bemalt waren, zeugten bis heute von ihr, denn sie selbst hatte zu ihren Lebzeiten die zierlichen Ranken, Blüten und Fabelwesen in Auftrag gegeben. Noch heute prangten sie in Ochsenblutrot, stumpfem Grün und strahlendem Gelb, als habe sie der Maler eben erst auf das schwärzliche Eichenholz übertragen. Außer der prächtigen hölzernen Decke wies der weiß getünchte Raum keinerlei Schmuck auf, aber Albrecht hatte sich hier immer am liebsten aufgehalten.

Er seufzte. Es war müßig, sich vorzustellen, wie Anna diese Kemenate wohl gefallen hätte. Anna würde das Zimmer seiner Mutter nie zu Gesicht bekommen. Die Möglichkeit, sie zu gewinnen, war unwiederbringlich vertan. Nie würde es ihm gelingen, sie davon zu überzeugen, dass er mit einem Junker Hinzheim nicht zu vergleichen war. Diese Tatsache hatte er zu akzeptieren.

Mit steifen Muskeln erhob er sich aus dem Sessel. Anstatt hier weiter zu frieren, würde er hinunter in die Küche gehen und sich dort am Herdfeuer wärmen. Das Gesinde hielt sich um diese Tageszeit sicher beinahe vollzählig dort auf – im Gespräch mit Mägden und Knechten der Burg konnte er sich von seinen schmerzenden Erinnerungen ablenken und vielleicht auf andere Gedanken kommen.

Unter dem riesigen Rauchfang in der Küche der Burg flammte ein Feuer, an dem man einen Ochsen hätte rösten können. Aber hier lieferte es mehr Wärme als oben in der Kemenate, denn das tief hängende Kreuzrippengewölbe des weitläufigen Küchenraumes verhinderte den Abzug der temperierten Luft weit besser als die hohen Balkendecken der oberen Geschosse.

Vier Mägde wirkten zusammen mit der alten Magdalene an den beiden Herden, die mit ihren separaten Kaminen eine Seitenwand einnahmen. Auf dem einen kochte in einem eisernen Kessel, bewacht von der jungen Hedwig, die Hafergrütze für das Nachtmahl. Der zweite wurde eben angeheizt. Ein kleiner Berg weißer Rüben lag da auf dem Tisch neben dem Herd; Christoph war mit seinem Jagdmesser dabei, das Gemüse in Stücke zu schneiden.

Der Junge errötete, als er Albrecht eintreten sah, und wollte schnell das Messer aus der Hand legen. Doch die alte Magdalene hob den Finger. »Nichts da, Faulpelz«, schalt sie ihn, »du hast es Hedwig versprochen!«

Albrecht sah seine Amme fragend an. »Wieso ist Christoph nicht auf Wache am Tor?«

Magdalene musterte ihren jungen Herrn mit schief gelegtem Kopf. »Er treibt sich in letzter Zeit mehr hier herum«, sagte sie, indem sie ihr weißes Kopftuch zurechtrückte, »und da sehe ich es nicht gern, wenn er müßig zuschaut, wie wir arbeiten.«

»Schon recht.« Albrecht warf Christoph einen strafenden Blick zu. »Aber sollte er nicht vielmehr Männerarbeit verrichten, als hier in der Küche Rüben zu schneiden?«

»O – er hat schon Holz und Wasser getragen«, versuchte die kleine Hedwig Christophs Verhalten zu rechtfertigen. »Und die Rüben schneidet er nur, weil –«

Albrecht unterbrach ihren Redeschwall mit einem Lachen. »Ich weiß«, sagte er, »weil du ihm das Versprechen abgeluchst hast. Du bist ein schlaues Mädchen.«

»Das ist sie«, bestätigte Christoph und errötete noch tiefer. »Doch mein Versprechen hab ich ihr freiwillig gegeben ...«

»Sonst hätte ich dich auch aus der Küche hinausgewiesen, Müßiggänger«, mischte sich die alte Magdalene ein. »Seit deiner Ausfahrt mit dem Herrn tust du gar zu hochnäsig!«

Christophs Verlegenheit wuchs. »Wie kannst du das behaupten, Magdalene«, sagte er zornig, »wo ich doch nicht anders bin als früher!«

»Dir mag das nicht aufgefallen sein«, widersprach die Amme, »aber wir andern, wir merken es schon. Du hast dich verändert – und nicht zu deinem Vorteil!«

Albrecht hob eine Augenbraue. »Inwiefern?«, fragte er.

»Dem Jungen mangelt es heutzutage an der Demut, die ihm ziemen würde«, sagte Magdalene. »Schließlich ist er nur –«

»Genug«, schnitt Albrecht ihr die Rede ab. Er wandte sich an Christoph. »Wo sind die Gaukler, von denen mir berichtet wurde?«

Christoph atmete sichtlich auf. »In den Pferdeställen, Herr«, antwortete er. »Ich habe ihnen einen Platz auf dem Heuboden gezeigt, wo sie übernachten können.«

»Sie sollen herkommen – damit sie uns nicht möglicherweise die Scheune niederbrennen«, sagte Albrecht. »Es würde mich nämlich nicht wundern, wenn sie sich ein Feuerchen anzünden – bei dem eisigen Wind.«

Der Junge war schon an der Tür. »Sofort, Herr«, beeilte er sich zu sagen. »Da werden sie sich aber freuen. Können sie auch etwas zu essen bekommen ... wie das früher auf Weißenstein üblich war?«

Die alte Magdalene tat erbost. »Hergelaufenes Gesindel durchzufüttern – das war noch nie der Brauch in diesem Haus«, murrte sie halblaut. »Wir haben ja kaum genug für uns selbst!«

»Soll ich ein paar Rüben mehr schneiden?«, fragte Albrecht lächelnd.

Magdalene machte ein entsetztes Gesicht. »Herr«, grollte sie,

»auch Ihr habt Euch verändert, wenn ich das bemerken darf. Wie könnt Ihr ein solches Ansinnen nur erwähnen?«

»Und was wäre daran so ungeheuerlich?«, lächelte Albrecht.

»Herr ... ein Edelmann, der niedere Arbeiten verrichtet ...!« Die Amme schlug die Hände zusammen.

»Lauf, Christoph«, sagte Albrecht. Für den Augenblick war seine trübe Stimmung verflogen. »Du brauchst keine Rüben mehr zu schneiden, hörst du? Hol mir die Gaukler her. Ich möchte sehen, was es für Leute sind und womit sie morgen unsere Gäste unterhalten werden!«

Der Junge huschte hinaus. Magdalene stand ganz still und sah ihren Herrn an. Sie erforschte sein Gesicht; der Blick ihrer lebendigen grauen Augen stellte Fragen über Fragen. »Herr«, murmelte sie, »habt Ihr etwa ...«

»Noch nicht«, gab Albrecht zurück, »doch ich werde es tun – über kurz oder lang.«

Sie hatten es sich auf der Bank hinter dem Tisch bequem gemacht, Anna Elisabeths Vater, der Hannes, der Simon und der Quirin. Michel, der aus dem Stall dazugeholt worden war, hatte den dreibeinigen Melkschemel mitgebracht und nahm nun eine Schmalseite des Tisches ein. Allesamt schauten sie erwartungsvoll zum Herd herüber, wo Anna Elisabeth dem Hasenpfeffer die letzte Würze gab.

Das verbotene Festessen duftete herrlich. Bierkrug und Becher standen bereit. Frisches Brot, in dicke Scheiben geschnitten, wartete aufgestapelt auf einem Holzteller. Niemand sagte ein Wort; dazu wässerte ihnen der Mund zu sehr, vermutete Anna Elisabeth.

Jetzt war das Gericht so gut wie fertig. Für einen Wolf von Weißenstein war Hasenbraten sicher keine Seltenheit, geschweige denn gänzlich verboten. Der sah solche Köstlichkeiten wohl alle Tage auf seiner Tafel, und in seiner Küche würde man das Fleisch auch nicht in winzige Stückchen schneiden müssen, damit jeder etwas abbekam. Anna Elisabeth streute noch ein wenig getrockneten Quendel über der brodelnden Soße aus, füllte den Hasenpfeffer in eine große Steinzeugschüssel und trug ihn auf. Ein Wolf von Weißenstein würde sich kaum so gierig über sein Essen hermachen wie die Männer am Tisch ihres Vaters, die derart heißhungrig darauf gewartet hatten.

Sie fielen regelrecht darüber her. Hastig tunkten sie ihre Brotbrocken in die Schüssel, häuften sich die Löffel so voll, dass sie sie kaum noch in den Mund bekamen, kauten mit vollen Backen. Der Michel, der doch gewöhnlich ein bescheidener Kerl war, hielt sich heute keineswegs zurück. Er aß so schnell, dass ihm der Hannes einen bitterbösen Blick zuwarf und mit vollem Mund zischte: »Lass der Annelies auch was, Rüpel!«

Im Handumdrehen war die ganze Riesenkumme so gut wie leer. Der Vater rülpste laut, wischte sich mit dem Handrücken den soßenverschmierten Mund ab, bedeutete seiner Tochter, dass sie jetzt an der Reihe sei. Ob das am Tisch eines Herrn von Stand auch so ging, dass die Frauen bekamen, was die Männer übrig ließen?

Anna Elisabeth holte sich die Schüssel und setzte sich damit auf den Herdrand. Wenige kleine Bröckchen von dem Hasenfleisch und ein Pfützchen Soße hatten sie ihr gelassen, die Kerle ... nun ja, sie hatten ja auch den ganzen lieben langen Tag über schwer gearbeitet – schwerer jedenfalls als sie. Bauholz fürs Kloster zu schlagen, das war kein Kinderspiel. Morgen würden die Stämme mit Ochsen und Pferden aus dem Wald gerückt werden müssen. Und nächste Woche stand der Transport zum Lagerplatz des Klosters an ...

Anna Elisabeth aß ihren Rest mit wenig Genuss. Warum drehten sich ihre Gedanken nur immer wieder um den Wolf von Weißenstein? Warum konnte sie nicht einfach vergessen, dass er je hier gewesen war? Schon brannten wieder Tränen in ihren Augen, und der Hannes hatte es auch bereits bemerkt.

Seine Augen verdunkelten sich. »So geht das schon seit dem Michaelifest«, sagte er zu Quirin, der links neben ihm saß. »Dauernd muss sie weinen, meine Annelies. Sie kann's einfach nicht verwinden, dass der gottverfluchte Junker –«

Es klopfte an der Haustür. »Wer mag das jetzt noch sein?«, fragte der Vater.

Der Hannes schien es zu wissen. »Mach auf, Schätzle«, sagte er zu Anna Elisabeth. »Ich wusste, er kommt heute noch.«

Die Männer sahen ihn fragend an. Anna Elisabeth stellte ihre Schüssel ab, ging gehorsam zur Tür und öffnete. Draußen stand ein Mann in einem dunklen Umhang, der seine ganze Gestalt verhüllte.

»Ist dies das Haus vom Müllerhans?«, fragte der Unbekannte.

»Nein«, gab Anna Elisabeth zögernd Auskunft, »aber der Müllerhannes ist hier. Kommt nur herein ...«

»Ich danke Euch«, erwiderte der Mann knapp. Er trat in die Stube und sah sich um. »Ihr denkt wohl, ich komme zur Unzeit«, fügte er hinzu, »aber jetzt ist die Zeit – glaubt mir, Brüder.«

Anna Elisabeths Vater meldete sich. »Wer seid Ihr denn?«, wollte er wissen. »Und wie kommt Ihr dazu, uns Eure Brüder zu nennen? Ich habe Euch noch nie gesehen.«

»Das ist Joos Fritz«, beeilte sich Hannes zu erklären. »Ich selbst habe ihn zu mir gebeten, damit er uns erzählt, in welcher Sache er unterwegs ist!«

»Joos Fritz?« Dem Vater war dieser Name unbekannt, genau wie auch den beiden anderen Nachbarn. »Woher kommt Ihr?«, fragte er den Fremden und musterte ihn scharf. »Was wollt Ihr hier?«

»Habt Ihr nicht schon einmal vom Bundschuh gehört?«, antwortete Hannes anstelle des Fremden, der immer noch bewegungslos in der Mitte des Raumes stand.

»Was soll das?«, brummte Anna Elisabeths Vater. »Bundschuhe tragen wir Bauern. Jedes Kind weiß, was damit gemeint ist.« Er runzelte die Stirn. »Halte mich nicht zum Narren, Hannes – sonst ändere ich meine Meinung, was dich als meinen zukünftigen Eidam betrifft.«

Der fremde Mann zog sich mit einer langsamen, müde wirkenden Bewegung die Kapuze seines Mantels vom Kopf, so dass sein Gesicht deutlich zu erkennen war. »Verzeiht, Hausvater«, sagte er, »dass ich so lange brauche, den Grund meines Kommens zu offenbaren. Aber ich habe einen weiten Weg hinter mir, und jetzt versagt der Körper mir beinahe den Dienst. Darf ich den Mantel ablegen und mich an deinem Herd wärmen? Danach stehe ich Euch Rede und Antwort.«

Der Vater nickte. Joos Fritz ließ den Mantel von den knochigen Schultern gleiten, faltete ihn sorgfältig und legte ihn auf den Holzstapel neben dem Herd. Dann hielt er die rot gefrorenen Hände über die Glut und bewegte langsam seine Finger. »Wie gut das ist«, murmelte er, »einmal wieder die Wärme eines Hauses zu spüren ...«

Anna Elisabeth betrachtete ihn. Sein Alter war nur schwer zu schätzen; nach der Anzahl der Falten auf seinem verwitterten Gesicht konnte er die fünfzig bereits überschritten haben. Aber seine Augen hatten einen lebendigen Glanz, sein Blick ein Leuchten, das tief aus seinem Innern zu kommen schien, und das gab ihm etwas Junges, Unverbrauchtes. Auch seine Bewegungen, so müde sie sein mochten, ließen nicht auf einen alten Mann schließen. Denn sie verrieten eine Spannkraft und Energie, wie man sie eigentlich nur bei den ganz Jungen antrifft.

Seine Kleidung war zerschlissen, ja beinahe zerlumpt. Nur der Mantel, den er so pfleglich behandelt hatte, musste verhältnismäßig neu sein. Das dicke Friesgewebe, aus dem er gemacht war, wies noch den Glanz des beinahe Unbenutzten auf. Dafür hatten die Stiefel an seinen Füßen viele abgewetzte Stellen und sicher auch durchgelaufene Sohlen.

»Nun?«, fragte Anna Elisabeths Vater ungeduldig. »Seid Ihr bereit, uns Euer Woher und Wohin zu schildern?«

Joos Fritz richtete sich auf und wirkte plötzlich, wie er da in der Stube stand, überlebensgroß. Seine Augen sprühten von einer Leidenschaft, die etwas Unwirkliches hatte. Er richtete den Blick auf die Männer am Tisch und sagte: »Liebe Brüder – ich komme, um Euch zu den Waffen zu rufen. Denn es ist an der Zeit, den Feind aufs Haupt zu schlagen!«

Hannes schien zu wissen, wovon der Fremde sprach. Er lehnte sich an die Wand zurück und lächelte. Quirin und Simon sahen sich fragend an. »Welche Waffen«, fragte Anna Elisabeths Vater verständnislos, »und welcher Feind? Ihr redet irre, Joos Fritz!«

»Das tut er nicht«, sagte Hannes. Aus ihm sprach mit einem Mal die gleiche Begeisterung, die auch der Fremde ausstrahlte. »Joos Fritz hat vor Jahren an der Spitze des Bundschuhs gestanden, und auch, wenn die Bewegung damals niedergeschlagen wurde – diesmal wird es anders auslaufen. Im ganzen Neckartal haben sich schon –«

»Ach, jetzt verstehe ich!« Der Vater schlug sich an die Stirn. »Als ich noch jünger war, haben Landfahrer davon berichtet ...«, er legte den Kopf nachdenklich auf die Seite. »Sagt – nannte sich die Rebellion nicht Armer Konrad?«

Joos Fritz nickte. »Recht«, erwiderte er ernst, »und man hat dem Armen Konrad übel mitgespielt. Die Brüder hatten den Bundschuh zur Fahne erwählt, dazumal ..., und der Bundschuh wurde verraten.« Er hob die Hand und ballte die Faust zu einer herrischen Geste. »Doch das wird diesmal nicht geschehen«, fuhr er leidenschaftlich fort. »Herr Martinus streitet an unserer Seite. Die Freiheit eines Christenmenschen ist gottgegeben und darf nicht angetastet werden, sagt er!«

»Was soll das für eine Freiheit sein?«, wollte der Vater wissen. Er hatte sich vorgebeugt und betrachtete den Fremden mit vorsichtiger Skepsis. »In unserem Ort kennt man die Schriften dieses Herrn Martinus nicht – weil wir alle nicht lesen können.«

Joos Fritz heftete den flammenden Blick auf den alten Mann. »Um Euch allen die Wahrheit zu bringen«, sagte er eindringlich, »dazu bin ich hier. Ihr müsst unsere Ziele kennen. Die evangelische Bruderschaft darf nicht blind in die Irre tappen … diesmal nicht!«

»Setzt Euch zu uns, Joos«, forderte Hannes den Fremden auf. »Wenn Ihr gestattet, Vater …«, er sah den Hausherrn bittend an, »dann wollen wir hören, was er uns zu berichten hat.«

»Gut.« Anna Elisabeths Vater stimmte zögernd zu. »Ihr könnt einen Becher Bier mit uns trinken. Zum Essen kann ich Euch leider nicht mehr einladen – dazu kommt Ihr zu spät.«

»Wie wäre es mit Brot und Speck?«, mischte sich Anna Elisabeth ein. Sie hatte bereits eine dicke Scheibe vom Laib heruntergeschnitten.

Der Fremde lächelte dankbar, und der Hausvater nickte erleichtert. »Ja, natürlich«, sagte er, »Ihr werdet hungrig sein …«

»Sind wir nicht alle hungrig?«, gab Joos Fritz zurück. »Verlangt uns nicht alle nach Gerechtigkeit?«

Er nahm den Teller mit Brot und Speck entgegen. Die Männer auf der Bank machten ihm bereitwillig Platz, so dass er sich setzen konnte. Schweigend verzehrte er die karge Mahlzeit. Doch sobald der letzte Krümel in seinem Mund verschwunden war, begann er zu reden. »Schon bei der Heuernte hat es begonnen«, erzählte er, »als die Stühlinger Bauern von ihrer Herrschaft aufgefordert wurden, Schneckenhäuslein zu suchen …«

»Schneckenhäuser …? Wozu das?«, wollte der Vater ungläubig wissen.

»Die Gräfin stickte gerade an einem seidenen Zaumzeug für

ihren Gemahl«, erklärte Joos Fritz. »Sie brauchte die Schneckenhäuslein, um Garn darauf zu winden.«

Anna Elisabeth verstand nichts. »Mitten in der Heuernte hat sie dafür die Bauern ausgeschickt?«, fragte sie nach. »Hätte sie denn nicht warten können, bis die wichtige Arbeit getan ist?«

»Sie wollte nicht warten«, sagte Joos Fritz. »Aber die Stühlinger Bauern weigerten sich.«

»Und was dann?« Anna Elisabeths Vater machte große Augen. »Sie wurden doch sicherlich zum Gehorsam gebracht?«

Joos Fritz reckte sich. »Der Graf hat es weidlich versucht, aber sie gehorchten nicht«, erwiderte er und hob die Stimme. »Sie ließen ihren Herrn wissen, dass sie solche Narreteien fortan nicht mehr dulden wollen!«

»Und der Ungehorsam ging weiter«, warf Hannes mit leuchtenden Augen ein. »Erzählt uns, was dann geschah, Joos!«

»Nun«, sagte Joos Fritz und zeigte ein triumphierendes Lächeln, »die Kunde verbreitete sich. Andere Bauern fingen auch an, gegen Ungerechtigkeiten aufzubegehren. Mittlerweile sind viele Dörfer im Aufruhr ... die Herren verhandeln bereits mit der Bauernschaft um Änderung der Gesetze. Aber das allein ist nicht genug. Auch Odenwald und Neckartal muss sich zur Bewegung bekennen – damit die zwölf Artikel überall angenommen werden!«

»Was meint Ihr damit?«, fragten Simon und Quirin wie aus einem Mund. »Artikel ... was ist das?«

»Es sind zwölf Forderungen, die wir an die Herren stellen«, erklärte Joos Fritz mit wachsender Leidenschaft. »Erstens – wir wollen unsere Pfarrer selbst wählen ... Zweitens, wir wollen den Kleinen Zehnt nicht mehr zahlen, desgleichen auch den Todfall nicht mehr. Denn das sind Gesetze, die nicht von Gott, sondern von Menschen gemacht sind. Drittens ...«

Der Vater, der die ganze Zeit sprachlos zugehört hatte, unterbrach den Fremden jetzt mit einer heftigen Handbewegung.

»Hat Gott nicht selbst die Herren über uns gesetzt, damit sie uns lenken und leiten?«, stellte er seine Frage in den Raum.

Joos Fritz atmete tief ein. »Die reine Lehre lautet anders«, widersprach er ungerührt. »Vor Gott sind alle gleich. Ein Christenmensch aber ist nur dem Allmächtigen und seinem Gewissen verpflichtet.«

»Dann soll man dem Kaiser nicht geben, was des Kaisers ist?«

»Doch«, sagte Joos Fritz. »Aber wenn die Herren ihre Untertanen bedrücken und beschweren, dass sie ihres Lebens nicht mehr froh werden, dann ist es recht und billig, wenn sie aufbegehren. Dann ist es an der Zeit, das Joch abzuschütteln und –«

»Was Ihr da sagt, ist vermessen«, fuhr ihm Anna Elisabeths Vater ein zweites Mal in die Rede. »Wie könnt Ihr gegen Gottes Obrigkeit streiten wollen? Dieses Dorf zum Beispiel untersteht einem Kloster – wie könnt Ihr es wagen, die Diener Gottes, denen wir verpflichtet sind, so übel anzugehen?«

»Aber die so genannten Hirten hüten ihre Herde ja nicht«, mischte sich Hannes zornig ein. »Vater – habt Ihr etwa den armen Matthias vergessen, dem der feiste, voll gefressene Abt von Kaltental neulich das letzte bisschen Habe abgenommen hat? Habt Ihr vergessen, dass wir alle immer wieder von ihm ausgeplündert werden und so gut wie jeden Winter hungern müssen?«

»An dem, was Joos Fritz sagt, ist viel Wahres dran«, knurrte der Quirin. »Dieser Doktor Luther hat Recht – es kann Gott nicht gefallen, dass so viele seiner Kinder derart gepresst und ausgebeutet werden!«

»Und überhaupt«, meldete sich jetzt auch Simon zu Wort, »wenn wir vor Gott alle gleich sind – vor dem Gesetz sind wir's nicht. Wir werden doch nicht höher geachtet als das liebe Vieh! Ist das Gottes Gerechtigkeit – oder die der Menschen?«

»Wir müssen das Menschengesetz ändern«, sagte Joos Fritz. »Wir müssen die Herren zwingen, unsere gerechte Sache anzuerkennen – denn freiwillig sind sie nicht bereit dazu!«

»Warum sollten sie auch?«, warf Hannes ein. »Denen geht es doch gut – sie leben von unserem sauren Schweiß, und das in Saus und Braus!«

»Wenn ich daran denke, dass der fette Abt und seine liederlichen Pfaffenbrüder dem Matthias das Schwein weggefressen haben«, knurrte Simon, »dann kommt mich das Kotzen an!«

Quirin grinste. »Ich hätte nicht übel Lust, den Klostervogt auch mal –«

»Du versündigst dich«, fuhr ihm Anna Elisabeths Vater dazwischen, bevor er sagen konnte, was er dem Klostervogt gerne angetan hätte. »Hüte deine Zunge!«

»Es geht ein großes Aufbegehren durch die Bauernschaft von Odenwald und Neckartal«, sagte Joos Fritz, ohne sich durch den erregten Einwurf des alten Mannes beeindrucken zu lassen. »Schon haben sich Truppen zusammengeschlossen – der Jakob Rohrbach, Wirt zu Böckingen bei Heilbronn, ist zum Hauptmann ausgerufen, genau wie der Georg Metzler, Wirt zu Ballenberg bei Krautheim. Täglich kommen mehr Männer dazu – mutige, aufrechte Männer, die es wagen wollen, den Herren die Stirn zu bieten.« Er fixierte die drei jungen Bauern mit wildem Blick. »Seid auch ihr dabei, Brüder? Wollt auch ihr für die gerechte Sache Leib und Leben wagen?«

»Aber wie soll das gehen?«, fragte der Simon in einer plötzlichen Anwandlung von Bedenken. »Wer wird uns denn anhören? Den Herren ist es doch einerlei, wenn ein Bauer sich beschwert – keiner von denen wird die zwölf Artikel auch nur lesen, geschweige denn sich danach richten!«

»Sie werden schon zuhören, wenn ein bewaffnetes Bauernheer ihre Burgen und Schlösser und Klöster belagert«, sagte Joos Fritz trocken. »Aber wir müssen unserer viele sein – das allein wird sie zum Nachdenken bringen.«

»Ihrer sind auch viele«, murmelte der Vater. »Und sie sind es gewohnt, zu streiten ...«

»Trotzdem«, konterte Joos Fritz, »wenn wir Bauern uns in allem einig sind, dann sind wir ihnen überlegen.« Er warf den drei jungen Männern am Tisch einen glühenden, schwärmerischen Blick zu. »Vergesst nicht, Brüder – Gott selbst ist auf unserer Seite, das ist gewiss. Er will nicht, dass seine unterdrückten Kinder noch länger leiden – denn er liebt sie!«

Der alte Mann schüttelte resignierend den Kopf. Hannes, Quirin und Simon dagegen hatten Feuer gefangen. »Wir können gar nicht verlieren«, bestätigte Hannes mit Überzeugung. »Wir sind viel stärker, als wir denken ...«

»Ich meine sogar, zwei von uns wiegen leicht zehn Pfaffen auf«, sagte Simon, »oder zwanzig zimperliche Herrensöhnchen!«

Quirin lachte. Anna Elisabeth, die auf dem Herdrand saß und still zugehört hatte, überkam ein ungemütliches Gefühl. Der Fremde, der sich Joos Fritz nannte, hatte zwar auch ihr irgendwie aus der Seele gesprochen. Aber die Art, wie er seine Ziele zu verwirklichen suchte, bereitete ihr Unbehagen. Zu den Waffen wollte er die Bauern rufen. Hieß das, einen Krieg zu führen – oder sollten die Herren nur eingeschüchtert werden? Und wenn das Letztere beabsichtigt war – wer sollte mit den Herren verhandeln?

Joos Fritz lieferte ihr unverzüglich die Antwort. »Der Kanzler Wendelin Hipler aus Hohenlohe hat unsere Forderungen in Worte gefasst«, sagte er. »Er wird die Bauernschaft auch vor Gericht vertreten, wenn es so weit ist. Wendelin Hipler ist auf dem Gebiet beider Rechte bewandert. Er wird für uns verhandeln, Brüder.«

»Und wenn er keinen Erfolg hat, bringen wir die Herren von Adel und Geistlichkeit zum Schlottern«, fügte Quirin hinzu. Er stieß seinen Nachbarn derb in die Rippen. »Was Simon? Wir werden sie das Fürchten lehren. Bist du auch dabei, Hannes?«

Johannes Rebmann schoss ihm einen ärgerlichen Blick zu. »Da fragst du noch? Warten wir ab. Bald wissen wir mehr ...«

»Boten sind überall unterwegs«, bestätigte Joos Fritz, indem er seinen Becher leerte und sich erhob. »Ich selbst trage das Feuer weiter, Brüder – behaltet frohen Mut und vergesst nicht: unsere Sache ist gerecht. Diesmal werden wir siegen!«

»Wollt Ihr etwa in der Nacht noch weiter?«, fragte Anna Elisabeths Vater. »Es wird ja schon dunkel, Mann – noch eine halbe Stunde, und Ihr seht die Hand vor Augen nicht mehr!«

»Einer, der alles sieht, leitet mich«, entgegnete Joos Fritz mit einem sonderbaren Lächeln. »Für ihn und sein Gesetz kämpfe ich ... er wird mich nicht im Stich lassen. Gehabt euch wohl!«

Damit ging er zum Holzstapel, nahm seinen Mantel auf und hängte ihn sich um die Schultern. Ohne ein weiteres Wort war er aus der Tür. Die sinkende Dämmerung verschluckte ihn, als sei er nie da gewesen. Doch die Aufbruchsstimmung, die er erzeugt hatte, blieb wie etwas Greifbares in der Stube zurück.

»Alle Menschen sind gleich«, murmelte Hannes Rebmann nach einem Augenblick des Schweigens. »So hat Gott es gewollt – und so werden wir es durchsetzen.«

»Wenn's sein muss, mit Gewalt«, sagte Quirin. Simon ballte die Fäuste. »Sie sollen uns kennen lernen«, fügte er grimmig hinzu.

Die Männer schienen so zornig und so entschlossen, sich an dem Aufstand zu beteiligen. Anna Elisabeth, die angefangen hatte, die große Schüssel abzuwaschen, verstand mit einem Mal, was Hannes ihr am Nachmittag hatte sagen wollen. Er hatte den Besuch des Joos Fritz erwartet und dessen Botschaft bereits gekannt.

Den Herren vom Adel sollte die Macht genommen werden, willkürlich über ihre Untertanen zu verfügen ... Albrecht Wolf von Weißenstein war ein Herr. Wenn die Wut der Bauern sich über ihm entlud – dann war auch er seines Lebens nicht mehr sicher. Bei diesem Gedanken begann Anna Elisabeths Herz angstvoll zu hämmern, und sie musste sich abwenden, damit

Hannes die neuen Tränen nicht bemerkte, die ihr über die Wangen liefen.

Der Burghof hatte sich mit gesattelten Pferden, kläffenden Hundemeuten, Treibern und aufgeregt hin und her laufenden Knechten bevölkert. Albrecht, der zusammen mit seinen Gästen ein reichliches Frühstück aus frisch gebackenem Brot, Speck, Käse und Bier eingenommen hatte, trat nun auch ins Freie. Hinzheim war bereits aufgesessen; sein Ross, ein mächtiger Grauer, prunkte in rotem Riemenzeug, das unter dem trüben Himmel besonders intensiv leuchtete. Der Götz, ein kurz gewachsener, breitschultriger und etwas beleibter kleiner Herr mit einem viereckig gestutzten Bart, hievte sich gerade in den Sattel seines hochbeinigen Fuchshengstes. Die beiden Junker aus der Nachbarschaft, Hermann und Ortwin Starkenberg, prüften vor dem Aufsitzen noch einmal die Schnallen an den Bauchgurten ihrer Pferde, und der Gast, der mit dem Berlichingen gekommen war, ein drahtiger, aber deutlich jüngerer Herr, stand neben seinem Rappen und schaute gedankenverloren ins Tal hinab.

Albrecht kannte den Mann nicht. Dem Götz dagegen schien er recht vertraut zu sein, obwohl offenbar keine Freundschaft zwischen den beiden bestand. Denn sie hatten schon am Abend zuvor, nach dem Eintreffen auf Weißenstein, kaum ein Wort miteinander gewechselt, obwohl sie doch miteinander angekommen waren. Selbst als der Berlichingen bei Tisch seine eiserne Hand vorgeführt hatte, dieses mechanische Wunderwerk, das ihm von einem kunstfertigen Schmied als Ersatz für seine verlorene Schwerthand angefertigt worden war, hatte er kaum einen Blick dafür übrig gehabt, geschweige denn eine Bemerkung.

Auch jetzt kehrte der Mann, der Albrecht als Florian Geyer vorgestellt worden war, dem Götz den Rücken zu. Vielleicht hatten sich die Herren auf dem Weg nach Weißenstein gestritten – worüber, das mochte der Himmel wissen. Albrecht ging langsam auf sein Reittier zu, das von einem Knecht in den Hof geführt worden war, und streichelte dem Falben einmal zärtlich über die Nüstern. Wenn nach der Jagd erst der frische Braten am Spieß röstete, würden sie sich sicherlich bei einem Humpen Roten wieder vertragen. Die Gaukler würden schon für gute Stimmung sorgen.

Der Falbe schnaubte sacht. Sein Atem stand wie eine weiße Wolke in der stillen Luft. Die Hunde jieperten und zerrten an den Leinen; die Hundeführer konnten sie kaum noch halten. Christoph, der die sechs großen Saupacker führte, lächelte Albrecht zu. »Sie wollen ins Feld, Herr«, rief er fröhlich herüber, »können's gar nicht erwarten!«

Der Tyras war auch wieder gesund und dabei. Albrecht betrachtete seinen Lieblingshund für einen Augenblick, dann stieg er in den Sattel. Auf sein Handzeichen hob der Knecht an der Spitze der Gesellschaft das Hifthorn. Sein Signal brachte den Zug in Bewegung. Die Treiber mit ihren langen Stöcken waren schon vor einer ganzen Weile losgezogen. Nun folgte, gemächlich Schritt reitend, die kleine Gruppe adliger Herren. Mit ihnen liefen die Meuteführer, ihre Bracken an langen Leinen mühsam zurückhaltend. Nur Christoph hatte es leichter; seine Saupacker folgten auch ohne Leine. Lässig trabten die kraftvollen Tiere ihm zur Seite und ließen sich vom Jagdfieber der viel kleineren Stöberhunde nicht aus der Ruhe bringen.

Albrecht lenkte seinen Falben neben Florian Geyers Ross. »Ihr schaut so nachdenklich drein, Herr Vetter«, sprach er ihn an, »ist etwas nicht nach Eurem Wunsch?«

»O – gar vieles, mein Lieber«, antwortete Florian Geyer langsam, »aber nicht durch Euer Zutun ...«

»Was wollt Ihr damit sagen?«, fragte Albrecht nach.

Florian Geyer hob den Kopf und sah Albrecht an. Einen Augenblick betrachtete er forschend sein Gesicht. Dann erwiderte er: »Die Welt steht Kopf, und es ist an der Zeit, dass sie zurechtgerückt wird.«

»Ihr redet in Rätseln«, sagte Albrecht. »Wie darf ich Euch verstehen?«

Florian Geyer antwortete nicht gleich. »Ich bin mir sicher«, meinte er schließlich, »auch Ihr werdet über kurz oder lang erfahren, dass wir am Scheideweg stehen. Nun gilt's, das Rechte zu tun ... ob Ritter oder Bauer ...«

Albrecht hatte noch immer keine Vorstellung, wovon der Mann sprach. »Was sollte getan werden?«, forschte er weiter. »Wie passen Ritter und Bauer zusammen?«

Florian Geyer lachte leise. »Gar nicht«, sagte er, »aber sie werden Seite an Seite kämpfen müssen, wenn's drauf und dran geht.«

»Zu welchem Zweck?«, fragte Albrecht. War dieser Geyer ein Wirrkopf, dass er so unverständliches Zeug von sich gab? »Ritter und Bauer können doch keine gemeinsame Sache verfolgen!«

Florian Geyer drehte den Kopf weg und schaute zum Himmel hinauf. »Mein Lieber«, sagte er mit einem Lächeln in der Stimme, »es geht um die Freiheit vom Joch der Mächtigen. Sowohl für den Bauern als auch für den Ritter.«

»Wie das?« Albrecht begann zu verstehen. »Für die Ritterschaft hat es der Sickingen damals versucht, doch ein Erfolg war ihm nicht beschieden, und ich meine –«

»Der Sickingen war allein«, unterbrach ihn Florian Geyer mit plötzlicher Leidenschaft. »Heute sieht alles anders aus. Der Übermacht der Bauern müssen sich die großen Hansen beugen!«

»Aber ein Bauer ist doch nicht mit einem Söldner oder Reisigen zu vergleichen«, hielt Albrecht kopfschüttelnd dagegen. »Die meisten von ihnen sind grobe Tölpel ohne Kampferfahrung.«

Florian Geyer erwiderte seinen Blick mit Nüchternheit. »Der Zorn ist eine scharfe Waffe«, gab er zurück, »und die Gewissheit, im Recht zu sein, eine noch viel schärfere. Der Bauer aber ist im Recht.«

Eines begriff Albrecht immer noch nicht. »Und warum sollte der Ritter gemeinsame Sache mit ihm machen? Wir, die wir von Stand sind, leben doch unter ganz anderen Bedingungen.«

»Wirklich?« Florian Geyer kniff ein Auge zusammen, während er Albrecht aufmerksam ansah. »Wenn Ihr das glaubt, Lieber, dann seid Ihr blind.«

»Aber ...«, begann Albrecht.

»Seid Ihr denn nicht auf Gedeih und Verderb den Fürsten ausgeliefert?«, fragte der Geyer, und in seiner Stimme lag ein Anflug von Hohn. »Habt Ihr nicht zu folgen, wenn Euch Euer Lehnsherr zu den Waffen ruft – ungeachtet der Tatsache, dass Ihr Euch einen Feldzug nicht leisten könnt? Und ist es nicht so, dass Ihr jeden Fürsten, der sich bei Euch ansagt, beherbergen und verköstigen müsst, auch wenn Eure Kammern und Keller leer sind? Veranstaltet Ihr diese Jagd nicht nur, weil es Euer Stand so verlangt – und wäre es Euch nicht nützlicher, die Wintersaaten Eurer Bauern zu schonen, anstatt sie mit Hunden und Pferden zu verwüsten?«

Albrecht ließ seinen Blick über das freie Feld wandern, an dessen Rain sie entlangritten, und konnte nicht anders als zustimmen. Er nickte, doch bevor er etwas erwidern konnte, fuhr Florian Geyer fort. »Seit Menschengedenken geht das so«, sagte er, »dass die Fürsten uns befehlen, wie wir unser Leben zu führen haben. Ländereien, Wälder, Dörfer – alles, was uns einst gehörte und uns Nahrung bot, musste hingegeben werden für Waffen, prächtige Kleidung, hoffähige Lebensart. Wir hatten teure Feldzüge zu bezahlen – Kriege, die uns nichts angingen, verschlangen unser Hab und Gut. Nun ist den meisten der freien Ritter nichts geblieben als ihr Haus und ihr guter Name. Und davon kann niemand leben ... Ihr etwa?«

»Ich hätte mir den Unterhalt auf Turnieren verdienen können«, murmelte Albrecht. »Ein Hofamt anzunehmen – auch dieser Weg würde mir offen stehen, wenn ich mich nur genug darum bemühte.«

»Und warum tut Ihr's nicht?«, fragte Florian Geyer.

Albrecht schwieg.

»Ich will's Euch sagen«, antwortete Geyer für ihn. »Ihr sehnt Euch nach Freiheit – nicht anders als der Bauer. Ihr wollt Euch nicht in ein Leben zwingen lassen, das Euch zuwidergeht. Und darum ...«

Die Hifthörner gellten. Der Zug der Reiter verhielt, und die Hundeführer ließen die Bracken von den Leinen. Mit wildem Gekläff stürzten sich die Hunde in das Dickicht am Waldrand. Augenblicke später brach, aufgestört von den Treibern, eine Rotte Wildschweine aus dem Gebüsch. Die Tiere suchten zuerst ihr Heil in der Flucht. In wildem Galopp stürmten sie über das Feld; Albrecht zählte siebzehn von ihnen, darunter mehrere große Bachen und einen riesigen Keiler mit einem wahrhaft beeindruckenden Gebrech.

Die leichten Jagdhunde verfolgten das flüchtende Schwarzwild, umkreisten die Rotte, griffen mutwillig an. Jetzt endlich stellten sich die Wildschweine zum Kampf. Christoph schickte seine starken Rüden auf den Keiler, der sich schäumend zur Wehr setzte.

Albrecht saß ab, warf die Zügel seines Pferdes dem Knecht zu, der seine Jagdwaffen getragen hatte, und nahm seine Saufeder von ihm entgegen. Florian Geyer, der ebenfalls abgesessen war, lächelte dünn. »Wenn Ihr Eure schönen Hunde nicht verlieren wollt, müsst Ihr Euch beeilen«, sagte er. »Mir scheint, der Alte da vorn, der hat schon so manchen Strauß gewonnen.«

Albrecht packte den Spieß, dessen Schaft dicht mit Lederriemen umwickelt war. »Wir werden sehen«, gab er zurück, »wer diesmal gewinnt.« Der Keiler trug wirklich die Narben vieler Kämpfe auf seiner borstigen Schwarte. Doch all diese Spuren waren ihm mit Sicherheit von Kämpfern seiner eigenen Art zugefügt worden. Heute musste er sich einem stellen, gegen den seine Chancen auf den Sieg weitaus schlechter standen.

Die großen Hunde hatten ihn eingekreist und hinderten ihn daran, seitwärts auszubrechen. Albrecht näherte sich vorsichtig, die Saufeder stoßbereit. Er wusste: wenn er den Keiler nicht gleich beim ersten Treffen tödlich verwundete, würde der Alte, wie Geyer das Tier genannt hatte, beim Gegenangriff seine ganze geballte Kraft darauf verwenden, sein Leben so teuer wie möglich zu verkaufen.

Aber das tat er ohnehin. Schon flog, von einem mächtigen Schädelschwung des Keilers beiseite geschleudert, einer der großen Rüden aufheulend durch die Luft. Ein zweiter humpelte auf drei Beinen vom Schlachtfeld und brachte sich in Sicherheit. Nur Tyras und weitere drei Saupacker bedrängten den alten Kämpfer jetzt noch, suchten ihn auf dem Platz zu halten und seine Aufmerksamkeit an sich zu fesseln.

Albrecht hob die Saufeder und zielte. Zwei, drei Schritte näher – dann warf er den Spieß. Die lange Klinge fuhr durch das dicke Fell, glitt tief in die linke Schulter des Keilers. Der Schaft der Jagdwaffe zitterte, während der Keiler den Kopf hochwarf und einen wilden Schrei ausstieß. Der Schaum an seinem Maul begann sich blutig zu färben ... seine Lunge war getroffen, vielleicht aber auch sein Herz. Denn das Tier knickte in den Hinterbeinem ein, brach zusammen, legte sich langsam auf die Seite ...

»Brav getroffen«, rief der Hinzheimer herüber. Er hatte eines der jüngeren Tiere erlegt und war dabei, seinen blutigen Spieß in der jungen Wintersaat abzuwischen. Der Götz hatte sich ebenfalls einen Frischling ausgesucht und abgestochen. Während er jetzt den sterbenden Keiler beobachtete, zeigte sich ein wenig Neid in seinem Blick. »Mutig, mutig, Herr Vetter«, spöttelte er. »Aber ob uns *der* Braten schmecken wird?«

Die übrigen Jagdgenossen lachten. Albrecht würdigte sie keiner Antwort. Er hielt den Blick auf den alten Kämpen gerichtet, der vor seinen Augen sein Leben verröchelte, und schämte sich plötzlich dafür, dass er nicht noch genauer getroffen hatte. Mit einem schnellen Schritt war er an der Seite des Keilers, zog den Dolch und beendete durch einen sicheren Stich in den Nacken das Leiden des Tieres.

Um die Mittagszeit, als die Jagd abgeblasen wurde, bestand die Strecke aus vier Stück Schwarzwild, sechs Feldhasen und fünf Rehen, die bis zum Schuss mit der Armbrust gehetzt worden waren – eine reiche Beute, geeignet für ein üppiges Festessen.

In bester Laune zog die Jagdgesellschaft heimwärts auf die Burg. Doch Albrecht warf beim Wegreiten einen langen Blick auf die verwüstete Wintersaat der Felder, über die Jäger und Hundemeute gestürmt waren. Wie würden sich die Bauern, deren harte Arbeit umsonst gewesen war, wohl bei diesem Anblick fühlen? Erst jetzt wurde ihm bewusst, dass Florian Geyer sich an der Hetze nicht beteiligt und auch keine Beute gemacht hatte. Ein sonderbarer Kauz. Was mochte ihn dazu bewogen haben, die Einladung zur Jagd anzunehmen, wenn ihm nichts an dieser Herrenkurzweil lag? Warum suchte er die Gesellschaft von Standesgenossen, wenn er sich insgeheim mit den Bauern gleichsetzte?

Albrecht sprach ihn darauf an, als sie gegen Abend zu Tisch saßen.

»Ihr habt mich nicht recht verstanden, Lieber«, erwiderte der Geyer gelassen, »ich setze mich nicht mit ihnen gleich – denn ich bin's ja nicht. Aber Kampfgefährten werden wir sein müssen, die Bauern und ich. Daran führt kein Weg vorbei, wenn wir siegen wollen.«

Der Braten wurde aufgetragen. Angesichts der mit Appetit erwarteten Speise ruhte das Gespräch erst einmal, und die Jagdgäste waren für kurze Zeit vollauf mit Essen beschäftigt. Doch Albrechts Gedanken wanderten. Schon längst war er nicht mehr bei dem, was Florian Geyer gesagt hatte. Er musste etwas tun gegen den Schmerz, der seit der Michaeli-Kirmes sein Herz bedrückte. Anna Elisabeth war tödlich beleidigt worden – nicht nur vom Junker Hinzheim. Wenigstens eine Entschuldigung musste ihr zuteil werden, und sie sollte sie bekommen, gleich an Martini, wenn das Bauernjahr zu Ende ging und die Winterruhe begann.

Für den Rest des Abends, während die Gaukler ihre Kunststückchen zum Besten gaben und alle ihren Spaß hatten, feilte Albrecht an seinem Plan. Später, als es auf Weißenstein still geworden war und seine Gäste bier- und weinselig auf den für sie ausgelegten Polstern schnarchten, wusste er endlich, wie er es anstellen wollte.

Schlachttag

Am Vormittag, als der Vater und Hannes die beiden Jungschweine aus dem Koben hervorgezogen und abgestochen hatten, war Anna Elisabeth im Wald gewesen und hatte Reisig fürs Feuer gesucht. Noch immer war es ihr schier unmöglich, zuzusehen, wie Tiere, die sie beinahe ein ganzes Jahr lang gefüttert und gepflegt hatte, vom Leben zum Tode gebracht wurden. Doch jetzt, wo das Töten besorgt war, gab es keine Entschuldigung mehr für sie, sich abseits zu halten. Sie musste mit anpacken.

Im Augenblick war Hannes dabei, die Innereien aufzuteilen: Herz, Leber und Lungen lagen bereit, in dem großen Kessel gebrüht zu werden. Michel hatte schon die Därme gewaschen und schnitt jetzt die angefallenen kleinen Fleischstücke zurecht, die für die verschiedenen Würste noch weiter zerkleinert werden mussten. Die beiden Schweinsköpfe waren ebenfalls bereits zerlegt und in den Kessel gewandert; mit Rücksicht auf Anna Elisabeth hatte der Hannes das Entfleischen allein besorgt.

Anna Elisabeth hasste Schlachttage. Nicht dass sie das Übermaß an Arbeit gescheut hätte, die sie an solchen Tagen zu leisten hatte – o nein. Aber die Tatsache, dass der Tod der Schweine unvermeidlich war, wenn die Familie überleben sollte, stimmte sie traurig.

Gerade jetzt sah sie der Vater kopfschüttelnd an. Hannes lächelte, aber nicht verständnisvoll, sondern eher belustigt. Keiner der beiden würde je begreifen, warum sie so bedrückt war. »Speck ist schon geschnitten«, sagte der Vater denn auch, »ich denke, wir können!«

»Wer hat das Blut gerührt?«, fragte Anna Elisabeth gefasst.

»Die Gertrud vom Matthias«, erwiderte Hannes. »Es ist ein ganzer Eimer voll – das macht reichlich Blutwurst!«

»Habt ihr dem Kind ein Stück Fleisch abgegeben?«, erkundigte sich Anna Elisabeth, während sie den Topf mit der bereits gequollenen Buchweizengrütze näher ans Feuer rückte.

Der Vater nickte. »Später, wenn die Wurstsupp fertig ist, kommen sie alle rüber. Ich dacht mir, die Kinder könnten was Nahrhaftes, Warmes gut gebrauchen.«

»Gertrud wollte schon früher kommen und Wurst stopfen helfen«, fügte Hannes hinzu. »Die ist ein fleißigs Mädel, die Kleine. Aber erst hätt sie noch zu putzen und zu flicken daheim ...«

Anna Elisabeth nahm das lange Messer und machte sich daran, die Lungen in grobe Stücke zu schneiden und in den brodelnden Kessel zu werfen. »Hast schon gesalzen?«, fragte sie den Hannes.

»Noch nicht«, antwortete der, »ich mein, das kannst du besser.« Er trennte mit einem scharfen Schnitt den letzten der vier Hinterschinken ab und hielt ihn hoch. »Die hier – um die kümmere ich mich!«

Anna Elisabeth musste lachen. »Das will ich meinen«, sagte sie, »die sind mir viel zu schwer!« Sie fuhr mit der kleinen hölzernen Schaufel in das Salzfass, ließ die richtige Menge des wichtigsten aller Gewürze in den Kessel rieseln und probierte vorsichtig mit dem Zeigefinger.

Michel hatte inzwischen eine Menge Schwarten und den dünnen Bauchspeck in handliche Stücke zerteilt. »Sollen die jetzt rein?«, erkundigte er sich.

»Noch nicht«, bremste ihn Anna Elisabeth. »Wo sind die Mägen?«

»Hab sie ausgewaschen und da bereitgelegt«, sagte der Michel. »Was soll ich denn jetzt machen?«

»Speckstücke schneiden«, kam Anna Elisabeths Anweisung, »danach schabst du Fleisch – aber nimm nur die kleinen Stücke, die nicht gepökelt werden sollen.«

Der Michel gehorchte wie immer. Anstelliger Bursche, dachte Anna Elisabeth, während sie ihm einen Augenblick lang zusah. Eine Schande, dass er keinen Hof zu erben kriegt ...

Sie nahm eine Schüssel vom Wandbord und machte sich daran, die Füllung für die beiden Mägen zusammenzustellen. Schwarten, in kleine Stücke geschnitten, gehörten da hinein – auch ein bisschen Bauchspeck und Fleisch vom Nacken. Senfkörner, getrocknetes, kleingerebbeltes Majorankraut, ein paar Wacholderbeeren, gehackte Zwiebeln und Quendel kamen ebenfalls in die Schüssel, und natürlich eine gehörige Menge Salz. Zum Schluss fügte Anna Elisabeth noch mehrere gehäufte Löffel von der Buchweizengrütze zu der Masse. Dann konnte sie in die Mägen eingefüllt werden.

»Soll ich zubinden?«, fragte eine Kleinmädchenstimme von der Tür her. Gertrud war gekommen und stand erwartungsvoll in der Tür. Anna Elisabeth winkte das Kind herein. Für ihre sieben Jahre war Gertrud recht klein gewachsen, aber das glich sie durch mehr Verstand aus, als es ihr Alter rechtfertigte.

»Der Bindfaden ist im Kasten«, sagte Anna Elisabeth. »Ich kann jede Hilfe gut gebrauchen!«

Die Kleine hatte den Faden sofort gefunden und brachte auch ein Messer mit. »Damit wir sofort weitermachen können«, bemerkte sie altklug.

Und sie war wirklich eine Hilfe. Sie band die Enden der Mägen ganz allein zu, knüpfte die Schlingen, an denen die schweren runden Dinger nach dem Anstechen in den Kessel gesenkt werden mussten, schnitt danach, als sie in der kochenden Brühe versunken waren, mit Michel Speck und schalt ihn sogar, wenn seine Brocken zu dick ausfielen. Am Ende war sie diejenige, die genau wusste, wie es jetzt weitergehen musste. »Ist die Grütze für die Wurst schon gar?«

»Schon lange«, sagte Anna Elisabeth.

»Und die Därme hab ich gewaschen«, bemerkte Michel mit einem scheelen Seitenblick auf die Kleine. »Wir können sofort anfangen.«

Anna Elisabeth winkte ab. »Zuerst muss die Kuh ihr Futter kriegen und gemolken werden«, bestimmte sie, »ich erledige das jetzt gleich. Danach haben wir Ruhe und können alles ohne Unterbrechnung zu Ende bringen.«

»Gut«, sagte Gertrud. »Soll ich dir beim Melken helfen, Annelies?«

»Nicht nötig, Trudchen«, erwiderte Anna Elisabeth lächelnd. »Ja, wenn's zwei Kühe wären ... Aber wie's ist, kannst du dich hier nützlicher machen. Hacke mit dem Michel das Fleisch noch ein bisschen feiner – du weißt ja, wie gute Leberwurst aussehen muss.«

Das Kind nickte ernsthaft. »Gute Blutwurst auch«, bestätigte es und sah den Michel strafend an. »An der Arbeit zu sparen lohnt sich nicht, sagt mein Vater immer.«

Anna Elisabeth hatte schon den Melkeimer aufgenommen und ging zur Tür. »Recht hat er«, sagte sie zu Gertrud und verbiss sich ob der weisen Miene der Siebenjährigen ein Lachen.

Albrecht hatte sein Pferd an dem dicken Eisenring angebunden, der zu diesem Zweck an der Scheunenwand angebracht war. Eben wollte er um die Ecke biegen und zur Haustür hinübergehen, als diese aufschwang. Anna Elisabeth trat ins Freie, an der Hand einen hölzernen Eimer.

Albrecht stockte der Atem. Sie so plötzlich vor sich zu sehen – darauf war er nicht gefasst gewesen. Hastig zog er sich hinter die Scheunenwand zurück.

Anna Elisabeth klinkte die Stalltür auf und verschwand im Innern des niedrigen Seitengebäudes. Einen Augenblick stand Albrecht still und atmete tief, damit sein hämmerndes Herz sich wieder beruhigte. Dann nahm er all seinen Mut zusammen, schritt ebenfalls zur Stalltür und drückte sie sachte auf.

Zuerst konnte er nur wenig erkennen. Doch nachdem seine Augen sich an das Dämmerlicht gewöhnt hatten, sah er Anna Elisabeth. Sie hatte eine Forke von der Wand genommen und war dabei, einer braun gescheckten Kuh Heu vorzuwerfen. Das Tier machte sich dankbar über sein Futter her und stieß dabei ein sanftes Brummen aus.

Anna Elisabeth hängte die Forke wieder an den Wandhaken, tätschelte der Kuh den Nacken, redete zärtlich auf sie ein. »Lass es dir schmecken, Röschen … gleich gibst du mir noch deine Milch … dann drückt sie dich nicht mehr … und dann mach ich dir dein Lager sauber … bist doch meine Brave …«

Albrecht konnte Anna Elisabeths helles Antlitz deutlich schimmern sehen – ihr Lächeln, als sie der Kuh noch einmal den Arm über den Rücken legte. Der Melkschemel, den sie aus einer Stallecke hervorzog und neben das Tier stellte, hatte drei Beine … sie setzte sich, zog den Eimer heran, verschwand aus Albrechts Gesichtsfeld.

Es tat fast ein bisschen weh, sie nicht mehr zu sehen. Albrecht schluckte und holte noch einmal tief Atem. Jetzt musste es sein. Hier im Stall würde es ihm außerdem leichter fallen als drinnen in der Stube, wo sicherlich wieder die Nachbarn saßen und mithörten, was er nur ihr allein zu sagen hatte.

Er trat hinterrücks an sie heran und räusperte sich. »Anna«, begann er, »wollt Ihr mir für einen Augenblick Euer Ohr leihen?«

Sie fuhr zusammen – so heftig, dass der Melkschemel kippte und sie beinahe im Stroh landete. »Wer ist da …?«, stieß sie hervor und drehte sich zu Tode erschrocken um.

»Albrecht … Weißenstein«, antwortete er. »Bitte ängstigt Euch nicht – ich komme, um mit Euch zu reden und Euch –«

»Ihr …?« Anna Elisabeth hatte ihn erkannt und stand schon auf den Füßen. Sie starrte ihm mit aufgerissenen Augen entgegen. »Was wollt Ihr? Und was hätten wir wohl noch miteinander zu reden?«

Sie war zornig. Gott – wie ihre dunklen Augen Feuer sprühten! All die kunstvoll gedrechselten Sätze der Entschuldigung, die Albrecht sich auf dem Ritt hierher zurechtgelegt hatte, waren plötzlich aus seinem Gedächtnis gelöscht. Er stand da wie ein Narr und hielt den Blick auf ihr Antlitz geheftet, und nur ein einziger Gedanke war noch in seinem Hirn: Ich liebe dich, Anna … ich liebe dich … und ich will, dass du mich auch liebst …

Ihre Augen weiteten sich. »Ihr wagt es, so etwas auch nur anzudeuten?«, sagte sie mit steifen Lippen. »Weggeschickt habt Ihr mich auf dem Fest – wie eine feile Straßendirne! Und nun verlangt Ihr –«

Albrecht spürte, dass er vor Aufregung angefangen hatte zu zittern. »Ich bin nur hier, um –«, setzte er noch einmal an.

Sie unterbrach ihn. »Ich habe Euch schon verstanden«, sagte sie. »Ihr habt Euren Spaß nicht bekommen auf dem Fest. Nun wollt Ihr nachholen, was Euch entgangen ist. Und um auch gewiss bei mir Euer Ziel zu erreichen, redet Ihr von Liebe!« Tränen glitzerten plötzlich in ihren Augen. »Einem adligen Herrn ist alles zuzutrauen«, fügte sie tonlos hinzu, »aber von Euch hätte ich es lieber nicht annehmen mögen!«

Albrecht fiel keine Antwort darauf ein. Es ist ja auch nicht so, dachte er, ich hatte schon auf dem Fest keinerlei Pläne mehr, dich zu verführen, Anna. Ich wollte nur in deiner Nähe sein …

»Das soll glauben, wer will«, erwiderte sie und warf den Kopf in den Nacken. »Ich habe doch mit eigenen Ohren gehört, was Ihr zu dem anderen Junker gesagt habt. ›Sie würde Euch nicht gefallen, Herr Vetter – sie hat zu viel Knoblauch gegessen‹!«

Konnte sie seine Gedanken lesen? Es war gerade so, als antworte sie auf das, was er gedacht hatte! »Bitte«, flüsterte er, »ich kann Euch alles erklären, wenn Ihr mir nur einen Augenblick zuhören wollt!«

»Macht Euch nicht die Mühe, jetzt wieder zu einer höflichen Anrede zurückzukehren«, sagte sie. Ihre Worte fielen in die Stille wie ausgespuckte Steine. »Ich bin bloß eine dumme Bauerndirne – da lohnt sich der Aufwand wohl kaum.«

»Anna!« Seine Stimme hatte jeden Klang verloren. »Ich weiß, ich habe Euch wehgetan, und wenn Ihr jetzt Genugtuung wollt, dann verstehe ich Euch vollkommen. Aber hätte ich den Junker Hinzheim nicht von Euch abgelenkt, und das mit drastischen Worten – er hätte ... er hätte ...«

Wieder versagte ihm die Sprache. »Was?«, wollte Anna Elisabeth wissen.

»Könnt Ihr es Euch nicht denken?«

»Doch ...«, murmelte sie.

Albrecht suchte ihren Blick. »Ich wollte Euch für mein grässliches Benehmen um Verzeihung bitten ... darum musste ich Euch noch einmal unter die Augen treten.«

Sie schwieg. Sie sah ihn forschend an. Auf einer ihrer Wangen war ein glitzernder Streifen. Er konnte die Augen nicht von ihr abwenden. Bitte, verzeih mir, dachte er – wie soll ich weiterleben, wenn du mir nicht verzeihst?

»O – das schafft Ihr schon«, gab sie zurück. Eine zweite Träne rollte ihre Wange hinab. »Ein Mann wie Ihr braucht doch auf eine aus dem niederen Volk keine Rücksicht zu nehmen. Betrachtet mich einfach als Niemand. Das tut Ihr hohen Herren ja ohnehin.«

Was sie da gesagt hatte, passte nicht recht zu seinen Worten. Es war, als habe sie wieder auf seine Gedanken geantwortet. Zudem tropften immer mehr Tränen aus ihren Augen und bildeten dunkle Flecken auf ihrem grauleinenen Mieder. Aber du bist doch nicht der einzige Mensch, der Schmerz empfindet, dachte er. Wenn du wüsstest, wie weh es mir tut, dass alles so gekommen ist ... dann zeigtest du mehr Herz ...

Sie starrte ihn an. »Wie kann ich das?«, fragte sie. »Ich glaube ja nicht, dass es Euch wirklich Leid tut – weil Ihr es schon wieder an jeglicher Höflichkeit mangeln lasst.«

Es verwirrte ihn vollständig, wie sie mit ihm sprach. Er hatte ja kein einziges Wort geäußert – oder doch? »Das würde ich niemals tun, Anna«, stammelte er hilflos, »niemals würde ich Euch den gebührenden Respekt versagen ...«

»Und doch werdet Ihr immer wieder vertraulich, als seien wir miteinander verwandt«, flüsterte sie. »Ihr unterstellt mir, ich hätte kein Herz – Ihr behauptet sogar, Ihr liebt mich!« Sie schluchzte auf. »Ach, Albrecht ... der Herzlose seid Ihr! Sonst könntet Ihr mich nicht noch mehr beleidigen, als es schon geschehen ist!«

»Ich hätte behauptet ...?« Was sagte sie denn da? Sie weinte jetzt ungehemmt, und sie hatte ihn einen Herzlosen gescholten! »Anna«, wisperte er fassungslos, »nie habe ich –«

»Ich musste immerfort an Euch denken und hatte mich so gefreut, Euch wiederzusehen«, unterbrach sie ihn tränenüberströmt, »nur – das gibt Euch doch nicht das Recht ...«

Er konnte ihren Kummer nicht mehr ertragen. Mit einem langen Schritt war er bei ihr, und seine Hände umfassten ihr Gesicht wie aus eigenem Willen. Anna Elisabeth senkte den Blick und versuchte sich von ihm abzuwenden, doch er ließ es nicht zu. »Ich weiß, ich hätte mich auf keinen Fall in Euch verlieben dürfen«, sagte er, »aber es ist geschehen, Anna. Niemand kann es mehr ändern – weder ich noch Ihr. Damit ich wieder Ruhe finde ... wollt Ihr mir bitte vergeben?«

»Ihr redet immer nur von Euch«, kam es beinahe unhörbar von ihren Lippen, »was ist mit meinem Seelenfrieden – und wie soll ich weiterleben, wenn Ihr wieder fort seid?«

»Anna … ich verstehe nicht …«, murmelte er verstört.

»Ich liebe dich ja auch, Albrecht«, flüsterte sie.

»Du bist versprochen …«

Sie schluchzte auf. »Ja. Und du bist nicht von meinem Stand. Aber ich will ein Andenken – etwas, woran ich mich erinnern kann. Küss mich noch einmal, bevor du gehst!«

Sie war so nah, dass er den Hauch ihres Atems spüren konnte. Sie, die Unerreichbare, forderte von ihm einen Kuss auf ihren hinreißenden Mund. Das machte ihn wehrlos. Wie schon so oft in seinen Träumen beugte er sich über sie und berührte ihre Lippen – aber zaghaft und voller Scheu, denn dies war Wirklichkeit. Sie schlang die Arme um seinen Nacken und öffnete sich ihm. Bebend drängte sie sich an ihn, suchte die gleiche Leidenschaft in ihm zu wecken, die er auf dem Fest gezeigt hatte. »So wie damals«, flüsterte sie an seinem Mund, »sonst gilt es nicht …!«

Er ergab sich. Er ließ ihr Gesicht los, streifte mit den Händen ihre Schultern, ließ sie hinab zu ihrer Taille gleiten und presste Anna Elisabeth fest an sich. All seine Sehnsucht brach sich Bahn, riss jegliche Schranken nieder, ließ ihn taumeln wie einen Betrunkenen. Sie wollte einen Abschiedskuss. Doch nach diesem Kuss konnte es keinen Abschied mehr geben, das wusste er.

Als sie sich nach langen Augenblicken voneinander lösten, schwiegen sie beide. Es dauerte viele Herzschläge, bis sie wieder zu Atem gekommen waren. »Wie kann ich dich jetzt noch verlassen?«, flüsterte er mit heißen Lippen.

»Es gibt keine Wahl«, erwiderte Anna Elisabeth. »Ich habe Hannes Rebmann … und du wirst mich genauso schnell vergessen haben wie deine schöne Italienerin – falls du nicht zu ihr zurückkehren willst.«

»Zu wem?«, fragte er verwirrt.

»Zu Viola mit dem schlanken Hals und den runden Hüften.«

Er verstand noch immer nicht. Dann erinnerte er sich und lachte leise. »Die Musik vermag zwar über vieles hinwegzutrösten«, sagte er, »aber wie könnte sie dich ersetzen?«

»Ich habe nicht von Musik gesprochen«, murmelte Anna Elisabeth. »Ich meinte Viola da Gamba ... die Frau, die deine Geliebte war.«

Albrecht nahm ihr Gesicht noch einmal in die Hände. »Meine Viola ist nur ein Saitenspiel«, erklärte er halb belustigt, »eine Gambe, die ich schon seit meiner Kindheit spiele. Aber sie wäre weder Ersatz noch Konkurrenz für dich, Liebste ...«

Anna Elisabeth hatte die Augen weit geöffnet und seinen Blick gesucht. »Ein Saitenspiel?«, fragte sie ungläubig. »Dann hast du dich über mich lustig gemacht?«

»Ein wenig, Liebste.« Er lächelte, doch seine Augen lächelten nicht mit. »Nur ein kleiner Scherz, um dir deinen bäuerlichen Hochmut heimzuzahlen.« Er streichelte mit dem Zeigefinger über ihre Brauen. »Denn, weißt du – du warst so voller Vorurteile, genau wie ich.«

Ihre Augen hatten sich wieder mit Tränen gefüllt. »Das ist vorbei«, flüsterte sie, »du hast sie mir alle vertrieben. Trotzdem musst du jetzt gehen, und wir dürfen uns nie wiedersehen. Sonst ...«

Er ließ sie nicht aussprechen. »Das ist unmöglich«, sagte er einfach. »Ich kann dich nie mehr loslassen, meine Anna.«

Sie nahm seine Hände und löste sie von ihrem Gesicht. »Nicht weiter«, sagte sie, während ihre Tränen überquollen und neue schimmernde Spuren auf ihren Wangen hinterließen. »Geh schnell ... es muss sein. Uns bleibt ja immer noch die Erinnerung!«

»Die kann mir nicht genug sein. Liebste ... ich ...«

Weiter kam er nicht. Von draußen vor dem Stall drangen plötzlich Hufschläge und Stimmen herein. Mehrere Reiter zügelten ihre Tiere und saßen ab. »Wir kommen zu guter Stunde«, sagte eine harte Männerstimme, »sie haben das Schwein schon geschlachtet und zerlegt. Da brauchen wir es nicht mehr zu tun.«

Ein zweiter Mann lachte rau. Ein dritter kicherte. »Vielleicht können wir sogar die Säcke sparen«, fügte er hämisch hinzu. »Nehmen wir doch einfach ihre Bütte für den Transport. Und wenn sie am Ende sogar schon Würste gestopft haben ...«

Alle drei brachen von neuem in Gelächter aus. Anna Elisabeth war tief erschrocken. »Der Klostervogt und seine Leute«, murmelte sie tonlos. »Was wollen die hier? Der Zehnte ist doch längst gezahlt!«

Albrecht lauschte. Dann wandte er sich zur Tür. »Warten wir, bis sie drinnen sind«, sagte er mit gedämpfter Stimme. »Dann können sie nicht so leicht entkommen.«

»Um der Liebe Gottes willen – was hast du vor?« Anna Elisabeth hielt ihn am Wams fest. Erst jetzt bemerkte sie, dass er heute keineswegs mehr so schlicht gewandet war, wie sie es von ihm kannte. Der Mantel, den er um die Schultern trug, war aus feinem, auf Glanz gebürstetem Tuch, seine Hosen aus fester, dunkelroter Wolle. Und – er war bewaffnet.

Albrecht sah sie mit funkelnden Augen an. »Ein zweiter Zehnter steht deinem hochwürdigen Herrn Abt ja wohl nicht zu«, erwiderte er kampflustig. »Ich werde zu verhindern wissen, dass er ...« Er beendete seinen Satz nicht mehr und hatte die Tür bereits sachte aufgezogen, noch ehe Anna Elisabeth ihn daran hindern konnte.

Der Klostervogt und seine beiden Begleiter waren im Haus verschwunden. Ihre Pferde standen unbewacht am Zaun. Albrecht näherte sich der Haustür, dicht gefolgt von Anna Elisabeth, die noch einmal versuchte, ihn von seinem Vorhaben abzubringen. »Bitte«, flüsterte sie angestrengt, »bedenke doch, dass du im Haus meines Vaters nicht mehr willkommen bist! Hannes ist da – er wird dich hinausweisen, denn er hat schon jetzt gewisse Rechte, und –«

»Still.« Albrecht legte den Finger an den Mund. »Lass mich machen, mein Herz, und fürchte nichts. Es wird alles gut werden ...«

»Leg das Beil nieder«, war die Stimme des Klostervogts aus der Stube zu hören, »und dann packst du alles Fleisch, das noch nicht im Kessel liegt, in die zwei Pökelfässer. Halte keine Maulaffen feil und spar dir alles Lamentieren. Wir wollen noch vor der Dunkelheit wieder im Kloster sein!«

»Genug, Schurke«, wisperte Albrecht. Er zog sein Rapier und drückte gleichzeitig die Tür auf. Ein langer Schritt, und er stand im Wohnraum, die blanke Waffe in der Hand.

Schon das Zischen des Stahls, der aus der Scheide glitt, hatte die Männer des Vogtes herumfahren lassen. Überrascht starrten sie Albrecht entgegen. »Wer seid denn Ihr?«, wollte der Vogt wissen, ein breitschultriger, untersetzter Kerl von etwa vierzig Jahren, dessen faltiges, wettergegerbtes Gesicht ein raues Leben verriet. »Und was habt Ihr hier zu suchen?«

»Ich verteidige mein Eigen«, gab Albrecht trocken zurück. »Lasst von dem Fleisch ab und verschwindet – aber in Eile!«

Der Vogt riss die Augen auf. Dann kniff er sie zu schmalen Schlitzen zusammen. »Seid Ihr von allen guten Geistern verlassen?«, knurrte er, langsam in Wut geratend. »Ihr wisst wohl nicht, mit wem Ihr es zu tun habt?«

»Nein«, entgegnete Albrecht kalt, »und mit Verlaub – es ist mir auch vollkommen einerlei. Befiehl deinen Leuten, sich hinauszubegeben, und dann lauf ihnen schleunigst nach. Tust du es nicht, wirst du es bitter bereuen!«

»Was fällt Euch ein?« Der Vogt war dunkelrot angelaufen und zog ebenfalls seine Waffe. »Ich bin ein Mann des Abtes von Kaltenbrunn«, brüllte er, »ich dulde keine Einmischung in dessen Beschlüsse. Das hier geschlachtete Schwein gehört dem Kloster, und Ihr lasst besser die Finger davon!«

»Den Teufel werde ich tun«, erwiderte Albrecht mit klirrender Stimme. »Das Fleisch ist mein. Du wirst mich nicht daran hindern, in diesem Haus eine Schuld einzutreiben. Verschwinde, Pfaffenknecht – oder du sollst meine Klinge zu schmecken kriegen!«

Noch war der Vogt nicht sonderlich beeindruckt. Er hob seine Waffe, und auch seine zwei Begleiter zogen blank. Doch Albrecht lächelte nur. Zwei, drei blitzschnelle Ausfälle, und weder der Vogt noch seine Helfer waren mehr kampffähig. Ihre Rapiere flogen im hohen Bogen durch die Luft und landeten klirrend auf dem steinernen Fußboden.

»So viel dazu«, sagte Albrecht. »Ihr seid keinen Schuss Pulver wert. Heb dich weg, erbärmlicher Wicht!« Damit packte er den Klosterknecht, der ihm am nächsten stand, beim Kragen und schob ihn durch die offene Tür hinaus in den Hof.

Der zweite lief von allein hinter seinem Kameraden her. Doch der Vogt gab sich noch immer nicht geschlagen. »Wenn Ihr meint, damit sei alles erledigt«, zischte er Albrecht zu, »dann irrt Ihr Euch gewaltig. Der Abt lässt nicht mit sich spaßen – er wird sich das Seine zurückholen. Ihr solltet oft hinter Euch schauen, wenn Ihr mit der Beute davonreitet!«

Albrecht lachte. »Ich lade deinen Abt herzlich ein«, meinte er spöttisch, »wenn er Appetit hat auf eine Fehde mit dem Wolf von Weißenstein!«

Das wirkte. Der Klostervogt schien in sich zusammenzuschrumpfen. »Ihr ... Ihr wärt ...?«, stotterte er in plötzlicher Betroffenheit.

Albrecht würdigte ihn keiner Antwort, sondern hatte nur ein knappes Nicken für ihn übrig.

Hannes Rebmann, der zusammen mit Anna Elisabeths Vater, dem Michel und der kleinen Gertrud bis jetzt das Geschehen wie erstarrt verfolgt hatte, wagte es, sich einzumischen. »Ganz recht«, sagte er, »er ist der Wolf von Weißenstein. Aber ich bin mir nicht bewusst, dass wir ihm –«

»Schweig, Bauerntölpel«, fuhr ihm Albrecht in die Rede, »wenn du auf ein heiles Fell Wert legst.« Er hob noch einmal sein Rapier. »Diese Waffe macht hässliche Löcher. Darum hüte deine Zunge!«

Der Vogt schaute zum ersten Mal beunruhigt drein. »Ich werde gehen«, sagte er verdrießlich, »aber dem Abt mache ich Meldung über diesen ungebührlichen Vorfall – das merkt Euch gut, Herr!«

»Tu das nur«, gab Albrecht gelassen zurück. »Und sollte, wie ich schon erwähnte, euer hochwürdiger Herr Pfaffe eine Fehde nicht scheuen – ich stehe ihm liebend gern zur Verfügung.«

Der Vogt knurrte irgendetwas Unverständliches, sammelte die verlorenen Rapiere auf, deutete eine Verbeugung an und folgte mit finsterem Gesicht seinen beiden Knechten vor das Haus. Draußen saßen die Männer auf und ritten vom Hof. Albrecht stieß seine Klinge wieder in die Scheide.

Hannes machte wieder den Mund auf, diesmal mit zornrotem Gesicht. »Ihr mögt ein Edelmann sein«, sagte er aufgebracht zu Albrecht, »aber Ihr habt kein Recht, mich einen Tölpel zu nennen. Und ich entsinne mich wirklich nicht, Euch etwas zu schulden – genauso wenig wie der Herr dieses Hauses. Wenn Ihr uns das Fleisch nehmen wollt, dann –«

»Dann wäre es ein himmelschreiendes Unrecht«, unterbrach ihn Albrecht. »Nun – ich tu's trotzdem. Ihr könnt es wiederhaben, wenn mir für die kommende Nacht noch einmal Unterkunft gewährt wird.«

Bei den letzten Worten hatte er Anna Elisabeths Vater angesehen. Der war ebenso wütend gewesen wie der Müllerhannes, doch er konnte weit flinker denken und schmunzelte jetzt. »Bei diesem Handel bin ich dabei«, sagte er, während er von neuem das Schlachtmesser zur Hand nahm. »Setzt Euch, Herr. Ihr sollt einen Schlafplatz und ein gutes Essen bekommen – wenn Ihr uns nicht beraubt.«

Anna Elisabeth war sprachlos. Sie warf einen scheuen Blick auf Albrecht, der breitbeinig in der Stube stand und heute keinen Zweifel mehr darüber gelassen hatte, dass er ein Herr war, und konnte keinen Ton herausbringen. Erst als ihr Vater sie mit einem Wink an den Herd befahl, fand sie wieder Worte. »Vater«, sagte sie, »seid Ihr gewiss, dass Ihr diesen Mann unter Eurem Dach dulden wollt?«

»Und ob ich sicher bin«, polterte der Vater.

Albrecht lachte leise über Anna Elisabeths erschrockenen Blick. »Habt doch keine Angst, Jungfer«, sagte er sanft, »ich werde Euch nicht wieder beleidigen. Heute ist kein Junker Hinzheim hier, vor dem ich Euch beschützen müsste.«

»Wie kommt es aber, dass Ihr selbst hier seid?«, wollte Hannes Rebmann misstrauisch wissen.

»Ich kam des Wegs«, antwortete Albrecht ohne weitere Erklärungen.

Dezember Anno 1524
Christmond

Je mehr der Frost im Christmond klirrt,
desto wärmer der nächste Heumond wird.

Die Flocken des ersten Schnees sanken langsam und feuchtigkeitsschwer wie nasse Federn vom wolkenverhangenen Himmel. Albrecht, der auf der steinernen Sitzbank in der Fensternische der Kemenate saß, hüllte sich fröstelnd in seinen dicken, mit Wolfsfell gefütterten Mantel und starrte durch das Fensterglas hinaus in die graue Beinahedämmerung. Ein Schwarm Krähen zog vorüber; die rauen Schreie der Vögel klangen ihm wie Kampfrufe, und ihre schwarzen Silhouetten wirkten bedrohlich über den kahlen Wipfeln der Bäume unterhalb des Bergfrieds.

Noch eine Stunde, dann würde er zu Gericht sitzen müssen unten im Dorf. Es hatte Streitereien gegeben zwischen zwei Familien, die schon seit Generationen verfeindet waren – niemand wusste mehr, warum. Diesmal ging es um ein Kalb, das sich wohl verlaufen hatte und im falschen Stall gelandet war. Der Bauer aber, bei dem es sein Besitzer gefunden hatte, wurde nun des Diebstahls bezichtigt.

Albrecht seufzte. Immer das alte Lied. Und der Grundherr war wieder einmal der Prellbock, an dem sich der Zorn der beiden Kampfhähne brechen würde. Eberhart Weißenstein hätte kurzen Prozess gemacht, dachte Albrecht, beiden eine empfindliche Buße auferlegt, das Kalb für sich selbst beschlagnahmt und gegen alles Lamentieren und Toben taube Ohren gezeigt. Wie würde er, Albrecht Weißenstein, es halten?

Er versuchte, zu einer Lösung zu kommen. Aber seine Gedanken wanderten, waren einfach nicht bei der Stange zu halten. Was Anna wohl jetzt tat? Er sah sie noch genau vor sich, wie sie ihm Lebewohl gesagt hatte, neulich, am Martinitag. Sie hatte ihm das Versprechen abgenommen, nie wieder ihren Weg zu kreuzen, und er hatte es gegeben – in der Gewissheit, dass dies nicht wirklich ihr Wunsch war. Der Schimmer von Tränen in ihren Augen hatte es ihm verraten.

Eins war sicher: Er würde sich nicht an sein Versprechen halten. Noch zwei Wochen bis zum Christfest. Wer sollte ihn daran hindern, in ihrem Kirchdorf die Mette zu besuchen? Er würde sie wiedersehen, weil das Leben ohne diese Hoffnung überhaupt nicht zu ertragen war. Die Sehnsucht war allzu groß. Über kurz oder lang würde auch Anna ihren Widerstand aufgeben und einsehen, dass ...

Es klopfte heftig. Albrecht fuhr zusammen und drehte sich um. Christoph streckte den Kopf herein. »Euer Pferd ist bereits gesattelt«, rief der Junge munter, »wenn's recht ist, begleite ich Euch ins Dorf.«

Albrecht lächelte. Richtig, die kleine Hedwig hielt sich gerade bei ihrer kranken Mutter auf. Christoph hatte sie schon seit drei Tagen nicht mehr gesehen und verspürte die Sehnsucht ebenfalls. »Ich nehme an, du wirst dich während der Verhandlung im Dorf herumtreiben«, stichelte er, »oder willst du bei den Pferden bleiben?«

Christoph lief rot an. »Ich könnte ja nachfragen, wann das Küchenmädchen wieder zurückkommt«, murmelte er.

»Daraus wird nichts werden«, sagte Albrecht und verkniff sich ein Schmunzeln. »Ich reite nämlich heute gar nicht mehr aus.«

Christophs Gesicht verriet riesengroße Enttäuschung. »Und warum nicht, Herr?«

»Du wirst allein hinmüssen«, rettete ihn Albrecht. »Erstens befiehlst du die streitenden Bauern herauf auf die Burg – denn ich werde im Saal Gericht halten –, und zweitens … Hedwig kannst du gleich mitbringen. Wie ich die alte Magdalene kenne, wird sie sich schon bitter darüber beklagen, dass zu viel Arbeit liegen bleibt.«

Seine Worte bewirkten, dass Christophs Gesicht regelrecht aufleuchtete. »O ja, Herr … und ich mach mich auch gleich auf den Weg!« Freudestrahlend rannte er davon. Albrecht sah ihm nach und empfand plötzlich ein starkes Gefühl des Neides. Glücklicher kleiner Bastard, dachte er, dir kann niemand verwehren, dich deinem Mädchen zu nähern. Für dich gibt es die Schranken nicht, die ich zu überwinden habe … nur, weil deine Mutter eine Magd war und keine Edelfrau …

Auch in dem großen Saal im Erdgeschoss des Pallas war es eisig kalt, obwohl in dem mannshohen steinernen Kamin ein gewaltiges Feuer loderte. Albrecht hatte den steillehnigen Sessel seines Vaters zwar so dicht wie möglich davor aufstellen lassen, aber das machte ihn auch nicht viel wärmer. Seinen dicken Mantel jedenfalls konnte er nicht ablegen.

Die beiden Bauern, die gerade in wütenden Worten ihren Streitfall vorgetragen hatten, standen nun auf Albrechts scharfe Aufforderung in finsterem Schweigen vor ihm. Der eine – Simon Korbmacher – hatte seine schwarzen Augen auf ihn gerichtet und musterte ihn mit stechendem Blick, während der andere – Kunz vor der Brücke – die Augen niedergeschlagen hatte und so tat, als ginge ihn die ganze Sache nichts mehr an.

Albrecht betrachtete die beiden einen Augenblick. Wie sie so dastanden, die Filzmützen in den schwieligen Händen, die Koller aus graubraunem, hausgewebtem Wollzeug noch mit Wasserperlchen aus getauten Schneeflocken besetzt, ähnelten sie zwei klobigen steinernen Figuren – solchen, die auf dem Rundbogen über dem Portal der Dorfkirche und auf den Kapitellen im Schiff des kleinen Gotteshauses dargestellt waren – Bauern, wie schon die Bildhauer vor mehr als vierhundert Jahren sie gesehen hatten. Aber den zwei Männern, die hier ihren Richterspruch erwarteten, fehlte die heiter naive Demut der Gestalten am Kirchenportal. Kunz und Simon zeigten etwas, das den Bauern in den alten Zeiten noch nicht eigen gewesen war: mangelnde Ehrerbietung.

Albrecht empfand plötzlich Zorn. »Und ihr wagt es, mir mit dieser unsinnigen Geschichte die Zeit zu stehlen?«, fuhr er die Bauern an. »Glaubt ihr denn, ich hätte nichts Sinnvolleres zu tun, als mir stundenlang eure haltlosen Beschuldigungen anzuhören?« Er reckte sich, richtete den Rücken an der unbequemen Lehne des Sessels auf. »Seht mich an, wenn ich mit euch rede!«

Kunz folgte widerwillig dem Befehl und hob den Kopf.

Albrecht fixierte ihn scharf. »Außer der Tatsache, dass das Kalb in Simons Stall aufgefunden wurde, hast du also keine andere Begründung dafür, dass du Simon des Diebstahls bezichtigst?«

Kunz brummte etwas in den Bart.

»Sprich deutlich, zum Teufel!«

»Er hat's gestohlen«, sagte Kunz. »Seine ganze Sippschaft besteht aus Diebsgesindel seit Menschengedenken.«

»Dreckiger Bankert«, schrie Simon, von neuem aufs Äußerste gereizt. »Ich wollte, ich hätte dein Kalb abgestochen – sobald sich das blöde Vieh zu mir verlaufen hatte ...!«

Albrecht hatte es satt, sich noch länger mit den beiden Streithähnen auseinander zu setzen. Er warf einen müden Blick auf die Zuhörer, eine kleine Gruppe von Leuten aus dem Dorf, die an der Tür standen und der Verhandlung bis jetzt stumm gefolgt waren. »Nichts, was ihr vorgebracht habt, überzeugt mich«, sagte er dann, »weder, dass es dir zugelaufen ist, Simon, noch dass es dir gestohlen wurde, Kunz. Und darum sollst du, Kunz, das Kalb auch nicht zurückbekommen. Ich bestimme, dass es dem Findelhaus übergeben wird – für die elternlosen Kinder zum Braten am Weihnachtsfest.«

»Was?«, schrie Kunz. »Das soll Eure Gerechtigkeit sein, Herr? Ihr nehmt mir mein Eigentum?«

Simon lachte. »Merke auf, elender Lügner«, giftete er seinen Gegner an, »jetzt kriegst du, was du verdienst!«

»Ich bin noch nicht fertig mit meinem Spruch«, sagte Albrecht ruhig. »Simon zahlt eine Strafe von zwei Sack Gerste oder anderem Getreide – ebenfalls zu entrichten an das Findelhaus.« Er musterte die Männer mit kaltem Blick. »Jetzt macht euch hinaus, bevor ich es mir anders überlege und euch eine härtere Strafe angedeihen lasse. Denn allein für eure üblen Nachreden hättet ihr eine solche durchaus verdient.«

Kunz vor der Brücke und Simon Korbmacher schienen zu Salzsäulen erstarrt. Keiner von beiden brachte einen Ton heraus. Die Dörfler hatten schon beinahe alle den Saal verlassen, als Kunz den Mund auftat. »Dies neue Unrecht sollt Ihr uns büßen«, knurrte er Albrecht an, »noch sitzt Ihr sicher auf Eurer Burg – aber es kommen andere Zeiten. Schon bald!«

Simon, plötzlich im Bunde mit seinem eben noch so wütend angefeindeten Gegner, ließ sich ebenfalls vernehmen. »Auch wir haben Rechte«, stimmte er ein. »Lasst Euch sagen – der Bauer wird sich nicht mehr lange gängeln lassen. Dann werden wir in Schlössern wohnen, und Ihr sollt das arme Leben kennen lernen – das schwöre ich Euch, Wolf von Weißenstein!«

Die beiden wollten sich einfach mit den restlichen Zuschauern hinausdrücken, doch Albrecht gab dem Mann, der an der Saaltür stand, einen Wink. Herbrand, einer der altgedienten Burgmannen, hielt sie mit gesenkter Hellebarde auf. »Halt – keinen Schritt weiter!«

Kunz und Simon blieben erschrocken stehen. Auf ihren Gesichtern zeigte sich jetzt doch so etwas wie Furcht. Widerstandslos ließen sie sich noch einmal vor ihren Grundherrn führen.

»Was wolltet ihr mir mit euren bösen Worten sagen?«, fragte Albrecht, während die letzten Zuschauer zögernd den Saal verließen. »Mit welchem Recht unterstellt ihr mir, ich wolle euch gängeln?«

Die beiden antworteten nicht. Kunz, der die deutlichste Drohung ausgesprochen hatte, drehte jetzt ängstlich seine Mütze in den Händen, während Simon die Lippen zusammenkniff und zu Boden blickte.

»Wenn ihr nichts dazu erwidern wollt«, sagte Albrecht, »dann könnt ihr euch im Turm eine Antwort überlegen.« Er sah seinen Getreuen an und gab ihm noch einmal einen Wink. »Führt sie ab, Herbrand.«

Jetzt kam Leben in die zwei Bauern. »Gnade, Herr ...«, murmelte Kunz vor der Brücke. »Wir bitten demütig um Vergebung«, setzte Simon Korbmacher dazu.

Albrecht bekämpfte seinen Unmut. Er wollte die unerfreuliche Verhandlung nicht noch verlängern. »Bereut ihr eure üblen Bemerkungen?«, wollte er von ihnen wissen.

Die beiden nickten stumm. Doch in Kunz' Augen glimmte es, während Simon den Blick seines Grundherrn nicht erwiderte.

»Dann soll euch vergeben sein«, sagte Albrecht tief durchatmend, »obwohl ihr es nicht verdient habt. Haltet Kalb und Getreide für morgen früh bereit – ich lasse alles abholen.«

Simon und Kunz waren schlagartig wieder die Alten, das konnte Albrecht daran erkennen, dass sich ihre Körperhaltung veränderte. Die Schultern der beiden Kerle strafften sich, und Kunz schob kämpferisch das Kinn vor.

»Wohl, Herr«, sagte Simon, »und wir danken für Eure Milde ...«

Das letzte Wort hatte er abfällig ausgesprochen – es klang wie ausgespuckt. Kunz nickte. »Wir werden es Euch zu vergelten wissen«, fügte er grimmig hinzu.

»Davon bin ich überzeugt«, sagte Albrecht. Auch er legte einen spöttischen Ton in seine Bemerkung, doch er fühlte sich nicht wohl dabei. »Nun geht mir aus den Augen«, fügte er hinzu, »ich hoffe, euch nicht so bald wiederzusehen!«

Herbrand trat beiseite und ließ die Bauern passieren. Als sie fort waren, wandte er sich seinem Herrn zu. »Es braut sich was zusammen da unten im Dorf«, sagte er zu Albrecht. »Abend für Abend hocken die Leute im Wirtshaus und reden sich die Köpfe heiß – besonders die jungen Kerle. Und wenn einer von uns Burgleuten dazukommt, verstummen sie alle. Das war früher nicht so, Herr ...«

»Dass sie im Wirtshaus saßen?« Albrecht schüttelte den Kopf. »Daran ist doch nichts Ungewöhnliches!«

»Nein, Herr.« Herbrand kratzte sich den grauen Stoppelbart und fuhr mit dem Finger einmal um den Halsausschnitt seines ledernen Kollers, als sei ihm der Kragen zu eng. »Aber früher haben sie gelacht und ihre Zoten gerissen. Und heute ...«

»Was ist heute?«

»Sie tuscheln und tauschen irgendwelche geheimen Botschaften aus«, gab Herbrand zurück. »Mir scheint, sie empfangen sogar Nachrichten von weit her. Denn erst gestern sah ich auf dem Fensterbrett im Wirtshaus ein Flugblatt liegen.«

Albrecht wunderte sich nicht darüber. »Mag schon sein. Aber keiner aus dem Dorf kann lesen«, antwortete er. »Irgendein Gast wird es liegen gelassen haben.«

»Es ist nicht das erste Flugblatt«, widersprach Herbrand. »Seit kurzem wohnt im Krug ein Scholar, der ihnen die Zeitungen vorliest.«

»Und was sind das für Blätter?«, fragte Albrecht müde. »Doch sicher die üblichen Berichte von Kälbern mit zwei Köpfen oder ähnlichen Wunderdingen.«

»Nein, Herr«, sagte Herbrand. »Im Schwarzwald haben sich Bauern gegen ihre Herren erhoben – davon berichten die Blätter.«

Albrecht wischte sich über die Augen. Er zuckte die Achseln. »Der Florian Geyer sprach mir schon davon«, sagte er nachdenklich. »Wie dem auch sei – hier in der Herrschaft Weißenstein liegen die Dinge anders. Ich unterdrücke meine Bauern ja nicht – im Gegenteil. Ich bin auf ihrer Seite ...«

»Aber Ihr nennt sie auch ›Eure Bauern‹«, erwiderte Herbrand.

»Aus alter Gewohnheit.« Albrecht zog noch einmal die Schultern hoch. »Und sie sind ja tatsächlich meine Schutzbefohlenen. Ist es nicht so?«

»Sicher.« Herbrand nickte. »Doch die Bauern mögen das anders sehen. Sie fühlen sich abhängig – und sind es auch, wenn man's genau betrachtet. Was ihr Leben und ihre Arbeit betrifft, so trefft doch Ihr alle wichtigen Entscheidungen.«

»Und welche sollten das sein?« Albrecht verstand nicht recht. »Sie entscheiden immer selbst, wann sie pflügen und säen und ihre anderen Arbeiten verrichten.«

»Das ist es nicht, was ich meinte«, gab Herbrand zurück. »Ihr bestimmt die Höhe der Abgaben. Ihr müsst erst zustimmen, wenn Holz geschlagen werden soll. Ihr habt das Jagd- und Fischrecht allein. Ihr gebt Erlaubnis zur Eheschließung, und Ihr habt das letzte Wort bei allem, was wirklich Gewicht hat.«

»Ja. Ich bin für meine Bauern die Obrigkeit«, erwiderte Albrecht nachdenklich, »aber ich entscheide doch stets zugunsten meiner Untergebenen.«

Herbrand sagte nichts dazu. Aber seine Miene war sorgenvoll, als er auf Geheiß seines Herrn den Saal verließ. Er musste an den verstorbenen Burgherrn Eberhart denken, der mit seinen Hintersassen weitaus grober umgesprungen war, als sein Sohn es jetzt tat, und sich keinen Deut um Gerechtigkeit geschert hatte. Das konnten die Bauern von Weißenstein weder vergessen noch vergeben haben. Vielleicht setzten sie darum weit weniger Vertrauen in den jungen Burgherrn als er, Herbrand, ihm entgegenbrachte. Man würde auf der Hut sein und die Augen offen halten müssen – so viel war gewiss ...

Christfest

Überraschend aufgetretenes feuchtmildes Wetter hatte beinahe den ganzen während der letzten vierzehn Tage gefallenen Schnee wegschmelzen lassen, und jetzt war der draußen niedergehende Dauerregen dabei, auch die letzten Spuren der weißen Pracht zu tilgen. Albrecht wandte sich vom Fenster ab und richtete sein Augenmerk wieder auf den Inhalt seiner Gewandtruhe, der ausgebreitet auf seinem Bett lag. Noch zwei Tage bis zum Heiligen Abend. Was sollte er auf der Fahrt zu Annas Kirchdorf tragen?

Anfangs hatte er den Gedanken erwägt, sich in Weiberkleider zu vermummen. Stellte er es richtig an, würde ihn darin niemand erkennen, und er konnte sich Anna unauffällig nähern. Doch nach reiflicher Überlegung hatte er die Idee wieder verworfen. Eine solche Maskerade widerstrebte ihm zu sehr. Außerdem musste eine Frau von seiner Körpergröße in jedem Fall Aufmerksamkeit erregen.

Also kam nur Kleidung in Frage, die für das nasse Wetter da draußen geeignet war – warmes Wollzeug, Jacke wie Hose, eine wachsgetränkte Gugel mit breitem Koller ... und darüber die Ölhaut, die vollkommen regensicher machte.

Während er die passenden Sachen auswählte und beiseite legte, spürte Albrecht das brennende Verlangen, Anna nah zu sein, besonders schmerzhaft. Morgen endlich würde er sie sehen – nach vier langen Wochen. Aber er war sich beinahe sicher, diesmal nicht mit ihr sprechen zu können. Wie auch? Sie würde umgeben sein von ihren Verwandten und Nachbarn, und dieser Rebmann, dieser Müllerhannes hatte bereits Verdacht geschöpft.

Eine List, um doch ein paar kostbare Augenblicke mit ihr allein zu verbringen, war ihm noch nicht eingefallen; nur die Möglichkeiten der Gewalt – Anna einfach zu entführen und damit ihrem grobschlächtigen Anverlobten zu entziehen – hatten seinen Sinn gekreuzt. Aber die kamen selbstverständlich nicht in Frage.

Es war zum Verzweifeln. Vielleicht kam Anna in der Kirche gar nicht dazu, überhaupt einen Blick zu ihm herüberzuwerfen – auf die Seite, wo die Männer standen. Dann würde er lediglich ihre schlanke Gestalt sehen, eingehüllt in einen dicken, faltigen Mantel. Und wenn sich ihr Platz am Ende ganz vorn in der Kirche befand – dann würde er nicht einmal ihr Gesicht erkennen können.

Jeden Augenblick musste Christoph erscheinen. Albrecht hatte dem Jungen versprochen, ihn wieder mit auf die Fahrt zu nehmen. Eine voreilige Zusage, denn mit Christoph an seiner Seite bestand für ihn doppelte Gefahr, sofort von Rebmann erkannt zu werden. Andererseits – Christoph würde schrecklich enttäuscht sein, wenn er ihm jetzt noch absagte, und er mochte den Burschen. Außerdem hatte er vor, ihm endlich darzulegen, wer sein Vater war.

Es musste sein. Viel zu lange hatte man den Jungen im Unklaren gelassen. Albrecht fluchte leise. Aber er wusste, warum nicht einmal die alte Magdalene den Mut aufgebracht hatte, Christoph aufzuklären. Es war die Angst vor Eberhart von Weißenstein gewesen, dessen Wunsch es nicht entsprochen hatte, seinem unstandesgemäßen Abkömmling die Wahrheit zu sagen. Nun blieb diese schwere Aufgabe an seinem einzigen ehelich geborenen Sohn hängen ...

Da war Christoph schon. Sollte er es gleich hinter sich bringen oder warten, bis sie morgen früh auf dem Weg waren? Je nachdem, wie der Junge es aufnahm, konnten sich Gott weiß was für Schwierigkeiten ergeben. Vielleicht war es besser, die Angelegenheit vorher zu klären.

»Du kommst mir gerade recht«, sagte er zu Christoph und zwang sich ein Lächeln ab. »Ich habe schon ungeduldig auf dich gewartet.«

Christoph grinste, bemerkte die Respektlosigkeit seiner Grimasse und kniff die Lippen wieder zusammen. »Warum, Herr?«, fragte er. »Ihr hattet mir doch aufgetragen, irgendwann zu Euch heraufzukommen ... sobald Zeit wäre.«

»Schon gut.« Albrecht deutete auf den Schemel am unteren Ende seines Bettes. »Setz dich, Christoph.«

»Ich, Herr?« Der Junge riss die Augen auf. »Ihr wollt, dass ich mich ... setze?«

Das schien ihm ungeheuerlich. War es auch, aus seiner Sicht. Man saß nicht in Gegenwart seines Herrn – nicht als einfacher Knecht. Albrecht wiederholte seine Weisung.

Christoph nahm zögernd auf der Kante des hölzernen Sitzmöbels Platz. Sein Gesicht war eine einzige große Frage. Albrecht setzte sich auf sein Bett. »Erinnerst du dich noch an die Fahrt, die ich zu Michaeli mit dir unternommen habe?«, fragte er den Jungen.

»O ja, Herr.« Christoph nickte zur Bekräftigung. »Ich war zum ersten Mal betrunken ... und es tut mir Leid ...«

Albrecht lächelte schmallippig. »Ich hatte ja auch ein paar Becher zu viel«, sagte er, »und es tut mir nicht Leid.«

»Aber Ihr seid der Herr«, wandte Christoph ein. »Das ist was ganz anderes.«

»So?« Albrecht blickte auf seine Hände. Wie nun weiter? Wie zum Teufel sollte er zum Thema kommen? »Jetzt sag mir, Christoph«, fuhr er langsam fort, »erinnerst du dich auch noch daran, dass du dich an diesem Tag als mein Bruder ausgegeben hast?«

»J…ja, Herr«, stammelte Christoph verlegen. »Aber es war ja Euer ausdrücklicher Wille, dass ich –«

»Richtig«, unterbrach ihn Albrecht mit wachsender Ungeduld, »aber darum geht es nicht. Vielmehr muss ich dir –«

»Herr«, fiel ihm Christoph diesmal in die Rede, »ich war dagegen – wisst Ihr noch?« Seine Miene verriet heillose Aufregung. »Es tut mir Leid, Herr, wenn es Euch jetzt nicht mehr gefällt, dass ich Eurem Befehl gefolgt bin …«

»Zum Teufel, Junge!« Albrecht war am Ende mit seiner Langmut. »Entschuldige dich nicht dauernd für Dinge, die du gar nicht verschuldet hast. Oder willst du mich wütend machen?«

»Nein, Herr. Es tut mir Leid, Herr …«

Christoph hatte die Lippen wieder fest zusammengepresst. Albrecht erkannte, dass er den falschen Ton gewählt hatte. »Höre, Christoph«, begann er sanft, »wie würde es dir gefallen, wenn du mich auch weiterhin Bruder nennen könntest?«

Der Junge brauchte einen Augenblick, bis er den Sinn dieser Worte erfasst hatte. Dann starrte er Albrecht entgeistert an. »Ich … ich weiß nicht …«, stotterte er in völliger Verwirrung.

»Ich will wissen, wie es dir gefallen würde, Christoph!«

»Gut, Herr … aber warum stellt Ihr ein solches Ansinnen? Ich meine … wie komme ich dazu …« Er brach seinen angefangenen Satz ab und verkrampfte die Hände ineinander. »Ihr müsst einen Grund haben, mich das zu fragen«, murmelte er. »Warum wollt Ihr, dass ich –«

Albrecht hob die Hand und brachte Christoph mit dieser Geste zum Schweigen. »Weil du mein Bruder bist«, entledigte er sich hastig der Erklärung, die jetzt fällig war.

Zuerst konnte der Junge nicht antworten. Der Mund stand ihm offen; Albrecht konnte erkennen, dass er völlig verwirrt und überfordert war. Die Bedeutung dessen, was sein Herr ihm eben eröffnet hatte, war ihm unbegreiflich, und er suchte hilflos nach Worten.

Albrecht wurde bewusst, dass er schonender hätte vorgehen müssen. Christoph einfach mit dem Ungeheuerlichen zu überfallen – das war nicht der richtige Weg gewesen. Er stand auf und legte dem Jungen die Hand auf die Schulter. In diesem Augenblick erhob sich auch Christoph. »Aber wie kommt Ihr darauf?«, fragte er tonlos. »Was Ihr da sagt, kann nicht sein. Meine Mutter war eine Stallmagd …«

»Und dein Vater?« Albrecht packte Christoph auch an der anderen Schulter und blickte ihm ins Gesicht. »Wer war dein Vater?«

»Ich weiß es nicht«, gab der Junge zurück. »Es wird wohl einer von den Burgmannen gewesen sein. Niemand hat es mir je gesagt.«

»Dann sage ich es dir.« Albrecht verstärkte seinen Griff. »Dein Vater war Eberhart Weißenstein.«

Christoph schluckte. Wieder brauchte er eine Weile, bis er sich gefangen hatte. »Das glaube ich nicht«, antwortete er schließlich. »Und wenn es wirklich so wäre … macht mich das schon zu Eurem Bruder?«

Albrecht lachte. »Was sonst könntest du sein, da wir den gleichen Vater haben«, sagte er.

»Aber der Altherr hat mich nie beachtet«, gab Christoph widerspenstig zurück. »Solange ich denken kann, hatte er keinen einzigen Blick für mich übrig – geschweige denn ein Wort. Wie ist es dann möglich, dass er –«

»Hast du ihn denn nicht mehr in Erinnerung?«, fiel Albrecht ihm ins Wort. »Er war ein harter Mann – nicht nur zu dir. Selbst ich habe erst an seinem Totenbett von ihm erfahren, dass du sein Nachkomme bist.«

Christoph schaute Albrecht zum ersten Mal voll in die Augen. »Ihr meint, niemand hat es gewusst außer ihm selbst?«, fragte er ungläubig.

»Doch«, gab Albrecht zurück, »aber er hatte es allen bei

Strafe verboten, darüber zu sprechen. Und du weißt, wie seine Strafen aussahen.«

Christoph nickte. »Ihr sagtet es schon – er war ein harter Mann.«

»Und jetzt ...« Albrecht hatte nicht vor, noch einmal ein Schweigen zuzulassen, »willst du mich nicht Bruder nennen und mich mit meinem Namen ansprechen?«

Der Junge wandte den Blick nicht ab, aber seine Augen verrieten, dass ihm der Gedanke noch widerstrebte. Er schüttelte den Kopf. »Erst muss ich all das bedenken, was ich erfahren habe«, sagte er. »Gebt mir Zeit, Herr ...«

»Aber du sagtest doch, es könnte dir gefallen ...«, begann Albrecht enttäuscht.

Christoph versuchte ein winziges Lächeln. »Ja. Aber da wusste ich noch nicht, dass Ihr im Ernst spracht«, erwiderte er. »Nun stehen die Dinge anders. Und ich weiß nicht mehr, wie ich mich verhalten soll.«

»Aber ich dachte ...«, setzte Albrecht noch einmal an.

Diesmal war es Christoph, der ihn unterbrach. »Der Altherr ist schon vor vielen Wochen gestorben«, erwiderte er bedächtig, »und Ihr habt Euch mit Eurer Nachricht bis heute Zeit genommen. Seht, Herr ... ich fordere ja keine Monate, um auf Eure Frage zu antworten. Aber ich kann Euch erst morgen Bescheid geben, wie ich mich entschieden habe. Lasst Ihr mir diese eine Nacht Bedenkzeit?«

Er hatte Recht. Albrecht ließ seine Schultern los. Dann fasste er sie noch einmal. »Du sollst sie haben«, sagte er überzeugt und ein wenig beschämt. »Denk nach, kleiner Bruder – ich will deine Antwort geduldig abwarten.«

Anna Elisabeth sah sich bedrückt in der Stube um. Alles war sauber, der Fußboden gefegt, der Tisch weiß gescheuert und die kleinen Fenster blank geputzt – wie es sein musste am Heiligen Abend. Dennoch wirkte der Wohnraum trostlos und leer, seit sie den Vater weggeholt hatten. Und einen Festbraten würde es morgen auch nicht geben.

Schon zwei Tage, nachdem der Junker von Weißenstein seinen Abschied genommen hatte, waren die Knechte des Klostervogtes zurückgekehrt und hatten die Aufgabe, deretwegen sie am Schlachttag gekommen waren, nachträglich doch noch ausgeführt. Sie hatten das fertig eingepökelte Fleisch aufgeladen und darüber hinaus noch den Hausvater mit sich weggeführt – zur Strafe, da er sich auch beim zweiten Besuch wieder geweigert hatte, die zusätzliche Abgabe an das Kloster zu leisten. Nun saß er in Haft beim Klostervogt, der halsstarrige Mensch, und Gott allein wusste, wann er wieder freikam.

Anna Elisabeth hatte keine Vorstellung davon, wie das Gefängnis aussah, in dem ihr Vater jetzt schon beinahe vier Wochen hatte verbringen müssen. Aber sie wusste: Ein alter Mann von beinahe fünfzig Jahren konnte den Aufenthalt darin nicht lange durchstehen. Das kaltfeuchte Wetter musste ihn krank machen, zumal man ihm ganz gewiss nicht genügend Nahrung geben würde. Und sie zitterte bei dem Gedanken, ihn vielleicht nie mehr lebend wiederzusehen.

Sie würde inbrünstig für ihn beten in der Christmette. Sie würde Gott und alle Heiligen anflehen, ihm Hilfe zu schicken. Sie würde die Mutter Gottes bitten, das Herz des Abtes zu erweichen, der doch immerhin ihr Diener war. Es konnte nicht Gottes Wille sein, dass ein so guter Mensch wie ihr Vater so unverdient leiden sollte.

Zum tausendsten Mal warf sie sich vor, dass sie den Junker von Weißenstein an jenem verhängnisvollen Abend nicht davon abgehalten hatte, sich einzumischen – dass sie nicht besonnen genug gewesen war, ihm die Situation zu erklären. Albrecht hatte zwar nur dem Recht zum Sieg zu verhelfen gesucht, aber er hatte ja nicht wissen können, wie wenig Bedeutung das Recht für einen hörigen Bauern überhaupt hatte. Er hatte die Dinge aus seiner Sicht betrachtet, der Sicht eines adligen Herrn – und entsprechend gehandelt.

Anna Elisabeth spürte, wie sich ihr das Herz zusammenzog. Sie selbst hatte es Albrecht verboten, jemals wieder ihren Weg zu kreuzen. Damit hatte sie verhindert, dass er von der Katastrophe Kunde bekam und noch einmal eingriff. Doch ihm Nachricht zu schicken, das war ihr schlicht unmöglich. Wenn sie ihn wiedersah, würde sie –

Die Tür ging auf. Hannes kam herein, schon fertig gekleidet für den Kirchgang. »Da bin ich, Annelies«, sagte er, »wirf den Mantel über. Die anderen warten draußen. Wir können gleich losgehen.«

Anna Elisabeth nickte ihm zu. Ein Lächeln, wenn auch ein noch so kleines, brachte sie nicht zustande. »Sofort«, sagte sie. »Ich will nur noch schnell das Feuer sichern.«

Hannes brummte Zustimmung. Sie legte zwei neue Scheite auf und bedeckte die Glut mit etwas Asche, damit das Holz nicht zu schnell anbrannte. Als das erledigt war, nahm sie ihren Mantel vom Haken und hüllte sich hinein, während sie ihrem Anverlobten hinausfolgte.

Beinahe alle Bewohner des Dörfchens standen auf dem Weg – alle in ihrer besten Kleidung, aber dennoch bescheiden anzusehen. Braune Wolle, graues oder weißes Leinen, hier und da ein bisschen Kaninchenpelz zur Verbrämung der Kapuze – mehr Glanz konnte sich hier niemand leisten. Anna Elisabeth in ihrem dunkelblauen, weit geschnittenen Umhang aus selbst gefärbter Wolle wirkte beinahe prächtig, verglichen mit den anderen Frauen.

Schweigend setzte sich der kleine Zug in Bewegung. Niemand sprach auf dem Weg zur Kirche. Nur die Schritte knirschten auf der mit einer dünnen, hart gefrorenen Schneeschicht bedeckten Erde.

Albrecht und Christoph hatten den Hügel erreicht, von dem aus man die Spitze des Kirchturms sehen konnte. Albrecht hielt sein Pferd an, während Christophs Tier neben ihm zum Stehen kam. »Nun gilt es, Bruder«, sagte Albrecht mit einem Seitenblick auf den Jungen, der während des ganzen Rittes gedankenverloren vor sich hin geschaut und kaum geredet hatte. »Nun werden wir sehen, ob uns die Dörfler erkennen ...«

Christoph hob den Kopf. Er schien Albrecht mit Blicken zu umarmen, als er ihn ansah. »Ich hatte schon hin und her überlegt, wie du es anfangen willst«, sagte er, »aber ich bin zu keinem Schluss gekommen, Bruder.«

Das letzte Wort hatte er beinahe zärtlich ausgesprochen. Noch immer schien er euphorischer Stimmung zu sein – so wie am frühen Morgen, als er Albrechts Angebot freudig angenommen hatte. »Ich habe mir immer einen Bruder gewünscht«, waren seine Worte gewesen, »und einen besseren als Euch kann ich mir einfach nicht vorstellen, Herr Albrecht.« »Dann nenne mich aber auch Du«, hatte Albrecht darauf glückstrahlend geantwortet. »Dein Herr kann ich jetzt nicht mehr sein!« Seitdem war die Luft rein zwischen ihnen. Es gab nichts mehr zu klären.

Jetzt lächelte Albrecht verschwörerisch. »Schon, als ich mir vornahm, sie trotz ihres Verbotes wiederzusehen, hatte ich einen Einfall. Zuerst habe ich ihn verworfen, aber dann kam er mir doch von allen Möglichkeiten am brauchbarsten vor. Und darum«, er deutete auf den prall voll gestopften Mantelsack hinter seinem Sattel, »darum habe ich ein paar zusätzliche Kleidungsstücke mitgebracht.«

Christoph warf einen kurzen Blick auf den Packen. Dann wandte er sich wieder Albrecht zu. »Eines musst du mir erklären«, sagte er. »Ist dein Vorhaben eines Edelmannes würdig?«

»Wie?«, fragte Albrecht verdutzt.

»Wenn du es schaffst, die Frau zu verführen, dann wird sie

später unglücklich sein«, murmelte Christoph mit verhaltener Stimme. »Sie wird ihres Lebens nie mehr froh werden ...«

Albrecht riss die Augen auf. »Verführen?«, gab er zurück. »Nein – ich muss sie nur wiedersehen. Und damit ich vielleicht auch ein paar Worte mit ihr wechseln kann, habe ich mir eine List –«

»Wenn du sie nicht ... besitzen willst«, fiel ihm Christoph in die Rede, »warum liegt dir dann so viel daran, sie zu sehen und mit ihr zu reden? Ich meine, sie ist recht ansehnlich – aber sie kommt aus einer Bauernhütte.«

»Ja, ich weiß«, sagte Albrecht leise.

»Du hast dich in sie verguckt«, dozierte Christoph altklug. »Nicht schwer zu verstehen ... wirklich nicht. Doch so etwas vergeht. Lass sie in Frieden, Bruder. Das ist auf jeden Fall besser für sie.«

Albrecht senkte den Kopf. »Wenn ich nur ein bisschen in sie verschossen wäre, hättest du sicher Recht«, murmelte er, »aber ich liebe sie.«

»Und wie soll es weitergehen?«, forschte Christoph.

»Ich weiß nicht«, erwiderte Albrecht tonlos, »und das quält mich maßlos ...«

»Lass uns umkehren, Albrecht«, schlug Christoph vor. »Bedenk doch, dass du sie nicht in Ehren umwerben kannst. Außerdem ist sie ja schon versprochen – nach allem, was ich weiß.«

»Der Tölpel ist kein Gegenspieler für mich«, knurrte Albrecht verächtlich.

»Aber er ist ein Bauer«, schulmeisterte Christoph. »Für ihn gelten andere Regeln als für dich, Bruder. Wenn er sie in sein Bett nimmt, entehrt er sie nicht damit.«

Albrecht schwieg einen Augenblick. Dann hob er ruckartig den Kopf. »Und wenn ich sie zu meinem Stand erhebe?«, widersprach er mit funkelnden Augen. »Dann könnte auch ich sie vor Gott und den Menschen zu meiner Gemahlin machen ...«

Christoph schüttelte den Kopf. »Wer hätte je von so etwas gehört?«, sagte er. »Du musst zugeben, Bruder – das ist eine ganz unsinnige Überlegung!«

Doch Albrecht war ihm in Gedanken schon längst enteilt. »Nun komm«, drängte er, »wir müssen unsere Kleider wechseln. Bis zur Mette ist nicht mehr viel Zeit!«

Die Glocke der kleinen Kirche hatte aufgehört zu läuten. Der Pfarrer, begleitet von zwei jugendlichen Ministranten war eben in den Chor eingezogen. Zwei tief verhüllte Gestalten reihten sich gerade noch rechtzeitig auf der Seite der Frauen in die Menge der Gemeindemitglieder ein. Sie nahmen schräg hinter Anna Elisabeth Plätze ein, knieten nieder und hielten ihre Köpfe verborgen unter den weiten Kapuzen ihrer Wollmäntel, während sie sich wie im Gebet tief vornüberbeugten.

Die weihnachtliche Messe nahm ihren Lauf. Doch in Weihrauchduft und Kerzenschimmer spürte Anna Elisabeth deutlich die Blicke der beiden fremden Frauen, die so dicht hinter ihr knieten. Sich umzuwenden – das wäre äußerst unschicklich gewesen. Aber irgendwann fühlte sie sich so beunruhigt, dass sie doch einen hastigen Schulterblick wagte.

Ihre Augen weiteten sich. Sie öffnete den Mund, als wolle sie etwas sagen, doch kein Ton entschlüpfte ihren Lippen. Stattdessen flüsterte die größere der beiden tief verhüllten Gestalten: »Ich musste herkommen ... bitte, versteh mich, Anna!«

Sie schluckte. Albrecht in Frauenkleidern und in Begleitung des Jungen, der mit ihm auf dem Michaelifest gewesen war! Ihr Herz begann schmerzhaft schnell zu schlagen, und in ihrer Kehle drückte plötzlich ein dicker Kloß. Er hatte sein Versprechen gebrochen, war doch wieder in ihr Leben getreten, wollte sich nicht ausschließen lassen. Und sie war wehrlos ihren widerstreitenden Gefühlen ausgeliefert.

Mit einer heftigen Bewegung drehte sie den Kopf nach vorn. Die alte Bäuerin, die rechts neben ihr kniete, widmete ihr einen unwilligen Blick. »Zu einem Schwatz ist hier nicht der rechte Ort, Mädchen«, wisperte sie und zog ein strenges Gesicht. »Was du mit deinen Freundinnen auszumachen hast, das verschiebe bis nach der Messe!«

Anna nickte stumm. Ihre Augen hatten sich mit Tränen gefüllt, was die Nachbarin missdeutete. »Nun nimm meinen Tadel nicht so schwer, Kind«, setzte sie in begütigendem Flüsterton hinzu. »Halte dich nur an die guten Sitten.«

Albrecht hatte jedes Wort der kurzen Unterhaltung verstanden und neigte sich noch tiefer über seine gefalteten Hände. Jede weitere Annäherung an Anna Elisabeth war jetzt unmöglich geworden, das war ihm bewusst. Er war zur Zurückhaltung verdammt, zumal ihm auch Christoph, der neben ihm kniete, warnende Blicke zuwarf. Die Messe nahm ihren Verlauf; es schien ihm ewig zu dauern, bis endlich der Pfarrer den Segen sprach und die Gemeinde entließ.

Langsam strömten die Menschen aus der Kirche. Albrecht und Christoph hielten sich dicht bei Anna Elisabeth, die weit vorn ihren Platz gehabt hatte und darum jetzt zu den Letzten gehörte, die das Gotteshaus verließen. Schließlich ertrug Albrecht das Warten nicht länger. Er schob sich an Anna Elisabeth heran und flüsterte ihr zu: »Ich will eine Beichte ablegen ...«

Sie nickte beinahe unmerklich. Anna Elisabeth ließ sich vom Strom der Gläubigen in Richtung der beiden Beichtstühle treiben, die zwischen den hintersten Pfeilern der kleinen Kirche aufgestellt waren. Dort wartete Albrecht schon. »Christoph lenkt den Priester ab«, hauchte er, »komm. Da drinnen können wir ungestört reden!«

Anna Elisabeth fühlte sich schwindlig. Ohne nachzudenken

schlüpfte sie mit Albrecht in das letzte der zwei klobigen, hölzernen Gehäuse, und er schloss die schmale Tür. Dunkelheit umfing sie; Anna Elisabeth musste um Atem ringen, weil ihr Herz so sehr hämmerte. »Warum tust du das?«, stammelte sie tonlos, »warum machst du es uns so schwer?«

Er konnte nicht antworten, jetzt noch nicht. Mit einer wilden Bewegung riss er sie in seine Arme und presste sie so hart an sich, dass sie einen kleinen Laut des Erschreckens ausstieß. Sein Kuss glühte auf ihren Lippen, verriet all sein heißes Verlangen. Anna Elisabeth erwiderte ihn mit inbrünstiger Verzweiflung.

Lange Augenblicke vergingen, bis sie einander loslassen konnten. Anna Elisabeth flüsterte: »Du hättest nicht herkommen dürfen ... Du hattest es mir versprochen!«

»Ich war ja auch voll guten Willens«, wisperte Albrecht zurück, »aber gegen das, was ich für dich empfinde, gibt es keine Gegenwehr, Liebste. Ich kann nicht von dir lassen, Anna. Nie mehr.«

Sie weinte, er erkannte es an ihren zuckenden Schultern. »Aber wir können nie –«, begann sie mit rauer Stimme.

»Liebst du mich?«, unterbrach er sie.

»O, Albrecht ...!«

»Liebst du mich?«

»So sehr, dass es wehtut«, flüsterte sie, »aber –«

»Dann hör zu!« Albrechts tonlos gehauchte Worte klangen dennoch fest und zielstrebig. »Ich werde uns einen Weg schaffen, den wir zusammen gehen können – vor Gott und den Menschen.«

»Vor Gott und den Menschen?« Ihre Antwort war ein sehnsüchtiger Atemzug. »Das kann ja niemals sein, und du weißt es so gut wie ich ...«

Er schüttelte den Kopf in der Dunkelheit. »Vertrau mir«, wisperte er.

»Was willst du tun?«

»Ich weiß es noch nicht genau«, flüsterte er, »aber es wird sich etwas finden. Vertrau mir …«

Diese Wiederholung hörte sich an, als wolle er sich selbst damit Mut machen. Anna Elisabeth schlang die Arme um seinen Nacken. »Eins ist gewiss«, antwortete sie nah an seinem Ohr, »ich bin unbeschreiblich glücklich, weil du dein Versprechen gebrochen hast, Liebster.«

»Und ich werde es weiterhin tun«, gab er zurück, »am Dreikönigstag bin ich wieder hier, um die Beichte abzulegen … und du, mein Herz, wirst sie mir abnehmen …«

Es klopfte zweimal kurz an der Tür des Beichtstuhls. Das Zeichen, das mit Christoph verabredet war. »Unsere Zeit ist um«, wisperte Albrecht mit einem schnellen Kuss auf Anna Elisabeths Lippen. »Du musst nun gehen, aber vergiss nicht –«

»Am Dreikönigstag«, sie krallte die Finger in den Kragen seines Weibermantels. »Nie könnte ich das vergessen …«

Er öffnete die Tür des Beichtstuhls einen Spalt weit. Christoph war mit dem Priester schon in dem anderen dunklen Gelass verschwunden. Der Junge würde sich kurz fassen, doch lange genug, um dem Paar Gelegenheit zum Verschwinden zu geben. Anna Elisabeth schlüpfte allein hinaus, denn vorn am Portal wartete Hannes Rebmann und blickte ihr verwundert entgegen. Erst als Albrecht sah, dass er mit Anna Elisabeth die Kirche verlassen hatte, tauchte auch er wieder aus dem Beichtstuhl hervor und wartete neben dem Pfeiler, bis Christoph mit seiner Beichte zum Ende gekommen war.

Januar Anno 1525
Hartung

In Hartung sieht man lieber den Wolf
als einen Bauern in Hemdsärmeln.

So trostlos das Christfest auch ohne den Vater gewesen sein mochte – für Anna Elisabeth war es dennoch von Freude überglänzt gewesen. Hannes, der mit seiner Mutter am Weihnachtstag zum Essen gekommen war, konnte sich ihr Strahlen nicht recht erklären. Er schrieb es ihrer starken Natur zu und bewunderte sie dafür. »Du wirst mir eine gute Frau sein, Annelies«, sagte er, nachdem die einfache Gerstensuppe aufgegessen und die Schüssel abgeräumt worden war. »Ich hab's schon immer gewusst.«

Anna Elisabeth nickte ihm zu. Aber was sie dachte, entsprach dem nicht. Wie konnte sie Hannes eine gute Frau werden, wenn ihr Herz einem anderen gehörte? Wortlos wusch sie die Bierbecher ab und stellte sie zurück auf das Wandbord. In diesem Augenblick klopfte es an die Tür.

»Erwartest du noch mehr Gäste?«, fragte Hannes' Mutter.

»Nein«, sagte Anna Elisabeth verwundert.

Hannes rief: »Herein!«, als sei er bereits der Herr in diesem Haus.

Sieben Männer, alle aus dem Dorf, betraten die Stube. Sie nahmen die Filzmützen ab, stampften sich den Schnee von den Stiefeln, grüßten mit stummem Kopfnicken. Matthias, der als

Erster hereingekommen war, ergriff das Wort. »Wir sind hier, um die Sache mit deinem Vater zu beratschlagen, Annelies«, sagte er.

»Aber du weißt doch, dass er im Loch sitzt«, gab Anna Elisabeth zurück. »Wir müssen uns gedulden, bis der Vogt ihn wieder freilässt – so hart es auch ist. Alles andere wäre vergebene Mühe.«

Sie wischte sich über die Augen. Matthias widersprach. »Lass das unsere Sorge sein, Mädchen«, sagte er gelassen. »Wir Männer wollen nicht länger stillhalten. Darum sind wir hier – um zu bereden, was geschehen muss.«

Hannes winkte die Leute zu sich an den Tisch, während seine Mutter aufstand, ihr großes Umschlagtuch überwarf und sich verabschiedete. »Ich will nicht hören, was ihr besprecht«, sagte sie unwillig. »Ihr tut ja doch, was ihr wollt, ihr Jungen … und auf uns Alte hört ihr nicht, auch wenn's besser für euch wäre.«

Sie ging, obwohl Anna Elisabeth versuchte, sie zurückzuhalten. »Nein, nein, Kind«, sagte sie, als sie schon aus der Tür war, »ich meine es ernst. Lange genug habe ich mich jetzt schon über die aufrührerischen Reden geärgert, die unsere jungen Männer in letzter Zeit führen – am heiligen Weihnachtstag will ich meinen Frieden!«

Sonderbarerweise lächelte Hannes, als seine Mutter verschwunden war. »Sie versteht es nicht besser«, meinte er und machte eine abwertende Handbewegung. »Sie ist aus einer anderen Zeit …«

»Unsere Eltern sind auch nicht anders«, sagte der Heinz, der sommers immer die Schweine hütete. »Sie schelten und geifern – als ob sie nicht auch leiden müssten unter der Willkür, die von dem verfluchten Pfaffenvogt ausgeht.«

Sie hockten sich alle auf die Bank am Tisch und steckten die Köpfe zusammen. »Alle fähigen Männer aus Brunnheim sind dabei«, setzte der Schweineheinz seine Rede fort. »Wie ist es mit denen aus Weidenbach, Matthias? Du warst doch da, oder?«

Matthias nickte. »Sie sind dabei«, sagte er.

»Die aus dem Birkenhof ebenfalls«, fügte der Schmiedejörg hinzu. »Ich hab's von meinem Vetter, der da wohnt.«

Anna Elisabeth hatte bis jetzt schweigend vom Herd aus zugehört. Langsam beschlich sie ein ungemütliches Gefühl. Die genannten Dörfer gehörten alle zur Abtei und waren dem Abt von Kaltenbrunn tributpflichtig, genau wie die aus ihrem Dorf. »Was habt ihr vor?«, fragte Anna Elisabeth. »Welche Aufgabe erfordert so viele Männer?«

»Der Matthias sagte es ja schon«, erwiderte Hannes, »wir wollen uns die Schinderei nicht länger schmecken lassen. Diesmal wehren wir uns. Dein Vater hat's nicht verdient, beim Klostervogt im Loch zu liegen.«

»Er hat nichts getan, weswegen er überhaupt gestraft werden sollte«, fügte der Schweineheinz hinzu. »Die aus den anderen Dörfern sehen es ebenso wie wir.«

»Aus dem Birkenhof sitzt auch einer im Loch, und aus ähnlichen Gründen.« Der Schmiedejörg, für seine Gewalttätigkeit wohlbekannt, grinste in sich hinein. »Endlich werden wir's den Pfaffen zeigen – darauf hab ich schon lange gewartet ...«

»Und wann schlagen wir los?«, wollte Hannes wissen. »Ich muss euch ja wohl nicht erklären, dass die Zeit drängt. Der Vater von der Annelies, der ist ein alter Mann und erträgt's kalte Wetter schlecht – wie alle alten Leut.«

»Die vom Birkenhof meinten, Maria Lichtmess wär ein guter Tag, um's dem Abt von Kaltenbrunn heimzuzahlen«, sagte der Schmiedejörg mit einem Blick auf seine schwieligen Fäuste, »aber ich mein, wir sollten das überdenken und schon zwei Wochen früher drangehen. Mich juckt's in den Fingern ...«

»Gemach, Jörg«, mischte sich der Matthias wieder in das Gespräch. »Wenn wir das Kloster belagern, sollten wir vollzählig sein. Der Abt hat fünfzig Bewaffnete. Wir müssen mindestens doppelt so viele Männer aufbieten, wenn wir gewinnen wollen!«

»Ach was«, sagte Hannes unwillig, »zwei von denen sind so gut wie einer von uns. Diese faulen, voll gefressenen Klosterknechte rennen doch wie die Hasen, wenn es brenzlig wird.« Er grinste im Gedanken an die Episode neulich, als ein einzelner Mann vor seinen Augen drei von ihnen ganz allein in die Flucht geschlagen hatte. »Hab's selbst gesehen ... hier in dieser Stube.«

Anna Elisabeth wagte einen Einwurf. »Der Herr von Weißenstein kennt sich mit Waffen aus, Hannes«, sagte sie vorsichtig. »Den kannst du nicht mit einem Bauern vergleichen, und –«

»Der Herr von Weißenstein – Potz Teufel!« Hannes wurde brandrot im Gesicht. »Du redest ja gerade so, als sei er dein Herr, Annelies! Nein –«, er wandte sich an seine Nachbarn, »den kann man wirklich nicht mit einem Bauern in den gleichen Sack stecken, den armseligen Junker! Was der uns an Übung voraus hat, das machen wir allemal mit Kraft und Entschlossenheit wieder wett – oder etwa nicht, Brüder?«

Die anderen nickten; besonders der Schmiedejörg und der Schweineheinz pflichteten ihm begeistert bei. »Das will ich meinen«, sagte der Schweineheinz und grinste breit, »wo ich hinschlage, da wächst lange kein Gras mehr. Und der Jörg ist ja wohl auch kein Schwächling!«

»So einen wie den verhungerten Wolf von Weißenstein hau ich ungespitzt in den Boden«, grinste Jörg, »oder ich schmeiß ihn durch die Ruten – ganz, wie er will!«

Gelächter war die Antwort darauf. Unwillkürlich warf Anna Elisabeth einen Blick auf die Bleiruten, mit denen die vielen kleinen, rechteckigen Glasscheiben der beiden Fensterchen in der Stube eingefasst waren. Da hindurch ...? Was für ein Gedanke! Sie holte tief Luft. »Bleibt in der Wirklichkeit«, sagte sie und musterte die Männer mit festem Blick. »Mit dem Herrn von Weißenstein solltet ihr euch nicht –«

»Jetzt ist es genug, Annelies«, schnitt ihr Hannes zornig die Rede ab. »Ich kann den Namen dieses Junkers nicht mehr hören. Er steht doch für alles, was wir abschaffen wollen! Adel und Pfaffen gehören ausgerottet ... mit Stumpf und Stiel. Und das, was Adel und Pfaffen in ihren Kellern gehortet haben – das ist unser Hab und Gut. Wir haben es mit Blut und Schweiß mühsam erarbeitet und wollen es nicht mehr ohne Gegenleistung abgeben!«

Anna Elisabeth verstummte. Hannes hatte ohne Zweifel Recht. Solange sie denken konnte, hatten sie und ihr Vater immer hart gearbeitet und dennoch für ihre Mühe meist nicht einmal das Nötigste zurückbehalten. Ganz gleich, ob die Ernte gut oder schlecht gewesen, das Vieh gesund geblieben war oder nicht – so gut wie immer hatten der vom Kloster geforderte Zehnte und Kleine Zehnte sämtliche Überschüsse aufgefressen, so dass gegen Ende des Winters regelmäßig gehungert werden musste. Währenddessen konnten sich die Mönche ein sanftes Leben leisten und hatten immer einen reich gedeckten Tisch. Bei denen gab es täglich Fleisch und fastentags Fisch oder fetten Biberbraten. Biber waren schon seit langem zur Fastenzeit erlaubt, weil sie Schwimmhäute zwischen den Zehen trugen und im Wasser lebten; seit bekannt geworden war, dass in warmen Ländern Fische vorkamen, die fliegen konnten, erwog der Abt von Kaltenbrunn sogar, ob er nicht auch Enten und Gänse zur Fastenspeise erklären sollte – der Abwechslung halber.

Die wenigen Tage, an denen ein Bauer sich ein nennenswertes Stück Fleisch leisten konnte, waren an den Fingern einer Hand abzuzählen. Bei Fischen sah es nicht anders aus – es sei denn, ein Bauernjunge traute sich, heimlich zu angeln oder eine Schlinge zu legen und Kaninchen zu wildern. Fisch- und Jagdrecht lagen ja selbstverständlich beim Grundherrn.

Anna Elisabeth spürte heißen Zorn in sich aufsteigen. Dazu gesellte sich ein schreckliches Schuldgefühl. Sie liebte einen, der aus den Reihen der Grundherrn stammte, und der vielleicht mit seinen Bauern nicht anders verfuhr als der Abt von Kaltenbrunn. Wie konnte sie ihr Herz an einen Wolf von Weißenstein hängen, wenn die eigenen Leute darbten?

»Wir wollen es bereden, wenn wir genau wissen, wie viele Männer mitmachen«, sagte Hannes gerade. »Inzwischen sorgen wir für Waffen. Wohl jeder von euch hat eine alte Sichel oder Sense in der Ecke stehen, die man zum Spieß umschmieden könnte.«

»Ja«, fiel der Schmiedejörg ein, »bringt alles brauchbare Gerät zu mir. Ich mach schon was draus – und das könnt ihr mir glauben: die schlechtesten Waffen sollen es nicht werden!«

»Ich mach die Stiele«, sagte der Matthias, plötzlich eifrig dabei.

»Stiele?« Der Jörg lachte schallend. »Lange Schäfte brauchen wir, damit wir sie den faulen Pfaffenknechten durch den Wanst rennen können!«

»Mindestens sieben Fuß lang«, pflichtete Hannes bei. »Und haltbar müssen sie sein. Sie dürfen nicht beim ersten Stoß schon brechen – also nimm junges Stangenholz, Mattheis!«

Anna Elisabeth wandte sich ab. Nachdem ihre Hausarbeit getan war, konnte sie guten Gewissens in ihr Kämmerchen hinaufsteigen. Ohne ein Wort an die Männer kletterte sie die schmale Leiter hoch, die unter das Dach führte. Hier war ihre Schlafstätte, ein schlichter Strohsack, bedeckt mit selbst gewebtem Leinen und einem mächtigen Federbett, das jetzt im Winter die schlimmste Kälte abhielt. Darauf ließ sie sich niedersinken und bedeckte das Gesicht mit den Händen.

Was die Männer unten im Wohnraum besprachen, war auch von hier aus noch gut zu verstehen. Sie planten einen bewaffneten Überfall auf das Kloster, um ihren Vater und den Mann aus dem Birkenhof zu befreien. Sie kamen überein, doch bis Maria Lichtmess abzuwarten – denn zu dem Zeitpunkt würden alle Spieße, Äxte, Schwerter und Hellebarden fertig sein, wie der Schmiedejörg versicherte. Man würde mit etwa achtzig Mann zur Vogtei ziehen und die Wachen niedermachen. Danach ...

Es war auch davon die Rede, dass man weiterziehen und sich dem Bauernheer anschließen sollte, das im Odenwald aufgestellt wurde. Ein gewisser Georg Metzler, Wirt zu Ballenberg, sei der selbst erklärte Hauptmann dieses Heeres und ließe allenthalben die Bauern zu den Waffen rufen. »Den kenne ich«, sagte der Schmiedejörg gerade, »ein Kerl wie ein Baum – und alles andere als ein Feigling. Der weiß, was er will, und wird's den Pfaffen und Herren schon richtig eintränken!«

»Darauf kannst du einen mächtigen Furz lassen«, erwiderte der Schweineheinz mit einem Lachen in der Stimme, »so würde unser lieber Doctor Martinus sagen!«

»Seit wann bist du fromm?«, fragte der Schmiedejörg.

»Seit ich weiß, dass ich als Christenmensch dieselben Rechte habe wie die Herren«, gab der Schweineheinz im Brustton der Überzeugung zurück. »Der Joos Fritz hat's mir erklärt.«

»Ja, dann ...« Das war Hannes' Stimme. »Aber noch ist der Furz nicht fällig. Erst müssen wir unser Ziel erreicht haben.«

»Der Doktor Luther hat auch gesagt: Aus einem verzagten Arsch kann kein fröhlicher Furz kommen. Also, Brüder – seid unverzagt. Dann können wir bald –«

»Herzhaft furzen!«, ergänzte der Schmiedejörg, begleitet von röhrendem Gelächter.

Albrecht tauchte die Feder in sein silbernes Tintenfass. Sorgfältig malte er ein großes und ein kleines A auf den Bogen aus dickem grauem Hadernpapier. Daneben zeichnete er in schwungvollen Linien einen Apfel, den er noch mit einem Stiel und einem elegant gekrümmten Blatt verzierte.

Der nächste Buchstabe war das B. Eine Birne – nicht sehr

phantasievoll, aber eindeutig – versinnbildlichte den Laut. Nun kam das C …

Citrone … Aber nein, Anna würde diese seltene Frucht nicht kennen. Sicherlich hatte sie noch nie eine gesehen. Also, welcher Begriff kam dann in Frage?

Albrecht überlegte minutenlang, aber es fiel ihm kein einziger Gegenstand ein, der mit C geschrieben wurde und Anna Elisabeth bekannt sein konnte. Er entschloss sich, den Buchstaben C wegzulassen, und wischte die Feder sauber, an der die Tinte eingetrocknet war. D – das war um ein Vielfaches leichter.

Er zeichnete eine Faust mit emporgerecktem Daumen. E jetzt … Elefant? Nein – Esel. Das Tier, das da auf dem Blatt zu sehen war, hatte erstaunlich lange Ohren. Albrecht musste leise lachen. Und der Fuchs für F – der sah eher wie ein Wolf aus. Viel zu hochbeinig. Aber vielleicht führte der überaus lang und buschig gezeichnete Schwanz Anna auf die richtige Fährte.

Bei den folgenden Buchstaben würde er sich auf leicht darzustellende Gegenstände beschränken müssen … seine Zeichenkünste ließen wahrlich viel zu wünschen übrig. G – für Gans. Aufpassen, dass die Gans nicht wie eine Ente aussah.

Selbst eine Fibel für Anna Elisabeth zu zeichnen, damit sie sich im Lesen üben konnte – dieser Gedanke war ihm auf dem Heimritt gekommen. Eine Edelfrau hatte das Lesen und Schreiben zu beherrschen. Daran führte kein Weg vorbei. Edle Haltung und Eleganz würde seine Liebste nicht erst mühsam erlernen müssen. Beides war ihr angeboren.

Er erinnerte sich an den Tanz auf der Michaelikirmes. Wie eine Feder war sie an seiner Seite geschwebt … wenn er ehrlich war, so hatte er noch kein Edelfräulein kennen gelernt, das Anna, was Liebreiz und Anmut betraf, das Wasser reichen konnte.

Die Gans war gut ausgefallen. Der Hund für das H sah ebenfalls ganz manierlich aus. Und der Igel für I verriet sich ja schon durch seine Stacheln. Das J dagegen machte wieder Schwierigkeiten.

Nach langem Überlegen zeichnete Albrecht, so gut er es vermochte, einen Jäger mit Sauspieß und einem Stück Wild über der Schulter. Von neuem musste er über seine eigenen ungeschickten Versuche lachen. Der Kerl sah ja wie ein buckliger Waldschrat aus! Hoffentlich erkannte Anna, auf was er mit dieser Zeichnung hinausgewollt hatte.

Das K war leicht. Kirsche. Er zeichnete ein Pärchen, verbunden an langen Stielen – Anna und Albrecht. Das L bot auch weiter keine Probleme. Liebe ... Lippen ...

Nein. Lampe. Das war erheblich leichter darzustellen. Die Stalllaterne, die er neben den Buchstaben aufs Papier kritzelte, ähnelte ihrer eigenen – ein ungeschlachtes Ding aus Eisen mit einem Talglicht darin. Ganz genau konnte er sich ihre kleine Hand vorstellen, die den dicken Tragering umfasst hielt.

Er legte die Feder hin und starrte aus dem Fenster. Noch zwei lange Wochen bis zum Dreikönigstag. Zwei lange Wochen des Wartens auf nur wenige kurze Augenblicke – Augenblicke, die schneller vorbei sein würden als ein Ave Maria.

Albrecht seufzte. Glücklicher Bauerntölpel Rebmann, der täglich in Annas Nähe sein durfte und diesen Vorzug sicher kaum zu schätzen wusste. Wahrscheinlich betrachtete er sie einfach als sein versprochenes Eigentum ... aber das sollte ihm streitig gemacht werden!

Albrecht stand auf und ging langsam zu der großen eichenen Stollentruhe hinüber, die am Fußende des Bettes stand. Diese Kiste, aus soliden Bohlen gezimmert und sparsam mit Kerbschnitzereien verziert, enthielt noch immer die Gewänder seiner Mutter – Kleidungsstücke, von denen er sich nie hatte trennen mögen, auch wenn er sie nicht mit einer Person verbinden konnte. Er klappte den Deckel auf. Ganz zuoberst lag ein Kleid aus grünem Samt, diesem dicken, weichen Seidenstoff, den er so besonders liebte. Er zog es hervor und legte es auf der Bettdecke aus. Es schimmerte kostbar, und das sanfte Rot des Futters war noch kein bisschen verblichen. Vom Schnitt her war das Gewand etwas altmodisch; besonders die schmale Pelzverbrämung um den sehr tief gezogenen Ausschnitt entsprach nicht mehr dem heutigen Geschmack. Aber die feinen Goldstickereien am Mieder funkelten, als seien sie eben erst gefertigt worden, und der breite rote Gürtel mit der ziselierten Schnalle bildete immer noch einen prachtvollen Kontrast zu dem weichen Laubgrün des Gewandes.

Ob es Anna passen würde? Denkbar war das schon – sie stand seiner früh verstorbenen Mutter an schlanker Schönheit in nichts nach, und auch in der Größe stimmten sie vielleicht überein. Aber sie würde lernen müssen, wie man sich in einem Schleppgewand fortbewegt ...

Albrecht schob die Hand tiefer in die Truhe, tastete nach der kleinen Schatulle, die da irgendwo unter den anderen Kleidungsstücken sein musste. Da war sie schon. Er zog sie hervor und klappte den dachförmigen Deckel des silberbeschlagenen Kästchens auf. Der bescheidene Schmuck einer nicht sehr begüterten Edelfrau schimmerte ihm entgegen: einige kleine goldene Ringe, teils mit Steinen besetzt, eine schöne Goldkette mit einem Anhänger in Form eines Einhorns, eine Kette aus dicken, unregelmäßig geformten Perlen und ein dünnes Kettchen mit einer großen, tropfenförmigen Perle daran.

Albrecht wählte ein zierliches Ringlein mit einem runden Rubin. Das sollte Anna bekommen am Dreikönigstag. Wie sie es unbemerkt tragen sollte, war ihm noch nicht ganz klar, aber sie würde schon einen Weg finden, klug wie sie war. Er faltete das prächtige grüne Gewand und ordnete es wieder sorgfältig auf den anderen Gewändern in der Truhe. Auch das Schmuckkästchen kam zurück an seinen Platz tief unter den Kleidungsstücken. Als er fertig war, warf Albrecht einen Blick auf das Bildnis seiner Mutter, das von der Wand gegenüber dem Fenster auf ihn niederschaute. Ernste hellblaue Augen betrachteten ihn nachdenklich ... Augen, die den seinen erstaunlich ähnlich waren. Um die feine, helle Haut der jungen Frau zu betonen, hatte ihr der Maler einen zarten weißen Schleier über das eng gelockte blonde Haar gelegt – einen Schleier, der ihren hohen Haaransatz spielerisch umgab. Schmuck war nicht nötig gewesen. Auf dem Bild trug sie das Gewand, das ihr Sohn noch vor Augenblicken auf dem Bett liegen gehabt hatte.

Ein Mund mit schön geformten Lippen, ein festes Kinn, eine schlanke, regelmäßige Nase – all diese äußerlichen Attribute hatte sie ihm vererbt. Von seinem Vater kam nur das gelegentlich wüst aufbrausende Temperament und die Neigung, den Willen durchzusetzen ...

»Ihr würdet meine Wahl gutheißen, Mutter«, murmelte er vor sich hin, »immer vorausgesetzt natürlich, dass sie ein junges Fräulein aus bester Familie ist. Und darum muss ich Sorge tragen, dass sie als Edle durchgeht ...«

Das würde die nächste Aufgabe sein, die er zu lösen hatte: Anna Elisabeth irgendwie hierher zu holen und ihr all das beizubringen, was sie unbedingt können und wissen musste. Was, wenn er dazu keine Möglichkeit fand? Was, wenn sie dazu nicht bereit war?

Es konnte ja sein, dass die Furcht vor dem Ungeheuerlichen, was er von ihr verlangen musste, ihre Liebe überwog. Vielleicht war sie doch schwächer, als er sie einschätzte, und traute sich nicht, ihm in eine für sie so fremde Welt zu folgen. Albrecht ballte die Fäuste, spürte, wie sein Blut heftiger durch seine Adern zu strömen begann. Ruhe, befahl er sich. Kommt Zeit, kommt Rat – und was dergleichen Altweibersprüche mehr sind!

Er warf dem Bildnis seiner Mutter einen kämpferischen Blick zu. Dann machte er sich daran, seine Fibel zu vollenden. Wie kam er denn dazu, jetzt schon zu zweifeln – da er Anna Elisabeth noch nicht einmal seinen Plan dargelegt hatte!

Dreikönigstag

Die kleine Kirche war jetzt leer – alle, die dem Gottesdienst beigewohnt hatten, waren inzwischen wieder gegangen. Albrecht, wieder in der Verkleidung der alten Frau, hatte sich hart in den Schatten eines Pfeilers gedrückt und versuchte seine Gedanken zu sammeln.

Sie war nicht gekommen. Niemand aus ihrem Dorf war da gewesen. Aber es konnte nicht sein, dass er den Weg diesmal ganz umsonst unternommen hatte. Er musste Anna Elisabeth sehen. Zu sehr hatte er sich darauf gefreut, ihr nah zu sein – wenn auch nur für Augenblicke.

Heute war er allein hier, ohne Christoph. Was zum Teufel sollte er jetzt tun? Langsam und mit tief gesenktem Kopf verließ auch er die Kirche. Der Pfarrer, ein schlaksiger junger Kerl mit weichlichen Gesichtszügen, schickte der sonderbaren, dick vermummten und ortsfremden Frau einen forschenden Blick nach.

Seinen Falben hatte Albrecht in dem kleinen Wäldchen am Ausgang des Kirchdorfes versteckt. Das Pferd stand genauso da, wie er es verlassen hatte. Es begrüßte seinen Herrn mit einem freudigen Schnauben. »Was willst du mir damit sagen?«, brummelte Albrecht, während er seine Hand zärtlich über die weichen Nüstern seines Tieres gleiten ließ. »Wagen wir uns zu ihr – oder lassen wir's bleiben?«

Der Falbe schnaubte ein zweites Mal. Seine Atemwolke wehte ganz weiß in die klare, kalte Luft. »Recht hast du, mein Alter«, murmelte Albrecht, »so schnell sollten wir uns nicht irremachen lassen.« Er löste die Zügel von dem Ast, an den er das Pferd angebunden hatte, und kletterte in den Sattel. Eine Strecke weit führte der Weg zu ihrem Dorf durch den Wald. Das gab ihm Zeit genug, sich etwas einfallen zu lassen.

Tief gesenkten Hauptes ritt Albrecht den verschneiten Karrenweg entlang, seinem Pferd die Wahl der Gangart und Geschwindigkeit überlassend. Zuerst bemerkte er darum die verhüllte Gestalt gar nicht, die ihm entgegenkam. Erst als er dicht an sie herangekommen war, wurde er ihrer gewahr und hielt sein Tier an.

»Albrecht«, sagte die Vermummte, »Gott sei Dank, dass ich dich noch antreffe!«

»Anna!« Indem er ihren Namen aussprach, war er schon aus dem Sattel geglitten und nahm sie in die Arme. »Wo warst du denn? Warum bist du nicht gekommen? Ich dachte schon ...«

»Ich konnte nicht rechtzeitig weg«, fiel sie ihm in die Rede. »Zur Messe hat's nicht mehr gereicht. Und da bin ich einfach –«

Er unterbrach sie mit einem Kuss. Dann ließ er sie abrupt los. »Ich muss mit dir reden«, sagte er eindringlich. »Weißt du einen Ort, wo wir ungestört sein können?«

Sie überlegte. Es hatte angefangen zu schneien; eine dicke, fedrige Schneeflocke setzte sich auf ihre Nasenspitze und schmolz langsam zu einem Wassertropfen. Er beobachtete das Schauspiel fasziniert. Weitere Flocken schwebten auf die dunklen Löckchen ihres Haaransatzes nieder und zerschmolzen ebenfalls ... wurden zu blitzenden kleinen Diamanten ...

Albrecht konnte nicht anders, er musste sie noch einmal küssen. Sein Herz hämmerte. Ihre Lippen waren warm und weich und samten ...

»Komm«, sagte Anna Elisabeth und machte sich von ihm los. »Es gibt eine Hütte, tiefer im Wald. Im Sommer haust der Köhler darin. Winters steht sie leer.«

Albrecht saß wieder auf und ordnete die voluminösen Weiberröcke, in denen er steckte. »Wirst du diesmal mit mir reiten?«, fragte er mit einem augenzwinkernden Blick auf seine Verkleidung und streckte ihr die Hand entgegen. Anna Elisabeth nickte. »Es tut meinem guten Ruf keinen Abbruch, mit einer Frau zu Pferd zu sitzen«, erwiderte sie im gleichen neckenden Ton. Sie lachte leise, als sie sich von ihm vor sich aufs Pferd heben ließ.

Das Innere der Köhlerhütte roch nach schimmligem Stroh und feuchtem Staub. Die zerfallende Herdstelle an der Stirnseite des kleinen, rechteckigen Raums war schon lange nicht mehr genutzt worden; aus der vor vielen Monaten erkalteten Asche des letzten Feuers waren sogar Pilze entsprossen, deren schwarze, vertrocknete Hüte schief aus dem Moder emporragten.

»Himmel«, sagte Albrecht, »was für ein gemütliches Plätzchen!«

Anna Elisabeth erwiderte seinen Blick mit Verlegenheit. »Ich wusste nicht, was uns hier erwartet«, stammelte sie, »aber warte nur – wenn aufgeräumt ist, sieht es sicher sehr viel besser aus. Ich mache erst einmal Feuer.«

Albrecht riss seinen Blick mit Mühe von den Pilzen in der modrigen Feuerstelle los. »Das wirst du bleiben lassen«, sagte er, »denn diese Arbeit übernehme ich!«

Er hatte den kleinen Stapel halb verrottetes Feuerholz entdeckt, der am Fuß der Feuerstelle lag. Anna Elisabeth lachte. »Das brennt nicht mehr«, sagte sie belustigt. »Das ist höchstens noch gut zum Anzünden. Wir werden wohl etwas Knüppelholz zusammensuchen müssen, wenn wir's warm haben wollen …«

»Meinst du?«, fragte Albrecht. In dieser ungastlichen Behausung gab es nicht einmal einen Schemel, soweit er sehen konnte. Die einzige Möglichkeit, sich hinzusetzen, bot ein ungefüger Kasten mit einem großen, verrosteten Vorhängeschloss, das offensichtlich aufgebrochen worden war. »Wir könnten ja die alte Kiste auseinander schlagen und verbrennen«, fügte er hinzu. »Zum Aufbewahren taugt sie sowieso nicht mehr – das Schloss ist hin.«

Anna Elisabeth war gerade dabei, mit Hilfe einer rostigen kleinen Schaufel die feuchte Asche von der Feuerstelle abzutragen. Sie ließ die erste Ladung in einen schadhaften hölzernen Kübel fallen und grub energisch weiter. »Und worauf sollen wir dann sitzen?«, gab sie zurück.

Das leuchtete Albrecht ein. »Ich hole uns etwas Holz«, sagte er und ging nach draußen.

Es dauerte beinahe eine Stunde, bis das Feuerchen endlich brannte. Anna Elisabeth und Albrecht saßen auf der alten Kiste vor dem Herd und wärmten sich die eiskalten Finger. Langsam, ganz langsam wurde es erträglich in der Köhlerhütte, und die klamme, dumpfig riechende Luft entwich mit dem Rauch des Feuers durch die Ritzen im Schindeldach. Albrecht hatte den Arm um Anna Elisabeths Schultern gelegt und sie eng an sich gezogen. Im Augenblick empfand er nichts als ein großes Gefühl des Glücks und der Zufriedenheit. Seine Lippen ruhten auf ihrer runden Stirn, seine Atemzüge kamen und gingen im Einklang mit ihren, und er wünschte sich nichts, als dass diese Momente der Stille und des Friedens nie vergehen möchten. Aber die Zeit blieb nicht stehen.

»Sie werden sich schon wundern, wo ich bleibe«, murmelte Anna Elisabeth und lehnte sich an ihn. »Bald muss ich fort ...«

Albrecht kam in die Wirklichkeit zurück. »Noch nicht«, sagte er. »Zuerst müssen wir Wichtiges bereden.«

»Was könnte das sein?« Ihre Frage klang träumerisch. Sie dehnte sich an seiner Brust.

Er tastete unter seinem dicken Wams nach dem Bündel Papier, das dort warm und trocken gesteckt hatte. »Ich will, dass du dir dies hier einmal ansiehst«, sagte er mit plötzlicher Nüchternheit.

Anna Elisabeth hob den Kopf und sah ihn verwundert an. »Was ist das?«, fragte sie mit einem verwirrten Blick auf die Papiere, die er ihn hinhielt.

»Eine Fibel«, erwiderte Albrecht.

»Aber ich kann ja nicht lesen«, sagte Anna Elisabeth, »das weißt du doch!«

»Du wirst es lernen.«

»Aber –«

»Wenn du mich liebst, Anna – dann wirst du es lernen.« Albrecht beharrte darauf. »Es wird dir leicht fallen. Schau dir doch die erste Seite einmal an!«

Sie betrachtete folgsam das zuoberst liegende Blatt. »Erkennst du, was ich da in der ersten Zeile für dich aufgezeichnet habe?«, fragte Albrecht.

»Einen Apfel.«

»Und der Buchstabe daneben ... das ist ein A. Ein großes und ein kleines A.«

»Ach?« Anna Elisabeth legte den Kopf schief. »Und der Buchstabe neben der Birne steht demnach für B?«

»Ganz recht.« Albrecht strahlte sie an und drückte ihr einen kleinen Kuss auf die Stirn. »B – wie Birne oder Baum oder –«

»Bauer.«

Sie hatte sofort begriffen. Mit keinem Wort hatte er ihr erklären müssen, wie sie lesen lernen sollte. Sie hatte eben den hellen Kopf, den er ihr zugesprochen hatte. »Anna«, sagte er, »wirst du es tun – für mich?«

Sie lächelte. »Nicht nur für dich«, erwiderte sie nachdenklich und widmete ihm einen tiefen Blick. »Aber sag mir: Warum willst du, dass ich es kann?«

Er zog sie an sich. »Weil eine Frau zu Weißenstein es können muss«, flüsterte er leidenschaftlich. »Wie sonst soll ich dich denn zu meiner Ehegemahlin machen ...?«

Anna Elisabeth begann zu zittern – er spürte es deutlich. Sie hob ihm das Gesicht entgegen und suchte seine Augen. »Das ist unmöglich«, erwiderte sie mit bebenden Lippen, »nie wird dir das gelingen, Albrecht. Dahin gibt es keinen Weg ...«

Er erwiderte ihren Blick. »Und was soll dann geschehen?«, fragte er. »Dieser Müller, dem du versprochen bist, soll dich nicht bekommen. Du bist mein, das hast du selbst gesagt, und ich lasse nicht von dir. Aber in Sünde leben will ich auch nicht mit dir, Liebste. Also, sag mir – wie stellst du dir unsere Zukunft vor?«

Anna Elisabeth krallte die Finger in den Stoff seines Wamses. »Wir haben keine«, flüsterte sie, während ihre Augen sich langsam mit Tränen füllten. »Eine Zeit lang noch können wir uns heimlich sehen – so wie jetzt. Dann wird's ein Ende haben müssen, Liebster. Im Mai nehme ich den Hannes zum Mann – wie mein Vater es will.«

Albrecht starrte sie an. Für den Augenblick fehlten ihm die Worte. Dann begann er zu lachen. »Du kannst doch nicht glauben, dass ich so einfach wieder aus deinem Leben verschwinden werde«, stammelte er und packte sie an den Schultern. »Ich liebe dich, Anna, und ich werde nicht auf dich verzichten!« Er verstärkte seinen Griff, bis es beinahe schmerzte. »Besinne dich, um Gottes willen! Oder bist du wirklich zu schwach, um für deine Liebe zu kämpfen?«

Sie senkte den Kopf. »Es hat wenig Sinn, einen Kampf zu beginnen, den man nur verlieren kann«, wisperte sie. »Was dich und mich betrifft, so glaube ich nicht, dass es uns je gelingen wird –«

Er rüttelte sie. Dann verschloss er ihre Lippen mit einem wilden Kuss. »Ich begehre dich«, stieß er hervor, »mehr, als ich jemals eine Frau begehrt habe, Anna. Es wäre mir ein Leichtes, dich einfach zu nehmen ... jetzt, hier, auf der Stelle. Aber ich will dich nicht zur Konkubine – hörst du? Ich will dich zu meiner Frau ... und ich werde dich bekommen!«

Er küsste sie noch einmal. Den geringen Widerstand, den sie ihm entgegensetzte, missachtete er einfach. Als er seinen glühenden Kuss beendete, stellte er fest, dass Anna Elisabeth tränenüberströmt in seinen Armen lag und von wilden Schluchzern geschüttelt wurde. Doch das kümmerte ihn nicht. »Du hast mir deine Liebe gestanden«, sagte er und packte von neuem ihre Schultern. »War das gelogen, Anna – oder hast du mir die Wahrheit gesagt?«

Sie antwortete nicht. Unter ihren geschlossenen Lidern quollen Ströme von neuen Tränen hervor.

»Nur, wenn du gelogen hast, kannst du mich jetzt noch von dir weisen«, setzte Albrecht seinen Monolog fort. »Nur, wenn du mich nicht liebst, Anna, werde ich dich lassen und nicht wiederkehren. Jetzt sprich, um Gottes willen!«

Sie öffnete die Augen. »Ich habe nicht gelogen«, sagte sie leise und mit einem verzweifelten Zittern in der Stimme. »Ich liebe dich so sehr, Albrecht, dass ich es nicht beschreiben kann. Aber –«

»Dann gibt es kein Aber«, schnitt er ihr die Rede ab. »Wirst du mir folgen, Anna?«

Ihre Augen hatten angefangen zu glänzen. »Es ist widersinnig«, erwiderte sie, »ich würde dir folgen bis ans Ende der Welt, Albrecht – wenn wir nur zusammenbleiben könnten!«

»Wir werden es einfach tun«, sagte er und schob das Kinn vor. »Wer sollte uns denn gebieten, was wir zu tun und zu lassen haben?«

Anna Elisabeth lächelte. Trotz zeigte sich in ihrem Blick. »Küss mich noch einmal, Albrecht«, sagte sie. »Ich will deine Berührung auf meinen Lippen spüren, wenn ich ins Dorf zurückgehe. Das Gefühl muss halten, bis wir uns wiedersehen. Wann ...?«

»In vier Tagen«, sagte er. Dann nahm er ihren Mund in Besitz. Als sie sich kurze Zeit später trennten, wussten beide, dass der heutige Tag den Rest ihres Lebens bestimmt hatte. Sie gehörten endgültig zusammen – und es gab kein Zurück. Der kleine goldene Ring mit dem roten Stein, den Albrecht Anna Elisabeth gegeben hatte, hing an einer dünnen Lederschnur um ihren Hals und ruhte unter ihrem Mieder nah ihrem Herzen. Er war das Kostbarste, was sie je besessen hatte – nicht nur, weil er aus Gold und einem Edelstein bestand. Für sie symbolisierte er Albrechts Liebe – eine Liebe, die sie aus tiefster Seele erwiderte und die sie nie verraten würde.

Das Dreikönigsfest lag nun beinahe eine Woche zurück. Schon vor Tagesanbruch hatten sich die Männer des Dorfes vollzählig in Anna Elisabeths Vaterhaus getroffen und dort auf die Abordnungen aus den drei anderen Dörfern gewartet, die ihr Kommen zugesagt hatten. Als die Sonne sich dann endlich über den Horizont erhob und ihr kraftloses Licht über die frisch gefallene Schneedecke verströmte, quoll die Stube über von entschlossenen, zornigen und kampfbereiten jungen Männern, die ihre selbst gemachten Waffen – zu groben Schwertern umgeschmiedete Sensen und Sicheln, eisenbewehrte Dreschflegel und zu Stichwaffen umgearbeitete Forken – gleich mitgebracht hatten.

Anna Elisabeth zählte sechsunddreißig. Bis auf die Männer ihres eigenen Dorfes kannte sie kaum einen von ihnen. Aber untereinander schienen sie sich alle gut zu kennen, was Anna Elisabeth verwunderte. Denn wann hatten sie in der Vergangenheit schon Muße und Gelegenheit gehabt, miteinander ins Gespräch zu kommen?

Das musste sich in letzter Zeit geändert haben. Jetzt begrüßten sie sich mit Schulterklopfen und sogar herzlichen Umarmungen. Und der Hannes – der schien so etwas wie ihr Hauptmann zu sein ...

Gerade hatte sich wieder ein neu Angekommener sehr ehrerbietig bei ihm gemeldet und seinen Namen genannt. »Jaköble nennt man mich – aus dem Birkenhof. Aber lass dich durch den Spottnamen nicht irreführen, Müller. Ich bin kräftig genug, um draufzuschlagen, wo's nötig ist!«

»Siehst auch nicht aus wie ein Hänfling«, grinste der Hannes und versetzte ihm einen kräftigen Puff an die Schulter. »Männer wie dich brauchen wir – viele von deiner Sorte!«

»Mein Bruder wollt auch kommen«, sagte der Jakob. »Es könnt sein, dass er schon heut dabei ist. Ihn druckt der Schuh gerade so wie uns ...«

Hannes nickte. »Wir brechen ja erst gegen den halben Vormittag auf«, sagte er, »die Pfaffen sollen wach und auf sein, wenn wir uns bei ihnen zu Gast melden!«

Die Männer lachten. In den Augen der meisten von ihnen lag ein böses Funkeln. »Zu Gast ist das rechte Wort«, sagte der arme Matthias aus dem Dorf. »Wer weiß? Vielleicht finden wir noch ein bisschen von unserem sauer erwirtschafteten Hab und Gut in ihren Kellern. Vielleicht haben sie das Unsere noch nicht vollständig aufgefressen ...«

Allgemeine Zustimmung war seine Antwort. Doch gleichzeitig drangen von draußen Geräusche herein. Ein paar Pferde waren in den Hof eingetrabt; mehrere Männer saßen ab und kamen sporenklirrend auf die Haustür zu. Eine harte Faust pochte an die Bohlen.

»Erwartest du noch mehr Leut, Hannes?«, fragte Anna Elisabeth und warf dem Müller einen unsicheren Blick zu.

Hannes schüttelte den Kopf. »Nicht, dass ich wüsst ...«

Es klopfte noch einmal und viel härter. »Macht auf«, forderte eine heisere Stimme, »aber hurtig – eh wir die Tür aufbrechen!«

Hannes öffnete und starrte den Mann, der die barschen Worte geäußert hatte, finsteren Blickes an. Doch seine Erwiderung blieb ihm in der Kehle stecken. Denn der Bewaffnete war ein

Klosterknecht, der jetzt den drei anderen, die mit ihm gekommen waren, einen knappen Wink gab. Die Männer hievten eine in eine wollene Decke eingerollte Gestalt von einem ihrer Pferde herunter und ließen sie einfach zu Boden gleiten. Dann, ohne sich weiter um denjenigen zu kümmern, den sie abgeladen hatten, saßen die Knechte wieder auf und ritten geschlossen vom Hof.

Hannes Rebmann war mit drei, vier Schritten bei der Gestalt, die da im Schnee lag. »Vater«, stieß er entsetzt hervor, »was haben die mit Euch gemacht ... wie übel hat man Euch mitgespielt ...!«

Der Alte ächzte leise. Er war so entkräftet, dass er nicht sprechen konnte, aber der Blick seiner tief in den Höhlen liegenden Augen sagte genug. Anna Elisabeth, die zitternd neben ihm niedergekniet war, konnte es nicht fassen. Ihr Vater, der doch vor seiner Verhaftung noch recht gut beieinander gewesen war, bot jetzt den Anblick eines Sterbenden – und er war es wohl auch. Denn seine Hände waren eiskalt, und Anna Elisabeth hatte den Eindruck, als atme er kaum noch.

Mit vereinten Kräften trugen ihn die Nachbarn ins Haus und betteten ihn in seiner Kammer, während Hannes ein Kohlenbecken hinauftrug und anzündete. Anna Elisabeth bereitete eine Brühe aus Rüben und einem Stückchen Speck und flößte ihm geduldig etwas davon ein. Aber so sehr sie sich auch bemühte, der Vater konnte beinahe nichts mehr schlucken, und immer wieder floss das meiste davon aus seinem Mundwinkel hinaus.

Die Nachbarn und die Männer aus den anderen Dörfern gingen heim. Der Zug zum Kloster musste verschoben werden – denn Hannes, ihr Anführer, war jetzt nicht abkömmlich. Familiendinge duldeten keinen Aufschub, und alles andere hatte zu warten.

Anna Elisabeth wachte die ganze folgende Nacht am Lager

ihres Vaters. Der lag wie tot. Kaum dass ein schwacher Atem seine Brust hob und senkte. Hin und wieder drang ein mattes Röcheln aus seiner Kehle; Anna Elisabeth hatte das Gefühl, als schmerze ihren Vater das Atmen. Gegen Morgen ergriff ihn ein heftiges Fieber, das ihm den Schweiß aus allen Poren trieb und ihn noch mehr schwächte.

Anna Elisabeth hatte Angst. Mit allen Mitteln suchte sie das Fieber ihres Vaters zu senken. Sie umwickelte seine Waden mit feuchten Leintüchern. Sie versuchte ihm erneut warme Brühe einzuflößen. Sie kühlte seine glühende Stirn und wechselte mehrmals sein durchgeschwitztes Hemd. Aber nichts hatte eine rechte Wirkung. Hannes, der hilflos dabeistand, konnte förmlich sehen, wie die Kräfte seines Schwiegervaters mehr und immer mehr abnahmen. Gegen Abend, als das Fieber weiter anstieg, verließ er die Krankenstube. Er konnte seine eigene Hilflosigkeit nicht mehr ertragen.

»Hannes, wohin willst du?«, fragte Anna Elisabeth.

»Nur hinaus. Brauch frische Luft!«

»Lass mich nicht allein, Hannes!« Anna Elisabeths Stimme zitterte.

»Du schaffst das schon«, war seine knappe Antwort. Er wandte sich zur Stiege.

»Bitte, bleib in der Nähe«, bettelte Anna Elisabeth. »Sieh nach, ob das Feuer auf dem Herd noch brennt – und bring mir frisches Wasser herauf.«

»Das soll die Gertrud machen«, gab Hannes zurück. »Ihr Weiberleut könnt das viel besser als wir Männer.«

Er ging einfach, ohne Anna Elisabeth noch einen Blick zu widmen. Sie hörte seine schweren Schritte auf der Stiege. Er entzog sich seiner Pflicht, ihr beizustehen – schon jetzt.

Noch vor wenigen Monaten wäre sie schrecklich enttäuscht und verletzt gewesen. Heute war ihr seine Gleichgültigkeit einerlei. Sie tastete nach dem Ringlein, das sie an der Lederschnur um den Hals trug, zog es hervor und presste die Lippen auf den glatten goldenen Reif. »Du hast Recht, Liebster«, flüsterte sie, »wir gehören zusammen und sollten nicht mehr zurückschauen ...«

Ein Betteljunge habe das Päckchen am Tor von Weißenstein abgegeben, sagte Christoph und reichte Albrecht ein Stück zusammengefalteter Birkenrinde.

»Und wie war seine Botschaft?«, wollte Albrecht wissen.

»Er hatte keine«, erwiderte Christoph langsam, »jemand habe ihm einfach aufgetragen, das Ding hier abzugeben – und damit gut.«

»Jemand? Wer war denn dieser Jemand?« Albrecht wollte sich mit so wenig Auskunft nicht zufrieden geben.

»Der Junge ist noch da«, sagte Christoph. »Wir könnten ihn fragen ...«

»Dann her mit ihm!« Albrecht war aufgeregter, als es der Vorfall eigentlich rechtfertigte. »Schick ihn mir herauf, Christoph – und mach, dass er sich sputet.«

»Soll er nicht erst den Teller Suppe essen dürfen, den ich ihm versprochen hatte?«, gab Christoph zurück. »Der Junge machte einen so ausgehungerten Eindruck ...«

»Magdalene soll ihm einen Kanten Brot in die Hand drücken«, sagte Albrecht ungeduldig, »den kann er auch hier essen. Jetzt lauf, Christoph. Ich will wissen, was das hier zu bedeuten hat!«

Christoph warf einen Seitenblick auf das sonderbare Päckchen und eilte hinaus. Schon sehr kurze Zeit später war er wieder da, einen zerlumpten kleinen Kerl von sieben oder acht Jahren im Schlepptau, der mit vollen Backen kaute und immer wieder hastig von einem dicken Stück Brot abbiss.

»Aha«, sagte Albrecht und baute sich mit gespreizten Beinen vor dem Bettelkind auf. »Du bist also der Bote dieses ... dieses Dings ...«

Der Junge schob sich mit der freien Hand seine schmierige braune Filzmütze schief aufs Ohr. Er schien nicht sonderlich beeindruckt davon, dass er dem Herrn dieser Burg gegenüberstand. »Hmm«, sagte er und nickte heftig.

»Wer hat dich geschickt?«

»Eine schöne Frau.« Der Junge biss erneut ein Stück von seinem Brot ab und kaute energisch.

»Eine ... was?«

»Na – eine Frau. Aus dem Dorf, wo wir durchkamen.« Der Junge grinste breit. Er schien mit allen Wassern gewaschen.

Albrecht musste sich ein Lächeln verkneifen. »Wer ist ›wir‹?«, fragte er.

»Meine Familie und ich.«

»Ihr seid Fahrende?« Albrecht musterte den Jungen scharf. Es war wahrhaftig mühsam, dem Knirps seine Kenntnisse zu entlocken! »Rede gefälligst von allein – ich habe keine Lust, alles aus dir herauszufragen!«

»Ja, ja«, sagte der Junge in plötzlicher Beflissenheit, »wir sind Landfahrer. Mein Vater flickt Kessel und schleift Messer und Scheren, und meine Mutter verkauft ... ihren guten Rat ...«

»Was ist denn damit gemeint?«, wollte Albrecht wissen.

»Sie kennt sich aus mit Heilkräutern und so«, murmelte der Junge. »Und Segenssprüche kennt sie auch ...«

Albrecht zog eine Augenbraue hoch. »Hoffentlich keine, die verboten sind!«

»O nein, Herr!« Der Junge bekam jetzt doch Respekt und schien ein wenig zu schrumpfen. »Sie bespricht bloß Warzen ...«

»Und welche Aufgaben hast du bei deinen Leuten?« Albrecht tat einen Schritt auf den kleinen Lumpenkerl zu. »Du bist wohl zuständig für Diebereien, was?«

»O nein, Herr!«, flüsterte der Junge. »Ich hab der Frau Wasser getragen und Holzspäne zum Feueranmachen geschnitten ...«

»Sonst nichts?«, fragte Albrecht übertrieben scharf und näherte sich dem Jungen um einen weiteren Schritt.

Der duckte sich, als habe er Angst, geschlagen zu werden. »Glaubt mir, Herr – sonst nichts! Und dann, als wir weiterzogen, sollte ich den Boten spielen für die Frau. Sie hat so herzlich gebeten – da bin ich weich geworden ...«

Albrecht fühlte sich wieder zum Lachen gereizt. »So, du bist weich geworden«, sagte er mit mühsam verhaltener Heiterkeit. »Nun, dann muss die Frau aber wirklich sehr schön gewesen sein.«

»O ja, Herr!« Die Augen des Jungen glänzten auf. »Sie hat mir ein ganzes Stück Speck überlassen – nur dafür, dass ich das Päckchen hier abliefere. Und ich hab's getan, anstatt es wegzuwerfen – wie's doch am einfachsten gewesen wär!«

Albrecht räusperte sich. »Und wo wohnt die Frau?«

»Es war ein Dorf mit einer Mühle«, sagte das Bettelkind ernsthaft. »Und sie wohnt in dem Haus am Rand des Teichs. Sie hat braune Haare und braune Augen – und wir haben sie nicht bestohlen, meine Leute und ich. Weil sie anständig ist.«

»Kennst du ihren Namen?« Albrecht hatte sich abgewandt und starrte aus dem Fenster. Anna Elisabeth schickte ihm eine Nachricht – wer sonst hätte es sein können? Er spürte, wie seine Hände zu zittern begannen.

»Nein«, sagte der Junge, »den hat sie mir nicht genannt. Nur den Euren, Herr ...«

»Schon gut«, sagte Albrecht. Er deutete zur Tür. »Du kannst wieder gehen. Lass dir in der Küche für die Deinen noch einen frischen Laib Brot mitgeben. Und sei bedankt ... dafür, dass du das Päckchen nicht weggeworfen hast.«

Der Betteljunge machte einen Kratzfuß und verbeugte sich dabei so tief, dass ihm beinahe die Mütze vom Kopf fiel. »O, danke, Herr«, sagte er während seine dünne Kinderstimme vor Begeisterung zitterte. Er wollte weitersprechen, aber Albrecht brachte ihn mit einem scharfen Blick zum Schweigen. »Geh jetzt – und Glück auf dem Weg!«

Als er und Christoph den Raum verlassen hatten, entfaltete Albrecht mit unsicheren Bewegungen das Stück Birkenrinde. Auf seiner weiß gescheuerten Innenseite standen, mit einem Stückchen Kohle hingemalt, deutlich leserliche, kurze Sätze:

Kan nit zur hüte komen . fater likt ufn tot . hab gedult . ewik daine ana

Sie hatte bereits schreiben gelernt, auch wenn sie noch nicht wusste, wie die Worte zu buchstabieren waren. In nur wenigen Tagen hatte sie erreicht, wozu er als Junge in der Lateinschule viele Monate gebraucht hatte!

Ihr Vater war krank. Sie konnte nicht zum Treffpunkt kommen. Aber es war ihm unmöglich, Geduld zu üben. Er brauchte dringend einen Plan.

Februar Anno 1525
Hornung

Hornung baut aus Eis feste Brücken.

Es war, als laste die Nacht in der Schlafkammer unter dem Schindeldach dunkler und bedrückender auf den Menschen als unten im Wohnraum. Die Schatten lagerten massiger und undurchdringlicher außerhalb des kleinen gelben Lichtkreises, den das Unschlittlicht warf, und das Atmen wurde einem schwer.

Der alte Mann lag auf dem Rücken, das Gesicht gegen die Dachsparren gerichtet, und schien vor sich hin zu dämmern. Seine Brust hob und senkte sich in unregelmäßigen Bewegungen – nach einem nicht mehr erkennbaren Rhythmus. Die Haut seines Gesichts war fahl und pergamenten; seine Augen lagen tief in den Höhlen, beinahe so, als sei er schon gestorben.

Doch er atmete noch. Und jetzt wandte er sich an seine Tochter, die neben seinem Lager die Nacht durchwachte. »Annelies ...«, kam es leise aus seinem dünnlippigen Mund.

»Ja, Vater?« Anna Elisabeth hob den Kopf und sah ihn an. Sie hatte offenbar ein wenig gedöst und war jetzt wieder hellwach.

»Ich ... will, dass du mir ... genau zuhörst ...«, flüsterte der alte Mann. »Ich muss dir noch viel ... sagen ... bevor ich ...«

»Still, Vater.« Anna Elisabeth legte ihm zärtlich den Finger auf den Mund. »Wenn du wieder gesund bist, kannst du mir das alles doch viel besser erzählen. Jetzt solltest du lieber ausruhen. Das Reden strengt dich viel zu sehr an!«

»Nein, nein!« Er richtete den Blick auf Anna Elisabeth; seine Augen sprühten plötzlich kleine zornige Blitze – beinahe so wie früher, wenn er wütend geworden war. »Lass mich ... Annelies ...«, fuhr er fort, »mir bleibt ... nicht viel Zeit ...«

»Ach was.« Anna Elisabeth versuchte die lähmende Angst zu ignorieren, die in ihr aufstieg. »Zeit hast du noch mehr als genug. Aber wenn es denn unbedingt sein muss, so rede halt. Ich hör dir zu.«

Der Alte sog die Luft tief in die Lungen. »Ich war nicht allein ... im Loch«, flüsterte er. »Bei mir waren noch drei andere ... junge Männer, die alle Weib und Kinder hatten ...«

»Das überrascht mich nicht«, unterbrach ihn Anna Elisabeth nüchtern. »Der Abt hat nie ein langes Federlesen gemacht, wenn's um die Abgaben ging.«

»Sie ... sind verhungert ...«, wisperte der Alte, ohne auf den Einwurf seiner Tochter zu achten, »obwohl ich ihnen ... einen Teil von meinem Brot überlassen hatte ...«

»Sie waren jung, wie du schon sagtest«, mischte sich Anna Elisabeth noch einmal ein. »Sie brauchten eben mehr Nahrung als du, Vater.«

»Sie forderten Rache, bevor sie starben ...«, hauchte der Alte atemlos. »Sie wollten Genugtuung ... für ihre Frauen und unmündigen Kinder ...«

»Das kann ich gut verstehen«, sagte Anna Elisabeth. »Aber wir wissen doch auch alle, dass wir machtlos sind, Vater. Niemand kann ihnen zu einem anderen Recht verhelfen als dem, was der Abt ihnen zubilligt.«

»Die Klosterknechte werden den Witwen und Waisen den Todfall abnehmen«, stieß der Alte wild hervor. »Die Kinder und ihre Mütter werden obdachlos sein ... sind es jetzt sicher schon! Aber ihre Männer, ihre Väter schreien ... nach Rache!«

»Du sagtest doch, sie seien gestorben ...«

»Ihre Seelen ... sind es nicht«, keuchte der Alte. »Sie irren umher und finden ... keine Ruhe ... und sie fordern ... Vergeltung ...«

»Aber Vater!« Anna Elisabeth versuchte noch einmal, den alten Mann zu beruhigen. »Was redest du denn da? Erst neulich hat der Pfarrer gesagt, dass alle Rache bei Gott liegt.«

»Dummes ... Zeug!« Der Alte versuchte sich aufzurichten, aber es gelang ihm nicht, und er ließ sich wieder in die Kissen zurücksinken. »Gott will vielmehr, dass wir ... handeln ...«, fügte er keuchend hinzu. »Es ist an der Zeit, dass nach seiner ... reinen Lehre ... verfahren wird ...«

Anna Elisabeth schaute ihm besorgt ins Gesicht. »Vater«, bat sie ängstlich, »du musst wirklich versuchen, jetzt ein wenig zu ruhen. Wie willst du dich denn sonst erholen?«

Doch der Alte ließ sich nicht beirren. »Weck den Michel und lass ihn ... nach dem Hannes laufen«, forderte er, und diesmal klang in seiner Stimme der altgewohnte Befehlston mit. »Jetzt ... sofort!«

»Aber der Hannes wird schlafen«, wandte Anna Elisabeth ein.

»Nicht ... wenn ich ihn rufen lass ...«, keuchte der Alte und maß seine Tochter mit einem sehr lebendigen, funkelnden Blick. »Folge, Kind ...!«

Anna Elisabeth zitterte jetzt vor Angst. So hatte sie ihren Vater noch nie erlebt. Sie erhob sich von dem Schemel an der Bettkante, ging zur Tür und rief nach dem Jungen: »Michel ... hier herauf!«

Es dauerte keine drei Herzschläge, bis der Junge die Stiege heraufgerannt kam. »Ja, Annelies?«, fragte er erschrocken.

»Hol mir den Hannes«, trug sie ihm auf, »er soll sofort kommen – der Vater verlangt nach ihm!«

Michel rannte die Stiege wieder hinab. Anna Elisabeth konnte hören, wie unten die Haustür ins Schloss geworfen wurde. Die kleine Gertrud, die im Wohnraum neben dem Herd geschlafen hatte, kam schlaftrunken an den Fuß der Stiege getappt. »Brauchst du mich, Annelies …?«

»Nein, Kleines – leg dich nur wieder hin.« Es hatte ja keinen Sinn, das Kind zu beunruhigen und um seinen Schlaf zu bringen.

Gertrud verschwand wieder. Anna Elisabeth wandte sich ihrem Vater zu. »Warum soll der Hannes kommen, Vater – um diese nachtschlafende Zeit? Kann das, was du ihm sagen willst, denn nicht doch bis morgen warten?«

Der Alte schüttelte den Kopf. »Nein …«, murmelte er kaum hörbar, »wenn die Sonn aufgeht … werd ich … nit mehr da sein …«

Anna Elisabeth erschrak von neuem – und diesmal bis ins Herz. »Aber jetzt hörst du auf, mich zu ängstigen, Vater«, sagte sie mühsam beherrscht. »Es ist nicht freundlich von dir, mir solche Furcht einzuflößen!«

»Fass dich«, widersprach der alte Mann und widmete Anna Elisabeth einen halb strengen, halb wehmütigen Blick. »Du bist alt genug, um ohne mich zurechtzukommen. Wirst es leicht schaffen … weil du aus … gutem Holz geschnitzt bist …«

»Schon, Vater – aber noch bist du ja bei mir. Also, was soll der Hannes hier?« Anna Elisabeth hatte immer größere Mühe, ruhig zu bleiben.

»Er muss hören, was … ich zu sagen hab«, flüsterte der Alte. »Er soll sich sputen … es eilt …«

Unten ging die Haustür. Anna Elisabeth erkannte Hannes Rebmann an seinem schweren, ungelenken Tritt. Der kleine Michel war daneben kaum zu hören.

»Komm herauf«, rief Anna Elisabeth die Stiege hinab.

»Da bin ich, Vater«, sagte Hannes, als er ans Bett des Alten getreten war, »was soll ich für Euch tun?«

»Rache …«, wisperte Anna Elisabeths Vater mit heiserer, kaum noch vernehmbarer Stimme. »Ich will ... dass du Rache nimmst ... für alle, die der Abt von Kaltental ... aufm Gewissen hat ...«

Hannes brauchte einen Augenblick, bis er den Sinn dieser Worte verstanden hatte. Dann nickte er. »Wir alle haben uns das schon geschworen«, sagte er bedächtig, »alle jungen Männer aus den Dörfern, die zum Kloster gehören. Braucht uns darum nicht zu mahnen, Vater ...«

»Sie haben uns ... seit Menschengedenken ausgeplündert ...«, wisperte der alte Mann und heftete seinen plötzlich wild funkelnden Blick auf Hannes Rebmann. »Nun ist's Zeit ... dass alles anders wird ...« Er streckte seinem zukünftigen Schwiegersohn die abgezehrte Hand entgegen. »Der Bauer steht auf ... im Land ...«, stieß er hervor, »hab's gehört von den andern ... die mit mir im Loch saßen ...«

»Recht, Vater«, sagte Hannes, »macht Euch keine Sorgen. Der Bauer will sich nun nicht mehr ducken lassen. Werdet nur Ihr recht bald gesund – dann sollt Ihr's erleben!«

»Gesund?«, der alte Mann verzog das Gesicht zu einem hohlwangigen Grinsen, so dass sein hageres Antlitz beinahe einem Totenkopf ähnelte. »Meine Zeit ... ist um ... Hannes. Knie nieder ... du auch, Annelies ...!«

Er winkte mit der Rechten, brachte fast noch so etwas wie eine herrische Geste zustande. Ohne nachzudenken kam Hannes Rebmann der Aufforderung nach, während Anna Elisabeth zögerte.

»Auch du ... Tochter«, wiederholte der Alte mit Nachdruck.

Anna Elisabeth ließ sich neben Hannes Rebmann auf die Knie nieder. Ihr Vater senkte seine knochige Rechte auf ihren Scheitel. Die Linke legte er auf Hannes' schlichten blonden Schopf. »Meinen Segen ... gebe ich euch, Kinder ...«, sagte er mit tonloser, atemlos klingender Stimme. »Ihr sollt eins sein ... wie ich es beschlossen habe ... vor langer Zeit ...«

Er musste Atem schöpfen, brauchte einen Augenblick, bevor

er weitersprechen konnte. Anna Elisabeth hob den Kopf, so dass seine Hand von ihrem Haar abglitt. »Vater, was soll das?«, fragte sie entsetzt. »Warum tust du das – mitten in der Nacht?«

»Schweig«, befahl der alte Mann ungerührt. »Ich gebe dir, Hannes Rebmann, meine einzige Tochter ...«, fuhr er fort. »Was mein ist, soll dein sein ... Annelies' Erbe gehört dir ... sobald ich ... die Augen schließe ...« Er holte tief Atem. »Schwör ... dass du es treulich ... verwalten wirst ...«

»Das schwöre ich, Vater«, sagte Hannes ernst. »Sorge dich nicht. Aber du sollst noch lange leben ...«

Der Alte schien ihm nicht zugehört zu haben. »Du, Annelies«, flüsterte er mit schwindenden Kräften, »du sollst dem Hannes untertan sein ... sollst ihm das Haus treulich führen ... schwör auch du ... mein Kind ...«

»Aber Vater!« Anna Elisabeth sprang vom Boden auf und starrte ihn wild an. »Was tust du mir denn an? Noch lebst du ja, und es gibt nicht den geringsten Grund, warum du jetzt schon deinen Nachlass verteilen solltest –«

»Annelies ...« Der alte Mann versuchte sich aufzurichten. Er streckte ihr seine dürre Hand entgegen. »Ich will, dass du ... dass du ...«

Er rang nach Luft. Sein Mund öffnete sich weit – ein pfeifender Ton kam über seine dünnen Lippen. Sein Blick irrte von ihrem Gesicht ab und wanderte zu Hannes, der noch am Boden kauerte. »Ich will ...«, wiederholte er mühsam, »ich will ...«

Ganz plötzlich brachen seine Augen. Er sackte in sich zusammen, sein Kopf rollte zur Seite, und kein Atemzug hob mehr seine Brust. Es dauerte mehrere Herzschläge, bis Anna Elisabeth begriffen hatte, dass ihr Vater die Welt der Lebenden verlassen hatte.

Er war gestorben – einfach so. Sie ließ sich neben seinem Lager auf die Knie sinken, bettete die Stirn auf die Bettkante und begann lautlos zu weinen. Sie nahm kaum wahr, dass Hannes wieder aus dem Haus ging. Erst nach einer langen Weile war sie in der Lage, sich zu erheben, die Totenkammer zu verlassen und all die Arbeiten in Angriff zu nehmen, die jetzt getan werden mussten.

Gertrud half ihr, den Toten zu waschen und in sein Leichenhemd zu kleiden. Als die Nachbarinnen, von Hannes hergeschickt, in Anna Elisabeths Haus eintrafen, war das bereits geschehen. Gemeinsam legten sie den Hausvater auf das hergeschaffte Totenbrett und schafften ihn in die Wohnstube hinunter, wo er aufgebahrt wurde. Sie warteten schweigend auf den Pfarrer, der, geführt von einem der Nachbarskinder, schon sehr bald erschien und den Toten aussegnete. Doch danach waren Anna Elisabeth, der Michel und die kleine Gertrud wieder allein im Trauerhaus.

Langsam tröpfelte die Zeit dahin. Das Kind unterhielt das Feuer auf dem Herd, für das der Michel immer wieder die nötigen Scheite hereinschaffte. Anna Elisabeth bereitete für sie alle eine dünne Hafersuppe. Kurz vor Mittag kam Hannes Rebmann, und mit ihm erschien eine Schar von etwa dreißig Mann – alle zu einem längeren Fußmarsch angetan und mit selbst gefertigten Waffen ausgerüstet.

»Er wollte Rache«, sagte Hannes, »und es soll nach seinem Willen gehen.« Die Männer, die mit ihm gekommen waren, bekundeten ihr Einverständnis durch finstere Blicke und unverhohlen geballte Fäuste.

»Was habt ihr vor?«, fragte Anna Elisabeth mit zitternden Lippen.

»Noch heute lässt der Klostervogt Federn«, knurrte der Schweineheinz, der gleich hinter Hannes stand und seine Waffe, eine auf einen langen Stecken montierte Sichel, mit knochiger Faust gepackt hielt.

»Er soll genau die Kälte spüren, wie die Männer im Loch sie gespürt haben«, sagte der Schmiedejörg grimmig.

»Aber danach wollen wir ihm zum Tanz aufspielen, dass ihm ordentlich warm werden soll«, ergänzte Hans der Sackpfeifer aus dem Nachbardorf. Die anderen lachten und schwenkten ihre Sensen, Dreschflegel und auf Stangen aufgesetzten Haumesser.

»In ein paar Stunden sind wir wieder hier«, meinte Hannes Rebmann. »So lange musst du ohne einen Mann im Haus zurechtkommen, Annelies. Wirst du's können?«

Anna Elisabeth nickte. Irgendwie war ihr das, was da gerade besprochen worden war, völlig gleichgültig. Ihr Vater lag auf der Totenbahre – alles andere zählte nicht. Schmerz und Trauer überlagerten jegliches andere Gefühl – nur eines nicht: die Sehnsucht nach Albrecht.

Mit leeren Blicken sah sie der kleinen Truppe nach, die unter Hannes Rebmanns Führung durch den Schnee davonstapfte. Die Männer wollten das Kloster überfallen, wollten Vergeltung für die Übergriffe der letzten Zeit. Sie waren jetzt zornig genug, um zurückzuschlagen. Sonderbarerweise fühlte sich Anna Elisabeth von dem überaus gefährlichen Vorhaben überhaupt nicht berührt ...

Sie setzte sich auf den Schemel an der rechten Seite der Totenbahre. Wie still und steinern ihr Vater dalag – gerade so, als ginge auch ihn der ganze Aufruhr unter den Dorfbewohnern jetzt gar nichts mehr an. Dabei war doch er es gewesen, der in den letzten Augenblicken seines Lebens eben diesen Aufruhr geschürt und zu heller Flamme angefacht hatte!

Anna Elisabeth wischte sich über die Augen. Ihr Vater war immer ein ruhiger, entschlossener Mann gewesen, besonnen und durchaus friedfertig. Aber was er kurz vor seinem Tod gesagt hatte, das hatte nicht milde geklungen.

Andererseits – wer wusste schon, was der Vater während seiner Gefangenschaft beim Klostervogt erlebt hatte? Wer konnte die Gründe nennen, die ihn zu seinen Rachegedanken bewogen hatten? Unwillkürlich kam Anna Elisabeth der sonderbare Fremdling in den Sinn, der vor Weihnachten kurz in ihrem Haus zu Gast gewesen war: Joos Fritz, der von den Zwölf Artikeln gesprochen hatte und davon, dass allen Christenmenschen die gleiche Freiheit zustand. Vielleicht waren es diese Gedanken, die den Vater in seinen letzten Lebensstunden bewegt hatten ...

Joos Fritz hatte damals von Widerstand berichtet, von Bauernheeren, die sich sammelten, von Verhandlungen, die angesetzt waren. Auch hier in ihrem Heimatdorf hatte sich eine Gruppe von Männern zum Widerstand zusammengetan. Und Hannes Rebmann, ihr eigener Verlobter, war Anführer dieses bewaffneten Haufens. Jetzt, in diesem Augenblick, marschierten die Männer gegen den eigenen Grundherrn, um sich zum ersten Mal seit Menschengedenken für ein Unrecht zu rächen, das ihnen angetan worden war.

Anna Elisabeth fröstelte. Sie wandte den Blick von dem starren Antlitz ihres Vaters ab. Nicht nur er hatte ihr in seinen letzten Augenblicken Furcht eingeflößt; es war überhaupt beängstigend, was in letzter Zeit geschah. Für Anna Elisabeth hatte die Angst zwar bis jetzt kein Gesicht. Sie war körperlos, namenlos, wesenlos. Aber sie war da und hing bedrohlich wie ein riesiger schwarzer Schatten über ihrem Leben.

Wie beiläufig wischte sie sich eine Träne von der Wange, die ihr nicht die Trauer, sondern ein schmerzhaftes Gefühl der Verlassenheit abgepresst hatte. Albrecht, dachte sie, wenn du doch jetzt bei mir sein könntest ... dann wäre alles ganz leicht zu ertragen ...

Es klopfte an der Tür. Michel machte auf. Draußen stand ein junger Mann in einem dicken, mit Kaninchenfell gefütterten Wollmantel, die Kapuze tief ins Gesicht gezogen, und begehrte Einlass.

»Was wollt Ihr denn?«, fragte der Michel.

»Ich bringe eine Botschaft«, sagte der Fremde. »Ist es gestattet, einzutreten?«

Der Michel warf einen unsicheren Blick auf Anna Elisabeth, die mit gesenktem Kopf neben der Bahre saß und sich nicht geregt hatte. »Ihr seid in einem Trauerhaus«, wies er den Fremden ab. »Geht fort und kommt ein andermal wieder!«

Doch der junge Mann ließ sich nicht so leicht entmutigen. »Frag erst deine Herrin, ob sie nicht doch mit mir sprechen will«, forderte er, diesmal im Befehlston.

Und der Michel konnte nicht anders als gehorchen. »Draußen steht einer, der will eine Botschaft bringen«, sagte er zu Anna Elisabeth. »Soll ich ihn hereinlassen ... oder lieber nicht?«

Anna Elisabeth schien nicht gehört zu haben. Sie gab keine Antwort. Doch der fremde junge Mann war auch ohne Erlaubnis einfach in die Stube eingetreten und hatte die Kapuze vom Kopf gestreift.

»Christoph«, sagte Anna Elisabeth mit zitternden Lippen.

»Dies soll ich übergeben«, erwiderte Albrechts Bruder und zog einen eng zusammengerollten Papierbogen aus seiner Gürteltasche. »Ich hoffe, es kann Euch von Nutzen sein ...«

»O Christoph!« Anna Elisabeth streckte die Hand aus, nahm das Papier entgegen, konnte es kaum halten, so sehr bebten ihre Finger. »Ist es ... von ihm?«

Christoph nickte stumm. Er hatte sich dem Toten zugewandt und betrachtete ihn einen Augenblick. »Wie ist das gekommen?«, fragte er mit gedämpfter Stimme.

»Er war alt«, antwortete Anna Elisabeth, »und die Kälte setzte ihm sehr zu ...« Sie konnte ihm nicht die Wahrheit sagen, denn er würde sie an Albrecht weitergeben, und Albrecht sollte sie auf keinen Fall erfahren. Es genügte, dass die Männer der umliegenden Dörfer Krieg gegen das Kloster führten. Der Wolf von Weißenstein musste nicht auch noch beteiligt werden.

Christoph gab sich zufrieden. »Darf ich mich setzen?«, fragte er. »Ich soll auf Antwort warten, wisst Ihr.«

»Ja, natürlich«, gab Anna Elisabeth zurück. »Michel – reiche unserem Gast einen Becher Bier und ein Stück Brot dazu ...«

Der Junge tat beflissen, was ihm aufgetragen war. Christoph nahm Brot und Bier entgegen und ließ sich auf dem Rand des Herdes nieder, während Anna Elisabeth das Papier entrollte und mühsam zu buchstabieren begann:

»Mein geliebtes Leben«, flüsterte sie tonlos vor sich hin, »die Sehnsucht lässt mich nicht ruhen. Gib meinem Bruder Nachricht mit, wann wir uns wiedersehen können, und lass es bald sein, sehr bald. Sonst sterbe ich. Der Deine für immer, Albrecht«

Ihr Herz hämmerte plötzlich so hart, als wolle es ihr die Brust sprengen. Albrecht, dachte sie, Albrecht – mir geht es ja nicht anders, Liebster. Aber wie soll ich es ändern?

Ihr Blick fiel auf das stille Antlitz ihres Vaters. Der hatte noch versucht, ihr Verlöbnis mit Hannes Rebmann zu erneuern. Aber sie hatte ihr Einverständnis nicht mehr geben müssen. Der Tod war ihrem Vater zuvorgekommen ... und jetzt ...

Anna Elisabeth stand auf, ging zum Herd und suchte ein Stückchen Holzkohle aus der Asche. Dann legte sie das Papier auf den Tisch am Fenster, glättete es säuberlich und malte ihre Antwort unter Albrechts klare Schriftzüge:

»Über morgen . ufm kirghoff . zum begrepnis meins faters . O kom . ich wart . di deine uf immer . ana«

Lichtmess

Die Männer waren den ganzen Weg meist schweigend vorangestapft; nur die nötigsten Worte waren gewechselt worden. Und jetzt, da das kleine, burgähnliche Gebäude in Sicht gekommen war, in dem der Klostervogt residierte, verstummten auch die letzten spärlichen Gespräche. Schließlich hielt Hannes Rebmann, der den kleinen Zug führte, seine Truppe mit einem Handzeichen an.

»Männer«, sagte er mit gedämpfter Stimme, »wir wissen alle, wozu wir hier sind. Sollte einer von euch es sich anders überlegt haben und nicht mehr an unserem Unternehmen teilnehmen wollen, so kann er jetzt umkehren. Keiner wird's ihm übel nehmen, denn die Gefahr, dass wir's nicht packen, ist hoch.«

Niemand meldete sich. Überall nur entschlossene Gesichter, finstere Mienen und kampfbereit vorgeschobene Kinne. »Gut denn«, sagte Hannes, »also bleiben wir beisammen.« Er sah sich um. »Hat einer noch einen Einwand – oder wollen wir's so angehen, wie wir's besprochen haben?«

Auch jetzt keiner, der sich zu Wort meldete. Der Schmiedejörg grinste. »Darauf kannst einen lassen«, knurrte er. »Wir machen's genauso – vielleicht sogar noch besser.«

Einige der Männer lachten. »Wie viele sind wir eigentlich?« wollte der Schweineheinz wissen. »Durchgezählt haben wir bis jetzt noch nicht ...«

»Wir sind ja auch nicht deine Schweine«, gab der Schmiedejörg zurück.

Diesmal lachten die meisten der Männer. Nur Hannes Rebmann zeigte ein grimmiges Gesicht. »Ich hab gezählt«, sagte er. »Wir sind fünfundvierzig – zehn mehr als der Klostervogt in seiner Meute hat.« Er hob den Arm und machte eine herrische Geste. »Los, ihr Kerle – zeigen wir's den Memmen. Und keine Schonung für die Verlierer – verstanden?«

Beifälliges Gemurmel antwortete ihm. »Keine Schonung«, bestätigte der Schmiedejörg, »das versteht sich von selbst!«

Sie marschierten weiter. Vor dem Portal des Vogtshofes hielt Hannes Rebmann seine Truppe an und ließ sie Aufstellung nehmen. Die Männer maßen ihn mit verwunderten Blicken, denn bis jetzt hatte er diese Art von Ordnung noch nicht von ihnen verlangt. Aber sie folgten ohne Murren und bauten sich in drei Reihen auf.

Hannes Rebmann bediente den mächtigen eisernen Klopfring an der kleinen Schlupftür, die in das Tor eingelassen war. Lange Augenblicke vergingen. Schließlich öffnete sich das Fensterchen in der Schlupftür, und ein grauer Kopf lugte heraus. »Wer da?«, polterte der alte Pförtner.

»Eine Abordnung mit Getreide«, sagte Hannes Rebmann, indem er einen deutlich demütigen Ton in seine Stimme legte. »Wir wollen die Abgabe leisten. Öffnet das Tor.«

»Hmmm ...!« Der Pförtner räusperte sich und spuckte im hohen Bogen aus dem Fensterchen in den Schnee. Dann zog er den Kopf ein und klappte das Fensterchen erst einmal wieder zu. Die Männer hörten ihn rumoren; ein Schlüssel klirrte und drehte sich quietschend im Schloss der Schlupftür. Dann war der Weg in den Hof frei.

Hannes verbeugte sich vor dem Pförtner. Doch in der gleichen Bewegung mähte er den alten Mann mit einem gut gezielten Faustschlag nieder. »Hinein jetzt«, zischte er dem Schmiedejörg zu, »schnell – ehe wir gesehen werden!«

Der Jörg nickte und winkte auch dem Schweineheinz, mit

den restlichen Leuten nachzukommen. In einer Reihe schlängelten sich alle hintereinander durch das Pförtchen in den Hof der Vogtei. Erst als alle drinnen waren, wurden sie von den Wachen bemerkt. Zwei Klosterknechte tauchten aus der Wachstube auf und näherten sich langsam.

»Was wollt ihr?«, schnauzte der Ältere der beiden Hannes Rebmann an, »Und wer hat euch überhaupt hier hereingelassen?«

Hannes würdigte ihn keiner Antwort auf diese Frage. »Wir fordern Schadenersatz für die Unbill, die wir in letzter Zeit von Euch zu erdulden hatten«, erwiderte er gleichmütig. »Außerdem werdet Ihr auf der Stelle die Gefangenen freilassen, die jetzt noch hier im Loch sitzen. Wo nicht –«

»So tut ihr was?«, unterbrach ihn der jüngere Klosterknecht mit einem schiefen Grinsen.

»Unverschämtes Bauernpack«, ereiferte sich der ältere Wachposten, »woher nehmt ihr die Frechheit, hier einzudringen und solche Forderungen zu stellen? Sogleich sollt ihr erfahren, was wir mit Tölpeln wie euch –«

Weiter kam er nicht. Der Schmiedejörg hatte ausgeholt und ihn mit einem Schlag seiner selbst gefertigten eisernen Keule niedergestreckt. Ohne einen Laut sank der Vogtsknecht zu Boden. Blut begann von seiner Schläfe in den Schnee zu sickern.

»Ja … da soll doch …« Dem jüngeren Knecht versiegten die Worte. Er riss den Mund auf. Mehrere Atemzüge lang stand er wie gelähmt, denn ihm war es offenbar noch niemals vorgekommen, dass ein Bauer gegen einen Klosterknecht gewalttätig geworden war. Doch dann holte er tief Luft. »Zu Hilfe«, schrie er aus Leibeskräften, »Mord …!«

Doch auch er bekam nicht viel Zeit, seine Kameraden zu den Waffen zu rufen. Der Schweineheinz brachte ihn mit einem wütenden Faustschlag an den Kiefer zum Schweigen. Laut stöhnend stürzte der Klosterknecht in die Knie, fiel aufs Gesicht, wälzte sich blutend im Schnee.

Aus dem zunächst gelegenen Gebäude kamen weitere Knechte gerannt. Es mochten sieben oder acht sein; die meisten von ihnen hatten sich nicht einmal die Mühe gemacht, einen Mantel überzuwerfen. Als sie der Bauern ansichtig wurden, versuchten sie wieder in das Gebäude zurückzulaufen. »Die sind bewaffnet«, schrie einer von ihnen, »zwei von uns haben sie tatsächlich schon erledigt ...!«

Hannes Rebmann schnitt den Knechten den Weg ab. Seine Waffe, eine gerade gebogene und zu einem langen, messerscharfen Spieß umgeschmiedete Sense, zischte durch die Luft und fuhr dem an der Spitze rennenden jungen Vogtsknecht ins Bein. Blut spritzte im Bogen durch die Luft, benetzte andere Knechte, hinterließ leuchtende Flecke auf dem Weiß des Schnees.

Ein Geschrei wehte plötzlich in der Luft – schrille, hohe Töne, wie Raubvögel sie ausstoßen. Aus dem Hauptportal der Vogtei quollen mehr Knechte, und diese waren bewaffnet. Ihre Rapiere klirrten, trafen auf grobe, breite Klingen, wurden abgewehrt, flogen zerbrochen beiseite ...

In die schrillen Kampfrufe mischte sich wüstes Gebrüll. Die Bauern mähten erbarmungslos, wüteten unter den Klosterknechten, die auf einen solchen Überfall nicht gefasst gewesen waren. Schon lagen einige von ihnen bewegungslos im Hof. Dunkel glänzende Pfützen bildeten sich um die Gefallenen; andere, die nur verwundet waren, versuchten in aller Hast beiseitezukriechen. Doch es nützte ihnen nichts – der Schweineheinz war derjenige, der sich ihrer annahm und sie stumm machte.

Hannes Rebmanns Klinge triefte von Blut. Er hatte gerade die vier Wachmänner in die Flucht geschlagen, die als Letzte den Bauern das Eindringen in die Vogtei verwehren wollten, und stand nun auf der Schwelle des Haupteingangs. »Her zu mir«, rief er mit heiserer Stimme seinen Leuten zu, »hier müssen wir hinein – das Loch ist im Keller dieses Gebäudes ...«

»Wir kommen«, brüllte der Schweineheinz zurück, »lass mich nur erst diese Schurken erledigen ...!«

»Richtig«, schrie der Schmiedejörg, dessen Gesicht über und über von feinen Blutströpfchen gesprenkelt war, »wir sind nicht ganz fertig ... ein paar von ihnen wehren sich noch ...!«

»Lasst sie nur laufen«, forderte Hannes Rebmann unwirsch, »sie sind ja besiegt.« Er gestikulierte wild. »Wir hatten uns etwas vorgenommen, Männer – das wollen wir nicht vergessen!«

»Allerdings«, röhrte der Schmiedejörg, indem er einem am Boden liegenden Klosterknecht seine Keule auf den Schädel krachen ließ, »wie Recht du hast! Wir machen reinen Tisch, Hannes!«

»Dann kommt, Brüder«, rief Hannes, »der Weg ist frei ... auf zu den Gefangenen, dass sie erlöst werden!«

Das hatte beinahe wie eine Bitte geklungen. Aber weder der Schmiedejörg noch der Schweineheinz scherten sich darum. Sie und auch die anderen Männer der Bauerntruppe verfolgten die letzten Vogtsknechte, die sich jetzt den Rückzug aus der Pforte erkämpften. Nur mit knapper Not gelang ihnen die Flucht ins Freie.

Dann war das kurze Gefecht zu Ende. Die auf dem Hof liegenden stillen Gestalten waren allesamt der Vogtei zugehörige Knechte. Von den Bauern hatte es keinen getroffen. Nur einige wenige von ihnen waren leicht verwundet, und alle hielten sich stolz und aufrecht, als sie sich jetzt endlich um Hannes Rebmann, den Schmiedejörg und den Schweineheinz sammelten. »Das war leichter, als ich es mir hätte träumen lassen«, sagte ein langer, schmalschultriger Kerl mit Pockennarben auf dem käsigen Gesicht. »Wir hätten uns schon viel früher gegen die Leutschinder wehren sollen ...«

Der Schweineheinz wischte sich die blutbesudelten Hände an seiner schmierigen grauen Wollhose ab. »Besser spät als nie«, knurrte er und spuckte in den Schnee.

»Recht«, sagte der lange Schlaks und spuckte auch. »Jetzt drehen wir den Spieß um ... und sie sollen uns kennen lernen.«

»Haben sie ja schon«, grinste der Schmiedejörg mit einem Blick auf die Toten im Schnee.

Beinahe alle Männer lachten.

»Ich hätte Lust, die Entkommenen zu verfolgen«, meinte einer aus dem Freundeskreis des Schweineheinz. »Was meint ihr?«

»Mir recht«, stimmte der Schweineheinz begeistert zu. Aber Hannes Rebmann schüttelte energisch den Kopf. »In der Wachstube muss der Schlüssel zum Loch zu finden sein«, sagte er. »Los, Brüder – sehen wir nach!«

»Ja – sehen wir nach. Vielleicht ist da auch der Schlüssel zu den Zehntscheunen«, vervollständigte der Schmiedejörg. »Der ist mindestens so wichtig wie der andere!«

Lautes Johlen war seine Antwort. Geschlossen drängten die Männer in die Vogtei. In der Wachstube hielt sich ein steinaltes, gebeugtes Männchen auf. Der Alte drückte sich furchtsam in die Ecke, als Hannes Rebmann und seine Leute auftauchten.

»Die Schlüssel«, forderte Hannes.

Der alte Klosterknecht starrte ihn mit runden, wässrigblauen Augen voller Schrecken an. »Es ist mir nicht erlaubt ...«, begann er zittrig und presste sich noch fester mit dem Rücken an die Wand.

»Die Schlüssel«, wiederholte Hannes noch einmal. Er streckte die blutbefleckte Rechte aus. »Her damit!«

Diesmal gehorchte der Alte. Mit bebenden Fingern angelte er einen schweren Schlüsselbund vom Haken neben der Tür zum Nebengemach und reichte ihn Hannes. »Bitte ...«, sagte er angstvoll, »wollet mich verschonen, Ihr Herren ...!«

Der Schweineheinz brach in wildes Gelächter aus. »So schnell wird man zum Herrn«, spottete er und grinste den alten Vogtsknecht an. »Man braucht sich nur wie ein Herr aufzuführen ...«

»Dann fehlt's aber noch gewaltig bei dir«, lästerte der Schmiedejörg. »Sieh mir zu, Bruder – ich zeig dir, wie man's macht ...«

Er wollte mit gezogenem Messser auf den Alten losgehen, aber Hannes hinderte ihn daran. »Genug«, befahl er grob, »dazu ist jetzt nicht die rechte Zeit.« Er wandte sich an den Alten, der inzwischen vor Entsetzen schlotterte. »Du zeigst uns den Weg zum Kerker – und ohne Verzug!«

»Ja ... ja ...!« Der Alte deutete auf die Nebentür. »Da geht's hinein, und dann die Treppe hinab ... ins Gewölbe ...«

»Voran, Vogelscheuche«, fuhr ihn der Schweineheinz an. »Beweg die Spindelbeine, du elendes Klappergestell!«

Der Alte gehorchte mit fahrigen, hektischen Bewegungen, immer wieder angstvolle Seitenblicke auf die blutbespritzten Bauern werfend. »Wollet mir folgen ... mit Verlaub ... Ihr Herren ...«, stammelte er.

Hannes Rebmann hob die Hand. »Ich gehe selbst hinunter«, sagte er, »und ich nehme nicht mehr als sechs Mann mit. Ihr anderen haltet hier oben Wache. Es könnte ja sein, dass die Geflohenen sich Verstärkung holen, und ich möchte nicht überrascht werden ...«

Der Schmiedejörg machte ein ärgerliches Gesicht, aber er verstand. »Ist gut, Hannes«, knurrte er. »Beeil dich nur – damit wir alle miteinander die Keller besuchen können!«

Beifälliges Gemurmel unterstrich seine Worte. Hannes nickte. »Los dann«, sagte er und heftete sich dem Alten an die Fersen, der inzwischen die enge Kellertreppe hinuntergestiegen war.

An den gekrümmten, rau verputzten und gekälkten Wänden

brannten in kurzen Abständen Kienspäne in eisernen Haltern. Ihr flackerndes Licht zeigte ausgetretene Steinstufen, die steil in die Tiefe führten. Die Treppe mündete in ein Gewölbe, dessen massige Kreuzrippen von mehreren plumpen Pfeilern mit Würfelkapitellen getragen wurden. Am hinteren Ende des Kellers waren zu beiden Seiten Verschläge errichtet, aus denen jetzt, da sich die Männer näherten, Stöhnen und Ächzen zu hören waren: »Wasser ... gebt uns Wasser ...!«

Hannes packte den alten Klosterknecht an der Schulter. Der Mann blieb erschrocken stehen und warf den Kopf herum.

»Mach auf«, fuhr Hannes den Alten an. »Lass alle Gefangenen frei. Wir nehmen sie mit uns.«

»Aber ... sie werden frieren«, wandte der Alte ein, »sie haben kaum etwas auf dem Leib ...«

»In eurer Wachstube finden sich schon Mäntel«, grollte Hannes. »Lass sie aus ihren Käfigen!«

Der Alte näherte sich dem ersten Verschlag und fummelte am Schloss herum. Es fiel ihm deutlich schwer, den richtigen Schlüssel herauszufinden. Ein paar Augenblicke sah Hannes Rebmann untätig zu, dann verlor er die Geduld. Wütend entriss er dem Klosterknecht den Bund, stieß den alten Mann beiseite und probierte es selbst.

Doch auch er fand keinen passenden Schlüssel. »Du wolltest uns hinters Licht führen«, brauste er auf und packte den Alten noch einmal im Genick. »Du hast die falschen Schlüssel mitgenommen, betrügerischer Hund!«

»Nein, Herr, nein!« Der Alte war kreidebleich geworden – selbst im flackernden Licht der Kienspäne konnte man das erkennen. »Es ist der Rost, Herr – die Schlüssel werden ja kaum jemals benutzt ... da setzen sie Rost an ... wie auch die Schlösser ...«

Hannes verstärkte seinen Griff. Dem Alten knickten die Beine ein; eine Pfütze bildete sich unter ihm. Der Schmiedejörg stieß ein gehässiges Lachen aus. »Erbärmlicher Feigling«, spottete er lauthals, »was pisst du dir in die Hosen? Noch hast du ja nichts wirklich Schlimmes getan, weswegen wir dich abstechen müssten!«

Er wühlte in seinem Hosensack und förderte einen langen Haken zutage. »Wenn's mit dem Schlüssel nicht geht, dann hiermit«, fügte er hinzu und nahm sich das sperrige Schloss vor.

Er brauchte nur einen Moment. Dann öffnete sich quietschend die niedrige Tür des Verschlags. Heraus stolperte eine ausgemergelte Hungergestalt in fadenscheinigen Lumpen – ein Mann von etwa dreißig Jahren, der bis auf Haut und Knochen abgemagert war und sich kaum noch auf den Beinen halten konnte. »Der Himmel ... lohne es euch ...«, stammelte der Befreite, »Gott möge es euch vergelten ...«

Im Nachbarverschlag saßen vier Männer, alle um die dreißig wie der Erste, und alle ebenso abgemagert. Auch sie hatten nichts auf dem Leib als dünne, vor Schmutz starrende Leinenhemden und wollene Hosen, die von Löchern übersät waren. Und auch sie stammelten Dankesworte.

Im dritten Verschlag lag jemand, der sich nicht mehr aus eigener Kraft bewegen konnte – ein Mann von unbestimmbarem Alter. Haare und Bart waren ihm schon seit langem nicht mehr geschoren worden und überwucherten jetzt derartig seinen Kopf und seine Schultern, dass nicht einmal mehr seine Gesichtszüge erkennbar waren.

»Wer ist das?«, fragte Hannes Rebmann den alten Klosterknecht.

Der zog den Kopf zwischen die Schultern, als wolle er sich in seinem eigenen Körper verkriechen. »Weiß nicht«, stotterte er, »der liegt schon seit ... seit langem hier unten. Vielleicht hat ihn der Abt ... vergessen ...«

Hannes ballte die Fäuste. »Überleg dir, was du mir antwortest«, zürnte er und heftete den Blick wütend auf den Alten. »Und jetzt denk nach! Ich will den Namen dieses Mannes!«

»Aber Herr ...« Der Klosterknecht schlotterte erneut. »Ich ... ich weiß ihn wirklich nicht ...!«

Der Schmiedejörg hatte inzwischen den letzten Verschlag aufgebrochen. Vier Männer wankten daraus hervor, ebenso ausgehungert und elend, aber noch nicht ganz so abgemagert wie die anderen, und fielen ihren Befreiern um den Hals. »Gottlob, liebe Vettern – lange hätten wir's nicht mehr ausgehalten!«

Der auf dem fauligen Stroh liegende Unbekannte stieß ein lang gezogenes Stöhnen aus. Dann kamen verständliche Worte aus seinem von Barthaaren beinahe völlig bedeckten Mund: »Man hält's viel länger aus ... als man denkt ... Brüder ...«, sagte er, »ich bin hier ... so lange ... dass ich nicht mehr weiß ... wie viele Jahre ...«

Er stieß ein hässliches, keuchendes, tonloses Lachen aus. Hannes Rebmann erschauerte. »Fürchte nichts«, sagte er, »deine Leiden sind jetzt zu Ende. Du bist frei, Bruder!«

»Bruder ...?« Die Elendsgestalt krümmte sich auf dem Stroh und lachte noch einmal. »Ich ... habe keinen Bruder ... nur einen Freund.«

»Und wer ist das?«, fragte Hannes mit leisen Grauen.

»Der Tod«, wisperte der Mann. »Er ist mit euch gekommen ...« Ein Ruck ging durch seinen skelettdürren Körper. Er richtete sich mühsam auf. »Seht ihr ihn nicht?«, sagte er und deutete mit schmutzverkrustetem Finger in die Schatten unter den Kreuzrippen. »Da steht er. Ich komme ... ich bin bereit ... wie lange schon ...!«

Hannes war der Geste des Gefangenen mit Blicken gefolgt, aber in der Ecke stand niemand. »Du irrst dich«, widersprach er dem Mann, »fasse Mut – wir sind gekommen, um dich zu befreien!«

Der Gefangene hob seinen Oberkörper noch höher aus dem Stroh. Er breitete die dürren Arme aus; ein Glühen brach aus seinen von wirren Haaren beinahe ganz verhüllten Augen. »Komm«, flüsterte er heiser, »o komm! Ich habe mich so nach dir … gesehnt! Nun nimm mich mit dir …!«

»Das wollen wir ja«, sprach Hannes Rebmann ihn noch einmal an, doch die Worte des Gefangenen waren nicht an ihn gerichtet gewesen. Mit einem Seufzer streckte der den Kopf hoch und reckte sich noch einmal, so hoch er konnte, von seinem ekelerregenden Lager auf. Dann sank er zurück. Ein letzter, heftiger Atemzug, und er lag still. Das Leben hatte ihn verlassen.

Hannes Rebmann schauderte.

»Armer Kerl«, sagte der Schmiedejörg, »für den sind wir zu spät gekommen.«

Die anderen nickten stumm. »Er soll wenigstens ein christliches Begräbnis haben«, meinte einer von ihnen. »Wir tragen ihn nach oben …«

Der alte Klosterknecht zitterte inzwischen nicht nur vor Angst, sondern auch vor Kälte. Seine nassen Beinkleider brachten ihn zum Frieren. Mit klappenden Zähnen stand er an die kalte Wand gepresst und brachte keinen Ton mehr heraus.

»Sobald wir oben sind, gibst du den Gefangenen warme Kleidung«, befahl ihm Hannes Rebmann, »und danach führst du uns zu den Vorratskellern. Los jetzt!«

Der Alte arbeitete sich mit zitternden Knien die steile Treppe wieder hinauf, gefolgt von den Gefangenen und ihren Befreiern. In der Wachstube drängten sich die frierenden Jammergestalten erst einmal um das Feuer, das im Kamin loderte, während der Alte aus dem Nebengemach einige Jacken und Mäntel herbeischleppte. Offenbar gehörten die den geflohenen Wachen; sie reichten nicht aus, um alle Gefangenen zu bekleiden.

»Schaff mehr herbei«, befahl Hannes Rebmann.

»Aber …«, begann der Alte weinerlich.

»Schaff mehr herbei«, wiederholte Hannes unerbittlich. »Oder besser – führe uns zu den Kleidertruhen!«

»Aber das … das ist mir nicht erlaubt …«, jammerte der Alte.

»Wir erlauben es dir«, sagte der Schweineheinz grinsend. »Geh voraus – erst zu den Kleidern, dann zu den Vorräten!«

Dem Klosterknecht blieb keine Wahl. Die Kleidertruhen standen in der Waffenkammer, die auch Spieße, Schwerter, Rapiere, Hellebarden und einige Hakenbüchsen beherbergte.

»Nehmt, was wir brauchen können«, befahl Hannes Rebmann.

Der Schmiedejörg und fünf von ihm ausgesuchte junge Männer fingen an, die besten Waffen von ihren Haken abzunehmen und hinaus in den Hof zu schaffen, während der Schweineheinz mit zwei anderen Männern die Deckel der Kleidertruhen sprengte und alles herausnahm, was wärmte und schützte. Mäntel und Jacken, die nicht sofort gebraucht wurden, ließ der Hannes zu Packen zusammenrollen, die leicht transportiert werden konnten. Dann ging es zu den Vorratskellern.

Hier lagerten all die guten Dinge, die den hörigen Bauern von den Vogtsknechten abgenommen worden waren – der Getreidezehnte, das in Tonnen eingesalzene Fleisch, Butter, Käse und in Wachs eingelegte Eier …

»All das ist unser«, sagte ein junger, flachshaariger Kerl aus Hannes' Nachbarschaft, »wir haben's mit unserem sauren Schweiß erarbeitet. Und jetzt führen wir es wieder heim in unsere Speicher und Keller, wo's hingehört!«

»Ganz recht«, sagte Hannes.

»Und was ist mit dem Wein, den der Vogt hier lagert?«, fragte der Schmiedejörg grinsend. »Sollen wir den etwa hier lassen?« Er deutete mit dem Daumen auf drei große Fässer, die ganz hinten im Gewölbe auf Gestellen aufgebockt waren.

»Sicher nicht«, gab der Schweineheinz zurück. »Hab noch nie Wein getrunken; das muss ich unbedingt nachholen. Und ihr anderen seid sicher auch nicht abgeneigt – oder?«

Ein Johlen antwortete ihm. Besonders die Jüngsten der kleinen Truppe zollten begeistert Beifall. Schon hatte einer von ihnen das Spundloch des ersten Fasses eingeschlagen. »Probieren wir doch gleich«, schrie er, während er sich vor dem sprudelnd auslaufenden Fass auf die Knie sinken ließ, »der Trunk kann so schlecht nicht sein, wenn Klosterknechte ihn horten!«

Er hielt den Mund in den roten Strahl, der sich aus dem Spundloch ergoss. Die anderen drängten sich um ihn, knieten ebenfalls und suchten mit dem Mund etwas von dem plätschernden Nass zu erhaschen. Hannes sah dem Spiel kopfschüttelnd zu. »Verschwendung«, brummelte er, »pure Verschwendung ...« Aber er hinderte seine Leute nicht daran, auch das zweite Fass anzustechen.

In kurzer Zeit waren sie deutlich betrunken. Unter lautem Johlen wollten sie auch dem dritten Fass das Spundloch einschlagen, als von der Treppe her laute Geräusche in den Keller drangen. Hannes Rebmann, der bis jetzt keinen Tropfen getrunken hatte, versuchte zu ergründen, was da vor sich ging. Er hatte gerade die Treppe erreicht, als ihm vier Mönche entgegenkamen.

»Was treibt ihr hier?« Der Erste, ein breitschultriger, dickbäuchiger kleiner Mann, dessen Tonsur beinahe den ganzen Schädel einnahm, reckte sich zu voller Größe auf und starrte Hannes Rebmann strafend an. »Wie könnt ihr es wagen, in unser stilles Haus einzudringen und den Frieden des Klosters zu stören?« Seine Hand fuhr vorwärts; er tippte Hannes mit dem Zeigefinger mitten auf die Brust. »Sofort verlasst ihr diesen Keller und folgt mir und den Brüdern nach oben. Dort wird unser ehrwürdiger Herr Abt euch sagen, welche Strafe er für euch in Betracht zieht. Nun, wird's bald?«

Er tippte Hannes noch einmal an, aber diesmal wurde seine Hand festgehalten. »Nimm dich zusammen, Pfaffe«, sagte Hannes trocken, »und merke dir eins: Ab sofort wird niemand mehr auf deine Befehle achten – geschweige denn auf die deines

Abtes. Geh nur voraus und sag ihm das: Wir Bauern haben es satt, uns ausplündern zu lassen. Wir wollen nicht mehr für euch arbeiten ohne Lohn. Wir wollen euch unser Eigentum nicht mehr ausliefern ohne Bezahlung. Und wir nehmen uns zurück, was ihr uns gestohlen habt.«

Der Mönch schnappte deutlich nach Luft. Ihm und seinen Mitbrüdern fehlten für den Augenblick die Worte. Hannes ließ die Mönche einfach stehen und wandte sich an seine Leute. »Lasst es genug sein«, sagte er, »und schafft das letzte Fass nach oben. Dann seht in den Ställen nach – der Vogt hat sicher ein paar kräftige Gäule hier stehen, auf deren Rücken wir unser Eigentum heimschaffen können. Macht zu … damit wir noch vor der Dunkelheit wieder zu Hause sind!«

Die berauschten Kerle brauchten eine Weile, bis sie sich genügend gesammelt hatten und begriffen, was Hannes von ihnen wollte. »G…gut«, nuschelte der Schweineheinz schließlich, »sorgen wir dafür … d-dass alles fein säuberlich n-nach oben geschafft wird …« Er starrte die Mönche an, die immer noch mit ungläubigen Blicken dastanden und zu verstehen suchten, was sich vor ihren Augen abspielte. »Ihr da«, sprach er sie an, »ihr seht mir kräftig genug aus. P-packt doch mal m…mit an!« Und er deutete auf die Getreidesäcke, von denen zwei junge Männer sich gerade je einen auf die Schultern wuchteten.

»O nein!« Einer der Klosterbrüder war so weit zur Besinnung gekommen, dass er seiner Worte wieder mächtig war. »Nein – das werdet ihr nicht tun! Dieses Getreide ist Eigentum des Klosters, und es wird hier im Keller bleiben!«

Er sprang auf die beiden jungen Bauern zu und wollte den einen am Ärmel festhalten. Doch plötzlich war der Schweineheinz da, einen Knüppel in der blutverkrusteten Rechten. Ohne den Mönch vorzuwarnen, schlug er ihn einfach damit über den fast kahlen Schädel. Auf der riesigen Tonsur des Klosterbruders zeigte sich ein breiter, brandroter Striemen. Der kleine dickliche Mann sackte in sich zusammen, ohne einen Ton von sich zu geben. Umso lauter gellte das Angstgeschrei seiner Mitbrüder. Wie von Dämonen gehetzt, rannten sie die Treppe wieder hinauf, verfolgt vom wilden Spottgelächter der Bauern.

Hannes ging gelassen hinter ihnen her. Als er auf dem Hof ankam, sah er nur noch flatternde schwarze Kutten. Auch einige weitere Mönche, die offenbar oben gewartet hatten, rannten jetzt in wilder Flucht durch den stiebenden Schnee zu der offen stehenden Pforte ihres Klosters zurück. Drei Vogtsknechte, wohl diejenigen, die sie auf den Überfall durch die Bauern aufmerksam gemacht hatten, taten es ihnen an Geschwindigkeit gleich, vollführten in ihrer Angst möglicherweise sogar noch schnellere, höhere und weitere Sprünge.

Hannes Rebmann verzog den Mund zu einem spöttischen Lächeln. »Was für feige Hunde«, dachte er mit Abscheu. »Wie konnten wir uns so lange von ihnen unterdrücken lassen?«

Die Beute war sehr groß gewesen. Noch zwei Tage nach der Rückkehr der Männer von ihrem Zug zum Kloster waren alle, die arbeiten konnten, mit der Aufteilung des wiederbeschafften Gutes beschäftigt gewesen. Erst jetzt, da die Sonne sank, hatten sie es fertig gebracht, jedem das seine auszuteilen und allen gerecht zu werden.

Schwer beladen mit Packen aus Getreidesäcken, Pökelfleisch, Hülsenfrüchten, Kohl und Rüben zogen die Letzten von Anna Elisabeths Hof nach Hause. Hannes, der die Verteilung überwacht und dafür gesorgt hatte, dass niemand zu kurz kam, reckte zufrieden die Schultern und rieb sich die Hände. »Weißt du, Schätzle«, sagte er zu Anna Elisabeth gewandt, »dafür hat sich die ganze Schinderei doch gelohnt. Und's soll noch besser werden – wart nur ab!«

»Was meinst du damit, Hannes?«, fragte Anna Elisabeth und

sah den Mann, dem sie immer noch versprochen war, kühl an. »Ihr habt doch alles geholt, was der Vogt in seinen Speichern und Kellern hatte ... was gibt's jetzt noch zu tun?«

Hannes wich ihrem Blick aus, aber um seine Lippen zuckte es. »Wir haben Nachricht vom Wirt zu Ballenberg«, sagte er leise, wie zu sich selbst. »Der Metzler Georg sammelt Leut um sich – wie auch der Jäckel Rohrbach aus Böckingen. Es geht jetzt dran ... verhandelt ist lange genug, und der Bauer hat es satt, zu warten und mit süßen Worten abgespeist zu werden ...«

»Ich verstehe kein einziges Wort von dem, was du da sagst, Hannes«, erwiderte Anna Elisabeth. »Was haben wir mit einem Wirt aus Böckingen zu tun – ich hab noch nie was von einem Metzler Georg oder einem Jäckel Rohrbach gehört.« Sie suchte Hannes' Blick. »Wer hat was mit wem verhandelt?«, bohrte sie weiter, »und wo soll's drangehen?«

Hannes Rebmann lachte leise. Dann erwiderte er Anna Elisabeths Blick und errötete gleichzeitig. »Schätzle, verzeih«, sagte er, während er in plötzlicher Verlegenheit die Hände verschränkte, »aber euch Frauen geht doch das, was wir Männer planen, überhaupt nichts an! Ihr müsst nit wissen, wo's drangehen soll ... weil ihr uns dann nur mit eurem Lamentieren in den Ohren liegen würdet. Und was verhandelt werden sollte, das ist für euch auch nit wichtig ...«

Anna Elisabeth spürte, wie sie die Geduld verlor. »Sofort gibst du mir Antwort auf meine Fragen, Hannes«, sagte sie gepresst, »oder ich red kein Wort mehr mit dir!«

Hannes errötete noch tiefer. Er senkte den Kopf. »Nun ja«, murmelte er, »du bist ja nit wie die anderen Frauen, Annelies ... aber versprich mir, dass du mich mit Jammern verschonen wirst und auch kein Geschrei machst.«

Er sah sie an. Seine hellblauen Augen blickten wie die eines kleinen Jungen, der von seiner Mutter ein Stück Zuckerbrot haben will und genau weiß, dass er keines verdient hat. Anna

Elisabeths Ärger schmolz dahin. »Du kennst mich doch, Hannes«, sagte sie begütigend, »wann hätte ich je ein Geschrei gemacht?«

»Gut – dann sag ich's dir«, murmelte Hannes. »Der Wendel Hipler hat verhandelt, wollte die Zwölf Artikel durchbringen bei der Obrigkeit. Aber er wird hingehalten bis heut – und die Bauern werden weiter geplagt. Immer wieder schieben sie ihre Entscheidungen hinaus, die Herren ... jetzt ist es genug, hat der Georg Metzler gesagt.«

»Der Wirt von Ballenberg ...?«, vergewisserte sich Anna Elisabeth.

»Ebender.« Hannes ballte die Fäuste. »Vorige Woche kam sein Bote hier an und brachte den Aufruf – auch vom Rohrbach Jäcklein. Ein Heer soll sich sammeln, so groß, dass den Herren davor grausen soll. Und was wir können«, er streckte seine Finger aus und krampfte sie dann wieder zusammen, »das haben wir uns selbst bewiesen ... beim Zug gegen die Vogtei ...«

Anna Elisabeth versuchte die Fassung zu wahren, obwohl sie sich sonderbar zornig fühlte. »Wer ist Wendel Hipler?«, fragte sie.

»Der Kanzler von Hohenlohe«, erklärte Hannes stockend. »Hab selbst nicht gewusst, wer der ist – aber der Bote hat's uns genau beschrieben. Der Hipler ist zwar ein kluger Kopf und weiß bei den Herren die rechten Worte zu finden. Aber es hat ihm nichts genützt. Und jetzt –«

»Der Jäcklein Rohrbach – das ist auch ein Wirt?«, forschte Anna Elisabeth.

Hannes nickte. »Hat schon viel Leut um sich geschart«, bestätigte er. »Der fürchtet weder Tod noch Teufel.«

»Aber er ist ein Wirt und kein Kriegsmann.«

»Sind wir Kriegsmänner?«, konterte Hannes. »Wir haben die Vogtsknechte doch auch in die Flucht geschlagen – so gründlich, dass sie bis jetzt noch keinen Vergeltungsschlag gewagt haben.«

Anna Elisabeth blieb unbeeindruckt. »Aber die großen Herren, gegen die Krieg geführt werden soll – die kannst du doch nicht mit ein paar Klosterknechten vergleichen. Die werden über ein Heer aus lauter Bauern nur lachen ...«

Hannes hob ruckartig den Kopf. Er war zornrot geworden. »Und wir werden dafür sorgen, dass ihnen das Lachen vergeht«, brauste er auf. »Wir werden sie das Fürchten lehren, die Zwingherren und Raubpfaffen!«

»Glaubst du wirklich, dass ein paar wütende Bauern das schaffen können?«, fragte Anna Elisabeth weiter.

»Ein paar?« Hannes lachte. »Tausende sind wir – Tausende und Abertausende, die jetzt endlich unseren Peinigern die Stirn bieten wollen! Annelies –«, er stand auf und trat auf Anna Elisabeth zu, »an Zahlen sind wir ihnen bei weitem überlegen! Es kann uns nicht misslingen ... und Gott ist auf unserer Seite. Die reine Lehre, die von dem Herrn Martinus ausgeht, sagt es uns!«

»Was für eine reine Lehre soll denn das sein?« Den Namen des Doktors aus Wittenberg hatte Anna Elisabeth zwar schon ein paarmal gehört, doch welche Meinung er vertrat, wusste sie immer noch nicht genau. »Ist es die Freiheit eines Christenmenschen, von der Joos Fritz damals gesprochen hat?«

»Richtig«, sagte Hannes. »Auf der bestehen wir. Und wir geben erst Frieden, wenn uns diese Freiheit eingeräumt wird.«

»Wir – das sind der Wirt von Ballenberg, der Wirt von Böckingen und der Müller Hannes Rebmann.« Anna Elisabeth legte den Kopf schief und bedachte Hannes mit einem durchdringenden Blick. »Hab ich dich da recht verstanden?«

»Wahrhaftig, das hast du!«, erwiderte Hannes trotzig.

»Hannes Rebmann, Georg Metzler und Jäcklein Rohrbach gegen alle Herren im Odenwald – meinst du es so?«

»Die Bruderschaft der Bauern aus dem Odenwald und Neckartal gegen ihre Zwingherren«, entgegnete Hannes. »Und wir sind bei weitem in der Überzahl!«

Anna Elisabeth kam ein Frösteln an – sie wusste nicht recht, warum. »Ich hab trotzdem Bedenken«, erwiderte sie eindringlich. »Überlege dir gut, Hannes, auf was du dich einlässt. Dem Klostervogt den Keller auszuräumen, das war das eine ... aber gegen alle Herren im ganzen Odenwald anzukämpfen, das ist etwas ganz anderes.«

Hannes verzog geringschätzig das Gesicht. »Schau, Schätzle, das ist es, was mir an den Frauen so wenig gefällt«, sagte er, »sie haben immer Bedenken. Sie sind feige und wagen nichts. Aber diesmal muss es gewagt sein, Annelies. Und ihr Weiber – ihr werdet nicht gefragt.«

»Wann hättet ihr Männer das je getan?«, erwiderte Anna Elisabeth nüchtern. »Oft genug wäre es klüger gewesen, wenn ihr auf uns gehört hättet.«

»Aber nicht diesmal«, sagte Hannes und schloss mit einer endgültig wirkenden Handbewegung die Unterredung ab. »Jetzt geh an deine Arbeit, Annelies, und richte 's Essen. Heut nachmittag, wenn dein Vater auf dem Gottesacker liegt, wirst viele Leut zu bewirten haben!«

Beinahe alles, was im Dorf laufen konnte, war zum Begräbnis erschienen. Dicht an dicht umstanden Männer, Frauen und sogar Kinder die offene Grube, die sich dunkelbraun im Schnee abhob. Auch aus den Nachbardörfern waren Menschen erschienen – Leute, die Anna Elisabeths Vater geschätzt und geachtet hatten und an seinem unzeitgemäßen Ende großen Anteil nahmen.

Anna Elisabeth selbst stand, fest eingehüllt in ihren dicken blauen Wollmantel, am Rand der Trauergemeinde. Um sie herum drängten sich die Kinder des armen Matthias, und das kleine Mariechen hielt ihre Hand umklammert. Aber sie nahm die Kleinen kaum wahr; seit dem Todestag ihres Vaters fühlte sie sich innerlich wie versteinert und hatte Mühe, auf die Menschen ihrer Umgebung einzugehen. Ihre Augen aber hatten schon lange keine Tränen mehr.

Der Dorfpfarrer war nirgends zu sehen. Statt seiner hielt ein junger Pastor die Leichenrede – einer, den im Kirchdorf bisher noch niemand zu Gesicht bekommen hatte. Der Mann hatte wild zerzauste dunkle Locken, in denen keine Tonsur zu sehen war, und trug statt des Ornats nur eine schlichte schwarze Kutte. Auch seine Grabrede unterschied sich von der, die der alte Dorfpfarrer wahrscheinlich gehalten hätte.

»Ihr Lieben«, begann er mit tönender Stimme, »wir sind hier versammelt, um einem ehrenwerten Mann das letzte Geleit zu geben – einem, der sein Leben in der Furcht Gottes verbracht hat. Nun wurde es ihm genommen, zu früh und von einem, der vor allen anderen seine Nächsten wie sich selber hätte lieben müssen – dem Abt von Kaltenbrunn. Er wurde eingekerkert ohne Grund, wurde an Leib und Leben geschädigt und zu Tode gebracht von einem Mann der Heiligen Mutter Kirche.«

Lautes Gemurmel erhob sich unter den Anwesenden. Der junge Pastor sah sich triumphierend um. »Und darum«, fuhr er fort, »darum dürfen die Lämmer nicht länger schweigen, wenn es ihre Hirten versäumen, sie zu weiden. Die Lämmer müssen ihre Stimme erheben und dem obersten aller Hirten ihr Leid klagen, und dieser oberste aller Hirten wird ihnen nicht zürnen, wenn sie sich der pflichtvergessenen Hirten entledigen.«

Das Gemurmel schwoll an, Beifallsrufe klangen auf. »Ihr Lieben«, endete der junge Pastor seine Predigt, »wenn wir den Leib dieses guten Mannes nun zur Erde betten, so wollen wir uns selbst und den Unsrigen geloben, Rache zu üben für diesen hier und all die vielen, die sein Schicksal teilen oder geteilt haben. Wir wollen seiner gedenken und die Schmach, die er erdulden musste, nicht ungesühnt lassen. Lasset uns nun beten ...«

Er intonierte das Gebet des Herrn in deutscher Sprache:

»Vater unser, der du bist in dem Himmel – geheiliget werde dein Name …«

Anna Elisabeth hatte es so noch nie vernommen und hörte staunend zu. Zum ersten Mal verstand sie, was die lateinischen Worte bedeuteten. In großer Verwunderung lauschte sie, als der junge Priester danach auch noch das Credo auf Deutsch sprach: »Ich glaube an Gott, den Vater, den allmächtigen Schöpfer Himmels und der Erden …«

Die anderen Mitglieder der Trauergemeinde schienen ebenso fasziniert. Sie alle hingen an den Lippen des jungen Pastors, und noch geraume Zeit, nachdem er Gebet und Glaubensbekenntnis zu Ende gesprochen hatte, schwiegen sie ehrfurchtsvoll. Auch nachdem der Gottesmann den Segen gesprochen hatte, verharrten sie noch ein Weilchen in feierlichem Schweigen und verließen erst dann, einer nach dem anderen, den kleinen Friedhof.

Zuletzt standen nur noch Anna Elisabeth, Hannes Rebmann und Matthias' Kinder am Grab. Hannes reckte die Schultern. »Ich schaufele die Grube zu«, sagte er, »der Totengräber liegt krank danieder – du weißt ja. Er gehörte zu denen, die bei unserem Zug in die Vogtei ein bisschen verwundet wurden.«

Anna Elisabeth wusste es. »Komm heim, sobald alles fertig ist«, sagte sie nüchtern. Dann wandte sie sich mit den Kindern zum Gehen. Doch sobald sie mit ihrer Schar den Wald erreicht hatte, schickte sie die kleine Gertrud und ihre Geschwister voraus. »Du kannst daheim schon die Suppe ans Feuer stellen«, trug sie dem Mädchen auf. »Ich muss noch mal zurück – zu einer Nachbarin im Kirchdorf. Es eilt und kann nicht warten. Ich komme nach, so schnell ich kann. Aber wenn der Hannes vor mir da sein sollte und es ihm zu lange dauert, dann trag du mit dem Michel das Essen auf.«

»Mach ich«, sagte Gertrud. Anna Elisabeth drückte dem Kind die Hand. Auf die Kleine war Verlass, das wusste sie. Gertrud würde schon alles richtig machen.

Sie wartete, bis die Kinder um die Wegbiegung verschwunden waren. Dann schlug sie den Pfad zur Köhlerhütte ein, der hier abzweigte. Halb stolpernd, halb rennend legte sie die kurze Strecke durch den tiefen, unberührten Schnee zurück und schlüpfte keuchend vor Anstrengung in die dunkle kleine Stube.

Ein Feuerchen brannte auf der Herdstelle. Es war warm in der Hütte. Er war gekommen, hatte hier auf sie gewartet. Er sprang vom Herdrand auf, wo er gesessen hatte, stürzte auf sie zu, nahm sie in die Arme. »Liebste«, flüsterte er, »Liebste ... wie ich mich nach dir gesehnt habe!«

»Ich mich auch nach dir«, flüsterte Anna Elisabeth. Das Eis, in dem ihre Gefühle eingeschmolzen gewesen waren, taute sekundenschnell. Sie vergrub den Kopf an Albrechts Schulter, spürte, wie ihr Herz zu rasen begann und ihre Augen von heißen Tränen überliefen. Wie aus eigenem Antrieb krallten sich ihre Finger in den groben Stoff seines Wamses, klammerten sich voller Verzweiflung an ihn an. Dann suchte sie in wilder Sehnsucht seine Lippen. »Küss mich ... ich will spüren, dass ich noch lebe ...!«

Seine Antwort war ein leises Stöhnen. In glühender Leidenschaft umschlang er sie und zog sie fester an sich. Sein Kuss verriet einmal mehr, wie verzehrend das Feuer des Verlangens in ihm loderte. Nach wenigen Augenblicken riss er sich gewaltsam von ihr los. »Führe mich nicht noch mehr in Versuchung, Anna«, wisperte er mit heiserer Stimme, »denn ich habe dir beinahe nichts mehr entgegenzusetzen ...«

Sie zitterte am ganzen Leibe. »Das musst du ja auch nicht«, erwiderte sie erregt. »Folge einfach deinem Gefühl ... so, wie ich dem meinen folge!«

»Wenn ich das täte«, sagte er mit mühsam unterdrückter Erregung, »dann wärest du längst keine unberührte Jungfrau mehr.« Er drückte einen glühenden kleinen Kuss auf ihre Wange. »Anna«, fuhr er fort, »hast du denn ganz vergessen, was wir jüngst ausgemacht haben?«

»Nein, Liebster«, wisperte sie, »aber du weißt ebenso gut wie ich, dass es nur ein schöner Traum ist. Könnten wir nicht aufhören, daran zu glauben, und uns einfach mit der Wirklichkeit zufrieden geben?«

Einen Augenblick lang stand Albrecht stocksteif da und gab keine Antwort. Dann atmete er tief ein. »Und was ist die Wirklichkeit?«, stellte er flüsternd die Gegenfrage.

»Wir können nicht in Ehren zusammenkommen«, erwiderte Anna Elisabeth, »aber ich liebe dich. Ich möchte dennoch dir gehören ...«

»Anna!« Albrechts Stimme spiegelte all seine wilde Sehnsucht wider. »Warum sagst du mir das?« Er spähte ihr ins Gesicht. »Wie kannst du mich so herausfordern?«

»Jetzt verstehe ich.« Sie schluchzte auf. »Du willst mich überhaupt nicht. Du hast mir die ganze Zeit nur etwas vorgespielt.«

»Anna!«

»Wenn es anders wäre, Albrecht – dann könntest du nicht so lange zögern«, hauchte sie mit gesenktem Kopf, »dann würdest du dich nicht so dagegen wehren, der erste Mann in meinem Leben zu sein.« Sie wischte sich über die Augen. »Aber warum dann diese Gaukelei, dieses Hin und Her, diese leeren Worte, die alles versprechen und nichts halten ... das will mir nicht in den Kopf ...«

Er packte zu, packte sie so hart an den Oberarmen, dass ihr der Druck seiner Finger einen kleinen Schmerzensschrei abpresste. »Jetzt hör mir zu, Anna«, sagte er rau, »und merke dir endlich: Meine Liebe zu dir ist kein Spiel und keine Gaukelei. Sie ist echt und ehrlich und sehr tief – so tief, dass ich dich nicht zu meiner Buhle machen mag. Aber es kostet mich all meine Kraft, deinem Zauber zu widerstehen und mein Verlangen zu zügeln, bis wir vor Gott und den Menschen zusammengehören.« Er ließ ihre Arme los und umfasste mit beiden Händen zärtlich ihr Gesicht. »Nicht mehr viel ist nötig, Liebste«, fügte er beschwörend hinzu, »dann ergebe ich mich. Denn ich möchte dir auch gehören – von ganzem Herzen und ganzer Seele und mit meinem ganzen Körper, der sich unendlich nach dir sehnt.«

»Ist das wirklich wahr?«

»Wie kannst du immer noch fragen?«

»Verzeih ...«

»Das fällt mir schwer!« Er versuchte zu scherzen, schenkte ihr ein etwas zittriges Lächeln. »Eine Buße fordere ich schon von dir.«

Anna Elisabeth öffnete die Augen weit. »Nenne mir, Liebster, was du verlangst«, flüsterte sie, »ich gebe dir alles, was ich habe ...«

Es war ihm unmöglich, zu antworten. Wortlos neigte er sich über ihr Gesicht; sein Kuss war wild, und Anna Elisabeth gab sich seinen Zärtlichkeiten ebenso hemmungslos hin. Voller Begierde erwiderte sie sein Zungenspiel, suchte die Nähe und Wärme seines Körpers, schlang die Arme um seinen Nacken.

Albrechts Leidenschaft loderte hoch auf. Er schob sein linkes Bein vorwärts gegen den dicken Stoff ihres Rockes, drängte sich zwischen ihre Schenkel, presste Anna Elisabeth hart an sich. Mit fliegenden Fingern löste er die Schnüre an ihrem Mieder, streifte es ihr samt dem Leinenhemd bis zur Taille nieder, ließ die Lippen über ihre nacken Brüste wandern. Dann, plötzlich und unvermittelt, brach er die intime Berührung ab, gab Anna Elisabeth frei und trat einen Schritt von ihr zurück. »Nein, Anna, nein ...«, wisperte er in abgerissenen, heißen Atemzügen, »nicht so ... in dieser elenden Hütte ... und gänzlich ohne Würde ...«

»Wie dann ...?«, hauchte sie. »Ich will deine Frau sein – und mir ist es ganz gleich, unter welchen Umständen!«

Er lächelte, kam langsam wieder zu Atem. »Bald, Liebste«, sagte er mit einem verlegenen Blick auf ihre Blöße, »lange werden wir unsere Ungeduld nicht mehr beherrschen müssen. Doch zuerst habe ich Wichtiges zu erledigen – Dinge, die notwendig getan sein müssen, bevor wir in Ehren zusammenkommen können.«

»Was sollten das für Dinge sein?«

Er blieb ihr die Antwort schuldig. Sein Lächeln war geheimnisvoll und ein bisschen verwegen. »Vertrau mir«, sagte er ausweichend, »meinen Ring habe ich dir schon gegeben – nun muss ich nur noch die Grundlage dafür schaffen, dass du zusammen mit ihm auch meinen Namen tragen kannst ...«

März Anno 1525
Lenzmond

Sankt Gertraud bringt die Schwalben zurück.

Der junge Kleriker, der eben hereingeführt worden war und jetzt etwas unsicher und verlegen in der Tür stand, machte einen hungrigen Eindruck. Er war ausgesprochen mager, seine Wangen wirkten sogar regelrecht eingefallen. Seine Augen hatten diesen Glanz, den man nur bei Menschen findet, die oft mit leerem Magen zu Bett gehen. Seine Kleidung unterstrich noch seine Armut: fadenscheinig, abgeschabt und von unbestimmter Farbe der wollene Mantel, dünn und ausgefranst die Gugel, zerlöchert, ja, beinahe irreparabel zudem die Beinkleider, die seine dünnen Beine umschlossen. Doch sein Blick war der eines aufmerksamen kleinen Raubtiers – eines Wiesels vielleicht, eines Marders oder Fuchses. Seinen grüngrauen Augen schien nichts zu entgehen – keine Einzelheit des Zimmers und keine Bewegung seines Gegenübers.

Albrecht musste ein Schmunzeln unterdrücken. »Ihr seid ein begabter Zeichner und Schreiber?«, begann er, während er den Besucher von oben bis unten musterte.

Der junge Kleriker verzog den Mund zu einem etwas asymmetrischen kleinen Lächeln. »Sagt man so?«, antwortete er mit einer Gegenfrage.

»Ganz recht«, meinte Albrecht. »so sagt man. Außerdem auch, dass Ihr ein recht genialer ... Erfinder ... seid.«

»Damit hat es seine Richtigkeit«, gab der Kleriker zurück. »Seid Ihr an Belagerungsmaschinen interessiert – oder an Wasserspielen, oder an –«

»So etwas hat meine Neugier noch nie gereizt«, winkte Albrecht ab. »Es geht mir um völlig andere Dinge.« Er fuhr sich mit der Hand durch das Haar, das sich bei dem feuchten Wetter ungebärdig lockte. »Versteht Ihr Euch auf das Zeichnen von ... Stammtafeln?«

Der junge Mann verstand sofort. In seinen Augen blitzte ein listiger Ausdruck auf. »Ihr meint das Entwerfen von ...?«

»So ist es«, unterbrach ihn Albrecht und heftete den Blick erwartungsvoll auf das Fuchsgesicht seines Gastes. »Brächtet Ihr so etwas zustande?«

»Aber ja«, bestätigte der Kleriker mit einem weiteren, etwas anzüglichen Lächeln. »Eine sehr angenehme Beschäftigung, die mir – mit Verlaub – besonders viel Freude macht.«

»Warum das?«

»Weil sie all meinen Erfindungsreichtum fordert.«

»Das ist gut«, sagte Albrecht. »Und könnt Ihr Eure ... Erfindungen ... auch für Euch behalten?«

Der Scholar legte den Kopf schief. Seine Augen funkelten. »Sicherlich«, erwiderte er langsam, »es ist alles eine Frage des Preises.«

An Selbstbewusstsein mangelte es diesem Kerl ja nicht. Andererseits schien er nicht viel mit seinen Künsten zu verdienen. Albrecht war belustigt. »Und wie viel würdet Ihr für eine Genealogie verlangen?«, fragte er vorsichtig.

»Das kommt ganz darauf an.«

»Worauf?«

»Wollt Ihr Euch von Eurer Gemahlin trennen?«, fragte der Scholar. »Müsste ich Euren Stammbaum so weit ändern, dass Ihr mit Eurer Gemahlin zu nah verwandt seid und darum Eure Ehe einfach anullieren lassen könnt?«

Albrecht schluckte. »Aber nein«, sagte er verwundert. »Wird so etwas oft verlangt?«

»Öfter als man meinen sollte«, erklärte der Kleriker nüchtern. »Was nun Euch betrifft – hält etwa Euer Stammbaum ... verzeiht, mir Herr ... hält er einer genauen Prüfung nicht stand? Und soll ich daran etwas ... ändern?«

Albrecht konnte nicht anders – er musste lachen, obwohl ihn der Gedanke, den der Scholar gerade geäußert hatte, heftig empörte. »Bube«, sagte er, »so etwas denkt man nicht einmal von einem Wolf von Weißenstein – verstanden?«

»Ich bitte demütig um Vergebung«, murmelte der Scholar. Doch sehr erschrocken war er offenbar nicht, denn er fügte noch eine Forderung hinzu: »Wollet mir nun Euren Wunsch nennen, damit ich Euch meinen Preis nennen kann.«

Albrecht gab sich einen Ruck und sprach aus, was er von dem Scholar wollte. »Ich brauche einen völlig neuen Stammbaum – aber einen, der dennoch über jeden Zweifel erhaben ist. Sprecht die Wahrheit: Seht Ihr Euch imstande, mir so etwas zu liefern?«

Die Augen des jungen Klerikers glühten auf. »Ob ich dazu in der Lage bin?« Er beschrieb mit seinen dürren, knochigen Händen einen weiten Kreis. »Ich behaupte sogar, dass ich in deutschen Landen wohl der Einzige bin, der so etwas überhaupt fertig bringt! Aber billig ... billig bekommt Ihr es nicht, Herr. Dazu steckt zu viel Mühsal drin!«

»Was ich es mich kosten lassen will«, sagte Albrecht, »darüber habe ich noch nicht nachgedacht.« Er musterte den Scholar und versuchte, grimmig dreinzuschauen, obwohl es ihm schwer fiel. »An welchen Preis hättet Ihr denn gedacht?«

Das Scholar konnte Albrechts Blick nicht standhalten und wandte den Kopf zur Seite. »Mindestens Nachtlager und tägliche Nahrung müssen mir gewährt werden, solange ich daran arbeite«, sagte er langsam, »des Weiteren erwarte ich ein paar gute, solide Kleidungsstücke.« Er wagte es, Albrecht wieder anzusehen. »Ihr seht ja selbst, wie abgenutzt meine Ausstattung ist …«

Albrecht nickte. »Wohl wahr«, erwiderte er, »und da wird sich auch etwas machen lassen. Wie aber steht es mit Geld oder Geldeswert?«

Der Scholar schien überrascht. »Ich weiß nicht«, sagte er zögernd, »eigentlich bin ich immer nur in Naturalien entlohnt worden … das ist besser als in barer Münze, die einem auf der Straße nur gestohlen würde …«

»Nun – dann wird es sich finden«, sagte Albrecht. »Was für Material braucht Ihr für das Unterfangen?«

»Papier, Tinte, Federn … was für ein Handschreiben nötig ist«, erklärte der Scholar. »In erster Linie aber müsstet Ihr mir unterbreiten, wie Ihr es gerne hättet und um welche Person es sich überhaupt handelt. Habt Ihr schon irgendwelche Vorstellungen?«

Albrecht überlegte kurz. Dann schüttelte er verneinend den Kopf. »Sie ist eine junge Frau bäuerlicher Herkunft«, sagte er gedankenverloren, »und ich möchte sie in den minderen Adelsstand erhoben sehen …«

Der Scholar lächelte verschmitzt. »Obwohl ich glaube, es mir denken zu können, Herr – warum wollt Ihr das?«

»Was geht es dich an, Kerl?« Albrecht empfand diese Frage als ungebührlich. »Sie soll zur Edelfrau werden – das muss dir als Erklärung genügen!«

»Verzeiht, Herr – ich wollte nicht indiskret sein.« Der Kleriker kam schnell wieder zum Kern der Sache. »Habt Ihr denn schon an einen bestimmten Namen gedacht … oder überlasst Ihr es mir, einen zu ersinnen?«

»Anna Elisabeth von Weiher«, sagte Albrecht. »Dieser Name würde mir gefallen … aber ich bin offen für jegliche Vorschläge von Eurer Seite.« Er schenkte dem Scholaren ein Lächeln. »Verzeiht meine Ungeduld – und nennt mir nun auch Euren Namen. Ich weiß ja überhaupt nicht, wie ich Euch ansprechen soll.«

Der Scholar gab das Lächeln zurück und reckte die schmalen Schultern. »Heinrich«, sagte er, »nennt mich einfach Heinrich, Herr.«

»Kein Nachname?«

»Ich brauche keinen. Komme auch so zurecht, Herr.«

»Das mag durchaus sein.« Albrecht strich sich über das stoppelige Kinn. »Für einen aus dem Volk zählt der Name wohl nicht so viel.«

Der Kleriker lachte. »Das kommt ganz darauf an, aus welchem Teil des Volkes einer stammt«, sagte er. »Es gibt Bürger, deren Namen zählen heutzutage weit mehr als die so mancher Fürsten.«

»Ist das so?« Albrecht konnte es sich nicht vorstellen. »Welche sollten denn das sein?«

»Jakob der Reiche zum Beispiel«, murmelte Heinrich der Scholar, »der Fugger ...«

»Der Geldverleiher?«

»Der größte Handelsherr, den die Welt je gesehen hat«, widersprach der Scholar mit rollenden Augen.

»Aber der ist doch kein Bürger«, sagte Albrecht. »Soweit ich weiß, führt er einen Grafentitel ...«

»Der ihm für treue Dienste vom Kaiser verliehen wurde«, ergänzte Heinrich mit einem verschmitzten Grinsen. »Angefangen haben die Fugger als einfache Handwerker.«

»Zurück zum Thema«, sagte Albrecht ungehalten. »Wie werdet Ihr es anstellen?«

Heinrich schielte nach dem steinernen Fenstersitz. »Erlaubt Ihr, dass ich mich setze, Herr? Ich fühle mich ein wenig schwach, weil ich schon seit langem nichts Rechtes mehr im Magen habe ...«

Albrecht verspürte plötzlich auch Hunger. »Wir wollen uns einen Imbiss richten lassen«, sagte er und deutete auf die Fensternische. »Nehmt nur Platz, Heinrich. Und erklärt mir endlich, wie Ihr es fertig bringen wollt!«

Der Scholar ließ sich auf der gemauerten Sitzbank nieder, während Albrecht zur Tür ging und die Dienstmagd, die draußen den Korridor fegte, nach Speisen in die Küche schickte. Als er die Kemenate wieder betrat, fand er den Scholaren damit beschäftigt, die getäfelte und schön ausgemalte Holzdecke zu betrachten. »So wird es zustande kommen«, sagte er und deutete auf die bunten Fabeltiere, das verschlungene Rankenwerk und die fein ausgeführten Blumen der Deckenmalerei, »genau so frei erfunden und dennoch logisch und zusammenhängend.«

Albrecht wollte sich damit nicht zufrieden geben. »Wie?«, fragte er.

Heinrich der Scholar seufzte und grinste dann. »In jeder adligen Familie gibt es Nachkommen, die jung versterben«, sagte er. »Wenn man nun etwas tiefer in die Vergangenheit geht – vier, fünf Generationen etwa –, dann finden sich auch da Namen von Kindern, die nie erwachsen geworden sind. Von diesen nun lässt man einfach einige weiterleben, lässt sie heiraten und selber Kinder zeugen ... die man dann wiederum miteinander verbindet und sich fortpflanzen lässt ... und schon hat man –«

»O, du durchtriebener Fuchs!« Albrecht verschluckte sich beinahe an seinem Lachen. »Und natürlich wird niemand nachforschen, ob es damit seine Richtigkeit hat, denn die Namen sind ja tatsächlich in der Stammtafel vorhanden!«

»Ihr habt es erfasst, Herr«, sagte Heinrich gelassen. »Am einfachsten gelingt es mit weniger einflussreichen, dafür aber kinderreichen Familien, deren Stammsitz möglichst auch noch in einem entlegenen Teil des Reiches liegen sollte.«

»Versteht sich.« Der junge Kleriker schien sich ja wirklich allerbestens auszukennen. »Ihr habt solches schon einmal gemacht?«

»Noch nicht«, sagte Heinrich, »aber durchdacht habe ich es genauestens. Es muss gelingen – ohne Zweifel.«

»Das glaube ich auch.« Albrecht war überzeugt. Er schmunzelte. »Ihr geht sofort ans Werk, versteht Ihr? Wie schnell könnt Ihr damit fertig sein?«

»Das kann ich noch nicht genau sagen«, murmelte Heinrich. »Ich werde ja erst einmal in den Bibliotheken der hiesigen Klöster auf die Suche nach Stammtafeln gehen müssen. So etwas kostet Zeit ...«

»Wie lange?«

»Einige Wochen ... vielleicht auch Monate ...«

»Ich gebe Euch acht Wochen«, sagte Albrecht, »nicht länger.«

»Acht Wochen!« Der Scholar riss die Augen auf. »Das ist viel zu wenig Zeit, Herr. Es könnte ja sein, dass ich –«

»Acht Wochen.« Albrecht blieb unerbittlich. »Aber es soll Euer Schaden nicht sein, Heinrich.«

Die Magd brachte eine Schüssel mit Hafergrütze, mehrere Scheiben frisches Brot, einen Krug Bier und zwei Becher. Auf die stumme Handbewegung ihres Herrn stellte sie Speise und Getränk auf den kleinen Klapptisch vor dem Kamin und entfernte sich knicksend wieder aus dem Zimmer. Albrecht reichte dem Scholaren einen der beiden Löffel, die die Magd ebenfalls mitgebracht hatte. »Jetzt habt Ihr Gelegenheit, Euren Magen zu füllen«, forderte er seinen jungen Gast auf, »nutzt sie, und schnell – denn auch ich habe großen Appetit und bin ein starker Esser!«

Der Haferbrei war mit Salz und zerlassener Butter verfeinert. Darüber hinaus fanden sich noch Rosinen und sogar Spuren von Pfeffer in dem appetitlichen duftenden Mus. Der Scholar, ausgehungert wie er war, ließ sich nicht lange bitten und langte kräftig zu. Brei, Brot und Bier verschwanden in erstaunlich kurzer Zeit. Danach lächelten sich die beiden jungen Männer freundschaftlich an. »Nun, Heinrich ohne Namen«, sagte Albrecht, »da Euer Hunger fürs Erste gestillt ist, mögt Ihr Euch an die Arbeit machen. Und wenn Euer Entwurf fertig ist, verlange ich ihn zu sehen. Alsdann, sollte ich mich damit einverstanden erklären ...«

»Werde ich die Stammtafel auf ein Pergament übertragen und das Blatt so bearbeiten, dass niemand sein geringes Alter erkennen kann«, fiel ihm der Scholar in die Rede. »Das, lieber Herr von Weißenstein, habe ich schon zur Genüge praktiziert und beherrsche es deshalb in Perfektion.«

»Wisst Ihr, Heinrich, dass ich Euch mehr und mehr traue?«, meinte Albrecht und lächelte noch immer. »Ich glaube Euch tatsächlich inzwischen beinahe jede Eurer Behauptungen. Ist das nicht verwunderlich?«

»Wieso, Herr?« Heinrich fand das gar nicht. »Ich sage ja die Wahrheit. Nehmt mich beim Wort!«

»Und wie, wenn ich fragen darf, wollt Ihr aus einem neuen Pergament ein altes machen?«, erkundigte sich Albrecht mit einem belustigten Augenzwinkern.

Heinrich der Scholar kicherte wie ein kleiner Lateinschüler, dem es gelungen ist, seinem Mentor einen Streich zu spielen. »Nichts leichter als das«, sagte er, »ich nehme einfach die Dinge, die auch beim alten Pergament zu würdigem Aussehen geführt haben: Lampenruß, Fett, ganz gewöhnlichen Schmutz. Dazu walke ich das fertig beschriebene Blatt noch ein wenig an den Ecken, zerknicke es sanft, verschleiße es leicht mit meinen Fingernägeln ...«

»Euer Ruf ist berechtigt«, sagte Albrecht, inzwischen wieder ernst geworden. »Gebe Gott, dass Euer Werk meinen Zwecken dienlich sein und fördern kann, wozu ich es nutzen will. Ihr ahnt nicht, wie sehr mein Leben davon abhängt ...«

»Von einem falschen Stammbaum?«, fragte Heinrich erstaunt. »Aber Ihr sagtet doch, Ihr selbst hättet nichts zu fürchten ...«

Albrecht winkte ab. »Lasst gut sein, Heinrich. Ihr würdet kaum verstehen, was ich meine. Gebt Euer Bestes, Fälscher – hört Ihr? Ich will es Euch vergelten, so reich ich kann.«

Damit war der Scholar für den Augenblick entlassen. Er verneigte sich und wollte mit einen zögernden Gruß den Raum verlassen.

»Lasst Euch von der Beschließerin die Kammer über den Pferdeställen herrichten«, gab Albrecht ihm mit auf den Weg. »Da ist es warm – und solltet Ihr dennoch frieren, so hat der Raum einen kleinen Kamin. Ich gestatte Euch, so viel Holz zum Einheizen zu nehmen, wie Ihr braucht. Eure Nahrung bekommt Ihr in der Küche – oder, besser … ich lade Euch ein, künftig mit mir zusammen die Mahlzeiten einzunehmen …«

»Großen Dank, Herr«, murmelte Heinrich der Scholar, indem er plötzlich tief errötete. »Diese hohe Ehre hatte ich nicht erwartet – aber ich nehme sie gern an. Einstweilen wünsche ich Euch einen ruhigen Abend und eine erquickende Nacht …«

»Auch Euch eine solche …«, murmelte Albrecht, der in Gedanken längst woanders weilte. »Bis morgen zum Frühstück also, Fälscher …«

Der Mann, der in Anna Elisabeths Wohnstube eingetreten war, ließ sich bereitwillig von Michel aus seinem tropfnassen Mantel helfen. Der Junge hängte das durchweichte und dreckverschmierte Kleidungsstück am Haken bei der Herdstelle auf und sah Anna Elisabeth fragend an. »Bier? Brot? Brei?«

Anna Elisabeth nickte und machte eine ungeduldige Handbewegung. Sie betrachtete den Fremden unauffällig aus dem Augenwinkel, während sie von neuem den Besen zur Hand nahm und fortfuhr, den Boden vor der Herdstelle zu kehren. Der Mann war breitschultrig und muskulös – der Umfang seiner Oberarme, die jetzt nach Ablegen des Mantels zu sehen waren, ließ darauf schließen, dass er oft schwere Lasten zu tragen hatte. Er mochte um die dreißig Jahre zählen, aber die tiefen Linien um seinen Mund erweckten den Eindruck eines höheren Alters und verrieten einen ziemlich ungeordneten Lebenswandel.

Michel hatte aus dem großen schwarzen Eisenkessel, der am Feuer stand, einen Napf mit Brei gefüllt und ein Stück Brot vom Laib abgeschnitten. Jetzt war er dabei, Bier in einen Tonbecher einzuschenken. Der Fremde hatte sich ohne lange Umstände an den Tisch gesetzt und nahm Speise und Trank wortlos von dem Jungen entgegen. Er tat einen großen Zug aus dem Becher, biss von dem Brot ab und wandte sich dann an Anna Elisabeth. »Wie lange noch, bis der Herr dieses Hauses heimkommt?«

Anna Elisabeth hielt mit Fegen inne und richtete den Blick auf den Mann. »Herrin dieses Hauses bin ich«, sagte sie nüchtern.

»Ja, ja«, erwiderte der Mann, »das sehe ich. Aber ich fragte nach dem Herrn.«

»Den gibt es nicht.« Anna Elisabeth stellte den Besen an die Wand und musterte den Mann kühl. »Ihr müsst schon mit mir vorlieb nehmen.«

Einen Augenblick lang verzog der Vierschrötige keine Miene. Dann breitete sich ein Grinsen auf seinem grob geschnittenen Gesicht aus. »Ihr redet gerade so wie die Meine«, sagte er, »die hat auch Haare auf den Zähnen und lässt sich die Butter nicht vom Brot nehmen.« Er nahm einen weiteren Schluck aus seinem Becher. »Aber nun Scherz beiseite. Sagt mir, wann der Hannes Rebmann zurückkehrt.«

»Sobald Ihr mir verraten habt, wer Ihr seid«, erwiderte Anna Elisabeth frostig. »Ich kenne nicht einmal Euren Namen, geschweige denn, dass ich weiß, in welcher Sache Ihr den Hannes sprechen wollt. Ihr platzt hier einfach so herein, tut, als gehöre Euch das Haus und wollt mir befehlen. So haben wir nicht gewettet ...«

Der Fremde reckte die breiten Schultern. »Aber gemeldet worden ist Euch doch, dass ich kommen werde«, sagte er langsam und nicht ohne eine Spur von Verlegenheit. »Hat Euch der Bote denn meinen Namen nicht genannt?«

»Nicht, dass ich wüsste«, sagte Anna Elisabeth.

»Ich bin Konrad«, kam die schnelle Erklärung.

»Etwa ein Bote dieses Wirts, der überall von sich reden macht?«

»Eben desselbigen.«

»Und Ihr reist den ganzen Weg von Böckingen, nur um mit Hannes Rebmann zu sprechen?« Anna Elisabeth warf dem Fremden einen misstrauischen Blick zu. »Was wollt Ihr von ihm?«

»Er will was von mir«, sagte der Fremde und verzog spöttisch den Mund. »Aber es ist gehupft wie gesprungen ... wir brauchen einander.«

»Wozu?«, fragte Anna Elisabeth. Doch der Fremde kam nicht mehr dazu, Antwort zu geben, denn die Tür schwang auf und Hannes trat ein. Auf der Schulter trug er die Hellebarde, die er selbst aus einer Haue, einer Sense und einer Sichel geschmiedet hatte. Als er des Fremden ansichtig wurde, hellte sich seine Miene, die grimmig gewesen war, schlagartig auf. »Lange haben wir gewartet«, sagte er strahlend, »aber was lange währt, wird endlich gut. Willkommen, Konrad!«

»Ich sehe, du wappnest dich schon, Bruder!« Der Bote des Wirts von Böckingen sprang von seinem Sitz auf und trat Hannes mit lachendem Gesicht entgegen. »Es ist ja auch an dem, dass wir draufschlagen wollen – die großen Hansen haben uns lange genug genasführt.«

»Wohl wahr«, sagte Hannes. »Nach allem, was uns zugetragen wurde, wird seit dem vergangenen Herbst ohne Unterlass geredet und geredet. Nur, dass des Redens kein Ende ist, und dass die Herren nach wie vor auf die Zwölf Artikel spucken!«

»Nicht mehr lange«, knurrte Konrad. In seinen grauen Augen blitzte ein kalter Funke. »Die Menge der Bauern im Odenwald und Neckartal hat sich gerüstet und ist bereit, ihnen zum Tanz aufzuspielen, Bruder.«

Anna Elisabeth mischte sich ein. »Warum reist Ihr von Dorf zu Dorf und verbreitet überall Eure aufrührerischen Gedanken?«, fauchte sie den Boten des Wirts von Böckingen an. »Warum habt Ihr nicht Geduld und wartet auf den Ausgang der Verhandlungen? Der Kanzler von Hohenlohe, dieser Wendel Hipler, führt sie doch zurzeit –«

Sie unterbrach hastig ihren angefangenen Satz und presste die Hand auf den Mund. Hannes Rebmann und Jäcklein Rohrbachs Bote starrten sie verblüfft an. »Woher weißt denn das schon wieder, Annelies?«, wollte Hannes wissen.

»Hab's gehört. Von dir selbst ...« Anna Elisabeth wandte sich ab und machte sich bei der Herdstelle zu schaffen.

»Das kann nicht sein«, sagte Hannes. »Wenn du dabei warst, haben wir Männer nie darüber gesprochen.«

Er schämte sich offenbar vor diesem Konrad, dass er Männerdinge an eine Frau weitergegeben hatte. Anna Elisabeth überlegte blitzschnell. »Damals auf der Michaelikirmes«, sagte sie, »da war doch dieser Albrecht Hund. Und der erwähnte beim Tanz ...«

»Das ist ja sonderbar«, sagte Konrad, »dass einer beim Tanz mit einer jungen Frau den Wendel Hipler nennt.«

Hannes legte seinem Gast die Hand auf die Schulter. »Ich erinnere mich an diesen Kauz«, meinte er mit einem bedeutungsschweren Seitenblick auf Anna Elisabeth. »Der war mal bei meinem Schwiegervater selig zu Gast, und auch da hat er schon Reden geschwungen über das Recht des Christenmenschen und die Freiheit, die es zu erringen gilt.«

»Hund heißt der?« Jäcklein Rohrbachs Bote kratzte sich den dichten schwarzen Schopf. »Hab den Namen ehrlich gesagt noch nie gehört.«

Hannes lachte. »Aber du kannst doch auch nicht jeden Herumtreiber kennen, der von Wendel Hipler und der Freiheit redet«, sagte er. »Komm, Bruder – iss und trink. Und danach rufen wir die Männer zusammen und beratschlagen, wann wir aufbrechen wollen.«

»Aufbrechen?« Anna Elisabeth konnte nicht anders, als sich wieder in das Gespräch der beiden Männer einmischen. »Wohin denn – um Gottes willen?«

»Ins Feldlager«, klärte Konrad sie auf. »Wie ich schon sagte, noch dieses Frühjahr wollen wir unsere Zwingherren aufs Haupt schlagen.«

»Nur so erreichen wir, was wir wollen«, ergänzte Hannes.

»Ihr wollt Frauen und Kinder verlassen und gegen die Herren in den Krieg ziehen?«, fragte Anna Elisabeth fassungslos.

»Es steht Euch frei, mitzuziehen«, sagte Konrad augenzwinkernd. »Viele Weiber tun das. Die vom Jäcklein – Margarete Hofmann – wird auch an seiner Seite bleiben und für gut Glück sorgen ...«

»Hab schon von der schwarzen Hofmännin gehört«, murmelte Hannes beeindruckt. »Es heißt, sie kann Wunden besprechen und kennt so manchen wirksamen Zauber ...«

Jäcklein Rohrbachs Bote lachte schallend. »Das ist wahr«, sagte er und widmete Anna Elisabeth einen anzüglichen Blick. »Doch ich meine, die deine besitzt diesen Zauber ebenso ... wenn ich sie mir betrachte, könnte ich mir vorstellen, sie hat auch alles, was Männer sich wünschen.«

»Wir werden sehen«, murmelte Hannes und lief rot an.

»Hast sie noch nicht ausprobiert?«, fragte Jäcklein Rohrbachs Bote grinsend.

Anna Elisabeth schnaufte unwillkürlich und warf dem Fremden einen empörten Blick zu. Hannes wusste nicht genau, wie er sich jetzt verhalten sollte. »Hmm«, brummte er ausweichend, »aber bis Mai ist es ja nicht mehr weit.«

Konrad lachte auf. »Wohl wahr«, stimmte er zu, »und wenn erst unsere Ziele erreicht sind, wird dir das Hochzeiten umso schöner vorkommen ... oder etwa nicht?«

Diese Frage war an Anna Elisabeth gerichtet, die zornrot beim Herd stand und um Beherrschung rang. Wie konnte Hannes es wagen, auf diese Anzüglichkeiten einzugehen? »Wenn Ihr mich fragt«, antwortete sie eisig, »dann ist es bis Mai noch sehr weit – und wer weiß, was bis dahin alles geschieht!«

»Wie meintest du deine Bemerkung heut vom Nachmittag?«, wollte Hannes wissen.

»Welche Bemerkung?«

»Nun – dass bis Mai noch allerhand geschehen könnte.«

Anna Elisabeth, die eben das Schmutzwasser aus dem Kübel vorm Haus ausgeleert hatte, stellte den Eimer mit einem energischen Schwung an die Hauswand. »Wir haben März«, sagte sie trocken.

»Ach so.« Hannes nickte und tat, als habe er verstanden, was sie meinte – auch wenn er keinen blassen Schimmer hatte. »Und freust du dich schon auf unsere Hochzeit, Schätzle?«

Anna Elisabeth zuckte die Achseln. Zu einer deutlicheren Antwort war sie nicht in der Lage.

Er starrte in die sinkende Dämmerung, wo im zarten Spätdunst die ersten Sterne aufschimmerten. »Die Haselkätzchen sind schon gelb«, sagte er, »mir scheint, es müsste jetzt gepflügt werden ...«

»Und?«

»Keiner denkt auch nur dran«, murmelte Hannes. »Alle haben nichts als den Feldzug im Sinn ...«

»Du auch?«

»Hmm.«

Das war weder ein Ja noch ein Nein. »Du auch?«, wiederholte Anna Elisabeth ihre Frage.

»Ja, sicher.« Hannes schloss für einen Moment die Augen. »Das Heer der Bauern aus dem Odenwald und Neckartal nimmt jeden Tag an Zahl zu. Der Konrad hat Recht. Wir werden sie bezwingen, die Raubpfaffen und adligen Wegelagerer, die da behaupten, sie hätten ihre Rechte von Gott.«

»Haben sie das nicht?«

Hannes riss die Augen weit auf. »Nein«, sagte er und stieß den Atem heftig von sich. »Sie haben sich ihre Rechte einfach angemaßt. Und dagegen wehren wir uns nun.«

»Ist es gestattet?«, ließ sich eine Stimme hinter ihnen vernehmen. Jäcklein Rohrbachs Bote war durch die sinkende Dämmerung an sie herangetreten und stellte sich nun neben Hannes.

»Macht keine Umständ«, sagte Hannes.

»Ja – wir wehren uns«, führte Konrad das Gespräch zwischen Hannes und Anna Elisabeth fort. »Auge um Auge – Zahn um Zahn. So, wie es in der Bibel heißt.«

Anna Elisabeth drehte den Männern den Rücken zu. »Eine gute Nacht wünsch ich«, sagte sie knapp, indem sie durch die Haustür in die Stube ging.

»Was hat sie denn?«, hörte sie Konrad fragen.

»Ach, nichts«, kam Hannes Rebmanns Antwort. »Du weißt doch, wie die Weiber sind. Was sie sagen wird, wenn ich ihr mitteile, dass wir schon übermorgen auf den Marsch gehen – das kann ich mir bereits denken.«

»Was denn?«

»Lamentieren wird sie. Und sie wird mich daran erinnern, dass ich bald für ihr Hauswesen verantwortlich sein werde.«

»Und was wirst du ihr antworten, Bruder?«

»Nur, dass sie sich zu schicken hat«, knurrte Hannes Rebmann. »In Männerdinge hat sie sich zukünftig nicht mehr einzumischen. Ob's ihr passt oder nicht ...«

»Die Weiber in Böckingen sind da ganz anders«, sagte Konrad nachdenklich. »Obwohl ... so anders nun auch wieder nicht. Aber sie nehmen das Unvermeidliche auf sich.«

»Dass sie dieses Frühjahr die Feldarbeit allein zu schaffen haben?«

»Hmm.« Konrad nickte. »Aber im Sommer, wenn gemäht werden muss, dann sind die Männer wieder da – und im Herbst wird keine Abgabe mehr zu entrichten sein. Das wissen sie auch.«

»Und das macht das Warten süß ...«

»Recht, Bruder.« Jäcklein Rohrbachs Bote klopfte Hannes fest auf die Schulter. »Aber noch süßer wird unser erstes Gefecht sein ... ich kann's kaum erwarten, die Herren vor mir zu sehen und mein Rapier durch ihre feisten Wänste zu rennen ...«

Hannes erwiderte nichts dazu. Doch die Art, wie er das Kinn vorschob und dazu die Fäuste ballte, war Antwort genug. Anna Elisabeth, die seine Miene durch den Türspalt gesehen hatte, erschauerte. Schnell wollte sie die Tür vollends zuziehen, da hörte sie noch, wie Hannes fragte: »Hat das Bauernheer schon eine Fahne?«

»Sicher«, sagte Konrad. »Die Evangelische Bruderschaft führt eine Sonne im Wappen ... und das Motto: Wer frei will sein, der zieh zu diesem Sonnenschein.«

»Das lass ich mir gefallen«, murmelte Hannes so leise, dass Anna Elisabeth ihn durch die beinahe geschlossene Tür kaum noch verstehen konnte. »Nun erzähl mir, Bruder – wie soll's gehen, und wer befehligt die jeweiligen Haufen?«

Anna Elisabeth hatte genug gehört. Sie wusste, sie würde Hannes und die anderen Männer aus dem Dorf und den umliegenden Weilern nicht von ihrem ungeheuerlichen Vorhaben abbringen können. Zum ersten Mal beschlich sie ein Gefühl des Unabänderlichen – des Schicksalhaften, dessen Gang niemand umleiten kann. Sie musste mit Albrecht darüber reden; er gehörte ja zu den Herren und hatte sicherlich die Gerüchte vom Bauernaufruhr zugetragen bekommen. Er würde vielleicht ein Mittel kennen, um einen Zusammenstoß zwischen dem Heer der Bauern und dem der Herren zu verhindern ...

Aufbruch

Sie waren alle angetreten, die Männer – nicht einer fehlte. Gerüstet standen sie vor Anna Elisabeths Haus, hielten sich sogar in einer gewissen Ordnung, wie es sich für eine Truppe gehört. Hannes Rebmann, der einvernehmlich der Hauptmann sein sollte, hatte sich für die Reise in seinen langen Wetterumhang gehüllt, denn der Himmel war heute von undurchdringlich dichten Wolken verhüllt, aus denen stetig feine und feinste Tröpfchen niederrieselten.

Anna Elisabeth, die in der Tür stand und zusah, wie Hannes und dieser Konrad letzte Anweisungen an die Männer ausgaben, empfand einfach nur Kälte. Sie fror bis ins tiefste Innerste – daran konnte selbst das wollene Umschlagtuch, das sie sich um die Schultern geworfen hatte, nichts ändern.

Matthias' Kinder waren voller Angst, wenigstens die Kleinsten. Besonders das Mariechen schluchzte so sehr, dass seine dünnen Schultern regelrecht geschüttelt wurden. Es hatte sich an Anna Elisabeths Knie angeklammert und blickte mit nassgeweintem Gesichtchen zu ihr auf. »Wohin geht der Vater?«, fragte es zitternd. »Kommt er jetzt nie mehr wieder?«

»Doch«, versuchte Anna Elisabeth zu trösten, »in ein paar Wochen ist er bestimmt wieder da, Schätzchen – und er bringt dir vielleicht sogar was Schönes mit.«

Das Kind machte ein zweifelndes Gesicht. Die ältere Schwester Gertrud antwortete statt seiner. »Meinst, Annelies? Aber er hat doch gesagt, er zieht in den Krieg gegen die großen Hansen ...«

»Wer sind denn die großen Hansen?« Mariechen war von seinem Kummer abgelenkt und wischte sich mit ihrer kleinen, schmuddeligen Faust über die Augen.

Der Michel erklärte. »Das sind die, denen wir immer so viel abgeben müssen«, sagte er mit ernster Miene. »Aber bald kriegen sie nichts mehr. Dann behalten wir alles selbst und essen es auch selber auf.«

Diese Aussicht begeisterte das Mariechen aufs Höchste. Es wollte eine freudige Erwiderung von sich geben, doch Jakob Rohrbachs Werber war erschienen und hatte sich vor den angetretenen Bauern aufgestellt. »Männer«, rief er volltönend, »nun ist der Tag endlich gekommen, auf den wir alle gewartet haben. Wenn wir nun auf den Marsch gehen, lasst keine Müdigkeit noch Mattigkeit euch hemmen. Wir werden siegen – daran wollen wir keinen Augenblick zweifeln. Denn Gott ist mit uns.«

»Und zum Teufel mit den Schandpfaffen und Raubherren!«, schrie der Schmiedejörg.

»Denen tränken wir's ein«, ergänzte der Schweineheinz, der sich zum Aufwärmen bereits einen großen Krug Bier die Gurgel hinuntergeschüttet hatte und etwas lallte. »Die kriegen ihr Teil ... und mehr noch, als sie haben wollen!«

Einige der Angetretenen lachten. Der Schmiedejörg grinste hämisch. »Ich weiß auch schon, was ich mit dem ersten Edelfräulein mache, das mir unbewacht in die Finger gerät«, sagte er und zwinkerte den Schweineheinz an.

»Sicher dasselbe, was dieser Drecksjunker mit deiner ältesten Tochter gemacht hat«, kicherte der.

»Nur, dass meine Tochter nichts dagegen hatte«, sagte der Schmiedejörg. »Meine Alte war diejenige, die sich wehren wollte ...«

Konrad der Werber hob den Arm. »Voraus also, Brüder«, rief er, »und nicht gezaudert. Im nächsten Kirchdorf stoßen drei

Mann zu uns, die Arkebusen besitzen und sie auch abfeuern können.«

»Sind das die kleinen Geschütze aus der Klostervogtei?«, wollte Hannes Rebmann wissen.

»Richtig«, erwiderte Konrad der Werber. »Drei der Klosterknechte sind dem Vogt davongelaufen und zu uns gestoßen. Sie haben ihre Waffen mitgebracht.«

»Warum überfallen wir dann nicht einfach die Vogtei noch einmal und holen uns auch die restlichen Feuerwaffen?«, fragte der Schweineheinz. »Ich glaube sogar, im Kloster gibt es so manche Dinge, die wir gut gebrauchen könnten.«

»Wir werden sehen«, sagte Konrad.

Hannes Rebmann trat auf Anna Elisabeth zu. »Nun geht es ans Abschiednehmen«, sagte er und legte ihr die Hände auf die Schultern. »Aber nimm's nicht so schwer, Schätzle. Bis zur Hochzeit ist alles wieder gut ...!«

Er zwinkerte ihr übertrieben lustig zu. Anna Elisabeth sah eine Träne in seinem Augenwinkel. »Ich weiß, es hat keinen Zweck, dich das zu fragen, Hannes«, sagte sie, »aber willst du es dir nicht doch noch einmal überlegen? Schau, es kommt mir vermessen vor, gegen adlige Herren in den Kampf zu ziehen, und ...«

»Hast du denn nicht zugehört?«, fiel ihr der Hannes ins Wort. »Wir haben das Recht auf unserer Seite. Und darum gehört uns auch der Sieg. Es kann gar nicht anders kommen!« Er heftete den Blick seiner hellblauen Augen fest auf ihr Gesicht. »Du musst an unsere Sach glauben, Annelies«, fügte er hinzu. »Wenn der Kampf gewonnen ist, können wir umso glücklicher miteinander sein.«

Anna Elisabeth wollte sich von ihm abwenden, aber es gelang ihr nicht – nicht in diesem Augenblick. »Ich wünsch dir, dass es euch gelingt, Hannes«, sagte sie mit einem halbherzigen Lächeln. »Aber vernünftig kommt mir das, was ihr tun wollt, nicht vor. Besser wär's, wenn ihr warten würdet, bis die Verhandlungen –«

»Alle Verhandlungen sind gescheitert«, knurrte Hannes, während er sich unwillig die Augen wischte. »Es gibt keinen anderen Weg.«

Anna Elisabeth wusste nicht, was sie darauf noch antworten sollte. »Leb wohl also«, sagte sie. »Pass auf dich auf, Hannes.«

Er starrte sie an. Dann schluckte er schwer. »Darf ich dir einen Abschiedskuss geben?«, fragte er mit rauer Stimme.

Anna Elisabeth nickte. Doch sie erwiderte seine linkische Umarmung und den hölzern auf ihre Lippen getupften Kuss nicht. Er bemerkte das. Seine Augen suchten ihren Blick. »Zürn mir doch nit so, Annelies«, bat er. »Ich schwör dir's: wenn wir Mann und Frau sind, sollst du nie mehr Grund zur Klage haben. Aber jetzt musst halt noch einmal ...«

Er wusste nicht weiter.

»Schon gut«, sagte Anna Elisabeth sanft, »es liegt nicht an dir, wenn ich heute schlechter Stimmung bin. Gefahrlose Reise wünsch ich dir, Hannes.«

Aber er war hellhörig geworden. »Woran liegt es dann?«, wollte er wissen, ohne auf ihren letzten Satz einzugehen.

Sie zögerte mit der Antwort. »Es bleibt so vieles zu klären«, sagte sie schließlich, »das macht mir üble Laune.«

Hannes gab sich zufrieden. »Pass auf, Schätzle«, lächelte er sie an, während er nach ihrer Hand tastete, »wenn ich heimkehr, regelt sich das mit unserer Hochzeit ganz von allein. Brauchst dich nit zu sorgen so lange. Verstehst?«

Anna Elisabeth nickte und wusste nicht, in welche Richtung sie seinem Blick ausweichen sollte.

»Versprich, dass du nit mehr grübeln willst!«, forderte Hannes.

Sie nickte noch einmal. Er umarmte sie, diesmal so, wie er das früher getan hatte – heftig, stürmisch, bäurisch und herzlich. »Nun lach wieder – und wink mir nach, wenn wir abziehen«, sagte er. Dann trat er neben Konrad, den Werber des Wirts von Böckingen. Der hob den Arm und gab das Zeichen. Mit entschlossenen Mienen, bei jedem Schritt fest aufstampfend, marschierten die Männer des Dorfes davon. Ihre Frauen und Kinder blieben am Wegesrand zurück. Nur wenige der Zurückgelassenen schauten hoffnungsvoll drein; auf den meisten alten oder jungen Gesichtern spiegelten sich Sorge und die Furcht vor dem Ungewissen.

»Möge Gott sie schützen«, murmelte Matthias' Vater, ein uralter Mann, von dem keiner genau wusste, wann er geboren war, »möge Er gnädiglich seine Hand über sie halten, dass sie gesund heimkehren ...«

Albrecht und Heinrich der Scholar hatten das Mittagsmahl in der Küche eingenommen. Eben hatte die alte Magdalene die leer gegessenen Suppennäpfe weggeräumt und ihrem Herrn den Becher noch einmal mit dem sauren Wein nachgefüllt, den er noch aus der Zeit seines Vaters im Keller liegen hatte. Albrecht nahm einen Schluck und widmete seiner Wirtschafterin gleichzeitig einen unwirschen Blick. »Dem da auch«, sagte er und deutete mit einer kleinen Kopfbewegung auf Heinrich. »Und leg ein Stück Brot dazu.«

Magdalene runzelte die Brauen, aber sie gehorchte ohne Widerrede. Das Stück Brot, das sie dem mageren jungen Kleriker hinschob, fiel allerdings sehr bescheiden aus.

»Ein zweites, wenn's beliebt«, forderte Albrecht und unterdrückte ein Lächeln. In diesem Augenblick betrat Christoph den niedrig gewölbten Küchenraum.

Er sah sich um, entdeckte Albrecht und seinen Gast an dem langen Gesindetisch hinter dem mächtigen Pfeiler, der das Gewölbe trug. »Dich suche ich«, sagte er und sah Albrecht an. »Ein Berittener ist oben und will ein Wort mit dir sprechen.«

»Ein Berittener?« Albrecht hob den Kopf. »Hat er den Zweck seines Besuchs verraten?«

Christoph verneinte.

»Woher kommt er denn?«

»Auch das kann ich nicht sagen«, erwiderte Christoph achselzuckend. »Doch ich habe den Mann schon einmal hier gesehen. Er war im vergangenen Herbst unter den Jagdgästen ...«

»Ein kleiner, wohlbeleibter Herr mit einem viereckig gestutzten Bart?« Albrecht war aufgestanden und trat an Christoph heran. »So um die vierzig Jahre, und recht energisch?«

»Nein, nein«, gab Christoph zurück, »der Götz ist es nicht.« Er presste verlegen die Hand auf den Mund. »Ich meine, der Herr von Berlichingen ...«

Albrecht schmunzelte. »Nun, dann sehe ich einfach selbst nach, wer da mit mir reden will«, sagte er aufgeräumt. »Der Mann ist doch kein einfacher Bote, Christoph?«

»Dessen bin ich sicher«, bestätigte der. »Sei gewiss, es ist ein Herr von Stand. So etwas spürt man.«

»Wahrhaftig.« Albrecht lächelte noch einmal. Er folgte seinem Halbbruder die schmale steinerne Schnecke hinauf, die in der Mauerdicke des Pallas von der Küche zu den Wohnräumen führte. Der Mann, der um eine Unterredung ersucht hatte, stand in der großen leeren Halle und starrte gesenkten Hauptes vor sich auf die Platten des Fußbodens. Seinen Mantel, eine weit geschnittene Houppelande aus blauem Tuch, trug er lässig über die Schultern drapiert, während sein Kopf gänzlich unbedeckt war.

Albrecht erkannte das scharfkantige Profil des Mannes sofort. »Florian Geyer«, rief er ihm entgegen, »das freut mich, Euch schon so bald wieder hier begrüßen zu dürfen!«

Um die schmalen Lippen des Mannes zuckte ein beinahe unmerkliches Lächeln. »Wenn man den Abstand von fünf Monaten bald nennen kann«, sagte er trocken. »Mich freut's auch,

Vetter, Euch wiederzusehen. Zumal lebenswichtige Dinge mich hierher führen und ich auf Eure Unterstützung hoffe.«

»Ihr macht mich neugierig«, erwiderte Albrecht. »Kommt, Vetter – setzen wir uns ein wenig ans Feuer.« Er nahm den Mann beim Arm und lenkte ihn zur Stiege, die hinauf zur Kemenate führte. An Christoph gewandt bemerkte er: »Der Hausknecht soll mehr Brennholz bringen, und in der Küche lass einen Imbiss richten. Mein Gast wird ein ordentliches Essen nach dem langen Ritt zu schätzen wissen. Ist Euer Pferd gut versorgt?«

Diese Frage war wieder an Florian Geyer gerichtet. »Sicherlich«, gab der zurück, »aber es lahmte die letzten zwei Stunden. Ich muss später noch einmal nach ihm sehen und ihm vielleicht das rechte Sprunggelenk vorne mit Brennnesselsud abreiben.«

»Das kann einer meiner Knechte auch.« Albrecht signalisierte seinem Bruder Christoph mit einem Blick, dass er sich auch darum kümmern sollte. Christoph nickte hilfsbereit und schlüpfte wieder in den niedrigen und engen kleinen Eingang zur Schnecke. Albrecht sah ihm dankbar nach. Dann führte er seinen Gast die Stiege hinauf.

»Dies ist ohne Zweifel das angenehmste Zimmer in Eurem ganzen weitläufigen Haus«, sagte Florian Geyer, als sie sich auf der Bank mit der Wendelehne niedergelassen hatten, die nahe beim Kamin stand.

Albrecht stimmte zu. Er streckte die Beine lang von sich und lehnte den Rücken an. »Aber Ihr seid gewiss nicht gekommen«, erwiderte er, »um mir zu dem guten Geschmack meiner Mutter Komplimente zu machen.«

Florian Geyer blickte ein wenig verwirrt drein. »Dem guten Geschmack Eurer Mutter ... wie kommt Ihr darauf?«

»Sie ließ diesen Raum ausschmücken«, erklärte Albrecht mit einem Blick zur reich verzierten Decke. »Jetzt gebt mir endlich den Grund Eures Besuchs an – lasst mich nicht länger rätseln!«

Florian Geyer nickte, schüttelte gleichzeitig den Kopf und sah Albrecht dann ernst an. »Ihr wisst noch, Herr Vetter, dass ich mich im vergangenen Jahr um die Sache der aufständischen Bauern sorgte?«

»Ja«, sagte Albrecht verständnislos. »Aber was hat das mit Eurem Besuch zu tun?«

»Nun ...« Florian Geyer überlegte einen Augenblick. »Es waren Verhandlungen im Gange«, fuhr er dann fort, »doch die Herren, die daran beteiligt waren, zögerten irgendwelche Entscheidungen immer wieder hinaus ... bis heute. Es ist noch zu keinem einzigen Ergebnis gekommen, und nun wollen die Bauern nicht länger zuwarten. Ich bin gleicher Meinung.« Er fixierte Albrecht mit einem leidenschaftlich glühenden Blick. »Wenn Worte nicht verfangen wollen, müssen eben die Waffen sprechen«, fügte er hinzu. »So sagte ich schon im vergangenen Jahr auf der Jagd ... erinnert Ihr Euch noch daran?«

»Ja, sicher. Aber, Herr Vetter – was hat das mit mir zu tun? Und wobei benötigt Ihr meine Hilfe?«

»Albrecht, ich baue eine kleine, aber schlagkräftige Truppe auf.« Florian Geyer sah Albrecht weiterhin unverwandt an. »Sie besteht teils aus meinen Burgleuten, teils auch aus jungen Bauernsöhnen, die zu meinem Besitz in Ingolstadt gehören. Aber selbst wenn ich alle waffenfähigen Männer aus meinen Dörfern zusammennehmen würde –«

»Könnt Ihr das nicht?«

Florian Geyer schüttelte den Kopf. »Ich nehme nur Freiwillige in meine Schar«, erwiderte er. »Männer, die man zwingen muss, haben nicht die nötige Treue.«

»Das steht außer Zweifel«, sagte Albrecht. »Aber nun kommt doch endlich auf den Grund Eures Besuchs! Ich möchte wirklich wissen, warum –«

Florian Geyer brachte ihn mit einem eindringlichen Blick zum Schweigen. »Es fehlt an besonnenen Männern im Bauernheer«, sagte er, »und darum will ich Seite an Seite mit den Bauern kämpfen. Ich bin ein wahrer Freund ihrer Sache – denn sie ist auch die meine. Erinnert Ihr Euch, Vetter, wie ich am Tag der Jagd mit Euch darüber gesprochen habe? Nun ist der Tag angebrochen, da ich mich entscheiden muss, und ich kann mich der Notwendigkeit nicht länger entziehen, in das Ringen einzugreifen.«

»Zum letzten Mal, Vetter – was wollt Ihr denn nun von mir?« Albrecht war kurz davor, aufzubrausen. »Ihr erzählt mir von Euren Absichten und Ansichten ... nur nicht davon, warum Ihr hier seid!«

Jetzt machte Florian Geyer dem Rätselspiel ein Ende. »Ich will, dass Ihr Euch mir anschließt«, erwiderte er nüchtern, »mit allen Leuten, die Euch treu ergeben sind und Waffen tragen können. Ich will, dass Ihr einer meiner Hauptleute werdet – im gerechten Kampf gegen die Fürsten und Pfaffen, die ihre Macht ungerecht einsetzen und Gottes Ordnung damit verhöhnen!«

Es war heraus. Albrecht brauchte einen Augenblick, um wirklich zu erfassen, was Florian Geyer da gerade von ihm gefordert hatte. Er – ein Hauptmann in einer Truppe, die erst noch aufgestellt werden sollte?

»Vetter«, brachte Albrecht schließlich heraus, »wie kommt Ihr damit ausgerechnet auf mich?«

»Ich halte Euch für einen Mann, der ein Gewissen hat«, erwiderte Florian Geyer ruhig. »Ihr gehört nicht zu denjenigen, die ihren Stand für gottgegeben halten, und –«

»Doch«, unterbrach ihn Albrecht, »mein Stand ist mir von Gott gegeben – woher sollte er sonst kommen?«

»Lasst mich ausreden«, sagte Florian Geyer mit leiser Ungeduld. »Ich meinte, dass Ihr Euren Stand nicht zum Vorwand nehmt, Euch mehr Rechte zuzubilligen als anderen. Irre ich darin?«

»Nein«, erwiderte Albrecht irritiert. »Aber wenn ich deshalb –«

»Seht Euch doch an, wie elend es allgemein um die Bauern bestellt ist!« Florian Geyer ließ Albrecht seinen Einwand nicht einmal zu Ende sprechen. »Es wird höchste Zeit, den Fürsten klar zu machen, dass auch sie in ihren Grenzen zu bleiben haben.« Er hob die Stimme. »Dazu aber braucht es Männer wie Euch, Albrecht – Männer, die den Mut, die Kraft und den Ernst aufbringen, eine gute Sache bis zum Ende durchzufechten.« Er sah seinen Gastgeber mit ernsten Augen an. »Denn es ist gut möglich, dass das Ringen hart wird ...«

Albrecht hatte die Herausforderung erkannt, die in Florian Geyers Worten gelegen hatte. »Woher wollt Ihr denn wissen, Vetter, ob ich diese Eigenschaften besitze?«, fragte er und behielt seinen Gast scharf im Auge. »Ihr kennt mich doch gar nicht gut genug – kaum, dass wir damals auf der Jagd ein paar Worte miteinander gewechselt haben.«

Geyer lachte. »Ich hatte vergessen, Euren Scharfsinn und Eure Besonnenheit zu erwähnen«, sagte er. »Auch die ist nötig, um diesen Kampf zu gewinnen. Seid Ihr willens und bereit, Albrecht Wolf von Weißenstein, für Euch und die Bauern die Freiheit von Fürstenwillkür und Fürstenzwang zu erstreiten?«

»Vor allem verlange ich genügend Zeit, um zu überdenken, was Ihr eben vorgebracht habt«, sagte Albrecht. Es gelang ihm nicht ganz, den leisen Groll zu verbergen, der in ihm aufgestiegen und aus seiner Stimme herauszuhören war. »Vergebt mir, Vetter – aber ich gehöre jedenfalls auch nicht zu denen, die sich überrumpeln lassen.«

»Das ist mir durchaus bewusst.« Florian Geyer ließ nicht locker. »Nur, nehmt Euch nicht zu viel Zeit. Schon sammeln sich die Bauern aus dem ganzen Neckartal; im Kraichgau und im Kemptener Land gibt es bereits bewaffnete Kriegshaufen, die nur auf das Signal zum Losschlagen warten. Sogar die Odenwälder beginnen sich zusammenzutun. Einzelne Gruppen sind schon auf dem Weg zum Treffen der Hellen Haufen in Krautheim ...«

»Vetter«, sagte Albrecht, »so gerecht Euer Ansinnen auch sein mag – bei Licht besehen kommt mich nicht die geringste Lust an, in diesen Kampf gegen die Fürsten einzutreten.« Er brachte jetzt endlich den Gleichmut auf, dem leidenschaftlichen Blick seines Gastes zu begegnen. »Ich habe vor, mich diesen Frühling zu verheiraten, und darum gelüstet es mich wahrlich nicht nach kriegerischem Kräftemessen ...«

Florian Geyer hob ruckartig den Kopf. »Ihr wollt ein Weib nehmen, Vetter ... ist das wirklich Euer Wunsch und Wille? Ihr wollt den Weißenstein mit weiteren mittellosen kleinen Freiherren bevölkern, die nichts zu beißen haben und irgendwann auf Raub und Mord zurückgreifen müssen, damit sie am Leben bleiben?«

Albrecht hatte sich kerzengerade aufgerichtet. »Solche Unterstellungen dulde ich von niemandem«, sagte er scharf, »auch nicht von Euch, Florian Geyer. Nehmt das alles sofort zurück und entschuldigt Euch, so will ich darüber hinwegsehen, dass Eure Worte überhaupt gefallen sind!«

Aber der Geyer dachte nicht daran, um Verzeihung zu bitten. »Ihr wollt es einer jungen Frau zumuten«, sagte er, »in dieser zugigen, zerkrümelnden alten Burg Kinder zur Welt zu bringen und großzuziehen – einem Haus, das Ihr kaum noch in Reparatur halten könnt? Ihr habt vor, weiterhin von den kärglichen Abgaben nur weniger elender Bauern und von gelegentlichen Straßenzöllen Euer Leben zu fristen, die Euch rechtens gar nicht zustehen? O Vetter – das kann nicht die Zukunft sein, die Ihr Eurer Gemahlin bieten wollt!«

Albrechts Zorn, der so schnell aufgeflammt war, sackte wieder in sich zusammen. Übrig blieb ein Gefühl der Hilflosigkeit, das schwer zu ertragen war. »So sind nun einmal die Zeiten«, sagte Albrecht mit zusammengebissenen Zähnen, »was bleibt mir denn anders übrig ...«

»Wacht auf, Vetter!« Florian Geyer hatte sich ebenfalls steil aufgerichtet und den Blick kämpferisch auf Albrecht gerichtet. »Erkennt Ihr denn immer noch nicht, dass die Sache der Bauern auch unsere Sache ist? Wenn wir den Fürsten unsere Freiheit wieder abgewonnen haben, dann mögt Ihr Eure Braut heimführen. Dann müsst Ihr auf keine Fürstenlaune mehr ein Fingerschnippen geben und könnt Euer Leben so einrichten, wie's Euch gefällt!«

Albrecht musste an Anna Elisabeth denken. Plötzlich sah er ihr Antlitz vor sich, ihre nachdenklichen dunklen Augen. Hatte der Geyer nicht völlig Recht? War Annas Freiheit nicht gleich seiner? Vielleicht, wenn der Kampf gegen die Fürsten gewonnen werden konnte, brauchte er gar keinen falschen Stammbaum mehr für Anna und konnte sie zum Weib nehmen, ohne ihre wahre Herkunft verschweigen zu müssen. Reiche Bürgerstöchter gingen ja auch in den Adel ein, ohne dass ihre Eheherren dadurch in Schande gerieten.

Die Tür schwang auf. Herein trat die kleine Küchenmagd, in die Christoph immer noch so schrecklich verliebt war. Sie brachte eine Schüssel mit Geselchtem, einen halben Laib grobes dunkles Brot, einen Krug Bier und zwei zinnerne Becher. Wie hieß das reizende Kind doch gleich ... Hedwig ...?

Albrecht bedeutete ihr, von dem Bier einzuschenken. Hedwig errötete bis in den kraus gelockten Haaransatz. »Sofort, Herr«, flüsterte sie angespannt und stellte schnell das Tablett mit Schüssel, Brot und Bechern auf die Kleidertruhe beim Eingang. Dann tat sie, was ihr befohlen worden war, und reichte Albrecht den Becher zuerst.

Der runzelte missbilligend die Brauen. »Ist das Gastfreundschaft, Hedwig?«, tadelte er. »Hast du es so gelernt in meinem Haus?«

Hedwig stand da wie mit Blut übergossen. Sie begann zu zittern, suchte verzweifelt nach einer Antwort.

»Nun ... gib den Becher zuerst unserem Gast«, sagte Albrecht um vieles milder, in dem Versuch, das zu Tode erschrockene Mädchen wieder zu beruhigen. Hedwig gehorchte bebend. »Ich bitte vielmals um Vergebung«, hauchte sie, während sie mit zierlichen Fingern auch ihrem Herrn einschenkte. Doch als sie ihm den Becher reichte, zitterten ihre schmalen Hände so sehr, dass sie beinahe das Bier verschüttete.

Albrecht betrachtete Hedwig. Wie wenig auch sie doch von einem Edelfräulein zu unterscheiden war – einmal abgesehen von der ärmlichen, sogar zerlumpten Kleidung, die Hedwig eindeutig als Bauernkind auswies, und natürlich von ihrer unterwürfig demütigen Art. Was die Freiheit wohl aus ihr machen würde?

Florian Geyer hatte sich ein Stück Brot von dem Laib abgebrochen und sich dazu einen Brocken Fleisch aus der Schüssel genommen. Er biss ab, kaute schweigend, nahm einen Schluck Bier dazu. Und er schien nicht geneigt, die Unterhaltung mit Albrecht fortzuführen, bevor er nicht eine Antwort auf seine letzten Worte erhalten hatte.

Albrecht schickte Hedwig hinaus und nahm sich ebenfalls Brot und Fleisch. Doch ihm war es plötzlich unmöglich, zu essen. Denn völlig überraschend und für ihn erst einmal auch schwer zu fassen war ein Entschluss in ihm gereift. Es war so plötzlich geschehen, dass ihm diese Tatsache beinahe den Atem benahm.

»Mir stehen ungefähr sechsundzwanzig gute Männer zur Verfügung«, sagte er ohne Überleitung zu Florian Geyer, »sechs aus dem Dorf, die restlichen von der Burg. Sicher, das sind nicht viele – aber sie sind waffenfähig und durch und durch zuverlässig. Das macht sie wertvoll.«

Florian Geyer blickte nicht von seiner Mahlzeit auf. Er ließ sich Zeit mit der Antwort. »Ich wusste, ich hatte Euch richtig eingeschätzt, Albrecht«, sagte er schließlich. »Ihr seid aus gutem Stamm und habt ein Hirn, wo so mancher andere Edelmann nur einen hohlen Schädel hat. Wie schnell können Eure Leute reisefertig sein?«

»Sofort, wenn ich es wünsche«, gab Albrecht zurück.

»Dann sollten wir den morgigen Tag als Tag der Abreise ins Auge fassen«, meinte Florian Geyer nüchtern. »Ich habe meinen Leuten hinterlassen, ich käme binnen sechs Tagen zu ihnen zurück.«

»Und wohin soll der Marsch gehen?«, forschte Albrecht.

»Zuerst nach Würzburg«, erklärte Florian Geyer. »Dort wird immer noch verhandelt, und ich meine, man muss den Parteien genügend Zeit lassen, sich zu einigen. Gelingt es aber wieder nicht, zu einem gemeinsamen Entschluss zu kommen, und trampeln die Herren weiterhin mit Füßen auf den Zwölf Artikeln herum, dann …« Er unterbrach sich und nahm einen Schluck aus seinem Becher.

»Was dann?«

»Dann werden die Bauernheere aus dem Neckartal und Odenwald sich vereinen und gegen Fürsten und Pfaffen in den Krieg ziehen«, sagte Florian Geyer leise. »Dann wird das Osterfest kein Fest des Friedens, sondern der blutigen Entscheidungen werden.«

April Anno 1525
Keimmond

Aprilwetter und Kartenglück
wechseln alle Augenblick.

Auf den kleinen Wellen, die von der Mitte des Flusses her wie spielerisch ins sprossende Uferschilf rollten, blitzten letzte rotgoldene Sonnenstrahlen. Der Frühling hatte sich durchgesetzt. Die gespeicherte Wärme eines herrlichen Tages strahlte schon von den Steinen ab. Aber die Weingärten an den steilen Hängen, in denen es überall schon grünte, schienen in atemloser Stille dazuliegen; nicht einmal Vogelzwitschern war zu hören an diesem vierten Tag im April.

Hannes Rebmann saß auf einem dicken Steinquader abseits der Kameraden, die mit Feuermachen beschäftigt waren. Längst nicht alle seine Männer hatten innerhalb der Mauern einen Schlafplatz gefunden; das Kloster Schöntal gehörte zwar zu den großen Abteien, und die Mönche hatten alle gehen müssen, aber mit Georg Metzlers Heerhaufen, der heute eingetroffen war, zählte das Bauernheer jetzt an die achttausend Mann – die Stückmeister mit den Kanonen, die Arkebusiere und die Leute vom Tross nicht eingeschlossen. Und darum blieb nichts anderes übrig, als im Umfeld des Klosters ein Lager zu errichten.

Hannes selbst würde, wenn die Sonne untergegangen war, in einer der verlassenen Klosterzellen seinen Schlafplatz finden. Er war schließlich von seinen Kameraden zum Hauptmann gewählt worden und hatte Sonderrechte. Dem Moment, da er endlich den berühmten Jakob Rohrbach, den Georg Metzler und die anderen Hauptleute kennen lernen würde, fieberte er regelrecht entgegen.

Hannes Rebmann stand auf und streckte sich. Mit einem kurzen Blick auf den Schmiedejörg und den Schweineheinz, denen es inzwischen gelungen war, ein Feuerchen zum Flackern zu bringen, wandte er sich der Klosterpforte zu. Deren breite Torflügel standen weit offen – ein höchst ungewöhnlicher Anblick bei einem Kloster. Als die Mönche geflohen waren – vor drei Tagen, gleich nach dem Sturm der Bauern auf das Kloster –, hatten sie so gut wie nichts mitnehmen können. All die guten Dinge – die Würste und Schinken, die Speckseiten und die Fässer mit dem Pökelfleisch – hatten sie in den Speisekammern zurücklassen müssen in der Hast ihres Auszugs.

Jakob Rohrbach, der Wirt zu Böckingen, hatte das Kloster an der Jagst erobert und die Mönche vertrieben. Und heute nun war der andere der Gewaltigen des Bauernheeres, der Wirt zu Ballenberg mit Namen Georg Metzler, mit seinen Leuten hier angekommen. Man würde Kriegsrat halten an diesem günstig gelegenen Ort. Und für den morgigen Tag erwartete man noch das Eintreffen eines weiteren bewaffneten Haufens unter der Führung eines gewissen Geyer.

Ein bisschen verlegen fühlte sich Hannes Rebmann schon bei dem Gedanken daran, dass er auch zu den Hauptleuten gehörte. Ausgezogen war er mit den dreiundvierzig Männern von daheim und aus den umliegenden zwei Dörfern; doch im Verlauf der Reise waren immer mehr einzelne Männer zu seiner kleinen Schar dazugestoßen, und nun zählte der Trupp, den er befehligte, beinahe sechzig Mann. Aber verglichen mit den Tausenden unter Jäcklein Rohrbachs Führung war das so gut wie nichts ...

Hannes spannte noch einmal die Schultern. Mut, befahl er

sich. Halte dich gerade, Junge. Zeige ihnen allen, dass du das Zeug zum Hauptmann hast. Er winkte dem Schweineheinz. »Einstweilen einen schönen Abend«, rief er ihm zu, »ich komme später wieder zu euch zurück und berichte, was sich bei der Besprechung ergeben hat!«

»Wenn wir dann noch nüchtern genug sind, um dir zuzuhören«, antwortete der Schweineheinz mit einem breiten Grinsen. »Ich glaub, wir werden viel zu besoffen sein – und außerdem hab ich mir 'n knuspriges Weibchen angelacht ... aus dem Hellen Haufen von Krautheim. Die vertreibt mir die Zeit besser als du, Rebmann!«

»Wirst mich trotzdem anhören müssen«, sagte Hannes halb ärgerlich, halb belustigt. »Also sieh zu, dass du noch einigermaßen wach bist, wenn ich wiederkomme. Und halte auch den Jörg vom übermäßigen Saufen ab. Wir sind hier nicht auf der Kirmes, sondern auf einem Feldzug!«

Die Gewaltigen des Bauernheeres hatten sich im Refektorium zusammengefunden und saßen an den langen Tischen, die bis vor einigen Tagen allein den Mönchen vorbehalten gewesen waren. Als Hannes Rebmann den Saal betrat, trugen mehrere auffällig herausgeputzte Frauen gerade das Essen auf – mächtige Schweinebraten, Platten, auf denen geschmorte Hühner gestapelt lagen, Berge von frisch geschnittenen Brotscheiben und Schüsseln voller geräucherter Würste. Ein Fass Wein stand an der Wand aufgebockt, bereit, angestochen zu werden.

Beim Anblick der Frauen, die hier offenbar bei Tisch bedienten, spürte Hannes, wie er errötete. Eine von ihnen trug doch tatsächlich rein gar nichts unter ihrem Mieder; die Spitzen ihrer recht üppigen Brüste lugten unbedeckt über das Geschnür und lagen den Blicken aller Anwesenden offen zutage. Eine zweite Magd – wenn man sie so nennen durfte – hatte sich den Rock so hoch geschürzt, dass Hannes den Ansatz ihres fleischigen linken Schenkels sehen konnte. Und auch ihr Mieder wahrte kaum ein Geheimnis über die Form und Größe ihrer Brüste. Die beiden Übrigen hielten sich schicklicher und suchten den anderen durch fantastisch anmutenden Federschmuck in den zerzausten Haaren Konkurrenz zu machen. Alle aber warfen Hannes, der im Eingang stehen geblieben war, eindeutig lockende Blicke zu.

Er musste sich zwingen, an den Tisch heranzutreten und seinen Platz zu beanspruchen. Es kostete ihn große Überwindung, die drei, vier Schritte zu tun und einen der Hauptleute ganz unten an der Tafel anzusprechen: »Sagt, Bruder, gestattet Ihr, dass ich mich neben Euch setze?«

Der Mann, ein Hüne mit breiten Schultern, fettigen schwarzen Strähnen und einer gewaltigen Hakennase, dessen Kleidung offenbar ganz aus Rauleder gefertigt war, drehte Hannes nicht einmal das Gesicht zu. »Halt es wie du willst, Bruder«, brummte er gleichmütig. »Platz ist genug – und zum Fressen und Saufen fährt der Jäcklein immer genügend auf. Schließlich ist er Wirt …«

»Und nicht der Schlechteste«, ergänzte der Mann auf der anderen Seite des Tisches, ein dürrer, ausgemergelt wirkender Kerl mit gelber Haut, die mit ihren vielen feinen Fältchen wie gegerbt wirkte. »Er und der Metzler Georg – das sind Kerle, wie sie für unsere Sach taugen! Die Herren und Pfaffen sollen sich vorsehen, sag ich. Hab läuten hören, dass sich ihrer Hunderte auf Ostern zusammenfinden wollen … und wenn das wahr ist, dann gnade ihnen Gott!«

Der schwarzhaarige Hüne lachte. »Mich gelüstet's selber nach einem Tänzchen«, sagte er und bleckte die Zähne in einem raubtierhaften Grinsen. »Wir sind viele – und wir sind stark. Was gilt's, Pfeifer-Hänslein? Gleich die erste Schlacht gewinnen wir!«

»Keine Frage.« Der Gelbhäutige grinste ebenfalls. »Und

wenn es so weit ist, Meinhard ... dann ziehen wir in die Schlösser und festen Häuser ein, und die Herren dürfen mit unseren Hütten vorlieb nehmen. Dann tragen wir Damast und feine Seide, und die vom Adel kriegen, was wir abgelegt haben!«

»Ich seh schon, wie die dicke Edelfrau von Uffenheim in Sackleinen gehen muss!«, kicherte der Riese. »Das grobe Zeug wird sie weidlich jucken ...«

»Genau wie die raue Wolle von unseren heimischen Schafen!«

Die beiden Hauptleute brachen in kindisch anmutendes Gelächter aus. Hannes, der sich mittlerweile bei ihnen auf der Bank niedergelassen hatte, war eigentümlich berührt. War es der Wein, der diese Männer so albern reden ließ – oder hatten sie den Zweck des Krieges ganz vergessen?

»Aber es geht doch darum, bei den Herren die Zwölf Artikel durchzusetzen«, mischte er sich in das Zwiegespräch der beiden Kerle ein. »Wir wollen nicht mehr als recht und billig ist, und im letzten Artikel heißt es, dass wir auf alles verzichten, was die Heilige Schrift verbietet. Demnach also –«

»Bist du etwa auch so einer, der sich ins Hemd macht vor Angst, den lieben Herrlein wehzutun?« Der Riese mit den fettigen schwarzen Haaren musterte Hannes missgelaunt von der Seite. »Die Zwölf Artikel – pah! Man hat doch gesehen, wie unsere gar löbliche Obrigkeit damit verfahren ist! Gelacht haben sie über den Hipler und seine Zwölf Artikel. Und jetzt sind wir mit unserer Geduld am Ende!«

»Am Ende«, echote das Pfeifer-Hänslein.

Meinhard streckte den Arm aus und schlang ihn um eine der Mägde, die mit einem Krug vorbeiwollte. »Das hier«, sagte er mit einem lüsternen Blick auf den wogenden Busen der Frau, »das ist's, was wir wollen – frei fressen, frei saufen, frei –«

»Schießen«, ergänzte Pfeifer-Hänslein und kniff die Magd in den drallen Hintern. Die Frau kreischte auf. Im gleichen Atemzug zwinkerte sie den Riesen an.

»Richtig, schießen«, sagte Meinhard, »und das richtige Wild ist ja vorhanden.« Damit kniff auch er die Frau.

Die kreischte noch einmal und tat, als sei sie erschrocken. »He, Großer«, flötete sie, während sie Meinhard ein anzügliches Lächeln widmete, »kannst du's nur mit dem Maul – oder sind auch deine anderen Körperteile zu brauchen?«

Meinhard kniff ein Auge zusammen und spitzte die Lippen zu einem ungeschickten Kuss. »Wenn du meinst, ich hab nur heiße Luft im Sack«, knurrte er, »dann lass dir sagen, Süße: bei mir reicht's für mindestens drei von deiner Sorte – pro Nacht.«

Die Frau kreischte ein drittes Mal. Hannes, der so unanständige Reden nicht gewohnt war, senkte den Kopf und versuchte hastig seine Schamröte zu verbergen. In diesem Augenblick traten zwei weitere Männer in das Refektorium ein: ein breit gebauter, vierschrötiger Kerl mit einem mächtigen Brustkasten und großen, muskulösen Händen, der um die vierzig Jahre zählen mochte, und ein größerer, schlankerer, etwas jüngerer Mann, an dem vor allem der kantige Kopf und die heftigen, ruckartigen Bewegungen auffielen.

Beide waren aufs Feinste gekleidet. Der Vierschrötige trug eine rotseidene Schaube und schwarzweiß gestreifte Hosen, funkelnagelneue Kuhmaulschuhe in blankem schwarzem Leder und ein rundherum mit sorgfältig gekräuselten weißen Straußenfedern geschmücktes blaues Barett, das am Rand die modischen Kerbschnitte aufwies. Der andere, höher Gewachsene dagegen hatte eine Weste aus glänzend gebürsteter gelber Wolle auf dem Leib, die wohl für einen Mann mit mehr Leibesfülle gemacht gewesen war. Denn sie musste mit einem Gürtel aus grellrotem Leder zusammengehalten werden. Die Hosen des Schlanken und Jüngeren waren leuchtend grün. Durch seinen Hut – schwarz und üppig mit gelbroten Federn verbrämt – wurde die Vielfalt der Farben seines Anzugs noch vermehrt. Das Ergebnis war ein papageienhaft bunter Anblick, der einem schon die Sprache verschlagen konnte.

Hannes starrte hin. Doch sobald die Anwesenden der beiden Neuankömmlinge gewahr geworden waren, brachen sie in wüste Hochrufe aus. »Vivat, Jäcklein«, ertönten Jubelschreie, »Vivat, Metzler-Georg! Unsere Gewaltigen sollen leben!«

Eine ganze Anzahl Männer sprang von den Bänken auf. Sie umringten Metzler und Rohrbach. Die einen klopften ihnen auf die Schultern, die anderen zogen die Hüte und verbeugten sich tief. Bei fast allen wurde deutlich, dass sie bereits viel zu viel getrunken hatten.

Plötzlich wich alles von der Tür zurück, und auch Metzler und Rohrbach traten einen Schritt beiseite. Eine Frau hatte sich genähert – eine alterslose, schlanke Gestalt in einem Kleid aus verblichenem rotem Leinen. Sie schritt jetzt ungeniert, straff und mit geschmeidigen Bewegungen in den Kreis der Männer hinein und wählte sich einfach einen Platz am Kopfende der langen Tafel.

Niemand stellte sich ihr in den Weg oder versuchte, sie vom Tisch der Hauptleute abzuhalten. Ihr dunkles, etwas unordentlich zu einem lockeren Knoten aufgestecktes Haar glänzte im Schein der Kienspäne, die inzwischen angezündet worden waren. Ihre schwarzen, eigenartig unbewegten Augen funkelten.

Sie war nicht schön, diese Frau, und ihre Kleidung war auch nicht sonderlich auffallend – aber etwas an ihr bewirkte, dass man sie immerfort ansehen musste. Hannes Rebmann stellte fest, dass seine Fäuste sich geballt hatten – so, als müsse er sich gegen irgendetwas wehren. Die Frau mit den schwarzen Haaren hatte den Blick auf ihn geheftet und lächelte ...

Hannes empfand ihren Blick wie eine unerwünschte Berührung. Er musste wegschauen. Die Haare im Nacken hatten sich ihm aufgestellt. Aber das Refektorium verlassen durfte er jetzt nicht – es ging ja um die Planung des Feldzuges, und er musste doch hören, wie entschieden wurde.

»Brüder«, tönte eine raue, aber tragende Stimme durch das Gewölbe des Refektoriums, »ich sehe, ihr seid alle vollzählig versammelt und habt auch dem Essen und dem Wein schon kräftig zugesprochen. Das werden der Metzler-Georg und ich jetzt ebenfalls tun. Und dann –« Jäcklein Rohrbach ließ den Blick in die Runde gehen, »dann beraten wir, wo wir sie packen wollen, die adligen Spitzbuben und pfäffischen Heuchler. Es ist so weit ... die uns geplagt und ausgesogen haben, sie müssen nun zahlen! Nicht nur in barer Münze, in Gütern und Vorräten – nein, auch in Blut. Sie sollen uns das Blut der Unsrigen vergelten. Wir müssen unsere Rache haben!«

Kein Wort mehr von den Zwölf Artikeln. Hannes Rebmann wunderte sich. Seit er mit seinen Leuten im Kloster angekommen war, hatte er immer nur solche Worte gehört, wie Jäcklein Rohrbach sie eben ausgesprochen hatte. Ja, ging es denn nicht mehr darum, den Fürsten die Anerkennung der Zwölf Artikel abzutrotzen? Wie waren Jäcklein Rohrbachs Forderungen nach Vergeltung und Rache zu verstehen?

»Einen großen Humpen Wein für die Hofmännin«, forderte Georg Metzler gerade und stieß eine der Mägde in die Rippen. »Schaff ihr auch Braten – aber achte darauf, dass an dem Stück nicht nur Fett ist!«

»Schon recht.« Die Frau mit den Federn im Haar machte eine obszöne Handbewegung und grinste den Wirt von Ballenberg an. »Aber wie du dich auch um sie bemühst – zu dir wird sie deshalb doch nicht ins Bett steigen, Metzler-Georg.« Sie schoss einen Blick zu der Frau mit den schwarzen Haaren hinüber, deren Augen noch immer auf Hannes Rebmann ruhten. »Nimm ruhig mit mir vorlieb«, fügte sie hinzu, »ich kenn auch ein paar unterhaltsame Kunststückchen.«

Der Wirt von Ballenberg leckte sich über die Lippen. »Warte, Weibsstück«, gab er zurück, »wenn ich dich in die Finger kriege, später am Abend! Dann sollst du mich erst richtig kennen lernen!«

»Werden sehen«, sagte die Frau mit den Federn und grinste. »Was würdest du denn machen, Metzler-Georg, wenn ich mir zur Abwechslung mal einen anderen aussuchen würde ... den Neuen da zum Beispiel?«

Sie ließ den Blick zu Hannes wandern. Der drehte den Kopf weg. Georg Metzler und Jäcklein Rohrbach brachen in Gelächter aus. »Lass den Georg nur und versuch ruhig dein Glück, Katzen-Grete«, meinte Rohrbach, nachdem er sich wieder von seinem Heiterkeitsanfall erholt hatte. »Es gibt so manchen Frischling im Lager, der das Leben noch nicht kennen gelernt hat.«

»Soweit ich es verstanden habe, wollen Metzler und Rohrbach sich und ihre Heere zusammentun«, sagte Florian Geyer zu Albrecht. »Ein einiger Heller Haufen aus dem Odenwald und Neckartal soll es sein – unter einer Fahne. Sie wollen sich Evangelische Brüderschaft nennen ... wie auch anders? Es gibt eh keinen unter ihnen, der es nicht mit dem Doktor Luther hielte.«

Albrecht schwieg einen Augenblick. »Und Ihr, Vetter?«, fragte er schließlich. »Habt Ihr auch vor, mit Eurer Schar in den Hellen Haufen einzutreten?«

»Auf gar keinen Fall«, sagte Florian Geyer. Aus seiner Stimme sprach energische Ablehnung. »Ich möchte meine Leute selbst befehligen und meine Taktik den Gegebenheiten anpassen. Weder der Metzler noch der Rohrbach sind erfahrene Kriegsleute. Bei dem, was wir vorhaben, dürfen uns aber keine Fehler unterlaufen, denn unser Gegner ist mit allem vertraut, was die Kriegsführung und die Handhabung von Waffen betrifft.«

»Ja, gibt es denn im Hellen Haufen überhaupt genügend Männer, die wissen, wie man Krieg führt?«, fragte Albrecht.

»Nicht, dass ich wüsste«, erwiderte Florian Geyer, diesmal sorgenvoll. »Sie sind zwar voller Mut und Entschlossenheit, die Bauern – aber so oft ich es dem Jäcklein Rohrbach auch schon angetragen habe, er und sein Freund Metzler wollen sich die Führung des Bauernheeres einfach nicht aus der Hand nehmen lassen. Und dabei –« Er verstummte.

»Es wäre wahrhaftig klüger von diesen zwei Wirten, wenn sie sich geübte Männer zu Hauptleuten wählen würden«, sagte Albrecht. »Sind nicht mehrere Junker in den Hellen Haufen eingetreten? Die kennen sich doch aus in der Kriegsführung und könnten –«

»Sie sind vom Adel«, gab Florian Geyer mit dumpfer Stimme zurück. »So, wie die Stimmung augenblicklich brodelt, würden die Männer des Bauernheeres ganz bestimmt keinem Junker folgen.«

»Das mag sich geben.« Albrecht nickte, als wolle er sich seine Worte selbst bestätigen. »Wenn sie erst einmal begriffen haben, dass ihnen vom niederen Adel keine Gefahr droht …«

Er vollendete den Satz nicht, und auch Florian Geyer schwieg. Die Sonne war untergegangen. Die ringsum brennenden Wachfeuer leuchteten als gelbe Lichtpunkte durch die sinkende Dunkelheit, wohingegen der schon beinahe volle, zunehmende Mond ein silbriges, fahles und dunstiges Licht bot. Im glitzernden Wasser der Jagst aber spiegelte sich, umgeben von einem schimmernden Hof, hell und strahlend der Abendstern.

Albrecht hob das Gesicht zum Himmel. Schleierdünne Wolken, getrieben von einem sanften Wind, wehten darüber hin; ob Anna jetzt vielleicht auch den Blick zum Himmel gerichtet hielt und an ihn dachte?

»Vielleicht reicht es aus, wenn wir den Herren einen Warnschuss verpassen«, sagte Albrecht gedankenverloren, »vielleicht gehen sie auf unsere Forderungen ein, wenn wir gleich im ersten Treffen den Sieg über sie davontragen. Was meint Ihr, Vetter?«

»Es wäre zu wünschen«, seufzte Florian Geyer. »Gebe Gott, dass es so kommt …«

Albrecht ließ den Blick über die sorgfältig in Reih und Glied aufgestellten Zelte wandern, in denen seine und des Geyers Leute nächtigten und die sich mit ihrer Ordnung deutlich von den wie Kraut und Rüben durcheinander gewürfelten Zelten des Hellen Haufens abhoben. In den letzten Tagen hatte Albrecht die straff trainierten, disziplinierten und wohl geübten Männer aus Geyers Schwarzer Schar kennen gelernt; sie hatten sich auf Anhieb mit den Weißensteiner Leuten gut verstanden und waren jetzt bereits aufeinander eingespielt. Der Geyer hatte da tatsächlich eine sehr schlagkräftige Truppe herangebildet, mit der man schon eine Schlacht gewinnen konnte. »Ja – gebe Gott, dass es uns gelingt, ein Zeichen zu setzen«, schloss sich Albrecht an. »Wohin wird unser erster Marsch wohl führen, Vetter?«

»Es ist immer öfter von Weinsberg die Rede«, sagte Florian Geyer nachdenklich. »Viele vom hiesigen und auswärtigen Adel werden sich über die Ostertage dort aufhalten – ich meine fast, dann könnte sich bewahrheiten, was ich neulich schon angedeutet hatte, Vetter …«

Albrecht nickte. »Dass eine Entscheidung fällt«, murmelte er, »und dass ich, wenn die Fürsten nachgegeben haben, endlich wieder heim könnte …«

»Um Hochzeit zu feiern?«

»Ja …« Albrechts Antwort klang wie ein sehnsüchtiger Seufzer.

»Ihr müsst diejenige, die Ihr heimführen wollt, sehr begehren«, sagte der Geyer lächelnd. »Ist sie schön?«

»Ich glaube schon«, flüsterte Albrecht, »aber das ist es nicht, was sie so begehrenswert macht …«

»Was dann? Ist sie reich?«

»O nein, nein …« Albrecht musste lächeln bei dem Gedanken an Anna Elisabeths Herkunft. »Sie ist einfach ein wunderbares Mädchen … lebendig, klug und voller Gefühl …«

»Deren findet man nicht viele unter den Töchtern des Adels«, brummelte Florian Geyer. »Die meisten von ihnen sind oberflächliche, eitle und dumme Geschöpfe, mit denen es schwer fällt eine Unterhaltung zu führen.« Er sah Albrecht forschend an. »Ihr musstet wohl weit gehen, um eine wie Eure Auserwählte zu finden?«

Albrecht konnte ein Kopfschütteln nicht mehr ganz verhindern.

»Nicht weit?«, fragte Florian Geyer verwundert. »Dann müsste ich sie doch kennen … Wollt Ihr mir nicht ihren Namen verraten und mich von der Folter der Neugier erlösen?«

Albrecht sah sich in die Ecke gedrängt. »Herr Vetter«, erwiderte er, nach Worten suchend, »Ihr seid jedenfalls unter den Ersten, die ich zu meiner Hochzeit laden werde – wenn es denn so weit ist. Bis dahin bekommt Ihr von mir nur den Vornamen meiner Braut zu hören. Es sind, bis ich sie endlich zu der Meinen machen kann, noch zu viele Hürden zu überwinden …«

»Ach, ich verstehe.« Florian Geyer verzog das Gesicht zu einem schiefen Lächeln und zog sich den ledernen Koller enger um den Hals. »Macht ihre Familie Schwierigkeiten?«

»So könnte man sagen. Anna Elisabeth hat mir zwar ihr Herz geschenkt, und ich ihr meins – aber damit ist es nicht getan.« Albrecht wich dem Blick Florian Geyers aus und schaute auf seine Hände. »Was soll's? Ich werde den Knoten schon lösen …«

Florian Geyers Lächeln vertiefte sich. »So, wie weiland der große Alexander – mit dem Schwert?«, fragte er.

»Eher mit List und Beharrlichkeit«, gab Albrecht zurück.

»Dann ist Eure Leidenschaft doch nicht gar so groß?« Der Geyer konnte es nicht lassen, doch noch ein wenig nachzubohren. »Dann reicht Euer Begehren nicht, um dafür in den Kampf zu ziehen?«

»Für Anna würde ich die Welt aus den Angeln heben, wenn es sein müsste«, erwiderte Albrecht, »aber um sie zu gewinnen, ist mehr nötig als Leidenschaft und Muskelspiel. Ich bin mir nicht einmal sicher, ob sie mich überhaupt will ...«

»Ist das von Wichtigkeit bei einer Frau? Macht man sie nicht erst nach der Hochzeit gefügig?« Florian Geyer blickte verständnislos. »Die Hauptsache ist doch, dass man sie erst einmal zu Bett geführt hat. Alles andere findet sich.«

Diese Behauptung konnte Albrecht nicht einfach stehen lassen. »Sagt, Vetter«, fragte er, »wart Ihr eigentlich je verliebt?«

Der Geyer senkte den Kopf. »Kann schon sein«, murmelte er, »aber wie soll man das wissen? Ich wette, was anfangs wie Liebe aussieht, ist am Ende doch bloß Wollust ... auch bei Euch, mein junger Freund.«

Die Wolkenschleier hatten sich verdichtet und den Mond eingehüllt, so dass sein Licht nur noch spärlich durchdringen konnte. Selbst der Abendstern war kaum noch zu erkennen – Albrecht musste die Augen anstrengen, um seinen schwachen Lichtpunkt auszumachen. Plötzlich sehnte er sich so sehr nach Anna, dass ihm das Gefühl Schmerzen bereitete. »Wie immer dem auch sei, Vetter«, sagte er abrupt zu Florian Geyer, indem er aufstand und die Beine streckte, »mir lastet die Müdigkeit auf einmal wie Blei auf den Lidern. Ich lege mich schlafen.«

»Recht habt Ihr«, gab der Geyer lächelnd zurück. »Träumt von Eurer Schönen – und nehmt mir meine abfälligen Worte nicht übel. Es sind die Worte eines alten Mannes. Aber Ihr seid jung, Wolf von Weißenstein, und braucht Euch noch nicht drum zu scheren ...«

»Es gibt Regenwetter«, sagte Gertrud und setzte ihr »weises« Gesicht auf, wie Anna Elisabeth es immer nannte. »Über dem

Teich ist die Luft ganz milchig, und den Himmel kann man kaum noch sehen.«

»Die Sterne auch nicht«, piepste das kleine Mariechen.

»Obwohl es doch schon fast dunkel ist«, setzte der Michel hinzu, der sich hin und wieder darin gefiel, noch einmal den kleinen Jungen zu spielen.

Anna Elisabeth runzelte die Brauen. »Hast du den Stall ausgemistet, wie ich's dir aufgetragen hatte?«, fragte sie ihn.

Michel machte ein schuldbewusstes Gesicht. »Schon«, murmelte er, »aber nit so richtig ...«

»Was denn nun – ist der Stall sauber oder nicht?« Anna Elisabeth ließ es nicht bei einer so ungewissen Antwort bewenden.

»Halb«, sagte der Michel. »Aber wenn ich jetzt schnell rausgeh und die letzte Eck auch noch ausräum – dann wär's ganz fertig ...«

Anna Elisabeth tat, als sei sie bitterböse. »Ich sag dir, Kerl«, begann sie, »wenn du nicht auf der Stelle –«

»Bin ja schon halb draußen«, unterbrach sie der Michel hastig. »Bloß ...«

»Bloß – was? Raus ... oder ich mach dir Beine!«

»Aber ich –«

»Läufst du jetzt nicht los und tust deine Arbeit, kriegst du später dein Abendessen nicht«, sagte Anna Elisabeth, so ernst sie es fertig brachte.

Es fiel ihr mittlerweile schwer, ihre Belustigung über den Jungen zu verbergen.

Der zögerte immer noch. »Ich hab nämlich noch was zu melden«, sagte er mit plötzlich wichtiger Miene. »Wirklich, Annelies – was Wichtiges!«

»Nichts könnte so wichtig sein wie ein sauber ausgemisteter Stall«, entgegnete Anna Elisabeth streng. »Jetzt mach dich hinaus, Michel – bevor ich wirklich böse werde.«

»Gut«, murrte der Junge, »dann kriegst du die kleine Rolle eben erst später.« Er wandte sich zur Tür. Aber Anna Elisabeth horchte auf. »Was für eine kleine Rolle?«

Michel blieb stehen, den Rücken ihr zugewandt. »Ich soll doch zuerst den Stall sauber machen ...«, brummelte er.

»Was für eine kleine Rolle?«, wiederholte Anna Elisabeth ihre Frage.

Michel drehte sich um. »Also, heute ... da kamen Fahrende vorbei«, fing er an, »und die hielten vorne am Weiher und wollten –«

Anna Elisabeth wurde ungeduldig. »Wirst du mir wohl meine Frage beantworten?«, forderte sie. »Ich will wissen, von was für einer kleinen Rolle du sprichst!«

Michel setzte eine schulmeisterliche Miene auf. »Du musst mich schon ausreden lassen, Annelies«, sagte er und stelzte mit einigen gravitätischen Schritten von der Tür in die Mitte des Raums zurück. »Also, diese Fahrenden – die wollten ihr Pferd am Weiher saufen lassen, und ich warnte den Mann, weil das Ufer ja so aufgeweicht ist und das Tier leicht zu tief einsinken könnte. Der Mann war mir auch sehr dankbar, und dann hat er es ausgeschirrt, und ich –«

»Komm zur Sache, Michel!«

»Ja, ja.« In Michels Augen blitzte es schelmisch. »Also, wie der Mann mit Tränken fertig war, fragt er mich doch: ›Wohnt hier eine Jungfer mit Namen Anna Elisabeth?‹ Ich sage: ›Ja, so eine wohnt hier.‹ Weil dein wahrer Name ja Anna Elisabeth ist, Annelies.« Er sah sie mit schelmisch funkeldem Blick an und ließ sich Zeit mit der Fortführung seines umständlichen Berichtes. »Und da meinte der Mann«, fuhr er endlich fort, »er hätte etwas an eine Jungfer Anna Elisabeth abzugeben, und wo die Jungfer denn wäre. Ich sagte: ›Die ist auf dem Feld beim Pflügen – das machen in diesem Jahr die Frauen, weil doch die Männer alle –‹«

»Um des lieben Himmels willen, Michel«, fuhr ihm Anna Elisabeth in die Rede, »jetzt erzähl mir nicht auch noch, was du dem Fahrenden über die Männer aus dem Dorf berichtet hast! Ich möchte lediglich wissen, was es mit der kleinen Rolle –«

Michel warf sich in die Brust. »Willst du's nun hören oder nicht?«, riss er das Wort wieder an sich.

Anna Elisabeth nickte ergeben.

»Also«, setzte Michel seinen Bericht fort, »der Mann ließ mich ausreden und sagte dann: ›Hier ist das, was ich zu übergeben habe, junger Herr‹ – damit meinte er mich – ›seid so gut und reicht es der Jungfer Anna Elisabeth, wenn sie wieder vom Feld kommt, denn wir müssen weiter.‹ Und dann gab er mir dieses hier ...«

Er kramte in seinem Hosensack, förderte ein schmales Päckchen zutage, hielt es Anna Elisabeth hin. Sie nahm es entgegen. Es war ein eng zusammengerolltes Stück Papier – aus grauen Hadern wie das, aus dem Albrecht die Fibel für sie hergestellt hatte. Ihr Herz begann zu hämmern. Sie spürte, wie sie blass wurde.

»Freut dich das nicht?«, fragte der Michel, der das sofort bemerkt hatte.

»Doch. Jetzt geh an deine Arbeit.« Anna Elisabeth war kaum noch in der Lage, ihre Aufregung zu beherrschen. »Danke, dass du es für mich angenommen hast.«

Michel war enttäuscht über Anna Elisabeths mangelnde Begeisterung. Er ging mit hängenden Schultern.

»Du darfst dir später zum Essen ein zweites Stück Speck abschneiden«, rief Anna Elisabeth ihm nach. Das tröstete ihn einigermaßen, denn seine Schultern hoben sich wieder, als er hinausschlüpfte. Doch Anna Elisabeth sah es nur aus den Augenwinkeln, denn sie hatte das Papier bereits entrollt und angefangen, die dicht gedrängten Zeilen zu entziffern, die darauf geschrieben standen:

Liebste, süßeste Anna,
die Zeitläufte erfordern, dass ich mit einem Standesgenossen einen Ritt unternehme, der mich auf einige Tage von daheim wegführen wird. Doch fürchte nichts, wenn ich, solange diese Fahrt dauert, keine weitere Nachricht sende. Mein Unterfangen ist zu unserem Besten und dient einem vorteilhaften Ende.
Sei gewiss, ich melde mich als Erstes bei dir zurück, liebes Herz – sobald ich daheim anlange.
Bis dahin küsst und umarmt dich viel tausendmal
auf ewig der Deine
Albrecht

»Sag, Annelies – darf ich von dem Brei schon ein bisschen an die Kinder austeilen?«

Anna Elisabeth fuhr zusammen und blickte von Albrechts Zeilen auf. Gertrud hatte ihr die Frage gestellt. Außerdem war es beinahe dunkel im Zimmer, und der Michel stand unschlüssig bei der Herdstelle, einen noch jungfräulichen Kienspan in der Hand.

Anna Elisabeth las die Frage in seinen Augen. »Ja, zünd nur an, Michel«, antwortete sie, »und du, Gertrud – gib den Kleinen ganz schnell ihr Nachtmahl. Wie lange hab ich denn hier gesessen ...?«

»O – lange«, sagte der Michel.

»Aber nicht zu lange«, suchte Gertrud zu beschönigen. »So großen Hunger hatten wir überhaupt noch nicht.«

»Ich doch«, machte Michel ihre Bemühungen um Harmonie sofort wieder zunichte. »Mir knurrt der Magen wie ein wilder Bär ...«

Anna Elisabeth versuchte sich ein Lächeln abzuringen. »Dann füttere diesen Bären jetzt«, sagte sie. »Sollte der Brei nicht langen, um ihn satt zu machen, kann noch das frische Brot angeschnitten werden.«

Die kleine Gertrud mischte sich wieder ein. »Wir hätten es schon getan«, sagte sie schüchtern, »aber es war ja noch nicht gesegnet, Annelies. Das musst du doch tun ... wo der Altvater nicht mehr bei uns ist ...«

Anna Elisabeth kam ihrer Pflicht sofort nach. Schweigend ritzte sie drei Kreuze in die dicke braune Kruste des frischen Brotlaibes und reichte ihn dann dem kleinen Mädchen, das sich schon so verständig anstellte. »Nun darf es gegessen werden«, sagte sie sanft. »Verzeiht mir, dass ich euch so lange hab warten lassen.«

Damit nahm sie das graue Papier wieder zur Hand. »Willst du denn nicht auch etwas essen?«, fragte das kleine Mariechen besorgt. »Es ist doch so viel da ... und du musst ja bei Kräften bleiben!«

Anna Elisabeth schenkte der Vierjährigen ein zärtliches Lächeln. Wie oft hatte sie selbst dem Kind diese Worte schon gesagt? »Lasst mir einfach etwas übrig«, sagte sie. »Ich nehme mir später davon – wenn ihr alle fertig seid.«

Die Kinder gaben sich zufrieden. Gertrud, die bereits Löffel für alle zurechtgelegt hatte, schleppte den schweren Breikessel vom Herd zum Tisch, und der Michel sah tatenlos zu, wie die Kleine sich abmühte – ein echter Mann, schon jetzt, mit seinen vierzehn Jahren.

Doch Anna Elisabeth wies ihn heute nicht zurecht, wie sie es üblicherweise getan hätte. Sie war in Gedanken bei dem, was Albrecht ihr geschrieben hatte. Eine Fahrt hatte er unternommen, mit einem anderen Edelmann – eine Reise, die mehrere Tage dauern sollte. Was mochte ihn dazu bewogen haben, und was hoffte er damit zu erreichen?

Er hatte ihr keinerlei Erklärung gegeben außer der, dass sein Unternehmen ihnen dienlich sein werde. Aber was meinte er mit der Aussage, die Zeitläufte erforderten seine Reise?

Anna Elisabeth spürte, wie sie innerlich zu zittern begann.

Irgendein Umstand hatte Albrecht gezwungen, diese Reise zu unternehmen. Er hatte sie nicht aus freien Stücken angetreten. Er reiste in Begleitung eines Standesgenossen – etwa, um eine Fehde zu führen?

Fehden waren wie Kriege ... man konnte dabei verwundet werden oder sogar zu Tode kommen – so, wie im Augenblick Hannes Rebmann Gefahr lief, Gesundheit oder Leben zu verlieren. Denn Hannes Rebmann hatte sich und seine Truppe mit dem Hellen Haufen vereinigt und lagerte inzwischen nach allem, was Anna Elisabeth erfahren hatte, mit seinen Männern irgendwo nahe einem Kloster an der Jagst, im großen Feldlager aller Bauern aus dem Odenwald und Neckartal.

Der Bote war erst gestern da gewesen. Der Helle Haufen wolle sich in Bälde nach Weinsberg begeben, zu einem ersten Treffen mit den dortigen adligen Herren. Das Bauernheer zähle inzwischen zu Tausenden, alle voller Mut und Entschlossenheit. Den Herren dagegen stünden nur wenige reisige Knechte zur Verfügung. Außerdem seien sie recht verzagt, wie der Bote berichtet hatte. Der Bauernschaft sei der Sieg so gut wie sicher.

Anna Elisabeth knüllte das graue Papier zu einer kleinen Kugel zusammen und entfaltete es gleich wieder. »... Bis dahin küsst und umarmt dich viel tausendmal ...«

Sie erhob sich von dem Schemel, auf dem sie gesessen hatte, und begann in der Stube auf- und abzugehen. Eins war sicher: sie konnte nicht warten, bis Albrecht sich wieder bei ihr meldete. Sie brauchte Gewissheit über seinen Aufenthalt. Sie musste wissen, ob er sich in Gefahr befand, und wie es ihm ging. Und um all das in Erfahrung zu bringen, musste sie nach Weißenstein.

Anna Elisabeth blieb abrupt stehen. Der Gedanke war so abenteuerlich, dass sie für einen Augenblick die Luft anhielt. Wie um Gottes willen sollte sie denn dorthin gelangen – sie, eine Frau ohne Begleitung?

Aber nach Weißenstein musste sie. Ganz gleich, wie. Wenn Albrecht zu Pferd zwei Tage gebraucht hatte, dann würde sie zu Fuß vier Tage brauchen ... vielleicht nur drei, wenn sie sich sputete.

Sie raffte ihren Mantel vom Wandhaken, warf sich das schwere Kleidungsstück über und ging hinaus. Auf ihr Klopfen an der Tür der Kate, die nur wenige Schritte von der Mühle entfernt stand, öffnete die Besitzerin. »Nanu, Annelies – was gibt's denn so spät noch?«

»Katharina«, Anna Elisabeth bemühte sich um einen lockeren Tonfall, »ich muss morgen früh aus dem Haus und werde erst spät wiederkommen können – vielleicht sogar erst in einigen Tagen. Und da wollte ich dich bitten –«

»Aus dem Haus? Weswegen?« Die Nachbarin machte erschrockene Augen. »Es wird doch nichts passiert sein?«

»Nein, nein«, beruhigte Anna Elisabeth, »nur ... eine entfernte Base hat nach mir geschickt. Ihre Mutter liegt auf den Tod danieder, und sie schafft die Arbeit nicht allein ... Du weißt ja, Katharina, wie das heute überall ist.«

Die Nachbarin seufzte. »Überall fehlen die Männer«, gab sie zurück, »aber was soll man machen?«

Anna Elisabeth kam wieder zur Sache. »Würdest du, wenn ich weg bin, hin und wieder bei mir nach dem Rechten sehen?«, fragte sie drängend. »Matthias seine Gertrud ist ja schon ein sehr verständiges Mädchen – aber mit ihren acht Jahren kann sie beim besten Willen noch nicht alles ganz allein schaffen. Und der Michel, der ist ein fauler Sack – wenn ihm niemand aufträgt, was er zu tun hat.«

Katharina nickte. »Ich sag's ihm schon«, beruhigte sie Anna Elisabeth. »Geh du nur zu deiner Base, und sorg dich nicht. Du wirst dein Hauswesen in bester Ordnung wiederfinden, wenn du heimkommst – ich versprech's dir.«

»Tausend Dank«, sagte Anna Elisabeth. Sie drückte ihrer

Nachbarin die Hand. Katharina war nicht viel älter als sie, aber schon seit mehreren Jahren mit einem Schuhmacher verheiratet, dem sie inzwischen vier Kinder geboren hatte. Drei davon hatte Gott ihr wieder genommen, nur das Älteste, ein zartes, immer hustendes Mädchen, war ihr noch geblieben. »Wenn du bei mir hereinschaust, dann bring deiner Annemarie doch aus meiner Truhe das schöne Stück Wollenzeug mit«, fügte sie hinzu, während sie sich wieder zum Gehen wandte. »Es liegt ganz zuoberst, ein weiches, hellblaues, aus dem du deinem Kind eine warme Jacke machen könntest. Annemarie würde sicher allerliebst darin aussehen ...«

Katharina hatte plötzlich Tränen in den Augen. »Vergelt's dir Gott«, sagte sie zum Abschied, »und Glück auf den Weg, Annelies.«

Weit vor Tagesanbruch war Anna Elisabeth am folgenden Morgen aufgebrochen. Sachte und ohne ein Geräusch, um die Kleinen nicht zu wecken, hatte sie das Haus verlassen und den Weg genommen, der aus dem Dorf hinausführte. Abgesehen von einem Leinentuch, in das ein Stück Speck, ein Brot und ein Messer eingebunden waren, hatte sie nichts bei sich gehabt als das, was sie auf dem Leibe trug – ein neues weißes Leinenhemd, ein schwarzes Schnürmieder aus selbst gemachtem Filz, einen Rock aus derbem grauem Wollzeug und darüber ihren blauen Wettermantel. Wollene Strümpfe und die frisch besohlten ledernen Festtagsschuhe hatten ihre Reisetracht vervollständigt.

Es war ein wunderliches Gefühl gewesen, wegzugehen – so, als sei es ein Abschied für immer. Anna Elisabeth war am Ausgang des Dorfes kurz stehen geblieben und hatte zurückgeblickt auf die vertraute kleine Ansammlung von Häuschen und Katen, von Stallungen und Geflechtzäunen, die ihre Heimat ausmachten. Besonders ihr Vaterhaus und die Mühle, deren

Wasserrad nun schon seit Wochen stillstand, hatten ihren Blick gefangen gehalten, so dass sie sich mit Gewalt von dem Bild hatte lösen müssen.

Tief durchatmend war sie schließlich weitergegangen und hatte die Biegung des Weges umrundet, von wo aus man das Dorf nicht mehr sehen konnte. Wütend hatte sie die Tränen zurückgekämpft, die nun doch gekommen waren, und war weit ausgeschritten. Die erste Rast hatte sie erst gegen Mittag gemacht, fern von ihrem Heimatdorf und weit ab von jeder bekannten Gegend.

Das alles lag nun schon zwei Tage zurück. Der Himmel hatte es gut mit ihr gemeint und keinen Regen geschickt, wie die kleine Gertrud es doch so klug vorausgesagt hatte. Auf trockener Straße, unbehelligt und ungefährdet, war sie schnell vorangekommen. Einmal hatte sie sogar ein uralter Mann, der mit seinem Ochsenkarren zum Markt unterwegs war, ein Stück weit mitgenommen. Seine drei Söhne seien auch beim Hellen Haufen, hatte er ihr erzählt, und er hätte wohl selber gerne den Feldzug gegen die Raubgrafen und Erzhalunken von Pfaffen mitgemacht, wenn nur die alten Knochen es noch gestattet hätten. Ja, jetzt endlich gehe es den Menschenschindern an den Kragen. Und überhaupt gehörten alle die adligen Schurken gevierteilt …

Anna Elisabeth hatte ihr Ziel beinahe erreicht. Die Vorburg von Weißenstein war bereits in Sicht gekommen. Nur noch wenige Schritte, dann würde sie Albrechts Burg betreten.

Aus dem schmalen Fensterchen der Wachstube am Torturm schaute ein eisgrauer Kopf hervor. »Wer da?«, fragte eine brummige Altmännerstimme.

Anna Elisabeth knickste erschrocken. Sie hatte sich überhaupt nicht überlegt, was sie als Grund ihres Erscheinens vorbringen sollte. Außer dem Herrn dieser Burg kannte sie ja niemanden auf Weißenstein.

Doch – es gab noch jemanden. »Ich möchte den Christoph besuchen«, sagte sie und legte einen kecken Ton in ihre Stimme. »Würdet Ihr mich wohl hineinlassen, damit ich ihn sprechen kann?«

»Soso, den Christoph?« Der alte Weißbart unterdrückte ein Lächeln. »Da wird er aber erfreut sein. He, Herr Christoph ... hier wünscht Euch eine recht propere junge Frau zu sehen!«

Die letzten Worte hatte er, rückwärts gewandt, ins Dunkel der Wachstube hineingerufen. Augenblicke später lugte Albrechts junger Bruder aus dem zweiten kleinen Fenster heraus. Als er Anna Elisabeths gewahr wurde, zog er in höchster Überraschung beide Augenbrauen hoch. »Ihr?«, fragte er konsterniert. »Wie kommt Ihr denn hierher?«

»Auf Schusters Rappen«, erwiderte Anna Elisabeth im muntersten Ton, den sie bei ihrer Aufregung zustande brachte, und knickste noch einmal.

»Aber ... was wollt Ihr denn?« Christoph schluckte schwer; Anna Elisabeth erkannte es an seinem auf- und abhüpfenden Adamsapfel.

»Ein paar Worte mit Euch wechseln«, erklärte Anna Elisabeth.

»Mit mir?« Christoph blickte verständnislos.

»Ja, mit Euch, Christoph.« Anna Elisabeth nickte zur Bekräftigung ihrer Worte. »Es geht um die Botschaft, die ich vor einigen Tagen bekommen habe.«

»Aber ich weiß nichts von dem, was mein Herr ... der Herr dieser Burg ...« Christoph begann zu stammeln. »Glaubt mir, Jungfer – ich kann Euch keinerlei Auskunft geben. Denn er hat mir nicht gesagt, was er –«

Anna Elisabeth unterbrach ihn einfach. »Ihr missversteht mich, Christoph«, sagte sie mit fester Stimme. »Lasst mich ein, dann erkläre ich Euch, um was es mir geht. Aber unter vier Augen.«

»Oho«, brummelte der alte Torwächter und kniff vielsagend ein Auge zu.

»Nein, nein, Burkhart«, wehrte Christoph hastig ab, »nicht, was Ihr denkt! Die Jungfer will bloß …«

»Was es auch sei, sie sieht ungefährlich aus«, brummte der alte Mann. »Das Tor ist auch mit mir allein gut bewacht – geht nur und lasst Euch von der Jungfer deutlich machen, was sie will.« Er schmunzelte in den Bart. »Der kleinen Hedwig flößt es vielleicht ein bisschen Eifersucht ein, Euch mit einer so hübschen Unbekannten zu sehen …«

Christoph lief rot an. »Ich sagte doch, es ist nicht das, wonach es aussieht«, spuckte er ärgerlich. »Außerdem soll Hedwig denken, was sie will. Es kümmert mich nicht!«

Er lief hinunter. Anna Elisabeth konnte seine Schritte auf den hölzernen Stufen der schmalen Wendeltreppe knarren hören. Dann öffnete sich die Schlupftür, die im äußeren Burgtor eingebaut war, und der Weg war frei.

Christoph winkte Anna Elisabeth herein. Er war ganz in grüne Wolle gekleidet; nur der Koller, der seine Schultern umschloss, bestand aus dunkelrotem Rauleder. Ein Barett aus schwarzem Filz, dessen Rand geschlitzt war und gelbes Futter zeigte, saß ihm auf dem ungebärdigen Haar.

Seine Miene verriet Verlegenheit und auch Ärger. »Ihr macht mir viel Verdruss mit Eurem Besuch«, sagte er, »zumal ich Euch überhaupt nicht helfen kann. Denn mein Bruder ist …«

»Das weiß ich doch längst«, schnitt ihm Anna Elisabeth zum wiederholten Mal die Rede ab. Sie trat ohne weitere Umstände in den Burghof und bedeutete Christoph, mitzukommen. »Wir haben Wichtiges miteinander zu besprechen«, sagte sie. »Bringt mich an einen Ort, wo wir ungestört sind.«

Christoph spürte, dass Anna Elisabeth sich nicht würde abweisen lassen; ein gewisser harter Glanz in ihren Augen verriet das. »Gut denn.« Er gab sich geschlagen. »Setzen wir uns auf die Bank beim Taubenhaus. Da ist um diese Tageszeit niemand. Aber ich kann nicht versprechen –«

»Das sollt Ihr ja auch nicht.« Anna Elisabeth ließ ihn den Satz erst gar nicht vollenden. Sie stand ungeduldig da, ihr Bündel fest an die Brust gepresst, und wartete darauf, dass er sie führte. »Gehen wir doch endlich, und verlieren wir nicht so viel Zeit mit Herumstehen!«

Er winkte ihr mitzukommen. Schweigend durchschritt er den äußeren Hof, trat durch ein weiteres Tor in den inneren Hof ein und wies Anna Elisabeth, als das Taubenhaus erreicht war, einen Platz auf der kleinen steinernen Bank an, die danebenstand. Sie war ihm schnellen Schrittes gefolgt und ließ sich jetzt müde auf der harten Sitzgelegenheit nieder.

»Da Ihr es so eilig hattet, stellt mir jetzt auch ohne Umschweife Eure Fragen«, verlangte Christoph, ohne sie anzusehen.

Anna Elisabeth fühlte sich nach den Anstrengungen ihrer langen Wanderung plötzlich erschöpft und ausgepumpt. Sie schloss für einen Moment die Augen. Dann, nach einigen tiefen Atemzügen, sagte sie: »Albrecht schrieb mir, er sei mit einem Standesgenossen auf Reisen gegangen. Was wisst Ihr darüber?«

Christoph sah sie verdutzt an. »Der Herr ... mein Bruder hat Euch ... geschrieben? Das glaube ich nicht. Wie solltet Ihr wohl einen Brief lesen können?«

»Das tut jetzt nichts zur Sache«, sagte Anna Elisabeth matt. »Gebt einfach Antwort, Christoph – und verschweigt mir nichts, weil ich es wissen muss.«

Der junge Mann lehnte sich mit dem Rücken an die schmale Seitenwand des Taubenhauses und presste die Lippen zusammen. »Er ist einfach davongeritten, ohne mir den Grund seines Abzuges recht zu erklären«, murmelte er verbissen. »Herr Florian Geyer hatte ihn besucht am Abend zuvor, und sie hatten sich lange beraten. Drauf ließ Albrecht die besten unserer

Burgleute zusammenrufen, und ich musste ins Dorf, um einige unserer Bauern hierher zu holen.«

»Warum das?«

Christoph heftete den Blick auf Anna Elisabeths Gesicht, das jetzt äußerste Anspannung verriet. »Wenn ich das wüsste …«, knurrte er. »Jedenfalls wurden die Waffen gesichtet und in Ordnung gebracht, und Herr Florian Geyer schien mir sehr erfreut über den guten Zustand, in dem sich unsere Handbüchsen und Armbrüste befinden. Alles wurde noch am Abend auf zwei Wagen gepackt. Am Morgen dann –«

»Albrecht hat also mit seinen Leuten Weißenstein verlassen?«, fragte Anna Elisabeth nach. »Dann habe ich vielleicht Recht, wenn ich annehme, dass er mit diesem Herrn Geyer auf einen Fehdezug aus ist. Wäre das möglich?«

»Nein.« Christoph schüttelte den Kopf so energisch, dass seine halblangen flachsblonden Haare flatterten. »›Es gibt ein Kräftemessen‹, verriet mir Albrecht an dem Morgen, als die Truppe abzog. ›Zu Weinsberg halten sich um Ostern viele Herren auf – da wird's drauf und drangehen.‹«

»Und was wollte er damit sagen?«, forschte Anna Elisabeth.

Christoph brauste auf. »Zum Teufel, ich weiß es doch auch nicht!«, grollte er wütend. »Und wenn ich es wüsste – dann würd ich's Euch wohl nicht verraten. Ihr seid aus Bauernstamm … und gegen die verdammten Bauern geht der Zug der Herren ja wohl!«

Anna Elisabeth stockte der Atem. Sie brauchte einen Augenblick, um wieder Worte zu finden. Dann reckte sie sich steil auf. »Wenn ich mich nicht irre, bist du ebenfalls aus Bauernstamm«, fuhr sie Christoph an, »wenigstens zur Hälfte. Oder gehörte deine Mutter am Ende sogar zu den Eigenleuten dieser Burg? Wie also kommst du dazu, mich derartig zu beleidigen, dummer Tropf? Das verrate mir doch!«

Christoph starrte Anna Elisabeth sprachlos an. »Ich ...«, stotterte er, »ich wollte Euch nicht ...«

»Und dazu haben wir auch weiß Gott keine Zeit«, sagte Anna Elisabeth scharf. »Nimm zur Kenntnis, dass ich von nun an jegliche Höflichkeiten dir gegenüber fallen lassen werde. In welcher Richtung liegt Weinsberg?«

»Ich ... ich weiß nicht ...«, stammelte Christoph betroffen.

»Was weißt du denn überhaupt?« Anna Elisabeth war zornig, und sie ließ dem Gleichaltrigen gegenüber keinen Zweifel mehr daran. »Bist du ein Mann, Christoph – oder ein Kind?«

Er hatte erst jetzt wahrgenommen, dass sie ihn mit dem vertraulichen Du ansprach. Wütend zerrte er sich das dünne rotleinene Tüchlein vom Hals und zerknüllte es mit beiden Händen. »Denkt doch, was Ihr wollt«, stieß er hervor, »ich werde Euch schon noch beweisen, dass ich kein Kind mehr bin!«

»In welcher Richtung liegt Weinsberg?«, wiederholte Anna Elisabeth unbeeindruckt ihre Frage.

»Die Truppe ist in südlicher Richtung davongezogen«, kam trotzig Christophs Antwort. »Warum wollt Ihr das überhaupt wissen?«

»Weil ich nach Weinsberg muss«, sagte Anna Elisabeth leise. Sie hatte den Kopf gesenkt und schaute auf ihre Hände. »Er ist in Gefahr, das spüre ich. Und ich möchte in seiner Nähe sein, um ihn vielleicht von einer Unbedachtsamkeit abzuhalten ...«

»Was?« Christoph hatte zwar ihre Worte gehört, aber deren Bedeutung nicht verstanden. »Du denkst doch nicht etwa daran ...«

Er hatte ebenfalls die förmliche Anrede fallen gelassen. Doch Anna Elisabeth überging diese Tatsache einfach. »Ich werde ihm nachreisen«, widersprach sie, »und wenn ich hier nicht in Erfahrung bringen kann, wo diese Stadt liegt, dann muss ich mich eben durchfragen. Bis hierher ist es mir ja auch gelungen.«

»Bist du von Sinnen?«, entfuhr es Christoph. »Du ahnst ja

nicht, was für Gesindel sich auf den Straßen herumtreibt! Es war reines Glück, dass du die Burg unbeschadet erreicht hast …«

»Ich habe keine Angst«, sagte Anna Elisabeth.

Christoph fühlte sich durch ihre unverständliche Gelassenheit herausgefordert. »So kann nur eine reden, die nicht das Geringste vom Reisen versteht«, knirschte er mit zusammengebissenen Zähnen.

»Und was verstehst du davon?« Anna Elisabeth blieb ihm keinen Hieb schuldig. »Ich glaube kaum, dass du dich jemals weiter als bis zum Kirchdorf von deiner Haustür entfernt hast.«

»Ich war schon bis Amorbach«, trumpfte Christoph auf.

Doch Anna Elisabeth hörte gar nicht mehr hin. »Ich werde meinen Mantel verkaufen müssen«, sprach sie ihre Gedanken leise aus. »Was glaubst du – wird sich vielleicht hier jemand finden, der mir etwas Reiseproviant dafür gibt?«

Bei diesen Worten hatte sie Christoph angesehen. Er, immer noch in seinem Stolz gekränkt, brauchte einen Augenblick, um zu begreifen, was sie gefragt hatte. »Wohl nicht«, meinte er schließlich mit einem abschätzigen Blick auf das schlichte Kleidungsstück, das locker um Anna Elisabeths Schultern lag. »Aber du wirst ihn selber brauchen. Wie willst du sonst dem Wetter trotzen?«

»Nahrung ist wichtiger«, sagte Anna Elisabeth. »Wann, sagtest du, werden sich die Herren in Weinsberg treffen?«

»Zum Osterfest.« Christoph sah sie triumphierend an. »Das kannst du zu Fuß niemals schaffen – selbst wenn du nicht überfallen wirst und gut vorankommst.«

»Dann werde ich mich eben einem Kaufmannszug anschließen«, überlegte Anna Elisabeth. »Vielleicht kommen auch andere Reisende des Weges und sind bereit, mich mitzunehmen …«

Christoph stand wie erstarrt. Er hielt den Blick auf Anna Elisabeth gerichtet, doch es war, als schaue er durch sie hindurch. »Ich sollte hier bleiben«, murmelte er geistesabwesend, »in der Sicherheit von Weißenstein. Aber das werde ich nicht tun …« Er sah sie an, und jetzt lag ein begeisterter Ausdruck auf seinem noch fast bartlosen Jungmännergesicht. »Ich werde dir Geleitschutz sein«, erklärte er mit einem jubelnden Unterton in der Stimme. »Ich werde dich zu meinem Bruder bringen, denn wie kann ich dich, die Frau, die er erwählt hat, einfach den Gefahren der Straße aussetzen?« Er wechselte das Standbein, doch es sah aus wie ein kleiner Freudensprung. »Dass ich darauf nicht schon gleich am Anfang gekommen bin! Mädchen … fürchte nichts!«

Er hatte sich hoch aufgereckt. Anna Elisabeth musterte ihn erstaunt. Plötzlich sah er gar nicht mehr so jungenhaft unsicher aus. Dennoch konnte sie ihm für den Augenblick noch keinen Respekt zollen. »Ich brauche lediglich Wegzehrung«, sagte sie störrisch.

Er ging auf diese Widerrede nicht ein. »Folge mir«, befahl er ihr mit energischer Stimme, »du wirst hungrig und müde sein. In der Küche soll man dir eine Mahlzeit reichen, und danach sehe ich zu, dass du gut untergebracht wirst.«

»Aber ich habe überhaupt nicht vor, hier zu bleiben«, gab Anna Elisabeth widerspenstig zurück. »Was ich wissen wollte, weiß ich ja jetzt – und da kann ich auch gleich weiterwandern.«

»Jetzt höre!« Christoph packte sie am Handgelenk. »Du wirst tun, was ich dir sage, Mädchen. In den Ställen von Weißenstein stehen immer noch mehrere gute Pferde – und ich kann mir nicht vorstellen, dass du dir lieber die Füße wund läufst, als von einem frommen Ross getragen zu werden. Zweitens glaube ich nicht, dass du wirklich allein fortkommen willst. Du möchtest ja dein Ziel erreichen – das aber gelingt dir sicher nur, wenn du in Begleitung eines waffenfähigen Mannes reist.«

»Und du hältst dich für einen solchen Mann?«

Christoph verzog diesmal keine Miene. Unbeirrt begegnete er Anna Elisabeths Blick. »Ein Wolf von Weißenstein braucht den Vergleich nicht zu scheuen«, sagte er ernsthaft.

Wie er so dastand, erinnerte er Anna Elisabeth plötzlich sehr an Albrecht. Auch der hatte diesen entschlossenen Zug um den Mund und dieses blaue Feuer im Blick. »Gut«, sagte sie, »wir können es ja miteinander versuchen. Obwohl ich noch nicht davon überzeugt bin, dass du es mit einem erwachsenen Mann aufnehmen kannst.«

Doch nicht einmal diese herausfordernden Worte konnten Christoph jetzt noch verunsichern oder erzürnen. Er lächelte einfach. »Komm«, sagte er nur. Dann zeigte er Anna Elisabeth den Weg zur Küche.

Ostern

Auf den Straßen und Gassen von Weinsberg herrschte geräuschvoller Trubel. Überall auf den Stadtmauern wurden die Wachen verstärkt, schleppten Bewaffnete Pulverfässchen und Säcke voller Musketenkugeln zu den Ständen auf den Zinnen und überprüften Torwächter die schweren Balkenriegel an den Stadttoren. Trupps von Stadtsoldaten nahmen ihre Standorte ein, sichteten ihre Waffen, Hauptleute gaben Befehle weiter ...

Weinsberg rüstete sich gegen das anrückende Bauernheer unter Jäcklein Rohrbach und Georg Metzler. Noch war der Helle Haufen nicht in Sicht, aber nach den Wortfetzen zu urteilen, die Anna Elisabeth im Vorüberreiten aufschnappte, lagerte die Streitmacht der Evangelischen Bruderschaft unweit der Stadt und bereitete sich ebenfalls auf das Treffen vor.

Anna Elisabeth und Christoph bewegten sich auf ihren müden Tieren die steile Anhöhe zur Burg hinauf – der Weibertreu, wie sie im Volksmund genannt wurde. »Ich kann mir nicht denken, dass ein Wolf von Weißenstein mit Bauern gemeinsame Sache macht«, hatte Christoph vermutet, als Anna Elisabeth ihn gefragt hatte, wo in Weinsberg Albrecht wohl zu vermuten sei. »Er und Herr Florian Geyer werden dem Grafen Helfenstein beispringen, zusammen mit den anderen Edlen, die sich zurzeit in Weinsberg aufhalten.«

Dazu konnte Anna Elisabeth nichts sagen. Doch sie wusste: Das Heer der Bauern war den Söldnern, die diese Stadt schützen sollten, an Zahl bei weitem überlegen. Zudem besaß nicht nur die Bürgerwehr von Weinsberg, sondern auch die Evangelische Bruderschaft Arkebusen und Musketen, mit denen Männer besser als mit jeder Armbrust von den Zinnen geschossen werden konnten. Es gab unter den Waffen der Bauernschaft sogar einige Geschütze, die ordentliche Löcher in Mauern rissen, wenn sie gut gezielt wurden.

Anna Elisabeth hatte während der dreitägigen Reise kaum mit Christoph geredet. Sie hatte sich um Albrecht gesorgt, und je näher sie der Stadt gekommen waren, wo er sich aller Wahrscheinlichkeit nach aufhielt, desto mächtiger war ihre Angst angewachsen. Was der alte Mann auf dem Ochsenkarren gesagt hatte, klang ihr immer lauter in den Ohren: »Alle die adligen Schurken sollten gevierteilt werden ...«

»Wie können wir am besten herausfinden, wo Albrecht ist?«, fragte sie jetzt ihren Begleiter.

Christoph fuhr im Sattel hoch, als habe er bis jetzt gedöst. »Wir fragen einfach in den Stallungen der Burg nach«, murmelte er zerstreut, »oder besser – wir sehen uns die Pferde an, die dort untergestellt sind. Den Falben meines Bruders erkenne ich unter Tausenden von Rössern wieder.«

»Ich auch«, dachte Anna Elisabeth. »Hoffentlich finden wir ihn bald«, sagte sie.

»Wir haben ja noch einen ganzen Tag Zeit«, meinte Christoph, sich über die Augen wischend. »Morgen werden die Bauern nicht angreifen ... nicht am heiligen Ostertag. Sie sind schließlich keine Heiden, die den Feiertag schänden.«

Das meinte Anna Elisabeth ebenfalls. »Nein, sicher nicht. Im Gegenteil.«

Sie waren am Burgtor angelangt. Die Wächter, die hier Dienst taten, hatten kaum einen Blick für die beiden staubbedeckten Reisenden übrig, die Einlass begehrten. Anna Elisabeth und Christoph wurden einfach durchgewinkt, was Christoph sehr sonderbar fand. Er fragte einen der Wächter: »Sagt, wird die Torwache hier immer so lax gehandhabt? Wir könnten doch Späher sein, die eure Verteidigung auskundschaften sollen ...«

Der Wächter, ein alter Mann mit blauroter Säufernase, widmete Christoph einen abschätzenden Blick. »Ihr?«, sagte er dann und machte eine wegwerfende Handbewegung. »Mein Junge – feindliche Kundschafter sehen anders aus!« Er räusperte sich und zupfte an einer Schnalle seines schlecht sitzenden Brustharnischs. »Macht, dass ihr weiterkommt«, raunzte er, während er Christoph den Rücken zukehrte, »wir haben hier weiß Gott Wichtigeres zu tun, als uns um Halbwüchsige zu kümmern, die noch nicht trocken hinter den Ohren sind.«

Die letzten Worte waren auf Anna Elisabeth gemünzt, die der Mann offenbar für einen jungen Milchbart gehalten hatte. Das lag wohl daran, dass ihr Haar von der Kapuze einer dicken, braunwollenen Gugel bedeckt war und sie wie ein Mann zu Pferd saß. Zudem verhüllte der weite Wettermantel ihre Beine.

Christoph schnalzte und brachte sein Ross zum Weitergehen. Anna Elisabeths Pferd, ein breit gebautes, kräftiges Saumtier, folgte ohne Aufforderung. Bei den Stallungen im äußeren Hof saß Christoph ab, band sein Tier an einem Haltering in der Stallmauer an und bedeutete Anna Elisabeth, noch im Sattel zu bleiben. »Ich werfe schnell einen Blick auf die Pferde, die hier einstehen«, sagte er. »Sollte der Falbe dabei sein, frage ich nach Albrechts Aufenthalt, und wir können ihn sofort aufsuchen. Finde ich ihn nicht, müssen wir weitersuchen.«

»Gut«, Anna Elisabeth war einverstanden. Sie spürte nach dem langen und vor allem ungewohnten Ritt ihre Knochen und Muskeln ohnehin kaum noch und war dankbar dafür, dass sie sich vorläufig nicht bewegen musste. So lange Christoph fort war, beobachtete sie ihre Umgebung.

Eine kleine Truppe war gerade in den Hof eingeritten. Anna Elisabeth zählte sieben Männer – Herren vom Adel offenbar, wie an ihrer bunten und teuren Kleidung auf den ersten Blick zu erkennen waren. Sie trugen Halbhosen, deren farbiges Seidenfutter aus vielen Schlitzen hervorquoll, und federgeschmückte Barette auf den halblangen Haaren. Nur einer von ihnen, ein alter Mann von mindestens sechzig Jahren, war altmodischer gekleidet – wenn auch nicht weniger kostbar und aufwendig. Sein Mantel war mit Marderfell gefüttert. Die Weste, die darunter hervorschimmerte, prunkte mit goldbestickten Borten und vielen Silberknöpfen.

»Anfangs bin ich dem Doktor Luther gram gewesen«, sagte der Alte gerade, »denn er war's ja, der uns die Bauern mit seinem Traktat von der Freiheit eines Christenmenschen rebellisch gemacht hat.« Er reichte einem der heraneilenden Stallburschen die Zügel seines mächtigen schwarzen Hengstes und ließ sich dann aus dem Sattel helfen. »Aber jetzt bin ich wieder eines Sinnes mit ihm«, fuhr er fort, als er auf dem Boden stand, »denn er hat den Aufstand für ungerecht erklärt und sich brav für die Obrigkeit ausgesprochen.« Er lachte dröhnend. »Acht und Bann und der Aufenthalt auf des Kurfürsten Friedrich Burg müssen ihn Mores gelehrt haben.«

»Was gilt's, Herr Wolframstein?«, rief einer der jungen Herren. »Der Luther wird uns wahrscheinlich sogar nach dem Maul reden, wenn's an das Bauernschlachten geht. Er ist gerissen, der gelehrte Herr, und weiß genau, auf welcher Seite sein Brot gebuttert ist!«

»Kann man's ihm verdenken?«, warf ein anderer junger Edelmann ein. »Um seine Lehren verbreiten zu können, braucht er die Obrigkeit ja. Die Bauern wären ihm zu nichts nütze.«

»Wäre ich ein Bauer, ich würde sein Verhalten Verrat nennen«, sagte der Mann, der hinter dem alten Wolframsteiner gehalten hatte und eben abgesessen war. »Ich danke meinem Schöpfer jeden Tag dafür, dass er mich in eine adlige Familie hat hineingeboren werden lassen ...«

Die anderen lachten. Sie waren mittlerweile alle aus den Sätteln gestiegen. Ihre Reittiere wurden weggeführt, und sie selbst betraten einer nach dem anderen den Pallas. »Ich fürchte mich jedenfalls nicht vor dem zusammengewürfelten Haufen, der sich da vor den Mauern angesammelt hat«, sagte ein weiterer der jungen Herren im Hineingehen. »Wir werden leichtes Spiel mit diesen Tölpeln haben – auch wenn der Verräter mit seiner schwarzen Schar dabei sein sollte!«

Betreten und mit widerstreitenden Gefühlen sah Anna Elisabeth den Herren nach. Die Forderungen der Bauern waren gerechtfertigt, soweit sie sie kannte. Und wenn diese Forderungen von den Herren nicht anerkannt wurden – was blieb den Bauern denn dann noch anderes übrig, als in den Krieg zu ziehen? Und wie konnte dieser Doktor Luther ihren Krieg dann für ungerecht erklären?

Sie war zu müde, um jetzt darüber nachzudenken. Stattdessen ließ sie den Blick wandern. Auf dem Hof waren außer Christophs Ross und ihrem Saumpferd jetzt keine anderen Reittiere mehr. Vorn, neben dem Tor, stand ein funkelnagelneuer Leiterwagen, der hoch mit Pferdemist beladen war. Ein paar Knechte schlenderten müßig vorbei, würdigten Anna Elisabeth kaum eines Blickes.

Wo Christoph nur blieb ... Sie versuchte, in die offene Stalltür hineinzusehen und trotz der drinnen herrschenden tiefen Dämmerung etwas zu erkennen. Aber das war schier unmöglich.

In den oberen Geschossen über den Stallungen schallten Stimmen, wurde hin- und hergerannt. Anna Elisabeth konnte die eiligen Schritte hören ...

Endlich kehrte Christoph zurück. Seine Miene verriet schon von weitem, dass er Albrecht nicht gefunden hatte. »Der Falbe ist nicht unter den anderen Pferden in den Ställen«, informierte er Anna Elisabeth, »und niemand hat Albrecht gesehen. Einer der Knechte, die ich ausgefragt habe, meinte, wir sollten einfach abwarten. Es werden zur Nacht noch Edle aus der weiteren Umgebung erwartet. Albrecht könnte sich ja denen angeschlossen haben.«

»Vielleicht.« Anna Elisabeth nickte müde. »Diesen Herrn Florian Geyer hat dann wohl auch niemand gesehen?«

Christoph schüttelte den Kopf. »Nein, den auch nicht. Wir können uns nur in Geduld üben.«

»Sorgen wir lieber dafür, dass unsere Tiere Futter und Wasser bekommen und endlich abgesattelt werden«, riet Anna Elisabeth.

»Ich selbst würde mich auch nicht beschweren, wenn ich jetzt einen Napf voll Hafergrütze oder einen Kanten Brot bekäme«, meinte Christoph zustimmend. »Den ganzen Tag haben wir kaum etwas zu uns genommen außer Wasser.«

»Aber wir gehören nicht zum Gesinde dieser Burg«, wandte Anna Elisabeth ein. »Wir können uns nicht einfach –«

»Doch, wir können«, sagte Christoph. »Denn wir gehören zum Gefolge von Albrecht Wolf von Weißenstein und sind unserem Herrn vorausgeritten, um Quartier zu machen. Man wird uns schon versorgen und einen Schlafplatz anweisen. Ich glaube, der Graf Helfenstein ist froh um jeden, der notfalls zur Verteidigung der Weibertreu beitragen kann.«

Anna Elisabeth musste an den jungen Edelmann denken, der so laut verkündet hatte, er fürchte die Bauern nicht. »Wie viel Mann sind es denn?«, fragte sie.

»An die hundert«, schätzte Christoph. »Dazu kommen noch die Mannschaften, die die Bürger der Stadt stellen, und ungefähr zweihundert reisige Knechte.«

Anna Elisabeth spürte, wie der Schrecken von neuem in ihr hochkroch. »Sollen dem Grafen Helfenstein denn nach dem Osterfest noch mehr Truppen zu Hilfe kommen?«, wollte sie von Christoph wissen.

»Es geht das Gerücht, dass der Truchsess von Waldburg eine

Streitmacht von Lanzknechten heranführt«, erwiderte der. »Nur meutern die im Augenblick und verlangen mehr Sold. Und darum –«

»... werden sie zu diesem Treffen nicht zurecht kommen«, vervollständigte Anna Elisabeth mit steifen Lippen den Satz. »Gott gnade der Stadt Weinsberg.«

»Ach was«, sagte Christoph geringschätzig, »ein Herr vom Adel kann doch leicht mit zwanzig, dreißig Bauern fertig werden. Sorge dich nicht um meinen Bruder, Mädchen. Der allein schafft fünfzig von denen. Es besteht keine Gefahr.«

Die Frauen in der weitläufigen Gewölbeküche hatten zwar misstrauisch dreingeschaut, als Christoph um Nahrung bei ihnen angehalten hatte, und eine von ihnen, eine alte Vettel mit pergamentenem Gesicht und trüben grauen Triefaugen, hatte beim Namen Wolf von Weißenstein sogar ausgespuckt. Aber sie hatte am Ende doch sowohl für Anna Elisabeth als auch für Christoph einen Napf mit Kohlsuppe und ein dickes Stück Brot herausgerückt. »Vielleicht ist der junge Weißensteiner ja nicht so ein Ungeheuer wie der alte eins war«, hatte die Triefäugige dazu gemurmelt.

Zum Schlafen stand ein Saal zur Verfügung, in dem Reihen von Strohsäcken für die Knechte der anwesenden Herren ausgelegt worden waren. Christoph nahm einen der Strohsäcke für sich in Anspruch, während Anna Elisabeth sich ein Plätzchen bei den Küchenmägden suchte. Aber zum Schlafen kam sie kaum. Die ganze Nacht über herrschte ein Kommen und Gehen; als endlich der Ostermorgen heraufdämmerte, stand Anna Elisabeth auf und suchte Christoph. Den hatte es ebenfalls aus dem Saal ins Freie getrieben. Sie fand ihn draußen im Hof.

»Hast du schon nach Albrecht Ausschau halten können?«, fragte sie ihn.

»Noch nicht.« Christoph rieb sich den Schlaf aus den Augen und versuchte sein arg zerknittertes Wams etwas zu glätten.

»Was tun wir jetzt?«

»Wir könnten zur Stadtmauer hinabsteigen und uns dort nach ihm erkundigen.« Christoph streckte sich und wippte auf den Zehenspitzen, um sich warm zu machen. Vor Sonnenaufgang war es noch sehr frisch.

»Dann lass uns gehen«, drängte Anna Elisabeth. »Ich werde mich erst wieder besser fühlen, wenn ich weiß, wo er ist.«

»Weiber«, murmelte Christoph, was Anna Elisabeth trotz ihrer Unruhe ein Lächeln entlockte.

Auf den Mauern standen die Stadtsoldaten dicht an dicht. Niemand kümmerte sich um den schlanken jungen Mann und das Mädchen, die suchend auf den Wehrgängen hin- und herwanderten. Anna Elisabeth und Christoph bekamen aber auch keine Antwort, sondern nur abweisende Blicke auf ihre Fragen nach Albrecht Wolf von Weißenstein. Auf dem Turm am Haupttor sagte einer der Wächter zu Anna Elisabeth: »Wir haben wirklich anderes zu tun, als uns um irgendwelche verloren gegangenen Jünkerlein zu sorgen. Schaut dort hinunter – dann wisst Ihr, warum!«

Er deutete auf eine der Schießscharten zwischen den Zinnen. Anna Elisabeth folgte seiner Hand mit Blicken und sah hindurch. Rebenhügel lagen dort, Weinstöcke, an denen erstes Grün knospte. Und zwischen den Stöcken, soweit das Auge blickte, zogen sie heran ... Kopf an Kopf, Tausende und Abertausende von Gestalten, grau und braun ... eine farblose Flut, die sich durch die Weingärten heranwälzte und stetig den Mauern von Weinsberg entgegenbrandete ...

Sie griffen doch an, die Bauern – am heiligen Ostertag! Und die Verteidiger der Stadt, die darauf nicht vorbereitet gewesen waren, hatten jetzt kaum noch genügend Zeit, in Stellung zu gehen. In hektischem Durcheinander versuchten die Stückmeister, ihre Geschütze zu richten; aber die Vorhut des Hellen Haufens hatte bereits die Tore erreicht und war dabei, Rammböcke und Sturmleitern in Position zu bringen.

Die ersten mächtigen Rammstöße donnerten gerade jetzt gegen die Bohlen des Haupttores und Steine prasselten von der Mauer auf die Angreifer herab. Ein paar schlecht gezielte Kanonenkugeln fuhren hinter den ersten Angriffsreihen der Bauern in die Erde und ließen den Sand hoch aufspritzen.

Anna Elisabeth, vom Entsetzen gepackt, konnte den Blick nicht von dem lösen, was sich unten am Fuß der Mauer abspielte. Einige Bauern wälzten sich da in ihrem Blut ... sie waren getroffen ... doch andere drängten nach vorn und nahmen ihre Plätze ein.

Die ersten Sturmleitern standen, wurden bestiegen ... Schon lugten einzelne struppige Bauernköpfe über die Mauerkrone ... Sechs, sieben Verteidiger stießen die Leitern wieder um und stürzten die Angreifer mit verzweifeltem Schwung in die Tiefe ...

Viele lagen jetzt bereits reglos und leblos da unten am Boden. Doch immer mehr Bauern rückten nach, immer neue Wellen von Angreifern rollten auf die Mauern zu. So oft sie auch zurückgeschlagen wurden – immer wieder holten sie von neuem aus, stellten von neuem die Leitern an, kletterten wieder und wieder in die Höhe ...

Einer der massigen Torflügel, gegen die unablässig der Rammbock andonnerte, hing bereits schief in den Angeln. Noch sechs, sieben Stöße, und er würde abfallen. Denn der Balkenriegel, der das Tor von innen sichern sollte, war längst gebrochen.

»Verflucht«, schrie einer der Stadtsoldaten in Anna Elisabeths Nähe, »seht euch das an!« Er hatte den Arm ausgestreckt und zeigte mit zitterndem Zeigefinger zum jenseitigen Teil der Mauer hinüber. Dort waren elende, in Lumpen gekleidete Jammergestalten auf das Dach eines großen Gebäudes geklettert, hockten jetzt rittlings auf den Mauerzinnen und halfen mit Seilen, Bettlaken und zusammengeknoteten Stricken den Angreifern in die Stadt.

»Die Krüppel aus dem Siechenhaus kommen den Bauern zu Hilfe!«, brüllte der Stadtsoldat noch einmal, »jemand muss sie daran hindern!«

Doch sein Warnruf ging im Getümmel unter. Das Tor war offen ... ungehemmt ergoss sich die reißende Flut der Angreifer in die Gassen und Straßen von Weinsberg – alles niederwerfend, was sich ihr entgegenstellte. Die Sensen, zu langen Schwertern umgeschmiedet und scharf geschliffen, mähten heute nicht Korn, sondern Männer nieder. Die Sicheln zerschlitzten lebendes Fleisch, die mit eisernen Zacken besetzten Dreschflegel zerschlugen Knochen. Schreien und Stöhnen der Verwundeten mischte sich mit dem Klirren von Metall auf Metall, schnelle Schritte hasteten die Stufen zum Wehrgang hinauf, einer der Stadtsoldaten sank, von einer Bauernaxt getroffen, lautlos neben Anna Elisabeth nieder.

Sie riss den Blick von dem entsetzlichen Schauspiel am Tor los und begann zu laufen – weg von der Schießscharte, hinüber zur nächsten Stiege, die abwärts führte. Deren Stufen waren glitschig von eben vergossenem Blut – einer der Reisigen, die hier die Stadtmauer hatten verteidigen sollen, lag da und rührte sich nicht mehr ...

Anna Elisabeth konnte nicht mehr denken. Ohne hinzusehen überstieg sie den Gefallenen und mischte sich in das Getümmel der stadteinwärts drängenden Bauern. Auf der Stelle war sie umgeben von laut brüllenden, vorwärts hastenden und Verwünschungen ausstoßenden Männern jeden Alters – sie alle wollten hinauf zur Burg, wo die Herren vom Adel sich aufhielten, und konnten es kaum erwarten, sich mit ihnen zu schlagen.

»Schneller, Brüder«, keuchte ein grauhaariger alter Kerl und schob sich dabei an Anna Elisabeth vorbei, »sie entwischen uns vielleicht, wenn wir ihnen zu viel Zeit lassen, sich zu besinnen …!«

Anna Elisabeth sah sich um. Sie hatte Christoph aus den Augen verloren. Aber der Junge trug ja schlichte Kleidung und würde den Bauern kaum Anlass bieten, Jagd auf ihn zu machen. Also weiter, den Berg zur Weibertreu hinauf. Dort musste Albrecht sein – da er bei der Mauer nicht gesehen worden war.

Auch hier hatten die Verteidiger die stürmenden Bauern von den Mauerzinnen mit Armbrüsten und Arkebusen unter Beschuss genommen. Doch ihr Widerstand, so erbittert er gewesen war, hatte die Angreifer keine halbe Stunde aufhalten können. Die Truppe, die nach so kurzer Zeit das Tor erstürmt und den Bauern Zugang zur Weibertreu ermöglicht hatte, gehörte offenbar nicht direkt zum Hellen Haufen und unterschied sich auch durch straffe Disziplin vom Rest des Bauernheers. Sie war gleich nach Öffnung des Burgtores wieder abgezogen und hatte den übrigen Bauern die Einnahme der Burg überlassen.

Anna Elisabeth gelang es, den Innenhof zu erreichen. Hier waren Männer des Hellen Haufens dabei, die Ritterpferde aus den Stallungen herauszuführen und unter sich zu verteilen. An die zwanzig der mächtigen Streithengste standen schon draußen; so mancher von ihnen hatte seinem neuen Besitzer auch bereits gezeigt, dass er kein Karrengaul war.

Die kleine Tür zum Treppenturm stand offen. Anna Elisabeth schlüpfte hinein und arbeitete sich die enge Wendeltreppe hinauf. Oben führte eine niedrige und schmale Tür in irgendwelche Wohngemächer. Hier war alles menschenleer. Mehrere große Truhen waren ausgeräumt worden. Sie hatten Leinenzeug enthalten; einige Wäschestücke lagen noch auf dem rot gefliesten Fußboden verstreut.

Anna Elisabeth ging weiter. Von irgendwoher drangen Stimmen an ihr Ohr – zeternde, angstvolle Frauenstimmen. Ein kleines Kind weinte. Kampflärm schallte aus einem Gemach ganz in der Nähe ...

Eine Tür wurde aufgerissen. Bauern hielten einen jungen, reich gekleideten Edelmann gepackt, hatten ihm die Arme auf den Rücken gedreht und schleppten ihn den Korridor hinunter, durch den Anna Elisabeth gekommen war. »Sträuben hat keinen Zweck, Herr Ludwig von Gottes Gnaden«, zischte ihm einer seiner Bewacher zu, »wir lassen dich nicht mehr los. Kannst also auch gefügig sein und brav mitlaufen ... daran, wie's weitergeht, änderst du sowieso nichts!«

»Ihr wisst nicht, was ihr tut«, keuchte der junge Edelmann, doch der Rest dessen, was er noch hatte sagen wollen, ging in einem schmerzlichen Stöhnen unter. Der Bauer zu seiner Rechten hatte ihm einen harten Faustschlag mitten ins Gesicht versetzt. »Wer hat dir erlaubt, zu sprechen, Fürstlein? Du machst dein Maul erst auf, wenn wir es dir gestatten!«

Damit schleiften sie ihr Opfer um die Ecke. Anna Elisabeth, die nicht einmal beachtet worden war, stand wieder allein auf dem Korridor.

Sie ging weiter. Die Stimmen waren noch zu hören. Sie drangen aus einer Türe rechts des langen Flurs. Als Anna Elisabeth sie aufdrückte, bot sich ihr der Anblick einer völlig verwüsteten Schlafkammer. Das Bettzeug der breiten, von einem Baldachin überdachten Schlafstatt war heruntergerissen, der blaue Damast des Betthimmels zerfetzt. Zwei große Kleidertruhen standen offen und waren offensichtlich ausgeräumt worden. Eine Wiege lag umgestürzt auf der Seite. Daneben, am Boden kauernd, entdeckte Anna Elisabeth eine junge Frau, die, nur mit einem langen Leinenhemd bekleidet, ein beinahe nacktes, weinendes Kind umfangen hielt und leise schluchzte.

Zuerst wusste Anna Elisabeth nicht, was sie sagen sollte. Der Schrecken über das, was sie an Furchtbarem schon gesehen hatte, lähmte ihr die Zunge. Schließlich fragte sie entsetzt: »Was ist hier geschehen?«

Die Frau hob den Kopf. »Weg ... weg!«, schrie sie. »Was willst du denn noch?«

Anna Elisabeth trat näher. »Nichts will ich. Habt keine Angst.«

Die Frau musterte Anna Elisabeth flüchtig und ließ sich wieder zusammensinken. »Sie haben sich unterstanden, meinen Gemahl gefangen zu nehmen«, erwiderte sie mit blassen Lippen.

»War das Euer Gemahl, den sie eben abgeführt haben?«

Die Frau versuchte die Schultern zu straffen. »Ich weiß, es sieht nicht gut aus«, sagte sie, um Haltung bemüht, »aber ein paar Stunden noch, dann werden die Herren die Stadt von diesem Raubgesindel befreit haben, und dann –«

Offenbar war sie sich der Lage überhaupt nicht bewusst. »Die Burg ist eingenommen«, schnitt Anna Elisabeth ihr die Rede ab. »Das Bauernheer hat die ganze Stadt besetzt. Ihr solltet zusehen, dass Ihr von hier wegkommt. Denn Ihr seid vom Adel und darum Eures Lebens nicht sicher.«

»Ich kann nicht ...«, war alles, was die Frau erwidern konnte. Auf einmal wirkte sie wie ein kleines Mädchen. Die Art, wie sie trotzig schmollend die Unterlippe vorschob, verriet, dass sie noch sehr jung sein musste.

»Wo sind denn Eure Mägde?«, fragte Anna Elisabeth, die ihre eigenen Sorgen plötzlich vergessen hatte. »Lasst ein paar Sachen zusammenpacken. Irgendeiner wird schon einen Weg finden, Euch aus der Stadt zu bringen ...«

Die Frau weinte auf. »Was glaubst du denn, wer mein Schlafgemach so durcheinander gebracht hat? Alle sind sie weg, die diebischen Weiber. Ich bin ganz allein hier ...«

»Und Eure Kleider – wo werden die aufbewahrt?« Anna Elisabeth ließ sich nicht beirren und versuchte ruhig zu bleiben. »Könnt Ihr mir zeigen –«

»Nein, das kann ich nicht!« Die Frau wurde wütend. »Ich kenne dich ja nicht einmal ... und außerdem haben sie schon alle meine Kleider mitgenommen. Die Truhen sind leer – das siehst du doch!«

»Dann muss es eben so gehen.« Wie unvernünftig diese Edelfrau sich doch gebärdete! »Kommt. Wickelt Euer Kind in irgendeine Decke ein ... da wird sich doch noch etwas finden! Und dann ...«

Aber es fand sich nichts. Auch in den Nachbarzimmern waren weder Decken noch Kleidungsstücke aufzutreiben. Die Plünderer waren gründlich gewesen. Zudem stieg Anna Elisabeth mit einem Mal beißender Rauchgeruch in die Nase ...

»Los«, drängte sie die junge Edelfrau, »eilt Euch. Wenn Ihr nicht bei lebendigem Leib verbrennen wollt, dann macht voran! Ich leihe Euch für unterwegs meinen Mantel!«

Sie nahm der Frau das zitternde kleine Kind ab. Schon wallten dichte Rauchwolken den Korridor herab. Die Treppe aber war noch frei. Unbeschadet und ungehindert erreichten Anna Elisabeth, die Edelfrau und deren Söhnchen den Hof, an dem die Stallungen lagen.

Hier war inzwischen niemand mehr. Die siegreichen Bauern hatten die Ritterpferde alle weggebracht. Auf dem Hof hatten sie nur eine alte, magere Stute samt einem auf der linken Hinterhand humpelnden Fohlen zurückgelassen. Als Anna Elisabeth einen letzten Blick in die Ställe tat, entdeckte sie ganz hinten noch zwei Pferde – ihr wohlgenährtes Saumtier und Christophs Braunen, bewacht von Christoph selbst.

Ihr Herz tat einen Sprung. »Gut, dass ich dich hier treffe«, sagte sie tief aufatmend, »ein Helfer wird gebraucht. Einer, der diese junge Mutter sicher aus der Stadt geleitet.«

Christoph hatte sich von dem Strohbündel erhoben, auf dem er gesessen hatte, und war langsam herangekommen. Anna Elisabeth erkannte das Entsetzen in den Augen des Jungen.

»Sie wollen alle Herren, die sie gefangen haben, selber richten«, sagte er tonlos. »Unten bei der großen Linde am Flussufer soll der Richtplatz sein ... und ich kann's nicht ändern ...«

Anna Elisabeth packte ihn bei den Schultern. »Hast du inzwischen Albrecht gesehen?«, fragte sie ihn aufgeregt.

»Nein«, antwortete Christoph, immer noch mit diesem schreckensvollen Blick. »Ich dachte, ich hätte ihn zwischen den Bauern beim Flussufer entdeckt. Aber das kann er ja nicht gewesen sein ...«

»Jetzt hör mir zu, Christoph.« Anna Elisabeth zwang sich, an das augenblicklich Notwendige zu denken. »Ich will, dass du die Stute vor den Karren schirrst.«

»Den Mistkarren?«, fragte der Junge. »Warum?«

»Du bringst darauf diese Frau aus der Stadt«, wiederholte sie langsam. »Traust du dir das zu?«

»Ja ... sicher ... aber ...«

»Kein Aber. Sie schafft es nicht allein.«

»Wer ist sie denn überhaupt?« Christophs Blick hatte sich etwas geklärt. Er wandte sich an die junge Edelfrau, die fröstelnd dastand und ihr Kind an sich drückte. »Wer seid Ihr?«

»Die Gräfin Helfenstein«, kam es zitternd über ihre Lippen, »und ich werde nicht auf diesen widerwärtigen Karren steigen ...!«

»Findet Ihr es würdiger, von den Bauern gefangen genommen zu werden wie Euer Gemahl?«, fragte Anna Elisabeth entrüstet. »Sollen sie auch Euch verurteilen, zusammen mit Eurem Kind?«

Die junge Frau biss sich auf die Unterlippe. »Sie werden es nicht wagen«, flüsterte sie, »sie werden –«

»Euren Gemahl und noch vierzehn weitere Herren haben sie unten beim Flussufer angekettet«, unterbrach Christoph sie mit immer noch blassen Lippen. »Euer Zinkenbläser, der Melchior Nonnenmacher, wird ihnen zum Prozess aufspielen. ›Ein wildes und lustiges Tänzchen sollen die Herren zu hören kriegen‹, hat er gesagt, als ich an ihm vorbeikam, ›passend zu dem, was wir für sie bereithalten‹ ...«

»Aber man wird mich doch sehen, wenn ich auf diesem schrecklichen Wagen an ihnen vorüberfahre«, versuchte die Gräfin eine letzte schwache Gegenwehr. »Jeder wird mich erkennen. Und dann –«

»Ihr werdet nicht auf dem Wagen sitzen«, mischte sich Anna Elisabeth ein. »Niemand wird Euch sehen, denn unter dem Mist vermutet Euch keiner.« Sie wickelte sich aus ihrem Mantel und hängte ihn der frierenden jungen Frau um die Schultern. »Der wird Euch schützen – Euch und Euer Kind.«

Über ihnen polterte es. Ein Dachziegel stürzte herab, zerschellte auf dem Pflaster des Hofes. Sie blickten erschrocken in die Höhe. Der Dachstuhl des Pallas brannte lichterloh; Flammen leckten wie mit langen, gespaltenen Schlangenzungen aus den Dachgauben, und Wolken schwarzen Rauchs wälzten sich aus zerborstenen Fenstern in die freie Luft. Irgendwo gellte Geschrei; gröhlende Männerstimmen mischten sich mit spitzem Frauengekreisch. Aus der Ferne war immer noch das trockene Knallen von Arkebusen- und Musketenschüssen zu hören.

Der Frühlingswind fuhr in das brennende Gebälk und fachte den Brand erst richtig an. Das Feuer knatterte, rauschte, fraß sich rasch weiter ...

»Los jetzt«, sagte Anna Elisabeth und packte die Gräfin am Arm. »Wenn Ihr Euch nicht endlich entschließt, werdet Ihr Euch ganz bestimmt nicht mehr in Sicherheit bringen können. Noch bewacht niemand die gesprengten Tore und achtet auf einen Mistkarren, der aus der Stadt gefahren wird. Aber das kann sich jeden Augenblick ändern!«

Die Gräfin war kreidebleich. Selbst Anna Elisabeths dicker Mantel konnte sie im Augenblick nicht wärmen, denn es war das Entsetzen, das sie so zittern ließ. Willenlos ließ sie sich in die Kuhle einbetten, die Christoph mit einer an der Wand lehnenden Forke in den Mist gegraben hatte, nahm ihren kleinen Sohn wieder an die Brust und schlug Anna Elisabeths Mantel um sich und das Kind. Dann zog sie sich die Kapuze des handfesten Kleidungsstücks tief in die Stirn.

Auf Anna Elisabeths Anweisung bedeckte Christoph die junge Frau mit Mist, bis sie kaum noch auf dem hoch beladenen Wagen auszumachen war. »So wird niemand sie erkennen«, sagte Anna Elisabeth befriedigt. Und dann, zu der jungen Gräfin gewandt, fügte sie tröstend hinzu: »Nur ein paar Stunden, dann müsst Ihr Euch nicht mehr fürchten. Und um Eures Kindes willen werdet Ihr das bisschen Ungemach doch ganz bestimmt ertragen können – oder nicht?«

Die Gräfin nickte beinahe unmerklich. »Ja«, hauchte sie, »und ich danke dir. Wie ist dein Name?«

»Annelies. Aber das ist nicht wichtig. Rettet Euch und den Kleinen. Nur das zählt.«

Christoph hatte inzwischen die magere alte Stute in die Deichsel des Mistkarrens geführt und angeschirrt. »Was wird aus unseren Pferden?«, wollte er wissen.

»Deinen Braunen bindest du einfach hinten an den Karren an«, entschied Anna Elisabeth kurz entschlossen. »Mein Ross behalte ich hier. Wer weiß, wann ich es brauchen kann.«

Etwas flackerte in Christophs Blick. »Aber was soll ich tun, wenn ich meine Aufgabe erfüllt habe?«, fragte er mit brüchiger Stimme. »Wohin soll ich dann gehen, Anna?«

»Komm hierher zurück«, schlug sie vor, »oder reite nach Weißenstein. Mich hast du sicher geleitet. Damit wirst du hier nicht mehr gebraucht.«

»Und Albrecht?« Er hatte plötzlich etwas Verlorenes. »Wir haben Albrecht noch nicht gefunden. Außerdem wollte ich …«

Er vollendete den Satz nicht. »Was?«, forschte Anna Elisabeth.

»Ach, nichts«, sagte Christoph. Er riss sich deutlich zusammen. »Dein Rat ist gut, Mädchen. Ich werde ihn befolgen.«

Nur wenige Handgriffe, dann waren die Zügel seines Reittieres am hintersten Staken des Leiterwagens befestigt. Christoph fasste die alte Stute am Kopfgeschirr und führte sie schnell aus dem Hof, denn schon stürzten weitere Ziegel vom brennenden Dach herunter. Die Tiere scheuten und warfen die Köpfe hoch. Das hinkende Fohlen folgte angstvoll wiehernd seiner Mutter.

Einen Augenblick lang sah Anna Elisabeth dem Fuhrwerk nach, wie es sich aus dem äußeren Tor auf den Fahrweg hinausbewegte, der hinunter in die Stadt führte. Sie war sich sicher, dass niemand die Gräfin Helfenstein unter dem Mist entdecken würde, wenn sie sich reglos verhielt. Nur Christoph machte ihr Sorgen. Er, der auf der Fahrt hierher so glaubhaft den erwachsenen Mann gespielt hatte, war längst nicht so gefestigt, wie es ihr vorgekommen war. Ihn hatten die Schreckensbilder des heutigen Tages aus dem Lot gebracht, und er würde lange brauchen, bis er sich wieder gefangen hatte.

Sie hoffte inständig, dass er sich wirklich wieder zurück nach Weißenstein begeben würde. Und sie – was würde sie tun?

Zuerst einmal musste sie sich aus der gefährlichen Umgebung der brennenden Burg in Sicherheit bringen. Sie ergriff ihr wohl genährtes Saumpferd am Zügel. Wie von allein bewegten sich ihre Füße in Richtung des Tores, durch das der Mistkarren mit seiner wertvollen Fracht soeben hinausgerollt war, und das Tier folgte ihr willig. Anna Elisabeth ging ohne Eile; sie ließ sich von Plünderern überholen, die mit dicken Packen eingesackter Wertsachen an ihr vorüberhasteten, wich Fuhrwerken aus, auf denen Güter aller Art aus der Stadt hinausgeschafft wurden, musste sich ein paarmal ducken, wenn Funken von brennenden Dächern regneten oder verkohlte, noch glühende Balkensplitter herabfielen.

Über all der Zerstörung, dem Geschrei, dem Gepolter spannte sich ein wundervoller, zartblauer Frühlingshimmel. Die Rauchwolken aus den brennenden Gebäuden, die überall aus Dächern und Fensterhöhlen hervorquollen und wie lange schwarze Fahnen im Wind wehten, konnten dennoch den strahlenden Ostertag nicht völlig verdüstern. Auferstehung des Herrn ... dachte Anna Elisabeth, während sie, gefangen wie in einem halb grausigen, halb beseligenden Traum, den Burgberg hinunterstieg. Die Grabsteine auf dem Friedhof bei der Kirche waren mit Blut besprenkelt, das die Sonne bereits getrocknet hatte ... leblose Körper lagen über sie hingestreckt – gefallene Söhne und Enkel derer, die hier unter dem Rasen ruhten. Vorn an der Mauer aber blühten in leuchtendem Gold ganze Heerscharen von Narzissen ...

Wohin Anna Elisabeth auch blickte, überall lagen Erschlagene. In einer Nische zwischen zwei Häusern sah sie die Körper eines jungen Bauern und eines ebenso jungen Edelmannes, die sich im Tode eng umschlungen hielten. Jemand war dabei, die Leichen voneinander zu lösen, um an die bunt gestreifte Seidenweste des Junkers zu kommen. Der Mann, ein knorriger, rotgesichtiger Kerl, dem das schmal geschnittene Kleidungsstück kaum passen würde, schnaufte, zerrte an dem Toten herum und fluchte leise vor sich hin: »Gib her, was du mir gestohlen hast, Raubgraf ... lange genug bist du in Samt und Seide gegangen. Jetzt kommt meine Zeit ...«

Ein zweiter Plünderer kam des Wegs, gesellte sich zu ihm. »Kennst du den?«, fragte er den Rotgesichtigen.

»Nein. Verschwinde. Such dir 'n anderes Jünkerlein.«

»Und wenn ich nun gerade diese Weste will?«, stänkerte der andere.

»Dann hau ich dir die Nase noch breiter, als sie sowieso schon ist«, knurrte der Rotgesichtige bissig.

Der andere lachte. »Schon gut«, sagte er, indem er sich zum

Weitergehen anschickte. »Hab mir für mich ohnehin was Besseres vorgestellt – nicht solchen läppischen Tand.«

Anna Elisabeth spürte einen schlechten Geschmack im Mund. Sie fasste die Zügel ihres Pferdes fester und sah zu, dass sie weiterkam. Unten, in der Nähe der aufgesprengten Stadttore, herrschte aber noch viel dichterer Verkehr. Es gab kaum ein Durchkommen. Bürger auf der Flucht drängten mit viel zu schwer beladenen Karren und anderen Fuhrwerken aus den Mauern ins Freie. Plünderer schoben sich mit ihrem zusammengerafften Raub dazwischen durch, während andere aus dem Bauernheer hineindrängten und nachträglich noch versuchten, auch etwas von der Beute abzukriegen. Über allem aber bimmelte die Feuerglocke ...

Anna Elisabeth arbeitete sich mit weit aufgerissenen Augen und dennoch blicklos durch die schwitzenden, schiebenden Menschenmengen. Das Pferd fest am Zügel durchschritt sie endlich das Tor und ließ sich, mitten im Gewühl zwischen hunderten von unbekannten Männern und Frauen eingekeilt, zu der weiten Wiese am Flussufer treiben.

Der Baum, von dem Christoph gesprochen hatte, war leicht auszumachen. Er musste uralt sein; mit seiner ausladenden Krone überspannte er einen weiten Platz, auf dem viele Männer mit langen Spießen, wie Lanzknechte sie trugen, in Zweierreihe angetreten standen.

Anna Elisabeth, die von der drängelnden und schubsenden Menge bis ganz nach vorn durchgeschoben worden war, bot sich ein ungestörter Blick auf das Geschehen. Hier war offenbar gerade eine Art Gerichtsverhandlung zu Ende gegangen. Vorn, dicht am Stamm der mächtigen Linde, standen drei Menschen, die wohl die Richter gewesen waren – zwei Männer und eine Frau. Die Männer trugen Brustpanzer und sehr bunte, beinahe grelle Kleidung – geschlitzte Halbhosen in leuchtenden Farben, große, auffällige Federbarette, blitzende Rapiere an der

Hüfte. Die Frau, deren Alter Anna Elisabeth nicht schätzen konnte, prunkte in einem grünseidenen Gewand mit rotem Besatz und pelzgefütterten Ärmeln. Das schwarze Haar allerdings flatterte ihr offen über die nackten Schultern. Es war wirr und ungepflegt und gab ihr das Aussehen einer Verrückten. Diesen Eindruck verstärkten noch ihre glühenden schwarzen Augen.

Jetzt breitete sie die Arme aus, ließ dann den rechten wieder sinken und machte mit dem linken eine weit ausholende Bewegung. Anna Elisabeth bemerkte, als sie mit dem Blick dieser Bewegung folgte, dass am Rand des Platzes unter dem Baum eine kleine Gruppe von Musikanten Aufstellung genommen hatte. Diese Leute hoben auf das Zeichen der schwarzhaarigen Frau ihre Instrumente und setzten sie an. Gleichzeitig senkten die angetretenen Bauern ihre Spieße und traten drei, vier Schritte zurück. Eine Gasse hatte sich auf diese Weise gebildet.

Die beiden Männer, die die Frau flankierten, stellten sich in Positur. »Ludwig Helfenstein«, schrie der eine von ihnen, »tritt vor!«

Erst jetzt wurde Anna Elisabeth der Edelleute gewahr, die zusammengedrängt am äußersten Rand des Platzes standen und aus deren Mitte einige Bauern nun mit Tritten und Faustschlägen einen jungen Herrn hervorzerrten.

»Du bist für schuldig erklärt«, sagte er zweite der Bauern-Hauptleute. »Hast du noch etwas zu sagen, bevor du deine Strafe empfängst?«

Der junge Edelmann, den Anna Elisabeth ja bereits gesehen hatte, war verwundet; Blut sickerte ihm vom Scheitel her seitlich die Wange hinab, und seine Augen blickten verschleiert. Er schwankte, als sie ihn am Eingang der Gasse aus Spießen aufstellten. »Möge Gott euch vergeben«, hörte Anna Elisabeth ihn sagen, »der Kaiser wird es nicht können ...«

Die schwarzhaarige Frau stieß einen Wutschrei aus. »Macht ein Ende mit ihnen – macht ein Ende!«

Diesmal gab einer der Hauptleute den Musikanten das Zeichen. Doch bevor sie zu spielen anfangen konnten, sagte der junge Graf noch etwas: »Melchior Nonnenmacher – habe ich dich nicht immer gut behandelt?«

Der Zinkenbläser, der offenbar die kleine Kapelle leitete, lachte darauf. »Und ich werde Euch deshalb auch Euer Lieblingsstücklein spielen«, rief er seinem ehemaligen Brotherrn zu, »Ihr sollt zufrieden sein!«

»Du weißt, Ludwig Helfenstein, dass du frei bist, wenn du es schaffen solltest, das Ende der Gasse lebend zu erreichen?« Diese zynische Frage stellte der Hauptmann links neben der Frau.

»Jäcklein Rohrbach«, antwortete der Graf, der sich vor Schwäche kaum noch auf den Beinen halten konnte, »ich hoffe, du wirst mehr Gnade erfahren, als du mir und den Meinen zubilligst ...«

Die Frau mit den zerzausten Haaren stieß einen neuen Wutschrei aus und gestikulierte wild. Nun endlich begannen die Musikanten zu spielen – die Töne des Zink gellten scharf und schneidend durch die Luft. Anna Elisabeth kannte die Melodie. »Hierum tummel dich und rundum«, hieß das Tanzstückchen, das Melchior Nonnenmacher ausgewählt hatte.

Der Graf wurde von neuem getreten und vorwärts gestoßen. Er taumelte in die Gasse aus Lanzen hinein, die Bauern hoben ihre langen Spieße, senkten sie wieder, stießen zu ...

Anna Elisabeth wandte sich ab. Dennoch, sie hatte das Blut gesehen, das da vorn aufgespritzt war, und aus den Augenwinkeln nahm sie auch den zerfetzten, von vielen Lanzenstichen durchbohrten Leichnam wahr, der Augenblicke später vom Anger geschleift wurde.

Jubel klang auf. Für Anna Elisabeth hörte er sich beinahe an wie das Geifern und Heulen von wilden Tieren. Unter tosendem Beifall wurden die Namen der Hingerichteten laut ausgerufen, weitere blutende, zerrissene Leichname wurden vom

Platz geschleppt. Anna Elisabeth konnte nicht weg – sie war eingekeilt zwischen Männern und Frauen, die mit aufgerissenen Augen und Mündern fasziniert dem grausigen Schauspiel zusahen, das sich da vorn abspielte. Der Zügel des Saumpferdes, das sie noch immer mit sich führte, schnitt ihr schmerzhaft ins Handgelenk …

In diesem Augenblick sah sie in der Menge, keine sechs Schritte von ihr entfernt, ein bekanntes Gesicht. Hannes Rebmann, kalkweiß im Gesicht, stand da und starrte mit zuckenden Lippen zur Gasse der Lanzen hinüber, wo gerade wieder ein Delinquent zu Boden gegangen war. »Sie haben es alle verdient«, hörte sie ihn halblaut vor sich hinsagen, »sie haben es alle verdient …«

Anna Elisabeth, zutiefst erschrocken wie sie schon war, packte neues Entsetzen. Johannes Rebmann sah krank aus – todkrank. So bleich, so hohläugig hatte sie ihn noch nie erlebt. Immer war er mit seiner frischen Gesichtsfarbe, seiner kraftvollen, munteren Art und seinem zupackenden Wesen für sie der Inbegriff der Gesundheit gewesen. Aber der Mann, der da immer wieder den gleichen Satz vor sich hinmurmelte, der sah dem Hannes Rebmann von früher nicht im Entferntesten ähnlich.

Sie versuchte sich zu ihm durchzudrängen. Das war schwer; diejenigen, die neben ihr standen, knurrten sie wütend an. »He, du bist hier nicht die Einzige, die alles genau mitkriegen will«, zischte eine alte Frau in Lumpen, die offenbar aus Weinsberg stammte und wütend ihre grauweißen Strähnen zurückwarf.

»Halt dich zurück, Mädchen«, knurrte der alte Kerl rechts von Anna Elisabeth. »Sie hat mehr Rechte als du. Denn ihr Sohn ist im Verließ verreckt – oben auf der Weibertreu.«

»Und jetzt kriegen wir endlich unsere Rache«, warf eine dürre, ebenso zerlumpte Person ein. »Endlich …«

Aber Anna Elisabeth war nicht bereit, sich noch aufhalten zu lassen. Sie zerrte das Pferd weiter und nutzte es, sich Platz zu schaffen – auch gegen den Widerstand der dicht gedrängt stehenden Zuschauer. Schritt für Schritt kam sie so näher an Hannes Rebmann heran, der inzwischen wie versteinert nach vorn starrte und nur noch lautlos die Lippen bewegte. Als sie ihn erreicht hatte, sprach sie ihn an:

»Hannes …?«

Er rührte sich nicht, drehte nicht einmal den Kopf in ihre Richtung.

»Hannes …!«, wiederholte sie.

Ein Muskel zuckte in seinem Gesicht. Seine Brauen runzelten sich. Er verzog den Mund, als leide er Schmerzen. Dann, ganz langsam, wandte er sich zu Anna Elisabeth um.

Er sagte nichts.

»Ich bin's«, fuhr Anna Elisabeth fort. »Ich hatte dich in der Menge gesehen, Hannes …«

»Wie kommst du hierher …«

Sie ging nicht auf seine verwirrte Frage ein. »Lass uns von hier verschwinden«, forderte sie ihn auf. »Ich habe genug gesehen. Du nicht auch?«

Er nickte, unschlüssig, wie es Anna Elisabeth schien.

»Dann komm.« Sie streckte ihm die Hand entgegen wie einem kleinen Kind. Er ergriff ihre Finger und umklammerte sie so hart, dass Anna Elisabeth sich einen Schmerzensschrei verbeißen musste. Doch sie entzog ihm ihre Hand nicht. »Komm«, wiederholte sie noch einmal. Mithilfe des Pferdes schafften sie es, sich aus der drangvollen Enge des Zuschauerringes zu befreien und den Rand des Angers zu erreichen.

Hier waren einige Männer des Bauernheeres dabei, die vorhin Getöteten nebeneinander auf dem Rasen auszulegen. Die beiden Hauptleute, in ihrer Gesellschaft auch die schwarzhaarige Frau mit den glühenden Augen, standen in unmittelbarer Nähe und beaufsichtigten die Aktion. »Den Grafen Helfenstein ganz nach vorn«, befahl gerade der Ältere der beiden Hauptleute, indem er mit der Frau einen flüchtigen Kuss tauschte. »Man soll doch sehen, wer von denen das Hauptschwein war!«

Anna Elisabeth wollte mit Hannes Rebmann schnell weitergehen, als ein kurz gewachsener Mann in dunkel brüniertem Harnisch an die Bauern-Gewaltigen herantrat. Er atmete heftig, als sei er schnell gelaufen. »Fürwahr, Jäcklein«, fuhr er mit zornbebender Stimme den Älteren der Hauptleute an, »das war das Dümmste, was Ihr hättet tun können. Diese Tat wird Folgen haben – schreckliche Folgen, deren Ausmaße ich mir lieber nicht ausmalen möchte!«

Jäcklein Rohrbach schob das Kinn vor. »Was Ihr da faselt«, erwiderte er geringschätzig, »das kann nur aus dem Mund eines Feiglings kommen. Dabei habt Ihr doch selbst erlebt, wie leicht es war, Weinsberg einzunehmen! Keine drei Stunden haben wir gebraucht, um die armseligen Memmen zu überwinden, die dem Helfensteiner zur Seite stehen sollten. Und da glaubt Ihr im Ernst, wir hätten Folgen zu fürchten?«

Das Wort »Folgen« hatte er wie eine Fischgräte oder einen Kirschkern ausgespuckt. Der Mann im brünierten Harnisch machte ein bitterböses Gesicht. »Jäcklein«, erwiderte er hart, »ich hatte Euch für einen Mann von Verstand gehalten. Und nun stellt sich heraus, dass ich mich geirrt habe. Ihr seid ... Ihr seid ...«

»Was wollt Ihr denn damit andeuten?«, fuhr ihm Jäcklein Rohrbach aufgebracht in die Rede.

»Nichts anderes, als dass Ihr Eure Handlungsweise unmöglich bedacht haben könnt«, sagte der Mann im dunklen Harnisch in ruhigerem Ton. »Könnt Ihr überhaupt ermessen, wer von nun an zu unseren erbittertsten Feinden gehören wird?«

Jäcklein Rohrbach schnaufte verächtlich. »Als ob mich das kümmerte«, gab er mit einem überheblichen Grinsen zurück. »Die Evangelische Brüderschaft zählt in die Tausende. Gleich, wer sich uns entgegenstellt – wir sind in der Überzahl. Und dass wir uns zu schlagen wissen, das haben wir heute bewiesen. Oder etwa nicht?«

»Nach dieser Schreckenstat werden wir es in Zukunft mit ausgebildeten Lanzknechten und mit den Herren vom Schwäbischen Bund zu tun haben«, sagte der Geharnischte trocken. »Nicht einer der getöteten Edelleute wird ungerächt bleiben – darauf leiste ich einen heiligen Eid. Ihre Verwandten werden –«

»Armer Ritter«, unterbrach ihn der andere Hauptmann mit einem hämischen Lachen, »Ihr habt wohl auch einen Verwandten unter den Schelmen, die hier ausliegen – und wollt nun schleunigst die Gelegenheit nutzen, um die Evangelische Brüderschaft zu verlassen?«

Der Mann im dunklen Harnisch reckte sich. Sein Antlitz wirkte steinern, als er antwortete: »Ich habe nie dazugehört, Metzler. Schreibt Euch hinter Eure ungewaschenen Ohren, dass ich mit meiner Schar lediglich dem Ziel diene, die Zwölf Artikel durchzusetzen. Euren Zielen dagegen diene ich nicht – denn sie weichen mir zu sehr ab von dem, was recht und billig ist!«

»In anderen Worten«, warf Jäcklein Rohrbach ein, »Ihr wollt von jetzt an nicht mehr Seite an Seite mit uns kämpfen?«

»Wie begriffsstutzig Ihr doch seid, Jäcklein«, sagte der Geharnischte in unterdrücktem Zorn. »Es sind Eure Schandtaten, mit denen ich nichts zu tun haben will – weder heute noch in Zukunft. Denn im Gegensatz zu Euch habe ich das Ziel noch nicht aus den Augen verloren, auch wenn es nach dem heutigen Tag unendlich viel schwerer zu erreichen sein wird.«

Er drehte sich auf dem Absatz um und entfernte sich vom Anger, ohne noch einen letzten Blick auf die Mörder oder ihre Opfer zu werfen. Die Frau mit den zerzausten schwarzen Haaren stieß ein schrilles Lachen aus. »Mann«, sagte sie schmeichelnd zu Jäcklein Rohrbach, »was brauchen wir dergleichen lächerliche kleine Junker in unserem Heer? Wir werden siegen ... hab die neuen Feldschlangen schon mit kräftigen Worten besprochen. Meine Zauberkraft ist allemal stärker als alles andere, und wenn ich die Unsrigen erst unverwundbar gemacht habe ...«

Sie schlang die Arme um den Bauernhauptmann, küsste ihn auf die stoppelbärtige Wange und begann ihn heftig zu streicheln. Doch Jäcklein Rohrbach wehrte ihre ungebärdigen Zärtlichkeiten ab. »Lass sein, Hofmännin – davon verstehst du nichts«, sagte er unwirsch. »Um einen Krieg zu gewinnen, braucht man mehr als nur eine große Zahl von Kanonen ...«

Sie hatten sich hinter einen der Trosswagen zurückgezogen, Anna Elisabeth und Hannes Rebmann. Erst ganz allmählich war Hannes der Sprache wieder mächtig geworden und hatte seine Frage wiederholt: »Wie kommst du hierher, Annelies?«

Sie hatte nach einer Möglichkeit gesucht, ihm auszuweichen. »Zu Pferd«, war ihre Antwort gewesen.

»Das war es nicht, was ich wissen wollte«, hatte Hannes Rebmann gesagt.

Ich weiß, dachte Anna Elisabeth. »Was dann?«, fragte sie.

»Warum bist du mir gefolgt? Ich hatte dir doch befohlen, daheim zu bleiben und dich um den Hausstand zu kümmern.«

»Noch muss ich dir nicht gehorchen, Hannes.«

»Das ist wahr. Aber warum willst du dich nicht schon einmal daran gewöhnen?«

»Ich weiß nicht, ob ich mich jemals daran gewöhnen werde.«

»Aber das musst du, Annelies.«

»Warum?«

»Weil es schon immer so war. Es ist Gottes Ordnung.«

»So, wie es seit Menschengedenken Gottes Ordnung war, dass die Fürsten und Herren ...?«

Hannes Rebmann schüttelte den Kopf. »Das ist etwas ganz anderes«, sagte er langsam.

»Inwiefern?«

»Die Fürsten haben immer nur behauptet, es sei Gottes Wille, dass sie bestimmen«, erwiderte Hannes. »Eigentlich sind aber alle Menschen gleich.«

»Kann es nicht sein, dass auch die Männer immer nur behauptet haben, es sei Gottes Wille, dass die Frauen gehorchen?« Anna Elisabeth ließ nicht locker.

»Ach was«, gab Hannes grob zurück. »Denk doch nach, Annelies. Eva wurde von Gott geschaffen, damit sie Adam hilft. Aber Herr der Schöpfung ist der Mann, lautet Gottes Wort.«

Anna Elisabeth lächelte.

»Warum hast du mich also aufgesucht?«, kam er auf seine ursprüngliche Frage zurück.

»Das habe ich nicht«, erwiderte Anna Elisabeth. »Dass wir uns getroffen haben, war Zufall.« Damit wandte sie sich von Hannes ab, ging ein paar Schritte zwischen den Trosswagen entlang und ließ ihn in Verwirrung zurück.

Überall wurden bereits die Zugtiere eingespannt. Der Tross machte sich reisefertig. Anna Elisabeth sah zu, wie Knechte dicke Bündel mit Beutegut auf den Wagen verstauten, wie ein paar Weiber und ihre rotznasigen Kinder sich um Brote und Würste prügelten, wie Bauernkrieger ihre Waffen reinigten.

Einer, ein hoch gewachsener Kerl, der über seinem braunen Wollwams eine seidene Weste trug, hatte gerade seine Hellebarde von Blutspritzern befreit und machte sich nun daran, auch sein Haumesser wieder blank zu putzen. In diesem Augenblick bog ein anderer dürrer und langer Mensch um die Ecke des Karrens. »Dacht ich mir's doch«, sagte er, »feige davongemacht hat er sich!«

»Wer denn?«, fragte der mit der Seidenweste erstaunt.

»Der Geyer. Er ist mit seiner schwarzen Schar auf und davon. Wohin – das weiß keiner.«

»Doch«, sagte der mit der Seidenweste. »Er ist voraus – nach Heilbronn. Die Stadt ist für die Bauernschaft.«

»Woher weißt du das?«

»Hab's schon vor Tagen erfahren.« Der mit der Seidenweste grinste.

»Von wem?«, wollte der lange Dürre wissen.

»Vom Jäcklein persönlich. Gleich, nachdem mich die Hofmännin gefeit gemacht hat.«

Der Dürre staunte. »Gefeit? Gegen was?«

»Gegen Musketenkugeln und Armbrustbolzen«, erklärte ihm der mit der Seidenweste. »Kannst auch hingehen und dir den Zauberspruch holen. Aber es kostet natürlich was.«

»Was?«

Der mit der Seidenweste grinste noch einmal. »Von mir hat sie 'ne Nacht verlangt«, sagte er, »aber, im Vertrauen, Hinz … du wirst ihr Geld oder Ware bieten müssen. Sie hat's mehr mit den breitschultrigen, kräftigen Männern, die noch nicht so alt sind …«

»Prahlhans«, entrüstete sich der lange Dürre.

Anna Elisabeth hörte der Unterhaltung der beiden nicht weiter zu. Sie ging zu dem Wagen zurück, an den sie ihr Saumpferd angebunden hatte. Der Geyer, der mit irgendeiner schwarzen Schar nach Heilbronn vorausgeritten war – das konnte nur Herr Florian Geyer sein, in dessen Gesellschaft Albrecht Wolf von Weißenstein auf Fahrt gegangen war. Was die beiden Herren mit dem Heer der Bauern zu tun hatten, war ihr zwar nicht klar geworden, aber es war auch nicht wichtig. Wo Florian Geyer war, da hielt sich höchstwahrscheinlich auch Albrecht Weißenstein auf. Und dahin musste sie – koste es, was es wolle.

Sie war aufgesessen und dem langen Zug der Bauernkrieger gefolgt, die bereits auf dem Marsch waren. Ihr Pferd war daran gewöhnt, im Pulk mitzulaufen, und brauchte so gut wie gar keine Hilfen von seiner recht ungeübten Reiterin.

Die Männer des Hellen Haufens unterschieden sich inzwischen, was ihr Äußeres betraf, nicht mehr sonderlich von den reisigen Knechten, die die Weibertreu verteidigt hatten. Allenthalben sah Anna Elisabeth seidene Jacken und Westen, geschlitzte Halbhosen, Kuhmaulschuhe. Ein vierschrötiger Kerl, auf dem Schädel ein federbesetztes Barett, das sicher noch vor wenigen Stunden den gepflegten Kopf eines Edelherren geschmückt hatte, stolperte mit geschulterter Hellebarde an ihr vorüber und grinste sie dabei an. Ihm fehlten zwei Schneidezähne ...

Blanke Rapiere, Musketen und andere Feuerwaffen hatten selbst geschmiedete Stich- und Hiebwaffen beinahe vollständig ersetzt. Im Tross wurden die Geschütze mitgeführt, die vorher auf den Mauern von Weinsberg und auf der Weibertreu gestanden hatten.

Der graublaue Wollmantel, den Anna Elisabeth sich aus der Beute genommen hatte, kratzte. Aber er wärmte auch. Sie zog das voluminöse Kleidungsstück enger um sich und ließ die weite Kapuze tief in die Stirn fallen. Schon waren die Tore von Heilbronn erreicht. Die lange, ungeordnet ziehende Kolonne des Hellen Haufens hatte freien Einlass; sie löste sich auf, sobald sie innerhalb der Mauern angekommen war. Die Männer des Bauernheeres verschwanden in Kneipen, Wirtschaften und anderen öffentlichen Häusern.

Anna Elisabeth saß ab und blieb unschlüssig neben ihrem müden Pferd stehen. Was sollte sie jetzt tun? Sie war hungrig, und auch das Tier, das sie den langen Weg so brav getragen hatte, musste mit Futter und Wasser versorgt werden.

Linker Hand war ein breiter Torbogen, der in einen Innenhof führte. Sie nahm das Tier am Zügel und führte es dort hinein. Der Hof gehörte zu einem Gasthof; zwei Fuhrwerke standen dort, und die Pferde, die die Wagen gezogen hatten, wurde soeben mit Stroh abgerieben.

Anna Elisabeth sprach den Knecht an, der damit beschäftigt war. »Kannst du mir wohl einen Eimer Wasser für mein Ross besorgen?«

»Kann ich schon«, sagte der Knecht, »will ich aber nicht. Besorg ihn dir selber ...«

Er deutete zu einem gemauerten Brunnen hinüber, der die rechte hintere Ecke des Hofes einnahm. Und er hielt es nicht einmal für nötig, den Kopf zu heben.

Anna Elisabeth, deren Beine sich nach dem langen Ritt schwer wie Blei anfühlten, fand sein Benehmen tadelnswert. »Etwas mehr Höflichkeit hätte ich dir schon zugetraut«, erwiderte sie verärgert. »Gehst du immer so mit Frauen um?«

Jetzt blickte der Knecht auf. Er war noch gut beieiander – hatte sicher die dreißig kaum überschritten – und konnte sich sehen lassen. Funkelnde braune Augen musterten Anna Elisabeth neugierig, und ein Mund mit vollen Lippen lächelte etwas spöttisch. »Mit schönen nicht«, erwiderte er, indem er das Stohbüschel fallen ließ, mit dem er die Flanke des Zugpferdes bearbeitet hatte. »Du musst schon verzeihen – aber ich hatte dich ja nicht gesehen.«

Er ging zum Brunnen, betätigte die Winde, kam mit dem gefüllten Eimer zu Anna Elisabeth herüber, die sprachlos dastand und ihn völlig verwirrt anschaute. Ohne weitere Bitten oder Aufforderungen machte er sich daran, das Saumpferd zu tränken, und hängte ihm, als es mit Saufen fertig war, sogar einen vollen Futtersack um. Erst jetzt wandte er sich wieder an Anna Elisabeth. »Zufrieden?«

Sie konnte nichts anderes als nicken.

»Du scheinst mir nicht mit viel Hirn gesegnet«, sagte der Knecht, indem er ein neues, etwas schiefes Lächeln zeigte. »Bevor ich mich wieder mit meiner Arbeit beschäftige – kann ich dir sonst noch irgendwie behilflich sein?«

Diese neue Frechheit machte Anna Elisabeth für den Augenblick noch einmal sprachlos. Sie musste schlucken, räusperte sich, suchte nach Worten.

»Also nicht.« Der Knecht gab sich selbst die Antwort, die er von Anna Elisabeth erwartete. »Nun – dann leb wohl, Mädchen. Es war reizend, deine Bekanntschaft zu machen – auch wenn das Vergnügen nur kurz war ...«

Jetzt brach sich die Empörung in Anna Elisabeth freie Bahn. Tränen stürzten ihr aus den Augen, und sie ballte in hilflosem Zorn die Fäuste. »Wie kannst du die ganze Zeit so albern sein«, stieß sie hervor, »wo heute so viele Menschen den Tod gefunden haben! Jetzt ist nicht die Zeit zu dummen Scherzen. Ich habe Schreckliches gesehen in Weinsberg ... und du machst reizende Bekanntschaften!«

Mit diesem Ausbruch hatte er nicht im Entferntesten gerechnet. Erschrocken musterte er sie, dann trat er zwei, drei Schritte auf sie zu. »Verzeih«, murmelte er verlegen, »aber ich wusste wirklich nicht ...«

Plötzlich war er derjenige, dem keine passenden Worte mehr einfielen. Seine Miene, die eben noch so keck gewesen war, hatte jetzt Ähnlichkeit mit der eines gescholtenen Hundes. Doch Anna Elisabeth brachte es nicht fertig, ihm aus der Verlegenheit zu helfen. Sie starrte ihn nur an, während weitere Tränen ihre Wangen hinabrannen.

Er bemühte sich darum, seine Fassung zurückzugewinnen. »Bitte«, sagte er, »bitte nicht ... ich kann keine Frauen weinen sehen. Was soll ich tun, um dich wieder heiter zu stimmen?«

Sie drehte ihm den Rücken zu. »Nichts«, gab sie leise zurück. »Lass mich einfach zufrieden ...«

»Damit verlangst du Unmögliches«, sagte er. In seiner Stimme schwang schon wieder die alte Unbekümmertheit mit.

»Denk dir etwas Besseres aus – etwas, das ich auch bieten kann. Wie wär's mit einem schönen warmen Essen?«

Anna Elisabeth schluchzte auf. »Danke für das Wasser und das Futter«, erwiderte sie mit zitternden Lippen, »aber jetzt muss ich gehen. Ich will nicht, dass du –«

»Zu spät.« Er war bereits an ihrer Seite und fasste sie am Unterarm. »Deine Chance, schnell wegzulaufen, hast du vergeben. Nun bleibt dir nur noch eins – dich von mir verköstigen zu lassen. Und nenn mir gefälligst deinen Namen, damit ich weiß, wie ich dich anzusprechen habe. Ich heiße Balthasar. Meine Freunde nennen mich Balzer.«

Anna Elisabeth antwortete nicht. Doch ihre Tränen begannen zu versiegen.

»Du willst es mir nicht sagen?«, redete Balzer weiter. »Das ist klug – und du tust recht daran, deinen Namen zu verschweigen. Denn ich bin gefährlich und habe schon so manche junge Frau ins Verderben gerissen.« Er ließ seine Augenbrauen ein paarmal auf- und niederzucken. »Aber für dich mache ich eine Ausnahme ... wie heißt du also?«

»Das geht dich nichts an.«

»Ungewöhnlich, höchst ungewöhnlich.« Balzer legte theatralisch den Finger an die Nase. »Hast du auch einen Vornamen?«

Jetzt endlich fühlte Anna Elisabeth sich gezwungen, zu lächeln. »Wollen wir nicht wie vernünftige Menschen miteinander reden?«, sagte sie zu Balzer. »Ich heiße Anna. Und es wäre wirklich sehr freundlich von dir, wenn du mir etwas Nahrung beschaffen könntest. Ich habe den ganzen Tag noch nichts gegessen.«

Er war so erleichtert, dass er lachte. »Warum nicht gleich«, seufzte er. »Wir binden deinen Gaul im Stall dieser Wirtschaft an, und dann führe ich dich aus. Du wirst zufrieden sein!«

Die kleine Gaststube, in die Balzer Anna Elisabeth führte, nachdem er ihr Pferd versorgt hatte, war dunkel, eng, warm und voller fröhlich zechender Menschen. Er bestellte ihr eine Schüssel dampfende Gerstensuppe mit Pökelfleisch, die sie halb leer aß. Den Rest übernahm er selbst.

Eine Unterhaltung war kaum möglich; dazu war der Lärm, den die anderen Gäste machten, viel zu groß. Aber Anna Elisabeth hatte auch gar nicht mehr die Kraft, noch mit dem sonderbaren Kerl zu reden, den der Zufall ihr über den Weg geschickt hatte. Sie war satt, todmüde und fühlte sich nach den Ereignissen dieses Tages innerlich völlig erschöpft. Das muntere Geplauder, mit dem Balzer sie aufzuheitern suchte, rieselte an ihren Ohren vorbei ... klang irgendwann wie fernes Wasserrauschen ...

Der Strohsack war frisch gefüllt. Balzer drückte ihn dennoch sorgfälltig zurecht, bevor er Anna Elisabeth darauf bettete. Vorsichtig, um sie nicht aufzuwecken, ließ er seine dicke Wolldecke auf sie niedersinken. »Schlaf schön, kleines Ännchen«, wisperte er so leise, dass sie es ganz bestimmt nicht mehr verstehen konnte, »der Balzer passt auf, dass dir nichts geschieht ...«

Anna Elisabeth erwachte in einem winzigen Zimmerchen, das außer einem mächtigen Strohsack keinerlei Möbel enthielt. Auf dem Strohsack, warm eingepackt in eine Wolldecke, lag sie selbst. Auf dem Fußboden aus dicken Eichenbohlen, mit dem Rücken an die Lehmwand gelehnt, saß der fremde Knecht namens Balthasar, der gestern ihr Pferd versorgt hatte.

Sie richtete sich auf und stellte fest, dass sie unter der Decke völlig angekleidet war. Der Mann war wach, hielt den Blick seiner braunen Augen auf sie gerichtet und fragte: »Ausgeschlafen?«

Sie sah sich verwirrt um. »Wie komme ich hierher ...?«

Er ging nicht auf ihre Frage ein. »Die Bauern haben diese Nacht so viel Lärm gemacht, dass ich schon dachte, du könntest keinen Schlaf finden«, sagte er mit müdem Lächeln.

»Lärm? Davon habe ich nichts gehört.«

»Umso besser.«

Anna Elisabeth schwang die Beine aus dem Bett und stand auf. »Wie auch immer«, sagte sie, indem sie sich den Schlaf aus den Augen rieb, »ich muss weiter. Wo finde ich mein Pferd?«

Balzer erhob sich ebenfalls. Als er stand und seine Beine streckte, machte er ein schmerzliches Gesicht. »Ich bringe dich hin«, sagte er. »Wo liegt denn dein Ziel?«

»Ich suche Florian Geyer«, erwiderte Anna Elisabeth nüchtern, »und ich habe keine Zeit zu verlieren. Halte mich also nicht länger auf.«

»Du bist ein wunderliches Mädchen«, murmelte Balzer. »Den schwarzen Geyer suchst du? Der wird dich kaum empfangen ...«

»Du wolltest mich doch zu meinem Pferd führen«, sagte Anna Elisabeth, »also komm.«

Balzer versuchte seine Enttäuschung über Anna Elisabeths abweisendes Verhalten zu überspielen. »Außerdem ist die Schwarze Schar bestimmt schon weitergezogen«, sagte er.

»Das ... das glaube ich nicht!« Anna Elisabeth stotterte beinahe, so erschrocken war sie über Balzers Vermutung.

»Der Geyer kommt und geht, wie es ihm gefällt«, bekräftigte Balzer seine Worte noch einmal. »Und was diese Nacht hier geschehen ist, wird nicht nach seinem Geschmack gewesen sein.«

»Woher willst du das wissen? Kennst du ihn etwa?«

»Es hat gebrannt«, erklärte Balzer ausweichend. »Wahrscheinlich brennt's immer noch. Die Bauern haben mehrere Klöster ausgeraubt und angezündet.«

Anna Elisabeth schaute hinaus. Tatsächlich standen schwarze Rauchwolken in der stillen Luft über den Dächern. »So etwas gefällt wohl niemandem«, sagte sie und schüttelte den Kopf. »Wo kann ich erfahren, ob Herr Florian Geyer wirklich schon die Stadt verlassen hat?«

»Du bist ein wunderliches Mädchen«, wiederholte Balzer

noch einmal. Dann nahm er sie bei der Hand und führte sie die schmale Stiege hinab, die von seiner Stallkammer in den Hof führte. »Ich find's für dich heraus«, fügte er hinzu.

»Warum tust du das alles für mich?«, wollte Anna Elisabeth erstaunt wissen.

»Weiß nicht«, sagte Balzer. »Weil's mir so gefällt ...«

Vor der Kommende der Deutschherren herrschte wüstes Gedränge. Anna Elisabeth, die mit Balzer auf der Suche nach der Geyer'schen Truppe hierher gekommen war, hörte ein dumpfes, rhythmisches Poltern. »Was kann das sein?«, fragte sie Balzer.

»Sie haben einen Rammbock hergebracht und brechen jetzt das Tor zur Kommende auf«, sagte Balzer gelassen. »Die anderen Klöster sind ja schon leer geraubt und abgefackelt.«

Vorn, im Rhythmus des donnernden Rammbocks, wurde gesungen; Anna Elisabeth konnte die Worte des Spottliedes deutlich verstehen:

»Essen, Trinken, Schlafengahn –
Kleider aus und Kleider an –
ist die Arbeit ...
so die Deutschherrn han ...«

Dazwischen krachte, geschwungen von vielen arbeitsgewohnten Fäusten, immer wieder der schwere Balken gegen das Tor der Kommende. Und plötzlich toste wildes Jubelgeschrei auf – Bohlen zerbarsten, Holzsplitter stoben durch die Luft.

»Jetzt sind sie drinnen«, kommentierte Balzer trocken. »Der Wein, den die Deutschherren im Keller lagern, wird sie sicher noch drei, vier Tage lang besoffen halten, die Evangelischen Brüder«, fügte er verächtlich hinzu.

Mai Anno 1525
Wonnemond

Wenn nicht der Frost auf Blüten fällt,
ist's um die Ernte wohl bestellt.

Florian Geyer kämpfte an der Seite des Bauernheeres gegen Fürsten und Geistlichkeit – unverständlicherweise, denn er war ja selbst einer vom Adel. Albrecht Wolf von Weißenstein hatte sich dem Geyer angeschlossen – so viel stand für Anna Elisabeth fest. Aber warum, das war ihr ebenfalls unverständlich. Denn auch Albrecht gehörte ja zu den Herren.

Sie hatte ihn noch immer nicht gefunden. Genau wie Balzer gesagt hatte, wusste niemand recht, wo sich die Truppe des Florian Geyer gerade aufhielt und welche Richtung sie nehmen würde. Seine Männer kämen und gingen wie eine Schar von Gespenstern – ohne viel Aufsehen zu machen, ohne Getöse, ohne Waffengeklirr. Und ihr schwarzer Wimpel flattere nur selten länger als einen Tag an ein und demselben Ort.

Der April war schon vorüber. Den größten Teil des Odenwaldes hatte der Helle Haufen durchzogen. Die Horden des Bauernheeres hatten ihre Spuren hinterlassen; überall am Zugweg der Evangelischen Bruderschaft, wie sich Jäcklein Rohrbachs und Georg Metzlers Truppen jetzt offiziell nannten, flammten wie Fackeln die Burgen und Klöster, auf deren Dächer nach dem Plündern der rote Hahn gesetzt worden war. Einige mindere adlige Herren hatten sich gezwungenermaßen dem Bauernheer angeschlossen, um ihre festen Häuser vor der Brandschatzung zu retten. Unter ihnen befand sich auch ein Gottfried von Berlichingen, dessen eiserne rechte Hand, ein mechanisches Wunderwerk, berühmt war.

Balzer war Anna Elisabeth gefolgt. »Wie kann ich ein unbescholtenes Mädchen unter diesen Rüpeln allein lassen?«, hatte er als Begründung vorgebracht und sich seit Heilbronn immer in ihrer Nähe gehalten. Er wachte über ihre Sicherheit, ohne dass es ihr bewusst wurde, und sie wunderte sich manchmal, warum er darauf bestand. Aber sie fragte nicht weiter.

Hannes Rebmann hatte sie seit dem entsetzlichen Ostertag in Weinsberg nicht mehr gesehen, und sie hatte auch nicht nach ihm Ausschau gehalten. Vielleicht hatte er schon längst die hochgesteckten Ziele der Bauernschaft aus den Augen verloren wie all die anderen ständig betrunkenen, gröhlenden, Karten und Knöchel spielenden oder plündernden und Güter zusammenraffenden Rüpel, die ohne Sinn und Verstand die Tage totschlugen, wenn sie nicht gerade auf dem Marsch waren oder ein Kloster, eine Burg angriffen. Es stand zu vermuten.

Anna Elisabeth lebte wie in einem bluttriefenden Traum aus brennenden Gebäuden, schreienden, fliehenden Menschen, fluchenden Säufern und Prassern und grell herausgeputzten Trossweibern – einem Albtraum, aus dem es nur einen Ausweg gab: Sie musste Albrecht finden. Dann würde alles gut werden ...

Von Tag zu Tag wuchs ihre Sehnsucht. Dieses brennende Begehren war das einzige Gefühl, das noch in ihr war – der heiße Wunsch, Albrecht endlich wiederzusehen, in die Arme zu nehmen, zu küssen, zu spüren. Sonst empfand sie nur noch Gleichgültigkeit – selbst im Angesicht des lachenden Frühlings, der jetzt überall die Welt in ein Blütenmeer verzauberte.

Der Trosswagen, auf dem Anna Elisabeth saß und hinter dem Balzer ihr Pferd angebunden hatte, rumpelte durch die tiefen Fahrspuren einer Straße, die auf eine Stadt zulief. Ein Berg, gekrönt von einer mächtig befestigten Burg, überragte die Mauern dieser Stadt, und Balzer, der neben dem Wagen ging, sagte, es sei Würzburg.

Anna Elisabeth nickte gleichgültig.

»Der Profoss, mit dem ich eben gesprochen habe, sagte mir, ein Teil der Truppen sei schon hier«, fuhr Balzer fort. »Siehst du die Burg?« Er deutete mit dem Finger. »Die soll gestürmt werden. Sie gehört dem Erzbischof ...«

Anna Elisabeth warf einen flüchtigen Blick in Richtung der Stadt und des Berges. »So«, sagte sie, ohne eigentlich zuzuhören.

»Im Augenblick wird sie belagert«, fuhr Balzer unbeirrt fort. »Nach allem, was der Profoss mir sagen konnte, war es der Geyer mit seinen Leuten, der die Belagerung vorgeschlagen hat.«

Anna Elisabeth wandte ihm den Kopf zu. Ihre Augen, die bis jetzt wie leblos gewesen waren, begannen zu glänzen. »Ob er wohl noch da ist?«, fragte sie.

»Mag sein.« Der Balzer schien es nicht genau zu wissen. »Möglicherweise ist er ja sogar derjenige, der mit seiner Truppe –«

Anna Elisabeth saß plötzlich kerzengerade. »Wie lange noch, bis wir die Stadt erreichen?«

»Eine Stunde, höchstens zwei«, sagte Balzer.

»Würde ich zu Pferd schneller dort sein?«

»Nicht wirklich.« Balzer schüttelte zur Bekräftigung seiner Worte energisch den Kopf. »Die Straße ist schlecht. Dein Tier könnte auch nicht schneller vorankommen als die Zugpferde – es sei denn, du willst, dass es sich die Beine bricht.«

»Wahrscheinlich hast du Recht.« Anna Elisabeth sah seine Bedenken ein. »Ich wollte, wir wären schon da ...«

»Warum hast du es eigentlich so eilig?«, wollte Balzer wissen. »Was zieht dich plötzlich nach Würzburg, wo du doch noch vor Augenblicken nicht einmal wissen wolltest, wie die Stadt heißt, die vor uns liegt?«

Anna Elisabeth atmete tief ein. »Florian Geyer ist dort«, sagte sie, »mit etwas Glück werde ich ihn endlich treffen.«

»Aber zu welchem Zweck?« Diesmal ließ Balzer nicht locker. »Verrate es mir. Irgendwann kriege ich's ja doch heraus.«

»In seiner Gesellschaft ist einer, mit dem ich unbedingt reden muss«, sagte Anna Elisabeth widerstrebend. »Wirst du jetzt Ruhe geben?«

Balzer lächelte. »Bis auf Weiteres«, sagte er. In diesem Augenblick drängte sich von rechts jemand an den Trosswagen heran. »Annelies«, rief eine heisere Stimme, »Gott – dass ich dich wiedergefunden hab!«

Hannes Rebmann, in dunkelroten Halbhosen, deren Futter leuchtend weiß aus vielen schräg verlaufenden Schlitzen hervorschimmerte, ein Rapier, einen breiten Dolch und einen Katzbalger am Gürtel und ein breites, ebenfalls geschlitztes braunes Barett auf dem verfilzten Schopf, hatte mit beiden Händen die Bodenplanken des Trosswagens umfasst und wollte sich auf das langsame Gefährt aufschwingen.

Aber Balzer ließ das nicht zu. »Was willst du denn hier, Bruder?«, fragte er. »Wir haben dich nicht gerufen oder eingeladen.«

Hannes' seltsam eingefallenes Gesicht verfärbte sich. Er starrte Balzer an und zog dabei langsam den Katzbalger, das Kurzschwert der Lanzknechte, aus der Scheide. »Weg von meiner Braut«, knurrte er, »bevor ich dir zeige, wer hier wen ruft oder einlädt!«

Damit setzte er noch einmal an, auf den Wagen zu steigen. Balzer sprang mit einem eleganten Satz vom Ochsenkarren herunter und wollte handgreiflich werden. Aber Anna Elisabeth hielt ihn zurück. »Das ist Hannes Rebmann, der Mann, der mir von meinem Vater bestimmt wurde«, ermahnte sie ihn matt. »Was er sagt, hat seine Richtigkeit. Lass ihn zu mir auf den Wagen.«

In Balzers Augen irrlichterte es. Er machte einen übertriebenen Kratzfuß und schwenkte seine Mütze, als habe er einen Herrn von Stand vor sich. »Halten zu Gnaden«, spottete er, »aber ich hatte Euer Gnaden nicht gleich erkannt ... vergebt mir gnädiglich, dass ich nicht hellsehen kann ...!«

Hannes Rebmann biss so hart die Zähne zusammen, dass die Muskeln an seinem Kiefer hervortraten, aber er stieß den Katzbalger in die Scheide zurück. Balzer trat mit einem weiteren, noch stärker übertriebenen Kratzfuß beiseite. Hannes kletterte endlich auf den Wagen. »Was tut der Kerl in deiner Nähe?«, fragte er Anna Elisabeth.

»Er hat mir geholfen«, sagte sie.

»Und warum hast du dafür nicht mich aufgesucht?«

»Du hättest mich auch suchen können.«

»Hab ich ja!« Hannes griff nach Anna Elisabeths Hand und presste sie. »Aber du warst wie vom Erdboden verschluckt.«

Sie ging nicht weiter darauf ein. »Gut gekleidet bist du, Hannes«, wechselte sie mit einem Blick auf seinen Federhut die Richtung des Gesprächs.

»Du müsstest sehen, was ich sonst noch alles erbeutet hab«, verkündete er stolz. »Um Leinenzeug und Kleider brauchen wir uns im Ehestand keine Sorgen mehr zu machen.« Es sprudelte plötzlich nur so aus ihm heraus. »Feinsten Damast habe ich uns besorgt – aus den Schränken der adligen Fräulein im Stift ... wie hieß das doch gleich? Na, es kommt ja nicht mehr darauf an. Jedenfalls – nach der Hochzeit werden wir auf Laken schlafen, wie sie ein Fürst nicht feiner hat. Gefällt dir das, Schätzle?«

Anna Elisabeth rückte ein Stückchen von ihm ab. »Wenn die Zeit kommt, werden die Bauern für alles bezahlen müssen«, sagte sie.

»Aber Schätzle.« Hannes rückte nach, legte, ungeschickt wie ein junger Bär, den Arm um ihre Schultern und tätschelte sie. »Was sollte uns denn geschehen? Wir sind viele, und sie sind wenige ... Heilbronn und Rothenburg und noch mehrere andere Städte halten zu uns. Außerdem – das Recht ist immer noch auf unserer Seite!«

»Hast du Weinsberg schon vergessen?«

In Hannes' Gesicht zuckte es. Doch er schob das Kinn vor. »Sie hatten es alle verdient«, verteidigte er das Blutbad unter der großen Linde. »Sie sind Ottern und Natterngezücht, sagt Pfaff Eysenhut, unser Feldprediger. Gott hatte seine schützende Hand von ihnen genommen. Der rechte Glaube kennt keine Fürsten und keine Obrigkeit.«

»Hannes!« Anna Elisabeth befreite sich aus seinem Griff und starrte ihm ins Gesicht. »Was in Weinsberg geschah, das war Mord – kaltblütiger, grausamer Mord. Wie sonst soll man es nennen, wenn Bewaffnete mit langen Spießen auf Unbewaffnete losgehen und sie einfach niedermachen?«

»Diejenigen, die es an Ostern getroffen hat, waren vom Adel, und der Herr hatte sie verlassen«, wiederholte Hannes Rebmann störrisch. »Ihre Zeit ist um, Annelies – wie man's auch dreht und wendet. Zusammen mit den ungetreuen Pfaffen, den Prassern und Völlern, den Hurern und geistlichen Sündern sollen sie in den tiefsten Höllenschlund fahren, und es ist nur gerecht, wenn die Evangelischen Brüder ihnen dazu verhelfen, sagt Pfaff Eysenhut ...«

»Von der Liebe Gottes sollte euer Pfaff Eysenhut sprechen, anstatt anzuklagen und zu verfluchen«, empörte sich Anna Elisabeth. »Was ist das für ein Priester, dass er solche Dinge sagt?«

Hannes straffte sich. »Einer, der weiß, wovon er redet«, erklärte er Anna Elisabeth ernsthaft. »Er ist aus edler Familie. Aber er hat sich von den Verdammten losgesagt und hält treu zu uns.«

»Indem er euch einredet, all das Morden und Brennen und Plündern sei rechtens?«

»Davon verstehst du nichts«, brach Hannes die Unterhaltung ab. »Bei der nächsten Gelegenheit sorge ich dafür, dass du wieder nach Hause kommst.« Er suchte ihren Blick und tastete nach ihrer Hand. »Du gehörst nicht hierher, Annelies, sondern heim an den Herd. Sobald der Krieg vorbei ist und wir Hochzeit halten können –«

Sie unterbrach ihn. »Der Krieg ist nicht vorbei, und es gibt keine Hochzeit«, sagte sie, ohne ihn anzusehen, während sie ihm abrupt ihre Hand entzog.

Die Männer der Schwarzen Schar waren vor dem Frauenberg, der Residenz des Würzburger Bischofs, in Stellung gegangen. Alle Zufahrten zur Burg waren abgeriegelt; niemand konnte jetzt mehr dorthin durchkommen – nicht einmal eine Maus, wie der Meldung machende Posten sich ausdrückte.

Florian Geyer nahm den in knappe Worte gefassten Bericht persönlich entgegen, dankte und schickte den Mann dann wieder an seine Arbeit. »Wir werden sehen«, sagte er zu Albrecht Wolf von Weißenstein, der das Zelt mit ihm teilte. »Mit etwas Glück können wir die Besatzung des Frauenberges mürbe genug kochen, dass sie uns die Burg öffnen müssen. Und dann ...«

»Ein paar Tage, und sie müssten so weit sein«, meinte Albrecht optimistisch, »dann können unsere Feldschlangen die Burg sturmreif schießen. Was gilt's, Vetter? Ich geb ihnen vier Tage ...«

Florian Geyer schüttelte den Kopf. »Ihr vergesst, dass wir keine rechten Stückmeister haben«, widersprach er. »Es ist leider nicht genug, Feldschlangen und passende Munition zu besitzen. Man braucht auch Leute, die mit ihnen umgehen können.«

»Das kann doch so schwer nicht sein.« Albrecht zuckte die Achseln. »Ist es mit den Geschützen nicht wie mit Arkebusen oder Musketen? Man lädt, man zielt, man feuert ab ...«

»Ganz recht, Vetter.« Der Geyer lachte. »Nur, dass eine Feldschlange schon etwas schwerer wiegt und es ausgesprochen umständlich ist, sie aufs Ziel zu richten ... und dass sie einem, falls man beim Laden etwas falsch macht, in Brocken um die Ohren fliegt.«

»Das kann einem mit einer Arkebuse auch passieren«, sagte Albrecht unbeeindruckt. »Wehe, das Pulver ist nicht gut eingestopft – dann geht der Schuss nach hinten los.«

»Die größte Schwierigkeit besteht aber nicht im Laden und Ausrichten, sondern darin, die Flugbahn der Kugel zu berechnen«, gab der Geyer zu bedenken. »Nur dann trifft sie – und das ist es, was unsere Leute noch immer nicht fertig bringen.«

Albrecht zog noch einmal die Schultern hoch. »Ich wette, ich könnte das Richten einer Feldschlange an einem Tag lernen ... mit ein paar Probeschüssen.«

»Mag sein«, erwiderte Florian Geyer, »ich trau's Euch zu, aber dafür ist nicht die Zeit, Vetter. Ich brauche Euch, um die Truppen einzuteilen und mit mir den Sturm zu führen, wenn's so weit ist.« Er starrte mit plötzlich verschlossenem Gesicht hinaus in die sinkende Nacht. »Gebe Gott, dass wir es schaffen, den Frauenberg mit unseren Leuten einzunehmen und den Bischof zum Verhandeln zu zwingen. Auf die Bauern und ihre Kanonen setze ich so gut wie keine Hoffnung mehr ...«

»Aber es sind alles kräftige, ausdauernde Kerle«, widersprach Albrecht einigermaßen verwundert, »Tausende und Abertausende von ihnen! Wie kommt es, dass Ihr ihnen so wenig zutraut? Sie haben doch bewiesen, dass sie sich schlagen können, und –«

»Der Helle Haufen besteht leider inzwischen aus Großmäulern, Säufern und Räubern«, sagte Florian Geyer mit plötzlich tonloser Stimme. »Er wird angeführt von zwei wahnsinnig gewordenen Gastwirten und einer geilen, feilen Hexe, die ebenfalls nicht mehr recht bei Sinnen ist. Und die Bauern, die wirklich wussten, um was es geht – die haben es inzwischen längst vergessen und geben sich wie die Übrigen dem Plündern, Sengen und Brennen hin. Nein, Vetter«, er sah Albrecht mit ausdrucksloser Miene an, »wir stehen allein da. Und da ich's erwähne – der Luther hat unsere Sache ebenfalls verraten.«

Albrecht erschrak. »Wie das?« fragte er.

»Zuerst durch die Antwort, die er auf unsere Frage gab, ob ein Krieg gegen die Obrigkeit gerechtfertigt sei«, sagte Florian Geyer langsam. »Der hochgelahrte Doktor schrieb uns, in keinem Fall dürfe gegen die Herren Krieg geführt werden, denn Gott selbst habe sie ja über uns gesetzt. Damit bestätigte er das alte Unrecht, gegen das wir zu Felde ziehen. Und zweitens ...«

Er sprach nicht weiter, sondern legte für einen Augenblick die Hand über die Augen, als sei er sehr müde.

Albrecht sah es mit Erstaunen. »Und zweitens«, forderte er Florian Geyer zum Weiterreden auf, »was zweitens?«

»Zweitens hat er einen Traktat losgelassen mit dem Titel: Wider die räuberischen und mörderischen Rotten der Bauern«, sagte der Geyer. »Darin fordert er Fürsten und Kirchenmänner auf, ohne Erbarmen zurückzuschlagen – zu morden, zu schlachten, zu schinden, was sich gegen die Obrigkeit erhebt. Wahrhaftig«, er verzog das Gesicht zu einem steinernen Lächeln, »der würdige Doktor und ehemalige Klosterbruder, jetzt Ehemann einer Nonne – dieser ehrenwerte Mann des Geistes liefert den Fürsten mit seinem höchst wissenschaftlich abgefassten Hetzblatt sozusagen einen göttlichen Freibrief, noch übler zu wüten als bisher. Das nenne ich Reine Lehre!«

»Lieber Himmel.« Mehr brachte Albrecht nicht heraus.

»Das Schlimmste ist aber, dass er Recht hat, was das Verhalten der Bauern betrifft«, sagte Florian Geyer zwischen zusammengebissenen Zähnen. »Sie sind tatsächlich mörderisch und räuberisch – wer könnte das noch bestreiten? Sie gehören allesamt vor Gericht. Besonders der Jäcklein Rohrbach hat der Sache so unendlich geschadet, dass es niemals wieder gutgemacht werden kann.«

Albrecht fröstelte plötzlich. »Vetter«, sagte er, »Ihr hört Euch an, als hättet Ihr überhaupt keine Hoffnung mehr, den Krieg zu gewinnen. Was denkt Ihr wirklich?«

»Ich sagte es ja schon«, gab Florian Geyer zurück, »wir stehen allein da. Was wir brauchen, sind ein paar nützliche Siege ... zum Beispiel hier vor dem Frauenberg. Denn dem Wendel Hipler hört seit dem Gemetzel von Weinsberg niemand mehr zu ...«

Albrecht erinnerte sich wieder daran, dass in Heilbronn Verhandlungen zwischen den Fürsten und den Vertretern der Bauernschaft stattgefunden hatten. »Wie kommt Ihr darauf?«, fragte er erstaunt. »In Heilbronn ist doch –«

»In Heilbronn ist viel geredet worden«, sagte Florian Geyer, »aber nicht über die Zwölf Artikel.« Seine Stimme klang belegt, wie immer, wenn er zornig war. »Die Nachricht von Jäcklein Rohrbachs Schandtat hat vollkommen ausgereicht, um die Verhandlungen zum Stillstand kommen zu lassen. Beinahe jeder der Teilnehmer auf seiten der Herren hatte schließlich einen Verwandten unter den Opfern zu beklagen.«

»In anderen Worten – sie haben den Hohenlohe'schen Kanzler reden lassen und ihm eine Antwort versagt?«

»Schlimmer noch.« Florian Geyer verzog sarkastisch das Gesicht. »Man hat ihm geraten, die Seiten zu wechseln, solange er's noch kann.«

»Aber er wird's natürlich nicht tun.«

»Genauso wenig wie wir.«

»Und was soll nun werden?«, fragte Albrecht.

»Auch das sagte ich schon«, erwiderte der Geyer langsam. »Könnten wir den Frauenberg erstürmen und den Bischof auf unsere Seite zwingen, dann wäre viel gewonnen. Das Bauernheer müsste dann nur noch die nächste Schlacht bestehen ...«

»Gegen wen?«

»Die Herren des Schwäbischen Bundes haben ein Lanzknechtsheer aufgestellt«, murmelte Florian Geyer. »Der Truchsess von Waldburg führt es, und den kenne ich ...«

»Hab auch von ihm gehört«, murmelte Albrecht. »Er soll ein harter Mann sein.«

»Vor allem ist er wütend entschlossen, dem Treiben der Bauern ein Ende zu setzen«, erwiderte der Geyer mit tief gerunzelter Stirn. »Seine Truppen sind auf dem Marsch ... mag sein, dass schon in ein paar Tagen das Treffen mit dem Hellen Haufen fällig ist.«

Draußen war es mittlerweile beinahe vollständig Nacht geworden. Aber die Stille, die bis jetzt geherrscht hatte, wurde mehr und mehr von Geräuschen unterbrochen – Hornsignale schallten auf, schwere Räder knirschten, Hufe stampften oder trampelten langsam fürbass, Marschtritte erzeugten einen vibrierenden Rhythmus ...

»Da kommt der Rest der Evangelischen Bruderschaft«, sagte der Geyer. In seiner Stimme schwang Müdigkeit mit. »Die Kerle werden wahrscheinlich wieder die ganze Nacht brauchen um auszulosen, wohin sie ihre Zelte stellen dürfen. Ich ziehe mich zurück, Vetter.« Er sah Albrecht an. »Was ist mit Euch?«

Albrecht schüttelte den Kopf. »Ich könnte jetzt noch kein Auge zutun«, sagte er, »und darum werde ich mir noch einen Überblick über die Zahl der Bauern verschaffen. Es heißt, der Berlichingen ist mit seinen Leuten auch dabei. Vielleicht finde ich ihn und kann ihn ein bisschen ausfragen.«

Florian Geyer nickte. »Bis später dann.« Er ging ins Zelt und schloss die Eingangsklappe. Albrecht wanderte langsam durch die Lagergasse zu dem großen freien Platz hinüber, auf dem inzwischen die ersten Trosswagen angelangt waren. Männer liefen mit Pechfackeln hin und her, um den Fuhrwerken den Weg zu beleuchten. Eben rollte mit knirschenden Rädern ein Ochsengespann herein. Es war hoch beladen mit Säcken, die

Gott weiß was enthielten, und neben dem Fuhrmann mit drei weiteren Personen besetzt.

Albrecht kniff die Augen zusammen. Den einen der Männer, den, der neben dem Fuhrmann saß – den kannte er doch! War das nicht dieser Müller aus Annas Dorf – dieser Rebmann?

Gott, hatte der Kerl sich malerisch herausgeputzt ... trug eine dunkelrote, geschlitzte Hose und ein Federbarett, das sich auf seinem ungepflegten Strubbelhaar allerdings recht sonderbar ausnahm. Der andere, ein schlanker Mensch mit einem Gaunergesicht und Wieselaugen, war dagegen viel bescheidener gekleidet, obwohl dem die bunte Pracht besser zu Gesicht gestanden hätte ...

Die dritte Person in der Mitte zwischen dem Ochsentreiber und Hannes Rebmann war sehr viel kleiner von Statur und in einen dicken dunklen Mantel eingepackt, dessen Kapuze das Gesicht so gut wie ganz verhüllte. Albrecht konnte es nicht erkennen. Dennoch begann sein Herz unvermittelt wie wild zu schlagen, und er musste an Anna denken.

Ob sie so oft an ihn dachte, wie er an sie? Ob sie wohl auch so sehnsuchtsvoll von ihm träumte? Albrecht blieb einen Augenblick am Rand des Platzes stehen und sah zu, wie der mit den Ochsen bespannte Wagen langsam an die Stelle rollte, die ihm angewiesen wurde.

Der Rebmann stieg vom Bock. Ihm folgten der Fuhrmann und der andere Bursche. Die kleine Gestalt in dem dicken, alles verhüllenden Mantel blieb oben sitzen. Aber sie warf die Kapuze ab ...

Albrecht sah ihr Profil im Schein der Fackeln. Die feine Nase, die steile, gerundete Stirn, der hübsche Mund mit den leicht aufgeworfenen Lippen, die welligen, dunkel schimmernden Haare – all dies gehörte zu einer Frau. Und es gab auf der Welt nur eine Einzige mit so viel Anmut ...

Er starrte zu ihr hinüber. Sie war hier. Der Kerl, dieser Rebmann, hatte sie mit hierher gebracht und setzte sie all den Gefahren aus, die einer unbescholtenen Frau in einem Feldlager drohten. Wie konnte er es wagen …!

Jetzt hatte der Müller ihn entdeckt und schwenkte den Arm. »Holla«, rief er, »so sieht man sich wieder!«

Anna Elisabeth hatte den Kopf umgewendet und ihn ebenfalls gesehen. Für einen Moment saß sie stocksteif da. Dann, blitzschnell wie eine Schlange, glitt sie vom Bock des Fuhrwerks herunter, raffte ihren langen Umhang und lief zu ihm herüber. Nur Augenblicke, und sie stand vor ihm.

Albrecht und Anna Elisabeth sahen sich an. Sekundenlang tauchten ihre Blicke tief ineinander. Albrecht war wie gebannt. Doch Anna warf die Arme um seinen Hals und suchte seine Lippen. »Ich musste zu dir«, wisperte sie an seinem Mund, »es hat mich nicht mehr zu Hause gehalten, Liebster …«

Er fühlte sich schwindlig. Seine Arme schlossen sich wie aus eigenem Antrieb um ihre schlanke Gestalt und pressten sie fest an sich. Mit all der Sehnsucht, die sich in ihm angestaut hatte, nahm er ihre Lippen in Besitz und küsste sie mit wilder Inbrunst. Anna Elisabeth schmiegte sich in seine Umarmung, lehnte sich an ihn, erwiderte seinen Kuss mit dem gleichen leidenschaftlichen Verlangen. Und beide nahmen die Welt um sie her nicht mehr wahr.

Hannes Rebmann war ein paar Schritte von ihnen entfernt stehen geblieben. Entgeistert starrte er das Paar an, das da eng umschlungen, in einen Kuss versunken, vor ihm stand. Er brauchte mehrere Atemzüge, um seiner Überraschung Herr zu werden. Dann aber zog er mit einer ungeschickten Bewegung sein Rapier aus der Scheide. »Lass die Finger von meinem Mädchen«, schrie er rasend vor Zorn, »oder ich hack dich in Stücke, adliger Hund!«

Anna Elisabeth hatte das Zischen gehört, mit dem die Waffe aus der Scheide gefahren war. Sie ließ Albrecht los und drehte sich erschrocken zu Hannes um. Albrecht legte die Schwerthand auf den Knauf seines Degens. »Dein Mädchen?«, sagte er tief einatmend zu Hannes Rebmann. »Ich denke, der Augenschein spricht dagegen, Bauerntölpel!«

Hannes Rebmann schäumte. Er drang mit der blanken Waffe auf Albrecht ein. »Zieh«, schnaubte er, »oder willst du dich feige davonstehlen, nachdem du meiner Annelies die Ehre genommen hast?«

»Wohl kaum«, sagte Albrecht kalt. »Aber ihre Ehre hat sie noch und wird sie auch behalten, du Tropf von einem lächerlichen –«

Er kam nicht mehr dazu, seinen Satz zu vollenden. Hannes Rebmann schwang die Waffe. Sein Hieb musste pariert werden. Albrecht blieb nichts, als ebenfalls blank zu ziehen und den ungeschickt geführten Angriff abzuwehren. Hannes' Rapier flog in den aufgewühlten Dreck des Lagerplatzes.

Er lief hin, bückte sich hastig danach. Und der Wolf von Weißenstein ließ ihm Zeit genug. Doch Anna Elisabeth, die bis jetzt wie erstarrt dabeigestanden hatte, stellte sich mit einem langen Schritt zwischen die Streitenden. »Hannes«, sagte sie laut, »du kannst dir jedes weitere Gefecht schenken, denn Albrecht hat Recht. Ich bin nicht mehr dein Mädchen.«

Auf diese Worte blieb Hannes mitten in der Bewegung stehen. Langsam wanderte sein Blick zu Anna Elisabeth und suchte ihre Augen. »Was sagst du da«, stammelte er mit rauer Stimme, »wie kommst du dazu, so etwas zu behaupten?«

»Es ist wahr«, gab Anna Elisabeth zurück. »Herr Albrecht und ich – wir sind uns einig, dass wir –«

»Ihr seid euch ... was?« Hannes holte tief Luft. »Du bist mein – und schon seit so vielen Jahren. Weißt du nicht mehr, was du deinem Vater auf dem Sterbebett versprochen hast?«

»Nichts habe ich ihm versprochen«, erwiderte Anna Elisabeth ruhig. »Er wollte, dass ich dich nehme, Hannes – aber ich liebe dich nicht, und ich kann nicht die Frau eines Mannes werden, dem mein Herz nicht gehört.«

»Dein Herz – dein Herz ...!« Hannes Rebmanns Gesicht färbte sich langsam tiefrot. »Was hat denn das Herz damit zu tun? Wir haben eine Übereinkunft – und die musst du einhalten. Willst du dein Wort brechen, Annelies?«

»Aber du hast mein Wort ja nicht«, widersprach Anna Elisabeth. »Du hast nur das Wort meines Vaters. Sonst nichts.«

Hannes Rebmanns Blick hing nach wie vor an ihren Augen. »Ich könnte dich zwingen«, sagte er langsam.

Albrecht, der bis jetzt geschwiegen hatte, mischte sich ein. »Wie wolltest du das wohl machen, Rebmann? Vergiss nicht – auch ich habe mitzureden. Denn Anna hat mir ihr Wort gegeben – und ich ihr meins.«

Langsam ließ Hannes Rebmann den Blick von Anna Elisabeth zu Albrecht hinüberwandern. »Raubritter«, kam es hasserfüllt von seinen Lippen, »willst du mir drohen? Eins merke dir: von deinesgleichen lasse ich mir mein Mädchen nicht streitig machen – das wäre, als würde ich Annelies einem Straßenräuber überlassen.« Er riss das Rapier, das er verloren hatte, vom Erdboden hoch und schwang es wild durch die Luft. Die Waffe machte ein scharfes, sausendes Geräusch. »Komm, Heckenreiter – wehr dich! Du wirst mich erst umbringen müssen, bevor du dir nehmen kannst, was mein ist!«

Albrecht hob seinen Degen, um den Schlag abzuwehren, der jetzt erfolgen musste. Doch wieder warf Anna Elisabeth sich dazwischen. »Genug«, rief sie, außer sich vor Zorn, »ich dulde nicht, dass um mich gestritten wird wie um eine Ware!«

Albrecht senkte die Waffe wieder. Doch Hannes Rebmann ließ sich nicht mehr von seinem Vorsatz abhalten. »Du wirst es schon leiden müssen, Annelies«, stieß er hervor, »dass ich diesen adligen Schurken aus dem Weg räume. Es ist mein Recht!«

Damit drang er auf Albrecht ein. Doch der steckte mit einem

sanften Blick auf Anna Elisabeth seinen Degen in die Scheide. Dann hob er beide Hände. »Ich fechte nicht mit dir, Rebmann«, sagte er entschlossen. »Stich mich ab, wenn du es fertig bringst, einen Wehrlosen zu töten.«

Hannes Rebmann hielt in der Bewegung inne. Ein Ausdruck der Unsicherheit und des hilflosen Zorns breitete sich auf seinem Gesicht aus; er wusste nicht, wie er sich jetzt verhalten sollte. »Feigling«, knirschte er, »nicht einmal kämpfen willst du um sie?«

»Du irrst dich, Rebmann«, erwiderte Albrecht in ruhiger Gelassenheit, »für sie würde ich gegen alle Feinde dieser Welt antreten, wenn es sein müsste. Aber Anna hat uns beiden doch deutlich gemacht, was sie will. Darum respektiere auch du ihren Wunsch. Gib sie frei – und zwischen uns soll Frieden herrschen.«

Hannes Rebmann war jetzt blutrot geworden. »Frieden?«, schrie er unbeherrscht. »Nie ... niemals kann Frieden sein zwischen einem Bauern und einem ... Wolf von Weißenstein!«

Er sah Anna Elisabeth an, doch die begegnete seinem Blick mit abweisender Kälte. »Ich liebe ihn, Hannes«, sagte sie hart. »Daran wirst du nichts ändern – und solltest du Himmel und Hölle in Bewegung setzen. Ich bin sein, nicht dein. Das musst du verstehen.«

Einen Augenblick ruhte Hannes Rebmanns Blick suchend auf ihrem Antlitz. Dann, als er keine Nachgiebigkeit, kein Verständnis mehr darin finden konnte, senkte er den Kopf. »Dann geh doch«, grollte er, »geh und wirf diesem Hund deine Ehre in den Rachen ... und möge es dir so vergolten werden, wie du es verdienst, Hure ...!«

Albrechts Hand fuhr wieder nach der Klinge. Doch Anna Elisabeth hielt sie fest. »Er weiß nicht, was er sagt, Albrecht«, beruhigte sie ihn, »weil er nicht versteht, was mit uns ist. Lass ihn – mit der Zeit wird er es schon begreifen und seine Ruhe wiederfinden.«

Damit schob sie die Hand unter seinen Schwertarm, hängte sich bei ihm ein und zog ihn weg. Er folgte widerstrebend. Hannes Rebmann blieb mit seiner hilflosen Wut allein zurück.

Sie gingen langsam und Hand in Hand. Die Wachfeuer, die vor den Zelten des Lagers brannten, waren kleine helle Funken in der Ferne, die mehr und mehr vom Dunst der sinkenden Nacht verhüllt wurden. Albrecht schritt wie im Traum neben Anna Elisabeth; die unfassbare Tatsache, dass sie, nach der er sich so sehr gesehnt hatte, wahrhaftig bei ihm war, nahm ihm für den Augenblick die Sprache.

Anna Elisabeth schien es, als schwebe sie. Seine Hand, die ihre hielt, war warm und wirklich; sein Puls war deutlich zu fühlen – stark und stetig und so schnell wie ihrer. Er hatte sich für sie ausgesprochen vorhin, in Gegenwart von Hannes Rebmann, und alles war klar. In Anna Elisabeth waren keine Fragen mehr – so wenig, wie sie je Zweifel an ihrer Liebe gehabt hatte, so wenig zweifelte sie jetzt noch an seiner. Ihr Herz sang. Es war Frühling.

Albrecht hielt auf eine kleine Baumgruppe zu, die am Fuß des steilen Anstiegs zur Burg aufragte, und in deren unmittelbarer Nähe keine Zelte standen. Hier war es still; niemand störte hier den Zauber der Frühlingsnacht. Unter den Ästen einer jung belaubten Buche, dicht am silbrigen Stamm des Baumes, war weiches Gras, das zum Ruhen einlud. Albrecht setzte sich und zog Anna Elisabeth mit sich auf den dichten Rasen nieder. »Ich bin überwältigt«, flüsterte er, »etwas Schöneres als deine Gegenwart hätte ich mir nicht einmal in meinen Träumen ausmalen können ...«

Sie antwortete nicht gleich, sondern schmiegte sich nur an ihn. Nach einer Weile sagte sie leise: »Weißt du – ich hatte schon die Hoffnung verloren, dich je wiederzufinden. Dann plötzlich sah ich dich, und ich wusste, dass ich dich von jetzt an nie mehr verlieren werde.«

»Mein liebes Herz …« Er schlang die Arme um sie und hielt sie ganz fest. »Ich wäre bald zu dir zurückgekehrt, und dann hätte ich dich einfach mit mir fortgeführt. Wenn die Sache entschieden ist, für die wir streiten – dann wird es keine Grenzen, keine trennenden Klüfte mehr zwischen uns geben. Alle Menschen werden gleich sein – nicht nur vor Gott, sondern auch vor aller Welt. Und es wird unwichtig sein, wes Standes einer ist …«

»Glaubst du das wirklich, Albrecht?«

Er nickte. »Ganz sicher. Aber für den Fall, dass doch einer nach deiner Herkunft fragen sollte, habe ich vorgesorgt«, fügte er lächelnd hinzu, während er einen zarten Kuss auf ihre Wange drückte.

Sie hob ihm das Gesicht entgegen. »Was hast du getan?«, wollte sie wissen.

Er lachte leise. »Ein begabter junger Scholar arbeitet gerade an deinem neuen Stammbaum«, antwortete er.

»Was?«

»Ja«, erklärte er ihr. »Der Mann ist auf Weißenstein und zeichnet ihn für uns auf. Wir werden keine Mühe haben, deine edle Abstammung nachzuweisen, falls es wider Erwarten doch notwendig werden sollte.«

»Warum sollte denn jemand –«

Er nahm ihre Hand. »Anna«, sagte er fest, »das Leben wird leichter für dich sein, wenn wir vom gleichen Stand sind. Glaube mir.«

»Ach, Albrecht.« Sie suchte seinen Mund und küsste ihn heftig. »Das alles ist so unwichtig … für mich zählt nur, dass wir zusammen sind!«

Bei ihrer wilden Berührung durchlief ihn ein Zittern, das tief aus seinem Innern kam. »Für mich auch«, wisperte er, »aber ich will –«

»Du willst das Gleiche wie ich«, nahm sie ihm das Wort aus dem Mund. »Du willst mich – und ich will dich. Jetzt gleich ...!«

Das Beben, das ihn erfasst hatte, war so stark, dass er es kaum noch beherrschen konnte. »Was ich sagen wollte, war doch ...«, begann er.

Sie ließ ihn nicht mehr zu Wort kommen. »Ganz gleich, was es war«, unterbrach sie ihn, »diesmal wirst du mich nicht abweisen, Liebster. Ich spüre ja, dass du mich so sehr begehrst, wie ich dich. Du bist mein, hast du Hannes Rebmann gesagt. Und ich will haben, was mir gehört, Albrecht ... jetzt gleich ... ohne Wenn und Aber ...«

Eine Erregung erfasste ihn, gegen die es keine Gegenwehr gab. Ihr Mund war ganz nah, lockte ihn übermächtig. Und was waren das auch für lächerliche Gründe, die ihn bis jetzt davon abgehalten hatten, ihrem Verlangen nachzugeben? Er empfand ja die gleiche heiße Begierde, die aus ihren Worten sprach.

»Ohne Wenn und Aber ...«, wiederholte er flüsternd, während er der Lockung nachgab und ihre Lippen mit seinem Mund berührte. »Dann soll es so sein, Liebste – weil auch ich endlich will, was mir gehört ...«

Sie küssten sich, aber nicht so, wie es bisher geschehen war, sondern in aller glühenden Ehrlichkeit. Unter dem Frühlingsmond, der hoch am Himmel stand, entkleideten sie sich und sahen sich zum ersten Mal unverhüllt, betrachteten einander in anbetender Bewunderung, gaben sich zum ersten Mal neuen Zärtlichkeiten hin, erforschten mit streichelnden Händen ihre Körper und berührten sich inniger als je zuvor.

Anna empfand seine Leidenschaft wie eine Huldigung. Sie gab ihm ohne Scheu, wonach er mit wortlosen Gesten verlangte. Als er an der Schwelle zu ihr zögerte, umarmte sie ihn mit drängender Sehnsucht und flüsterte ihm ins Ohr: »Ohne Wenn und Aber ...«

Albrecht folgte ihrer Forderung mit glühender Heftigkeit. Den Schmerz der Vereinigung nahm sie nicht einmal wahr. Zu groß war ihr Wunsch, ganz ihm zu gehören und ihn ganz zu ihrem Eigen zu machen.

Noch eine Weile, nachdem der Höhepunkt überschritten war und ihre wundersame, köstliche Erregung nachgelassen hatte, lagen sie Herz an Herz unter dem Sternenhimmel und horchten auf ihre langsam ruhiger werdenden Atemzüge. Erst nach und nach fanden sie die Sprache wieder, sagten sich mit zitternden Lippen neu erfundene Liebesworte, lösten sich zögernd aus ihrer Umramung.

»Jetzt ist unser Bund besiegelt«, wisperte Anna Elisabeth, »und es kann nicht Sünde sein, was wir getan haben – dazu war es zu ernst ...«

»O ja, meine wilde Rose«, antwortete Albrecht im Flüsterton, »viel zu ernst. Aber wir waren ja schon zutiefst verbunden, bevor wir –«

»Still«, hauchte Anna Elisabeth und legte ihm den Finger auf die Lippen. »Hörst du ... die Nachtigall ...«

»Sie verkündet unsere Hochzeit«, gab Albrecht zurück. »Sie soll es allen sagen, dass wir für immer zusammengehören!«

Anna Elisabeth schmiegte sich noch einmal an ihn. Doch die Kühle der Nacht wurde ihnen beiden wieder bewusst. Widerstrebend kleideten sie sich an; Albrecht hüllte seine Liebste in den warmen Mantel und half ihr vom Boden auf. In der Nähe stand ein kleiner Schober, in dem Stroh gelagert war. Hier hinein führte er Anna Elisabeth.

»Ab morgen schaffe ich dir eine standesgemäße Unterkunft«, sagte er, nachdem er ihr ein Bett bereitet hatte. »Eine Frau von Weißenstein muss sich nicht mit einem Lager wie diesem zufrieden geben ...«

Anna Elisabeth lehnte sich in träger Glückseligkeit an seine Brust. »Wenn du nur bei mir bist«, gab sie zurück, »dann nehme ich selbst mit hartem Stein oder dem nackten Erdboden vorlieb.«

Die Spiele der Mächtigen

Albrecht hatte Anna Elisabeth in einem kleinen Gasthof in Würzburg untergebracht und dem Wirt die Zeche auf eine Woche im Voraus bezahlt. »Hier kann niemand dich behelligen«, hatte er ihr gesagt, als sie in der Kammer allein gewesen waren. »Im Lager wären wir keinen Augenblick ungestört, und ich will nicht, dass man dich mit scheelen Augen ansieht, nur, weil wir noch nicht offiziell –«

»Mein Ritter von Weißenstein«, hatte sie ihn lächelnd unterbrochen, »du irrst. Wir sind offiziell – wie die Welt es auch betrachten mag. Mach dir um mich keine Sorgen. Ich werde mich der dummen Bemerkungen und der scheelen Blicke schon zu wehren wissen.«

Das lag nun eine Woche zurück, und Albrecht hatte mit Verwunderung feststellen dürfen, dass sie sich tasächlich Achtung zu verschaffen gewusst hatte. Wenn sie in der niedrigen Gaststube ihr Essen zu sich nahm, dann speiste sie – und der Wirt, der eigentlich ein recht ungehobelter Kerl war, bediente sie mit ausgesuchter Höflichkeit. Von Anfang an hatte er keinerlei Fragen gestellt, sondern war, bewogen durch Anna Elisabeths Haltung, davon ausgegangen, sie sei die Gemahlin des jungen Freiherrn, der, wann immer er konnte, seine Zeit mit ihr verbrachte.

Heute war der vierzehnte Tag des Mai. Anna Elisabeth saß am Fenster, vor sich die Schüssel Brotsuppe, die ihr der Wirt mit einem tiefen Bückling dargeboten hatte, und schaute hinaus auf die Gasse. Der Nachmittag ging dem Ende zu; schon waren die Schatten tiefer geworden, das Tageslicht hatte abgenommen, und die ersten Laternenträger kamen vorüber. In der Stadt wimmelte es von Bewaffneten; auch jetzt zog eine kleine Truppe mit geschulterten Hellebarden am Fenster vorbei. Doch Anna Elisabeth wusste: Der größte Teil des Hellen Haufens war vor Tagen aus Würzburg abgezogen; wohin, das hatte ihr der Wirt nicht sagen können.

War Hannes Rebmann bei denen gewesen, die die Stadt verlassen hatten, oder hielt er sich noch hier auf – bei den Truppen, die den Frauenberg belagerten? Auch das hatte sie nicht in Erfahrung bringen können, und es schmerzte sie ein wenig. Immerhin war Hannes ihr seit der Kindheit vertraut, und es war schwer, sich völlig von ihm loszusagen. Wenigstens die Freundschaft zu ihm hätte sie gerne erhalten ...

Die Tür der Gaststube öffnete sich. Albrecht trat in den niedrigen Raum ein, dessen schwere, schwarz gerußte Deckenbalken den Eindruck von noch größerer Enge erweckten. Er widmete dem Wirt, der vor ihm einen tiefen Kratzfuß gemacht hatte, ein kleines Kopfnicken und wandte sich dann Anna Elisabeth zu. »Meinen liebevollen Gruß«, sagte er und verneigte sich kurz vor ihr. »Ich könnte mir vorstellen, du hast die Nachricht schon vernommen ...«

Seine Stimme hatte belegt geklungen, rau beinahe, und er war blass. Anna Elisabeth erschrak. »Was für eine Nachricht?«, forschte sie und suchte schon in seinem Gesicht nach einer Antwort auf ihre Frage.

Albrecht setzte sich zu ihr auf die Bank. »Dann weißt du es noch nicht«, murmelte er. »Umso schlimmer ...«

Sie spürte, wie Angst in ihr aufkeimte. »Was soll ich denn wissen?«, drängte sie. »Sag mir's doch, Albrecht!«

»Die Bauernschaft«, gab er mit plötzlich tonloser Stimme Auskunft, »sie ist geschlagen worden – vor Böblingen. Ein sehr großer Teil des Hellen Haufens ist vernichtet ... und sie haben Jäcklein Rohrbach gefangen genommen ...«

»Oh ...« Jetzt griff der Schrecken nach Anna Elisabeths Herz. Sie konnte nichts sagen, sondern schloss nur kurz die Augen.

»Wie viele gefallen sind, wissen wir noch nicht genau«, setzte Albrecht seinen Bericht fort, »aber es müssen weit mehr als tausend sein. Die Böblinger, die den Unsrigen Unterstützung zugesagt hatten, müssen vom Truchsess erpresst worden sein ... oder bestochen. Florian Geyer meint, es sei eher das Letztere gewesen.«

»Was heißt das?« Anna Elisabeth war so entsetzt, dass sie kaum noch klar denken konnte. War Hannes Rebmann unter den Toten? Diese Frage begann in ihrem Kopf zu kreisen.

»Nun«, erklärte Albrecht, »Georg von Waldburg wird den stadtgesessenen Bürgern Geld geboten haben, oder Privilegien – falls sie den Bauern in den Rücken fallen. Und das haben sie getan.«

»Wie?«, fragte Anna Elisabeth mit blassen Lippen.

»Sie haben die Geschütze ihrer Stadtmauer auf die Männer der Evangelischen Bruderschaft gerichtet.« Albrecht zog die Schultern hoch, als friere er. »Der Truchsess griff den Hellen Haufen von der einen Seite an, und die Böblinger Geschütze mähten sie auf der anderen nieder. Es gab keinen Ausweg ... nur ein ungeordneter Rückzug war noch möglich. Und den Jäcklein haben sie, nachdem sie ihn gefangen hatten, nach Neckar-Gartach gebracht, wo sie ihn ...«

Er konnte nicht weitersprechen, sondern legte nur in einer schmerzlichen Geste die Hand über die Augen.

»Sag es mir«, forderte Anna Elisabeth. »Ich will's erfahren, damit ich weiß, was dich so sehr erschüttert!«

»Sie haben ihn bei lebendigem Leib geröstet«, flüsterte Albrecht mit Entsetzen in der Stimme. »Sie haben ihn an einem Baum aufgehängt und ein Feuer unter ihm angezündet.

Es muss Stunden gedauert haben, bis er endlich ausgelitten hatte ...«

»O Albrecht!« Anna Elisabeth nahm seine Hand und presste sie hart. »Und was wird nun aus der Sache der Bauern?«

Albrecht erwiderte ihren Händedruck. »Morgen stürmen wir den Frauenberg«, sagte er. In seinen Augen, in denen eben noch Schrecken gestanden hatte, glimmte plötzlich Zorn auf. »Wendel Hipler verhandelt immer noch in Heilbronn – der unverbesserliche Gutmensch. Aber Florian Geyer und ich, wir sind uns längst darüber im Klaren, dass Vernunft in dieser Lage nichts mehr bewirken kann. Nun muss Gewalt herrschen, und nur noch die Waffen können eine Wende bringen!«

»Nein, Liebster, nein!« Anna Elisabeth hielt seine Hand, die sich zur Faust ballen wollte, verzweifelt fest. »Wollt ihr nicht wenigstens abwarten, bis ihr Nachricht von den Unterredungen habt, die der Kanzler von Hohenlohe führt? Er ist doch ein kluger Mann – er wird immer noch einen Weg finden, wie man die hohen Herren zum Umdenken bringt. Gebt ihm die Möglichkeit dazu, bevor noch mehr Menschen ihr Leben verlieren!«

Albrecht bedachte sie mit einem zärtlichen, aber auch mitleidigen Blick. »Mein Abendstern«, sagte er sanft, »du bist eine Frau, und darum verstehst du auch nicht, was Fürsten dazu treibt, Krieg zu führen. Es ist die pure Lust am Streiten, und, wahrhaftig – der Truchsess von Waldburg gehört in jedem Fall zu denen, die lieber den Krieg als die Verhandlung wählen würden, um Konflikte zu lösen.«

»Aber Wendel Hipler hat doch –«, setzte Anna Elisabeth an.

Doch diesmal wurde sie von Albrecht unterbrochen. »Wendel Hipler ist nicht vom Adel«, sagte er sanft. »Er hat nach dem, was Jäcklein Rohrbach in Weinsberg verbrochen hatte, keine Möglichkeit mehr bekommen, sich noch einmal Gehör zu verschaffen. Man hält ihn hin, um die Bauernschaft in dem Glauben zu lassen, es gebe noch etwas zu gewinnen. Aber die Wirklichkeit sieht völlig anders aus. Glaub mir, Liebste.«

Einen Augenblick lang sah Anna Elisabeth ihm in die Augen. Dann senkte sie den Kopf. »Ich glaube dir ja, Albrecht«, flüsterte sie, während sie versuchte, ihre Tränen zurückzuhalten, »ich habe nur solche Angst …«

Er nahm sie in die Arme. »Lass uns nicht den Mut verlieren«, flüsterte er ihr zu, »es kann noch alles gut werden. Daran glaube ich ganz fest.« Mit einer beiläufigen Handbewegung rief er den Wirt herbei. »Bringt mir einen Krug Bier«, befahl er dem Mann, der dienstbeflissen sofort erschien.

Während der Wirt schnell seiner Aufgabe nachkam, wandte sich Albrecht wieder an Anna Elisabeth. »Heute bin ich nicht nur gekommen, um bei dir zu sein«, sagte er ernst. »Ich will, dass wir noch an diesem Abend eine Verabredung wahrnehmen.«

Sie suchte seinen Blick. In ihren Augen zeigte sich neue Furcht. »Was für eine Verabredung?«, fragte sie bebend.

Er nahm beruhigend ihre Hand. »Du trägst einen goldenen Ring am Band um deinen Hals«, erwiderte er, »und der soll ab heute an deinem Finger stecken. Ich möchte, dass unsere Verbindung den Segen erhält.«

»Du willst …« Sie konnte nicht weitersprechen. »Warum gerade jetzt?«, fragte sie nach einigen Herzschlägen. »Was drängt dich dazu?«

Er umarmte sie noch einmal. »Wie ich dir schon sagte«, erklärte er, während er sie an sich presste, »morgen werden wir den Frauenberg stürmen. Und du musst meine rechtmäßige Gemahlin sein, sollte ich fallen …«

Sie erstarrte in seinen Armen. »So etwas darfst du nicht einmal denken«, wisperte sie in tiefem Entsetzen. »Ich ertrage das nicht!«

»Aber es könnte sein«, gab Albrecht zurück, »und ich will, dass deine Rechte gewahrt sind, falls es geschieht. Schau, Liebste –«, er drückte ihr einen kleinen Kuss auf die Schläfe, »ich bin jung und stark, und mir wird nichts geschehen, wenn der Allmächtige es nicht beschlossen hat. Aber nur für den Fall, dass er mich doch abrufen sollte ...«

»Albrecht ... nein!« Anna Elisabeth klammerte sich an ihn. »Können wir nicht einfach all diesen Schrecken den Rücken kehren und weggehen? Können wir nicht diesen elenden Krieg –«

»Still, Abendstern.« Er tupfte einen kleinen Kuss auf ihre Lippen. »Warum weigerst du dich, mit mir vor einen Priester zu treten?«, fragte er, nachdem er ihren Mund wieder freigegeben hatte. »Willst du denn nicht wirklich meine Frau sein?«

Das hatte scherzhaft klingen sollen, aber Anna Elisabeth nahm es anders auf. »Das bin ich ja längst«, wisperte sie mit belegter Stimme und Tränen in den Augen.

»Dann gehorche mir dieses eine Mal«, erwiderte er, nun nicht mehr in diesem gespielt heiteren Ton. »Es ist mir wichtig, dich gesichert zu sehen. Tu mir die Liebe, und stell nicht alles in Frage, was ich von dir verlange.«

Anna Elisabeth schluchzte auf. Dann schlang sie die Arme um seinen Nacken und küsste ihn leidenschaftlich, obwohl der Wirt gekommen war und den Becher für Albrecht auf den Tisch gestellt hatte. »Ich würde dir bis ans Ende der Welt folgen«, flüsterte sie weinend, »aber dein Eigentum und deinen Titel begehre ich nicht ...«

»Das weiß ich«, sagte Albrecht. »Trotzdem will ich, dass du ein Recht darauf hast.« Er nahm den Krug und trank. Dann stand er von der Bank auf und zog sie mit sich hoch. »Es ist alles vorbereitet«, fügte er hinzu. »Komm ...!«

In der Sakristei warteten vier Personen – zwei junge Männer in Brustharnisch und recht unauffälliger, geradezu zerschlissener Kleidung, ein drahtiger, etwa vierzigjähriger Herr, der ohne Panzer, dafür aber in dezent edler Gewandung erschienen war, und ein in schlichtes Schwarz gekleideter Priester. Sie alle musterten Anna Elisabeth mit unverhohlener Verwunderung, als sie an Albrechts Seite eintrat.

»Hier bringe ich meine Braut«, sagte Albrecht zu ihnen. »Gestattet, dass ich sie mit Euch bekannt mache.«

Die Männer verneigten sich knapp. »Herr Ulrich von Starkenberg«, stellte Albrecht Anna Elisabeth den Jüngsten vor, der kaum die zwanzig erreicht hatte, und dessen Harnisch selbst im matten Schein der beiden Kerzen seine Roststellen nicht verbergen konnte.

Anna Elisabeth neigte wortlos den Kopf und schenkte dem Mann ein flüchtiges Lächeln.

»Herr Markwart zu Rhein«, sagte Albrecht und deutete mit einer kleinen Geste seiner Hand auf den zweiten der jungen Männer.

Der verzog die Mundwinkel und lächelte strahlend zur Antwort, als Anna Elisabeth auch ihn mit einem Kopfnicken bedachte.

»Herr Florian Geyer«, bezeichnete Albrecht den dritten, nicht gewappneten Anwesenden. Der trat auf sie zu und machte eine tiefe Verbeugung. »Ich freue mich herzlich, Eure Bekanntschaft zu machen, mein Fräulein«, sagte er mit gedämpfter Stimme, in der Rührung mitschwang.

Anna Elisabeth, die bis jetzt ihre Fassung bewahrt hatte, wusste nun nicht mehr, wie sie sich geben sollte. Sie neigte noch einmal den Kopf und erwiderte zögernd: »Auch ich freue mich ...« Dann verstummte sie betreten.

Albrecht rettete sie. »Wir wollen ohne lange Umschweife zur Sache kommen«, sagte er an den Priester gewandt. »Habt Ihr die Papiere bereit?«

»Der Klosterschreiber ist rechtzeitig damit fertig geworden«, kam dessen beflissene Antwort. »Sie liegen vor und müssen nur noch unterzeichnet werden. Soll ich jetzt gleich ...?«

»Ja, ja«, erwiderte Albrecht. In seiner Stimme klang Ungeduld auf. »Schreiten wir sofort zum Wesentlichen.«

»Ihr habt es sehr eilig«, wagte der junge Herr Ulrich lächelnd zu bemerken.

Doch ein Blick aus Albrechts Augen brachte ihn zum Schweigen. »Ihr wisst genauso gut wie ich, dass die Zeit drängt, Vetter«, sagte er. »Wer weiß – vielleicht stehen wir Männer der Schwarzen Schar alle schon morgen Nacht vor unserem Schöpfer, und meine Braut soll dann nicht unversorgt sein.«

»Sehr richtig«, gab Herr Markwart zu. »Ich kann Euch gut verstehen, Vetter.«

»Das kann ich doch auch«, beeilte sich Herr Ulrich hastig zu bemerken, während er seine plötzliche Verlegenheit hinter betont forscher Sprache zu verbergen suchte. »Alsdann – verfahren wir, wie es Sitte ist.«

Albrecht führte Anna Elisabeth in die Mitte des dämmrigen Raumes, und der Priester begann mit der Zeremonie. »Albrecht Joachim Georg Heinrich Wolf von Weißenstein«, intonierte er, »willst du diese hier anwesende Frau aus Gottes Hand zu deiner rechtmäßigen Gemahlin annehmen, sie ehren und lieben in guten wie in schlechten Zeiten und nur ihr angehören, so lange ihr beide lebt?«

»Das will ich«, antwortete Albrecht mit lauter, tragender Stimme.

»Willst du ihr Schutz bieten in allen Gefahren – leiblichen wie geistlichen – und sie nie verlassen, bis dass der Tod euch scheidet?«

»Auch das – und von ganzem Herzen«, gab Albrecht auf diese Frage zurück.

»Und willst du den Kindern, die euch geschenkt werden, ein Hort und ein Halt sein und sie im treuen Glauben an Gott den Herrn erziehen?«

»Bei meiner Ehre«, antwortete Albrecht, »das will ich.«

»Dann frage ich dich, Anna Elisabeth ...« Für einen Augenblick wanderte der Blick des Priesters fragend zu Albrecht hinüber, doch der nickte nur ungeduldig.

Der Priester räusperte sich und setzte neu an. »Ich frage dich, Anna Elisabeth ... willst du den hier anwesenden Albrecht Wolf von Weißenstein aus Gottes Hand zu deinem rechtmäßigen Gemahl nehmen, ihn lieben und ehren, ihm gehorchen und ihm die Treue halten, bis dass der Tod dich von ihm nimmt?«

»Das will ich«, flüsterte Anna Elisabeth mit zitternden Lippen.

»Dann reicht einander die Hände«, forderte der Priester das Paar auf. Anna Elisabeth und Albrecht, die sich ohnehin die ganze Zeit bei den Händen gehalten hatten, verstärkten ihren Händedruck und knieten nieder.

Der Priester sprach den Segen. Dann war die kurze Zeremonie zu Ende. Die Urkunde, die auf dem Sakristeitisch gelegen hatte, wurde unterzeichnet. Albrecht setzte seinen Namen in schwungvollen, ausladenden Buchstaben darunter, während Anna Elisabeth ihren in unsicheren, aber ebenso großen Schriftzeichen malte. Die Namen der Zeugen wurden hinzugesetzt. Dann war es geschehen, und sie verließen die Sakristei.

Albrecht und Anna Elisabeth trennten sich sogleich wieder von den Männern, die Zeuge ihrer Trauung gewesen waren. »Feiern werden wir, wenn wir diesen Kampf bestanden haben«, sagte Albrecht zu ihnen, als sie sich voneinander verabschiedeten. »Ich weiß, Vettern – Ihr habt Verständnis dafür, dass mir heute Abend nicht der Sinn nach einem lauten Trinkgelage steht. Aber freut Euch schon einmal auf das Fest, das ich auf Weißenstein geben werde – für Euch und alle, die mir wohlgesonnen sind. Doch bevor wir tanzen können, müssen wir zuerst ...«

Er vollendete seinen Satz nicht. Herr Ulrich und Herr Markwart nickten betroffen. »Ich wünsche Euch und Eurer Braut alles Glück der Erde«, sagte Herr Ulrich, indem er Albrecht die Hand drückte.

»Dem schließe ich mich an«, war der Abschiedsgruß Herrn Markwarts.

Florian Geyer schloss Albrecht kurz und herzlich in die Arme. »Mein lieber Freund«, meinte er im Weggehen, »was soll ich lange Reden halten? Wir kennen einander gut genug, um zu wissen, was wir einander wünschen und was wir uns für die Zukunft erhoffen. Seid morgen bei Sonnenaufgang zur Stelle. Es wird ein harter Tag werden ...«

Es war sehr still in der kleinen Kammer im Gasthof des Wirtshauses. Albrecht und Anna Elisabeth hatten ihre Kleider abgelegt und die Lagerstatt bestiegen, die sie jetzt schon seit der Mondnacht am Fuß des Frauenbergs teilten. Sie sprachen nicht; beide waren zu sehr in ihre eigenen Gedanken verstrickt, als dass sie jetzt unbefangen miteinander hätten reden können.

Nach einer langen Weile richtete Albrecht sich auf und beugte sich über Anna. »Was denkst du, Liebste?«, fragte er sacht.

»Ich denke daran, dass ich dich nicht verlieren will«, hauchte sie. »Ich bete darum, dass du verschont bleibst bei dem unsinnigen Gefecht, zu dem du dich verpflichtet hast ...«

»Aber es ist nicht unsinnig«, widersprach er ihr. »Es gibt so viel zu gewinnen, mein Herz ...«

»Was denn noch?«, fragte sie störrisch. »Ich meine, wir haben schon alles, was wir zum Leben brauchen. Wir haben uns ... was wollen wir noch mehr?«

Er lachte in der Dunkelheit. »Ihr Frauen«, sagte er, indem er ihre Wange streichelte, »einerseits seid ihr nie zufrieden, und andererseits verlangt ihr gar nichts. Das verstehe, wer kann.«

Sie hob den Blick zu ihm und betrachtete sein Gesicht, das sie nur undeutlich über sich erkennen konnte. »Albrecht«, erwiderte sie ernst, »du weißt sehr wohl, was ich meinte. Mach dich nicht lustig über meine Furchtsamkeit.«

Er senkte sich über sie und drückte ihr einen Kuss auf die Stirn. »Verzeih, Anna«, erwiderte er sanft. »Ich scherze nur, damit ich mir nicht eingestehen muss, dass auch ich Angst habe. Mir ist durchaus bewusst, dass wir nicht nur gewinnen, sondern auch verlieren können ...«

Sie umarmten sich. Doch sie tauschten nur Küsse und lagen Haut an Haut in der Dunkelheit. Erst tief in der Nacht schliefen sie ein. Albrecht erwachte bereits lange, bevor die Dämmerung angebrochen war.

Er betrachtete Anna Elisabeth, die schlafend neben ihm lag, den Arm über seine Hüfte gelegt und den Kopf an seiner Schulter. Was für einen Zauber sie ausstrahlte, seine wilde Rose ... die runde Stirn von kleinen dunklen Löckchen umspielt, die Wimpern wie schwarzseidene Halbmonde auf ihren Wangen ...

Ihr Mund war leicht geöffnet, als wolle sie träumend Liebesworte flüstern, und er konnte ihre weißen Zähne schimmern sehen. Albrecht prägte sich ihr Bild noch einmal fest ein, so dass er es nie aus seinem Herzen verlieren konnte. Dann, sachte, sachte, um sie noch nicht zu wecken, erhob er sich und kleidete sich an.

Als er fertig gewandet und gewappnet war, trat er noch einmal an ihr Bett. Plötzlich wusste er – sie würde es unverzeihlich finden, wenn er jetzt ging, ohne von ihr Abschied zu nehmen. Heute war es grausam, ihren Schlaf nicht zu stören – auch wenn der Abschied an diesem Morgen wehtun würde.

Er neigte sich über sie. »Wach auf, Schöne meines Herzens«, flüsterte er in ihr Ohr, »die ersten Vögel singen ... der Morgen kommt ...«

Sie gab einen kleinen, trägen Laut von sich – ein sanftes Seufzen, das er kannte und liebte. »Albrecht ...«, kam es von ihren halb geöffneten Lippen, »musst du schon gehen ...?«

Dann war sie plötzlich hellwach, richtete sich ruckartig auf, sah ihn mit weit aufgerissenen Augen an. »Nicht, Liebster«, sagte sie heftig, »bleib ... ich hab dir noch so viel zu sagen ...!«

»Ich dir auch«, erwiderte er mit erzwungener Ruhe. »Dafür haben wir so viel Zeit wie wir wollen – heute Nacht, wenn ich zurück bin. Aber jetzt muss ich gehen. Meine Leute warten auf mich.«

Anna Elisabeth streckte die Arme nach ihm aus. »Verlass mich nicht«, bettelte sie verzweifelt. »Du hast mir versprochen, mich nie im Stich zu lassen, Albrecht!«

»Und ich werde es auch nicht tun«, gab er zurück, seine eigene Herzensangst zügelnd. »Zur Nacht bin ich wieder bei dir, Abendstern. Dann reden wir. Jetzt ist nicht mehr die Zeit dazu.«

Er zog sie an sich und gab ihr einen tiefen, liebevollen Kuss. Als er sich von ihr abwandte und zur Tür ging, schluchzte sie laut auf. »Lebwohl, Liebster – und gebe Gott, dass wir uns wiedersehen ...«

Seine Schritte verhallten auf der Stiege. Anna Elisabeth sprang aus dem Bett, ging zum Fenster und sah ihm nach, wie er zu Pferd die Gasse hinunterritt. Er drehte sich einmal nach dem Wirtshaus um und blickte zu dem Fenster hinauf, hinter dem sie stand, aber es schien, als habe er sie nicht gesehen, denn er winkte ihr nicht zu. Dann war er fort, und Anna Elisabeth war es, als müsse ihr das Herz zerspringen.

Sie ließ sich wieder auf das Bett fallen, vergrub das Gesicht in den Kissen und weinte, bis sie keine Tränen mehr hatte. Dann, als die Sonne bereits hoch stand, kleidete sie sich an und ging hinunter in die Gaststube.

Hier war niemand. Erst nach geraumer Zeit erschien der Wirt und brachte ihr eine Schüssel Hirsebrei. »Das wird ein heißer Tag«, sagte er händereibend. »Ich hoffe und wünsche, dass dem feigen Hund von einem Bischof endlich einmal Feuer gemacht wird. Die Bauern sollen ihm ordentlich einheizen auf seiner Burg ...«

Er heftete seine hellblauen, etwas wässrigen Augen auf Anna Elisabeth. Als er ihren Blick sah, wurde er verlegen. »Euer Gemahl ist doch einer aus des Geyers Haufen«, stammelte er verwirrt. »Wollt Ihr nicht auch, dass die Bauern gewinnen?«

»Doch«, sagte Anna Elisabeth mit tränenrauer Stimme. »Aber noch mehr wünsche ich mir, dass mein Gemahl unversehrt zurückkommt.«

»O – das wird er, das wird er«, sagte der Wirt zuversichtlich. »Endlich muss sich das Glück doch wenden – auch wenn es bisher nicht gerade den Hellen Haufen begünstigt hat.«

»Ihr meint – wegen der Niederlage vor Böblingen?«, versuchte Anna Elisabeth das Gespräch weiterzuführen.

»Ja, leider sind die Böblinger von der Sache der Bauern abgefallen«, erwiderte der Wirt. »Aber wir in Würzburg – wir sind anders.« Er zwinkerte Anna Elisabeth vertraulich zu. »Wir halten's mit dem, der am Ende gewinnen wird. Und das sind die Bauern. Denkt nur –«, er senkte geheimnisvoll die Stimme, »die schwarze Hofmännin ist noch beim Hellen Haufen, hab ich mir sagen lassen – und der, der's mir sagte, ist absolut ehrlich. Sie wird mit ihrer Magie und ihren Zaubersprüchen das Glück schon wieder auf die rechte Seite locken. Außerdem –«, er wurde wieder laut, »außerdem hat der Schwäbische Bund nur einen zusammengewürfelten Haufen von lauter meuterischen Lanzknechten aufzuweisen. Ganze zehntausend Mann sind's, und ein paar kleine Fürsten mit ihren Leuten. Auf der Seite der Bauernschaft dagegen kämpfen zwanzigtausend. Wer wird da wohl gewinnen – na?«

Anna Elisabeth hatte seine letzten Worte nicht wahrgenommen, denn ein dumpfes Donnern, ein Krachen und Pfeifen lag plötzlich in der Luft. »Was ist das?«, fragte sie angstvoll den Wirt.

»Sie beschießen den Frauenberg«, sagte der. »Sehr klug, zuerst die Mauern zu brechen. Dann können die Geyer'schen umso leichter hinein ...«

Anna hielt es nicht lange in der dumpfen Gaststube. Sie warf sich den Mantel über und wollte hinaus. »Das solltet Ihr nicht tun«, meinte der Wirt wohlwollend. »Kann sein, dass allerhand Kriegsleute sich in der Stadt umhertreiben. Die könnten eine unbegleitete Frau von Eurem ... Eurem schönen Aussehen für Freiwild halten ...«

»Ich fürchte mich nicht«, erwiderte Anna Elisabeth und reckte die Schultern. »Ich muss erfahren, wie es steht ...«

Damit verließ sie das Haus. Im Gegensatz zu dem, was der Wirt vermutet hatte, war es ungewohnt still auf den Gassen. Kaum einer war unterwegs; nur einige wenige Menschen gingen ihren Geschäften nach. Nicht einmal auf dem Markt waren heute Stände aufgeschlagen. Anna Elisabeth hatte den unheimlichen Eindruck, als sei Würzburg ausgestorben. Nur die dumpfen Donnerschläge der Kanonen waren aus der Ferne zu hören. Und gelegentlich trug der Wind Kampfgeschrei heran.

Langsam ging sie weiter. Mit einem Mal kam es ihr vor, als folge ihr jemand, und sie sah sich unruhig um. Doch niemand war da – die Gasse, die sie entlangschritt, war menschenleer. Vor ihr klappte ein Bäcker seinen Verkaufsladen hoch; der Mann schaute ebenfalls nach rechts und links, offenbar hielt er nach Kunden Ausschau. Sehr ungewöhnlich, dachte Anna Elisabeth, denn es kam so gut wie niemals vor, dass nach frischem, duftendem Brot keine Nachfrage bestand. Dennoch näherte sich kein Käufer, weder eine Magd noch eine Hausfrau, und die Laibe, die der Mann auslegte, wurden gar nicht beachtet.

Anna Elisabeth blieb bei dem Bäcker stehen. »Was ist das nur?«, sprach sie ihn an. »Die ganze Stadt liegt wie in Totenruhe ... habt Ihr eine Erklärung dafür, Meister?«

Der Bäcker widmete der jungen Frau, die da vor ihm stand,

einen verwunderten Blick. »Ja, wisst Ihr denn nicht?«, fragte er erstaunt. »Alle Welt hat sich in die Häuser verzogen – die Leute haben Angst vor dem Ausgang der Schlacht!«

»Der Schlacht um den Frauenberg?«, fragte Anna Elisabeth nach. »Aber es geht doch nur um den Sitz des Bischofs und nicht um die Stadt. Die Bauern wollen –«

»Ihr scheint mir wirklich ahnungslos, Jungfer«, unterbrach sie der Bäcker. »Sollten die Bauern es nicht schaffen, die Burg einzunehmen, dann muss ganz Würzburg leiden. Denn die Bürgerschaft hat sich ja darauf eingelassen, und –«

»Und darum wird sie's zu spüren kriegen, wenn der Sturm fehlgeht«, klang eine Stimme hinter Anna Elisabeth auf.

Anna Elisabeth fuhr herum. Balthasar stand beitbeinig da und lächelte sie strahlend an. »Es sieht nicht gut aus«, fügte er hinzu. »Nach allem, was ich beobachten konnte, wehren sich die Verteidiger der Burg wie die Löwen – dazu haben sie die besseren Stückmeister und Gewehrschützen.«

»Du ...?«, stammelte Anna Elisabeth. »Was treibst du dich hier herum? Ich dachte, du seist zu deinem Herrn zurückgekehrt ...«

Balzers Lächeln vertiefte sich. »Einen Herrn hab ich nicht«, erwiderte er trocken. »Ich komme und gehe, wie's mir gefällt – und wohin der Wind mich weht. Im Augenblick gefällt es mir, hier zu sein.«

Anna Elisabeth schüttelte den Kopf. »Das verstehe ich nicht«, sagte sie. »Willst du etwa auch in den Hellen Haufen eintreten und an den Kämpfen teilnehmen?«

»Gott bewahre!« Balzers Lächeln verebbte. »Nein – ich warte.«

»Worauf?«

»Darauf, dass die Kämpfe endlich zu Ende gehen und ich meinen Zielen ein wenig näher komme.« Er zeigte sein nichtsnutziges Grinsen.

Anna Elisabeth sah seine schwarzen Augen funkeln. »Was

sind denn deine Ziele?«, wollte sie wissen. »Du sagtest doch, du kommst und gehst nach Gutdünken – so, wie der Wind …«

Er wurde ernst. »Was machst du hier?«, stellte er ausweichend eine Gegenfrage.

»Ich warte auch«, antwortete Anna Elisabeth leise.

»Auf deinen Verlobten? Diesen Müller?«

»Nein«, sagte Anna Elisabeth, »auf meinen Gemahl. Und ich bete, dass er unverletzt zu mir heimkehrt.«

»So«, murmelte Balzer. »Dann hast du ihn also schon zum Mann genommen, deinen Müller …« Sein Blick fiel auf ihre linke Hand. »Und dein Ring stammt wohl aus seiner Beute – der Schatulle irgendeines Edelmannes?«

»Das ja«, gab Anna Elisabeth zurück, »aber ich habe ihn nicht von Hannes Rebmann.«

»Ach? Also hast du doch dem anderen deine Hand gereicht – dem, mit dem du den Kampfplatz verlassen hast …«

»Ja. Aber es war alles rechtens.«

»Außer, dass du an jenem Abend eine Grenze überschritten hast, die man nicht ungestraft missachtet.«

Sie schoss ihm einen zornigen Blick zu. »Was sagst du denn da?«, erwiderte sie empört. »Ich war ja längst –«

»Gestatte, dass ich dich begleite«, fiel Balzer ihr in die Rede. »Noch ist es sicher in der Stadt, aber das kann … das wird sich ändern. Spätestens, wenn die Sonne sinkt.« Er warf einen Blick zum Himmel. »In drei, vier Stunden geht der Kampf zu Ende, denke ich …«

»Aber der Mittag ist ja gerade erst überschritten«, sagte Anna Elisabeth. »Und überdies – ich glaube dir kein Wort. Ich brauche deine Begleitung nicht.«

»Erlaube mir trotzdem.« Balzer machte ein so treuherziges Gesicht, dass Anna Elisabeth trotz ihrer Unruhe lachen musste.

»Gut«, sagte sie, »aber ich will, dass du wieder verschwindest, sobald –«

»Sobald meine Anwesenheit nicht mehr vonnöten ist«, vervollständigte er ihren Satz. »Das kann ich guten Gewissens versprechen, Mädchen ... verzeih – du bist ja jetzt Frau ...«

Sie gingen gemeinsam weiter. Etwas in Balzers Augen bedrückte Anna Elisabeth plötzlich – sie wusste nicht genau, was es war, aber es erzeugte ein beklemmendes Gefühl in ihr. »Kann es sein, dass du mich die ganze Zeit nicht aus den Augen gelassen hast?«, fragte sie ihn.

»Durchaus«, gab er zurück. Doch weitere Erklärungen bot er ihr nicht.

»Warum?«, forschte sie.

»Weiß nicht«, kam seine ausweichende Antwort. »Es war so eine Laune. Ich richte mich oft nach meinen Launen.«

»Hast du nicht vorhin gesagt, du hättest den Kampf um die Burg beobachtet?«, wechselte sie das Thema. »Was hast du gesehen?«

Er wurde wieder gesprächig, so, wie sie ihn kannte. »Oh«, sagte er, »es war nicht weiter verwunderlich. Die Männer des Hellen Haufens hatten schon gestern Abend die Feldschlangen auf die Mauern des Frauenberges eingerichtet, und heute in aller Frühe begannen sie dann mit der Beschießung. Beinahe alle Schüsse gingen aber fehl, weil die Büchsenmeister der Bauernschaft ihr Handwerk eben nicht verstehen.«

»Was heißt das?« Anna Elisabeth hatte das Donnern der Kanonen ja den ganzen Morgen über gehört und wunderte sich im Nachhinein, dass es seit geraumer Zeit aufgehört hatte. »Ist ihnen das Pulver ausgegangen?«

»Das auch.« Balzer zog ein verächtliches Gesicht. »Schlimmer ist, dass sie die Mauern nicht brechen konnten und darum gezwungen waren, den Angriff nur mit Sturmleitern fortzuführen. Ich schätze ...«, er schloss für einen Moment die Augen, »das wird nicht viel genützt haben.«

»Warum?«, drängte Anna Elisabeth. »Lass mich doch nicht so im Dunkeln tappen!«

Eine Salve von Kanonenschüssen zerriss die Stille. »Jetzt schießen die vom Frauenberg«, kommentierte Balzer. »Das wird die Bauern übel treffen.«

»Woher weißt du, dass es die Kanonen der Verteidiger sind?« Anna Elisabeth spürte, wie sie zu zittern begann. »Die Schüsse klingen doch alle gleich …«

»Keineswegs.« Balzer heftete den Blick auf Anna Elisabeths Augen. »Das, was wir jetzt hören, sind Vierzehnpfünder, und der Helle Haufen besitzt nur leichte Feldschlangen. Sie werden sich etwas einfallen lassen müssen, die Geyer'schen.«

»Die Geyer'schen?«, flüsterte Anna Elisabeth tonlos. »Warum die? Sind nicht die vom Hellen Haufen weit zahlreicher?«

»Aber die Schwarze Schar ist die einzige wirkliche Truppe«, erklärte Balzer nüchtern. »Die besteht aus Kriegern und wird geführt von Männern, die etwas von der Kriegführung verstehen. Bei den Bauern dagegen gibt es nur ein paar großmäulige Schreihälse, die sich in ihrer Überheblichkeit Gewaltige nennen und dennoch keine Ahnung haben, wie man Söldner führt. Ihre Bauern rennen wie die Hasen, wenn's an Leib und Leben geht.«

»Du redest, als wüsstest du Bescheid«, mumelte Anna Elisabeth.

»Ich weiß Bescheid«, bestätigte Balzer knapp.

Sie hatten beinahe die Mauern erreicht. »Könnten wir nicht hinaufsteigen und versuchen, einen Blick auf den Frauenberg zu erhaschen?«, wagte Anna Elisabeth zu fragen. »Mein Gemahl …«

»Ist er dabei?«, fragte Balzer. In seinen Augen funkelte es hoffnungsvoll.

Anna Elisabeth nickte. »Von der Höhe der Mauer könnten wir vielleicht sehen, wie sich die Schlacht wendet«, murmelte sie. »Du könntest die Wachen bitten, uns hinaufzulassen, und dann –«

»Das hätte wenig Sinn«, schlug Balzer ihr die Bitte ab. »Niemand, der nicht zur Mannschaft gehört, darf da hinauf. Das kannst du dir doch denken, Mädchen.«

»Ach, Balzer – was soll ich nur tun?«, sagte Anna Elisabeth mit einem Beben in der Stimme. »Ich ertrage die Ungewissheit nicht!«

»Das Beste wird sein, du kehrst in deine Unterkunft zurück«, riet er. »Warte, bis die Sonne sinkt. Dann müssen die Kämpfe abgebrochen werden, wenn sie bis dahin nicht ohnehin beendet sind.«

Seine Worte klangen gelassen, aber es war eine Note darin, die Anna Elisabeth von neuem betroffen machte. »Gibt es denn keine Möglichkeit, Genaueres in Erfahrung zu bringen?«, fragte sie ihn.

Er schüttelte verneinend den Kopf. »Nicht, wenn man nicht fliegen kann«, erwiderte er mit einer Spur von Spott.

In der Gaststube des Wirts, bei dem Anna Elisabeth wohnte, saßen mittlerweile mehrere Gäste beim Bier. Doch es herrschte eine sonderbare, bedrückte Stimmung. Niemand redete laut oder lachte. Die sechs Männer, die sich hier zusammengefunden hatten, hockten nur da und starrten schweigend in ihre Becher oder aus dem Fenster, das auf die Gasse blickte.

Balzer sorgte dafür, dass Anna Elisabeth einen Platz auf der Bank am Fenster bekam, indem er die dasitzenden Männer zum Zusammenrücken aufforderte. Sie taten es schweigend und machten auch ihm Raum, so dass er sich neben ihr niederlassen konnte.

Unaufgefordert brachte der Wirt einen frisches Bier für sie beide. »Ihr seid wohl ein Knecht des Herrn von Weißenstein«, fragte er Balzer. »Wisst Ihr nicht, wie es steht? Wir alle warten auf Nachricht. Aber bis jetzt ist noch kein Bote eingetroffen, der uns sagen könnte –«

»Ihr werdet es nicht glauben, Herr Wirt«, schnitt Balzer ihm die Rede ab, »aber ich kenne nur die Frau. Der Edelherr, von dem Ihr redet, ist mir unbekannt. Und was den Sturm auf den Frauenberg betrifft, so muss ich Euch enttäuschen. Auch ich kenne den Ausgang noch nicht. Ich warte – genau wie alle anderen.«

Die Miene des Wirts verdüsterte sich. »Vom Hellen Haufen könnt Ihr nicht sein«, brummte er, »sonst wärt Ihr da draußen und würdet Euch nicht hier in der Sicherheit der Mauern herumdrücken. Alle jungen Männer stehen im Kampf ... auf welcher Seite seid Ihr?«

Balzer zeigte dem Wirt ein schiefes Lächeln. »Auf meiner«, gab er unbeirrt zurück. »Ich bin weder Bauer noch Edelmann, darum kümmern mich die Streitereien nicht, denen sie sich im Augenblick hingeben.«

Nun machte der Wirt ein grimmiges Gesicht. »Streitereien?«, fuhr er Balzer an. »Was erlaubst du dir, Bube? Ich habe kein Verständnis für deinesgleichen. Sofort verlass mein Haus. Dir biete ich weder Speise noch Trank. Und eine Frau, die so einen kennt –«, er wandte sich an Anna Elisabeth, »die kann ich auch nicht verstehen! Mag sein, dass ich mich in Euch geirrt habe!«

»Das habt Ihr nicht, Herr Wirt«, antwortete Anna Elisabeth mit einem strafenden Blick auf Balzer. »Dieser hier ist mir auf der Reise begegnet und hat mich eine Zeit lang in seinen Schutz genommen, als ich dessen bedurfte. Doch das ist nun vorbei, und ich brauche seine Begleitung nicht mehr.«

»Was zu beweisen wäre«, warf Balzer dazwischen. »Wisst Ihr, Herr Wirt – ein Lanzknecht dient dem Herrn, der am besten zahlt. So hab ich es immer gehalten.«

»Ach so.« Der Wirt machte einen knappen Bückling. »Dann nichts für ungut, Mann. Seid Ihr aus dem Schweizerland?«

Balzer legte den Kopf schief. »Wie's gefällt.«

Seine Antwort war dem Wirt rätselhaft. Aber Anna Elisabeth hatte verstanden. Sie musste lächeln, trotz ihrer immer mehr anwachsenden Angst. »Magst du nicht verraten, wo deine Heimat ist, Balthasar?«, fragte sie ihn lauter, als es notwendig gewesen wäre.

Balzer grinste. »Wie kann ich verraten, was ich selber nicht weiß«, parierte er. »Man hat mir nie gesagt, wo meine Mutter mich geboren hat.«

Die Männer, die stumm zugehört hatten, mischten sich ein. »Es geht das Gerücht, dass viele aus dem Bauernlager zu den Knechten des Schwäbischen Bundes übergelaufen sind«, sagte der eine, ein alter Graubart in ärmlicher Kleidung. »Seit der großen Niederlage vor Böblingen werden es immer mehr, die sich vom Truchsess anwerben lassen.«

»Wundert's dich, Melchior?«, fragte sein Banknachbar, ein ebenso alter Kerl mit wettergegerbtem Gesicht und einer mächtigen Adlernase. »Beim Truchsess gibt's mehr zu gewinnen als nur die Zulassung der Zwölf Artikel.«

»Und was sollte das wohl sein?« Der Dritte auf der Bank reckte sich kämpferisch auf. »Ich würde auch heute noch meine Knochen hinhalten für die Sache – könnte ich sie so rühren wie früher!«

Er war ein steinalter Mann mit trüben Augen und tausend Falten in dem eingefallenen Gesicht. Die anderen warfen ihm einen missbilligenden Blick zu. »Du hast dein Leben lang gebuckelt, Kunz«, sagte der mit der Adlernase. »Sonst wärst du beim Bundschuh gewesen wie dein Bruder.«

»Ja, mein Bruder, mein Bruder ...« Der Alte ließ die Schultern wieder hängen. »Aber was hätte ich denn tun sollen damals? Ich konnte doch Mutter und Geschwister in der Not nicht allein lassen ...«

Draußen auf der Gasse näherten sich Hufschläge. Anna Elisabeth sah durchs Fenster, wie ein Reiter vom Pferd glitt und dabei beinahe stürzte. Dann wurde die Tür aufgestoßen. Ein blut- und dreckbesudelter Mann – Albrecht – taumelte in die Gaststube. Er kam geradewegs auf Anna Elisabeth zu. Als er den Tisch erreicht hatte, lehnte er sich erschöpft gegen die Wand. »Unser Angriff ist abgeschlagen«, keuchte er, »wir mussten uns zurückziehen ... und ...«

Die Beine gaben unter ihm nach, er rutschte langsam zu Boden. Eine Blutspur blieb an der Wand zurück. Anna Elisabeth sprang auf und ließ sich neben ihm auf die Knie nieder. »Albrecht«, stieß sie hervor, »du bist ja verwundet ...!«

Sein Blick ruhte zärtlich auf ihr. »Nicht sehr ...«, sagte er atemlos, »es ist ... nur ein Hieb, der schlecht getroffen hat. Ein bisschen Ruhe ... und es wird mir ... wieder gut gehen.«

Anna Elisabeth drehte sich zum Wirt um. »Rasch«, befahl sie, »ruft einen Wundarzt. Mein Gemahl braucht Hilfe!« Dann sprach sie Balzer an. »Sitz nicht einfach da – hilf mir, ihn hinauf in die Kammer zu bringen!«

Balzer folgte gehorsam. Doch er musste sich nicht bemühen, denn Albrecht war schon wieder aufgestanden. Schwankend stieg er, gestützt von Anna Elisabeth, die steile Treppe hinauf. Oben ließ er sich erschöpft auf das Bett sinken und schloss die Augen.

Der Wundarzt, ein Bader aus der Nachbarschaft, war Augenblicke später zur Stelle. Er betrachtete die Wunde und bestätigte dann, was Albrecht gesagt hatte: »Ein Schnitt durch den großen Schenkelmuskel – nicht gefährlich. Ihr habt wahrscheinlich nur viel Blut verloren. Ich hefte die Wunde zusammen und lege Euch einen festen Verband an. In ein paar Wochen seid Ihr wieder wohlauf, Herr.«

»Werde ich reiten können?«, wollte Albrecht wissen.

»Ich würde Euch vorerst nicht dazu raten«, sagte der Bader, »aber –«

»Was – aber?« In Albrechts Stimme schwang beinahe schon wieder die alte Energie mit.

»Nun – es wird einige Zeit dauern, bis die Wunde verheilt ist. Sollte sie vorher wieder aufbrechen, weiß ich nicht, was geschieht ...«

»Es wird schon gut gehen.« Albrecht nickte. »Macht Euch an die Arbeit.«

Der Bader brummte ein paar unverständliche Worte in den Bart. Dann begann er sein Werk. Anna Elisabeth sah ihm zu und versuchte, ihren ausgestandenen Schrecken zu vergessen. Als der Bader bezahlt war und wieder ging, schickte sie Balzer, der still in der Ecke gestanden hatte, ebenfalls hinaus. Dann ließ sie sich an Albrechts Seite nieder. »Nun wirst du nicht mehr weggehen«, sagte sie mit einem tiefen Atemzug. »Du hast deine Pflicht getan und gehörst jetzt mir allein.«

Er hob den Kopf und lächelte schmerzlich. »Noch nicht, meine Liebste«, widersprach er ihr. »Wenn die Nacht sinkt, ziehen die restlichen Männer der Schwarzen Schar in ein neues Feldlager. Ich bin es den Gefallenen schuldig, bei der Fahne zu bleiben – denn ich lebe ja noch.«

»Ja, du lebst«, sagte Anna Elisabeth. »Und ich will, dass du am Leben bleibst. Auch mir bist du etwas schuldig, Albrecht!«

»Ich hab's nicht vergessen, Abendstern.« Seine Augen glänzten, als er ihren Blick erwiderte. »Vertrau mir. Nur noch dieses eine Mal. Danach –«

»Vielleicht wird es kein Danach mehr geben, Albrecht!« Ihre Kehle schnürte sich schmerzhaft zusammen, und ein Schluchzen, das tief in ihrer Brust gesessen hatte, brach sich jetzt Bahn. »Wenn du mich liebst, dann gehst du nicht von mir«, sagte sie. »Wenn du mich liebst, dann –«

Er hinderte sie am Weitersprechen. »Oh ja – ich liebe dich«, sagte er, »und viel mehr, als ich dir sagen kann. Aber es gibt noch etwas, ohne das ich nicht leben kann – meine Ehre, Anna.

Die würde ich verlieren, wenn ich Florian Geyer jetzt im Stich ließe.«

Sie schwieg darauf. Sie hatte auch ohne weitere Erklärungen verstanden, dass er seinen Sinn nicht ändern würde. Nach einem langen Augenblick fragte sie tonlos: »Wann also? Wann wirst du gehen, mein Liebster?«

»Noch heute, Anna.«

»Wie viel Zeit bleibt uns, um Abschied zu nehmen?«

»Bis zum Sonnenuntergang. Aber es ist ja kein Abschied – nur ein Lebewohl auf kurze Zeit.« Er streckte die Arme nach ihr aus. »Ich möchte, dass du hier bleibst und auf mich wartest, meine wilde Rose. Hier bist du einigermaßen sicher, und das mildert meine Sorge um dich. Wenn ich wiederkomme –«

»Wenn du wiederkommst ...« Ein zweiter Schluchzer brach aus ihr hervor. »Wenn du wiederkommst, lasse ich dich nie mehr fort«, vollendete sie ihren Satz, »und niemandem werde ich es mehr gestatten, dich von meiner Seite zu reißen – nicht einmal deiner verdammen Ehre!«

Juni Anno 1525
Rosenmond

Knochen, Blut und Haar
düngen hundert Jahr.

Was soll das heißen – er ist geflohen?« Florian Geyer, gewappnet und vom langen Ritt noch schmutzverschmiert, schlug mit der Faust auf den Tisch, dass der zinnerne Becher vor ihm tanzte und dann umstürzte. »Könnt Ihr mir nicht einmal erschöpfend Auskunft geben, Mann?«

Der junge Reiter, der Meldung gemacht hatte, senkte verlegen den Kopf. Sein langes, regennasses Haar fiel ihm in glänzenden Schlangen über die Brust. »Er ist auf und davon, Hauptmann«, setzte er zögernd hinzu, »und er hat seine Leute mitgenommen.«

»Das kann nicht sein«, donnerte Florian Geyer. »Der Berlichingen war immer ein verlässlicher Kampfgefährte, und –«

»Verzeiht, Hauptmann«, fiel ihm der junge Reiter in die Zornesrede, »aber er war doch nie mit dem Herzen bei unserer Sache. Man hat ihn gezwungen, und deshalb ist er nun ... ausgeschieden ...«

»Aber er hatte auf unsere Fahne geschworen!« An Florian Geyers Stirn schwoll eine Ader. »Wie konnte er einen heiligen Eid schwören und ihn dann brechen? Das ist gegen alles, was Ehre heißt!«

»Dennoch hat er es getan.« Albrecht Wolf von Weißenstein

war im Zelteingang erschienen und bestätigte die unglaubliche Botschaft des jungen Reiters. »Er hat die günstige Gelegenheit genutzt und sich davongemacht, samt seinen Reisigen. Die Ratten verlassen das sinkende Schiff, Vetter – daran gibt's nichts zu deuteln.«

Florian Geyer ballte seine gepanzerte Rechte noch einmal. »Zum Teufel«, knurrte er, »alles hätte ich dem Götz zugetraut – nur das nicht. Und wie haben es die anderen aufgenommen?«

»Welche anderen?«, erwiderte der junge Reiter. »Überall zerstreuen sich die Haufen ... die vom Neckartal haben es dem Berlichingen gleichgetan und sind über alle Berge. Steht also zu befürchten, dass die Kerle aus dem Kraichgau ihnen auch bald folgen werden. ›Immer noch besser, sich zu Hause zu verkriechen, als vom Truchsess abgeschlachtet zu werden‹, hab ich einen aus Georg Metzlers Haufen sagen hören.«

Der Hauptmann der Schwarzen Schar hob die Linke, die bereits ohne Panzerhandschuh war, an die Stirn und wischte sich Schmutz und Schweiß ab. »Und wir sind noch nicht einmal in Krautheim angekommen«, stöhnte er. »Was soll das werden?«

»Auf dem Marsch haben wir an die sechstausend gezählt«, sagte der Wolf von Weißenstein. »Die und unsere Schwarzen folgen der Fahne noch. Die anderen ...«

»Ich hab's verstanden«, sagte Florian Geyer zornig. »Diese Narren! Sie werden einfach niedergemacht, wenn sie es wagen, den Truppen des Schwäbischen Bundes in so kleiner Zahl entgegenzutreten – wissen das die so genannten Gewaltigen der Bauern denn nicht? Die aus dem Neckartal zählen doch nur noch sieben- oder achttausend Mann – wie wollen die gegen zehntausend ausgebildete Lanzknechte antreten?«

Albrecht Weißenstein zuckte die Achseln. »Wenn man Schweineheinz oder Pfeiferhänslein heißt«, sagte er geringschätzig, »wie soll man dann eine solche Lage überblicken, wie sie sich zurzeit bietet?«

»Verdammt«, knurrte der Geyer, »man hätte mir das alles früher melden müssen! Mit dem Götz hätte ich schon deutliche Worte geredet – und mit den so genannten Gewaltigen wäre ich auch fertig geworden. Es wäre mir ein Erzvergnügen gewesen, denen die Leviten zu lesen ... diesen ... diesen ...«

Ihm fiel kein passendes Schimpfwort ein. »Dummköpfe und aufgeblasene Schalksknechte allesamt«, half ihm der junge Reiter. »Es war ein Fehler, mit ihnen gemeinsame Sache zu machen.«

»Und ohne sie? Was hätten wir ohne sie für eine Chance gehabt?«, fuhr ihn der Geyer an. »Nur die große Zahl der Aufständischen konnte doch die Fürsten das Fürchten lehren. Und nun nimmt diese Zahl immer weiter ab ... bald werden wir allein gegen den Truchsess antreten müssen.«

»Und dann, Vetter?« Albrecht Wolf von Weißenstein sah seinen Freund mit ernsten Augen an. »Hat es überhaupt noch Sinn, den Kampf weiterzuführen, wenn die Bauern fahnenflüchtig werden?«

Der Geyer schüttelte den Kopf. »Nicht viel«, sagte er, »aber welche Wahl bleibt uns denn, Albrecht? Es geht nicht an, dass wir uns einer Sache verschreiben und dann daran verzagen. Nicht, ohne dass wir an uns selbst ehrlos werden.«

»Das meine ich auch«, sagte der junge Reiter in heftigem Ton.

Der Geyer hob den Kopf und warf ihm einen scharfen Blick zu. »Schweig, Grünschnabel«, befahl er ihm barsch. »Denk nach, bevor du redest!«

Der junge Reiter biss sich auf die Unterlippe. Er fühlte sich zu Unrecht gescholten. »Aber wir haben doch bis jetzt tapfer gekämpft«, murrte er. »Und das werden wir auch weiterhin tun, Hauptmann. Zähle auf uns!«

Florian Geyers Blick wurde milde. »Verzeiht mir, Hartmann«, erwiderte er in sanfterem Ton, »ich weiß, wie fest meine

Leute zu mir stehen. Aber wenn's ans Sterben geht, dann muss es mit dem Sinn seine Richtigkeit haben. Ich schicke keinen einzigen Mann in den Tod, der sich ohne Überzeugung bei meiner Fahne hält.«

Der junge Reiter reckte sich, schob das Kinn vor und nahm Haltung an. »Unsere Überzeugung wankt nicht, Hauptmann«, sagte er mit jugendlich fester Stimme. »Noch einmal – zählt auf uns. Wir folgen Euch unbeirrt – und wir wissen alle, warum!«

»Das ehrt euch«, murmelte Florian Geyer. »Gut, dass nicht alle den Glauben verloren haben.« Er schenkte dem jungen Reiter ein Lächeln. »Ihr könnt jetzt gehen, Hartmann. Erwartet meine Befehle noch vor Einbruch der Nacht.«

Der junge Reiter nahm noch einmal Haltung an, machte eine schwungvolle Verbeugung und verließ das Zelt. Als er fort war, sagte Albrecht: »Was tun wir, Vetter?«

Florian Geyer überlegte einen Augenblick. »Wir ziehen weiter«, sagte er dann, »aber nicht nach Krautheim – das hätte wenig Sinn, nach allem, was wir heute erfahren haben.«

»Wohin dann?«, wollte Albrecht wissen.

»Dem Feind entgegen«, erwiderte Florian Geyer, »und wir gehen bei Heidingsfeld in Stellung.«

Albrecht nickte. »Der Truchsess wird die abgesplitterten Haufen jagen«, sagte er dann. »Das macht mir Sorgen ...«

»Wohl wahr.« Florian Geyer stützte den Kopf in die Hand. »Aber er jagt ja auch uns schon seit Weinsberg. Ein Gutes nur, dass Ludwig Helfensteins junge Gemahlin gerettet wurde, samt ihrem kleinen Sohn.«

»Ach?« Albrecht horchte auf. »Ich dachte, sie seien alle umgekommen ... Gott gnade den Seelen derer, die von den Bauern ermordet wurden ...«

»Die Gräfin Helfenstein entkam auf einem Mistkarren«, murmelte Florian Geyer nachdenklich, »ein junger Kerl mit

Namen Christoph brachte sie in Sicherheit. Er hat, soweit mir berichtet wurde, die Gräfin aus der brennenden Weibertreu und aus der besetzten Stadt hinausgeschmuggelt – unter Einsatz seines eigenen Lebens.«

»Ein mutiger Bursche«, sagte Albrecht nachdenklich. »Ich kenne auch einen, der Christoph heißt und sehr viel Mut besitzt.«

»Und auch ich, Vetter.« Florian Geyer lächelte gedankenverloren. »Diesem soll der Kaiser persönlich seinen Dank ausgesprochen haben ... Man wünscht sich mehr solche Christophs. Gerade jetzt könnten wir und unsere Schar welche brauchen ...«

Anna Elisabeth hielt es nicht im Gasthof zu Würzburg. Sie hatte eine Woche dort gewartet und still gehalten, wie es Albrechts Wunsch gewesen war, aber als der Mai seinem Ende zuging, musste sie ihrer Unruhe und Sorge nachgeben. Sie hatte ihre wenigen Habseligkeiten zu einem kleinen Bündel zusammengepackt und sich ihr Pferd satteln lassen.

Als sie vor dem Haus in den Sattel hatte steigen wollen, war plötzlich Balzer da gewesen. »Wohin?«, hatte er neugierig gefragt. »Ich hätte gedacht, du verbringst hier noch so viel Zeit, wie dein Gemahl braucht, um zurückzukehren.«

»Und ich dachte, du seist nun endlich aus meinem Leben verschwunden«, war Anna Elisabeths Antwort gewesen. »Werde ich dich niemals los?«

»Nicht, solange ich gebraucht werde«, hatte Balzer grinsend geantwortet.

Sie hatte ihm verraten, dass sie Albrecht nachreiten wollte. Er hatte sie mit erschrockenen Augen betrachtet. »Das kann nicht dein Ernst sein«, hatte er gesagt. »So wirrköpfig kannst du nicht sein, Mädchen. Überall im Land hält jetzt der Tod Ernte – und du willst dich auf seine Spuren heften?«

»Auf Albrechts Spuren – ja.«

Anna Elisabeth war felsenfest entschlossen, und Balzer hatte es sofort erkannt. »Du bist nicht bei Trost«, hatte er hervorgestoßen, »du kannst es nicht sein! Denn da, wo dein Gemahl sich aufhält – gerade da riecht es nach Verderben!«

Das war vor einer Woche gewesen. Anna Elisabeth hatte, durch Balzers Worte in höchste Furcht versetzt, ihre Reise sofort angetreten. Er war bei ihr geblieben, wie er es schon einmal getan hatte. Und da sie ihn nicht davon hatte abhalten können, sie zu begleiten, hatte sie sich mit seiner Anwesenheit abgefunden. Insgeheim war sie ihm sogar dankbar dafür, dass er wie ein Schatten an ihrer Seite klebte. Denn die Nachrichten, die ihnen überall geboten wurden, waren nicht dazu angetan, ihre Angst zu zerstreuen.

Das Bauernheer war zerschlagen, hieß es. Teile des Hellen Haufens irrten im Land umher, immer verfolgt von den Lanzknechten Georgs von Waldburg. »Bauernjörg« nannten sie den Feldherrn des Schwäbischen Bundes inzwischen. Schon mehrmals seien mittlerweile kleinere Abteilungen des Bauernheeres unter verschiedenen Hauptleuten vernichtend geschlagen oder ganz aufgerieben worden, berichtete man ihr in der Herberge, wo sie heute für die Nacht untergekommen war. Die Schwarze Schar unter dem Florian Geyer aber habe sich bei Heidingsfeld verschanzt und warte vor dem anrückenden Feind auf Verstärkung.

»Das ist nicht das, was uns berichtet wurde«, widersprach Balzer. »Ein Teil des Bauernheeres soll in dieser Gegend sein – darunter auch der Geyer mit seinen Leuten.«

»Hmm.« Der Wirt kratzte sich das stoppelige Kinn. »Es kamen welche hier durch«, brummelte er, »aber … Mir sahen die aus wie 'n Haufen Versprengte. Sind nach da weitergezogen.« Der deutete vage aus dem Fenster.

»Und den schwarzen Wimpel habt Ihr nicht dabei gesehen?«, fragte Balzer noch einmal nach.

»Nicht, dass ich wüsste«, sagte der Wirt. »Aber ich hab auch nicht die Zeit, den ganzen Tag aus dem Fenster zu schauen.«

»Wir müssen Florian Geyers Truppe finden«, sagte Anna Elisabeth, »bevor die Lanzknechte des Schwäbischen Bundes ...«, die Worte stockten ihr. Sie musste innehalten.

»Aber das heilige Pfingstfest bricht ja an«, sagte der Wirt beruhigend, als er ihr blasses Gesicht bemerkte. »Morgen geht man zur Kirche, und da ruhen alle Waffen. Habt Ihr einen beim Hellen Haufen, um den Ihr fürchten müsst?«

»Ja«, flüsterte Anna Elisabeth mit zitternden Lippen.

Balzer legte ihr die Hand auf die Schulter. »Wisst Ihr vielleicht, wo der Truchsess mit seinen Lanzknechten jetzt steht?«, fragte er den Wirt.

Der nickte eifrig. »Ich denke, die sind noch weit«, sagte er. »Nach allem, was man so hört, lagern sie bei Ingolstadt ...«

»Geschwätz das«, ließ sich ein abgerissener Kerl aus der Ecke der Gaststube hören. »Ich bin mir sicher, der Bauernjörg wird bald hier sein. Seine Lanzknechte schaffen leicht mehr als zwanzig Meilen am Tag, wenn sie nicht gerade meutern – ich kann ein Lied davon singen. Bin ihnen schon ein paarmal davongelaufen.« Er kicherte in sich hinein. »Jetzt geht's besser, weil ich die Waffen weggeworfen hab ...«

Anna Elisabeth heftete den Blick auf den Mann. »Wart Ihr denn auch beim Hellen Haufen?«, fragte sie.

»Ja ... nein ...«, murmelte der Mann, »wenigstens nicht wirklich. Hab mit alledem nichts mehr zu schaffen. Will nur noch heim nach Waldbach ...«

»Ich hatte mal viel für einen anständigen Krieg übrig«, knurrte Balzer verächtlich, »aber dieser hier, der ist nicht mehr anständig, und solche wie du sind mir zuwider. Fahnenflüchtiges Gesindel, das feige davonläuft ... wen wundert's, wenn eure Sache scheitert.« Er wandte sich Anna Elisabeth zu. »Komm«, sagte er, »lass dir nicht von so einem den Tag verderben. Wir wollen uns auftischen lassen.«

»Du weißt ja nicht, wovon du sprichst«, schrie der Zerlumpte zu Balzer herüber, »bist selber ein feiger Hund!«

Balzer drehte ihm einfach den Rücken zu. »Wie heißt der nächste größere Ort?«, fragte er den Wirt.

»Sulzdorf«, sagte der. »Nur einen halben Tagesritt in aller Gemütlichkeit – dann seid Ihr da.«

Es war Mittag, als Balzer und Anna Elisabeth den Gipfel eines sanften Hügels erreicht hatten. Frühmorgens waren sie aus der Herberge fortgeritten; und wenn die Angaben des Wirts stimmten, hätten sie jetzt Sulzdorf erreichen müssen. Anna Elisabeth erwartete, von der Höhe aus den Ort zu sehen.

Was sich ihren Augen darbot, war eine Anzahl von Zelten, errichtet in der Nähe eines sommergrünen Wäldchens. Und vor einem der Zelte flatterte im strahlenden Sonnenlicht eine schwarze Fahne. Jenseits des Tales aber, wo in der Nähe des Dorfes ein Flachsfeld in voller Blüte stand, entdeckte Anna Elisabeth eine Ansammlung weiterer Zelte – größer und zahlreicher als die vor dem Wald.

»Gott«, sagte Balzer tonlos, »sie sind hier ...«

»Ja«, erwiderte Anna Elisabeth, »wir haben sie endlich gefunden!« Sie spornte ihr Saumpferd an. »Da hinten lagert die Schwarze Schar!«

»Und hinterm Tal der Truchsess«, murmelte Balzer. »Also hatte der fahnenflüchtige Scheißkerl in der Herberge Recht ... und er hat sich wahrscheinlich von hier aus nach Hause abgesetzt ...«

Anna Elisabeth hörte ihm nicht zu. »Albrecht ist da unten«, sagte sie, während sie noch einmal versuchte, ihr Tier zum schnelleren Laufen anzutreiben. »Ich muss zu ihm!«

Doch Balzer griff ihr in die Zügel. Unten zwischen den Zelten entstand Bewegung. Männer rannten zusammen, Anna Elisabeth konnte die Spitzen von Hellebarden und Spießen funkeln sehen. Eine Trommel wurde gerührt ...

»Was geschieht da?«, fragte sie Balzer erschrocken.

»Sie sammeln sich zur Schlacht«, sagte der unbeteiligt. »Wir sollten hier bleiben und uns auf keinen Fall da hinunterwagen.«

»Aber ich muss –«, begann sie mit wachsendem Schrecken.

»Du musst um dein Leben fürchten, wenn du weiterreitest«, riss er ihr das Wort aus dem Mund. »Das dulde ich auf keinen Fall. Ich will nicht schuld sein, wenn du Schaden nimmst!«

Aus der Ferne klangen jetzt auch Trommelschläge auf; es schienen viele Trommeln zu sein, die da geschlagen wurden, und hinzu kamen Rufe, die von den Männern vor dem Wald aufschallten. Die Worte waren nicht zu verstehen, doch Anna Elisabeth konnte erkennen, dass da Befehle gebrüllt wurden. Die Männer mit den Spießen und Hellebarden stellten sich in Schlachtordnung auf ...

Es schienen noch immer Tausende zu sein. Auf einmal wimmelte es da unten von Bewaffneten. Einige trugen auf Stangen zerfetzte Wimpel. Der schwarze, noch unversehrte war auch dabei – er flatterte über einer Schar im Wind, die gerader und exakter Aufstellung genommen hatte als die anderen Haufen.

Anna Elisabeth starrte mit entsetzten Blicken ins Tal hinunter. Erst jetzt bemerkte sie die Geschütze, die vorn in Stellung gebracht und geladen wurden – sie zählte an die zwanzig. Viele Männer waren fieberhaft damit beschäftigt, sie schussbereit zu machen.

Andere luden Arkebusen und Musketen – Waffen, die Anna Elisabeth bisher noch nie gesehen hatte. Rohre, viele Ellen lang und aus glänzendem Eisen, wurden mit Pulver und Kugeln bestückt. Die dazugehörigen Gabeln, auf die sie zum Schießen aufgelegt werden mussten, standen, zu kleinen Pyramiden aufgestellt für die Schützen bereit.

»Möchte nicht wissen, wie viele Feldschlangen der Truchsess hat«, murmelte Balzer, »aber die Bauern werden mit ihren paar Rohren wohl kaum etwas ausrichten. Zumal sie nicht zielen können ...«

»Warum behauptest du das jetzt schon?«, fragte Anna Elisabeth voller Zorn und Angst. »Sie könnten doch dazugelernt haben!«

Balzer verzog das Gesicht zu einer finsteren Grimasse. »Schau hin«, sagte er dumpf, »die Wiesen ziehen sich ein wenig bergauf. Die Bauern stehen im tieferen Gelände, der Truchsess hat als guter Stratege das höhere gewählt. Seine Kanonen –«

Anna Elisabeth unterbrach ihn wild. »Du musst mir nicht erklären, wie eine Schlacht zu führen ist«, sagte sie leidenschaftlich, »das haben andere schon vergeblich versucht, und ich werde es nie verstehen!« Sie hatte Tränen in den Augen. »Balzer –«, fügte sie leiser hinzu, »für wen betest du – für die Bauern oder für das Lanzknechtsheer?«

»Die Bauern könnten es besser gebrauchen«, sagte er und wich ihrem Blick aus.

Das Dröhnen der Trommeln, das der Wind aus der Ferne zu ihnen herübertrug, war lauter geworden. Plötzlich zerriss ein Krachen die Luft – ein Pfeifen folgte, und unten, mitten zwischen den aufgestellten Karrees der Bauern, spritzte eine Dreckfontäne auf. Vielstimmiges Geschrei begleitete den Einschlag der gegnerischen Kugel, die Männern stoben auseinander, die Schlachtreihen des Hellen Haufens gerieten in Unordnung.

Eine zweite Kugel traf. Schon lagen da unten stille Gestalten neben ihren sorgfältig ausgerichteten Geschützen. »Sie zerschießen erst einmal die Arkeley der Bauern«, kommentierte Balzer fachmännisch, »sehr vernünftig vom Truchsess ... alles andere wäre unklug gewesen ...«

Anna Elisabeth schrie auf. »Warum geben die Bauern denn nicht auch Schüsse ab? Warum tun sie nichts ...?«

»Was denn?«, fragte Balzer unbeteiligt. »So unsinnig, wie sie ihre Feldschlangen aufgebaut haben, könnten sie nicht einmal die Wolken treffen. Die eigenen Kugeln würden ihnen wieder auf die Köpfe fallen.«

Anna Elisabeth heftete den Blick auf ihn. Sein Gesicht war eine steinerne Maske. In seinen Augen, die doch sonst so funkeln konnten, war kein Leben – sie wirkten wie schwarze Kieselsteine. Das erschreckte sie beinahe noch mehr als das Geschehen im Tal.

»Balzer«, sagte sie bebend, »auf welcher Seite stehst du? Ist es dir ganz gleich, wer gewinnt oder verliert? Hast du kein Herz?«

Er war ruhig geblieben. Nur bei ihrem letzten Wort zuckte ein Muskel an seiner Wange. »Gewinnen wird der Bessere«, gab er hart zurück. »So ist es immer und wird auch heute nicht anders sein.«

Unten krachten weitere Kanonenschüsse, und weitere Kugeln schlugen in die Reihen der Bauern ein. Geschrei schallte herauf, die auseinander gerissenen Karrees des Hellen Haufens suchten sich neu zu formieren. Anna Elisabeth wandte sich schaudernd von Balzer ab, der mit unbewegtem Gesicht zusah, und starrte hinab auf die blühenden Wiesen, über die jetzt eine Abteilung des Gegners herangezogen kam.

Auf der Seite der Bauern legten die Arkebusiere ihre schweren Feuerwaffen auf die Gabeln.

»Der Truchsess schickt den Verlorenen Haufen«, kommentierte Balzer tonlos. »Jetzt werden die Bauern ihr Pulver los ...«

Anna Elisabeth hörte nicht hin. Unten krachten Schüsse – harte, kurze, trockene Explosionen, die weiß aufwallende Pulverwolken in die Luft entließen. Ein paar Mann vom Verlorenen Haufen sanken zu Boden und blieben liegen, die anderen – mindestens dreißig, schätzte Anna Elisabeth – marschierten unter rollendem Trommelgewirbel weiter auf die Linien der Bauern zu.

»Das sind Kerle, um die es nicht schad ist, wenn sie fallen«, knurrte Balzer. »Wer beim Verlorenen Haufen landet, der hat genug auf dem Kerbholz, um den Tod zu verdienen.« Seine Augen blitzten wieder. »Jetzt, Geyer, setz deine Schützen ein! Du hast die Einzigen, die zielen können!«

Eine neue Salve krachte, aus der zweiten Reihe abgefeuert. Aber deren Kugeln gingen fehl – allesamt, wie es aussah. Kein einziger Mann aus der gegnerischen Abteilung fiel; die Lanzknechte marschierten weiter und hatten sich schon bis auf hundert Schritt genähert.

In die Reihen der Bauern kam Bewegung. Ein Karree von zerlumpten Gestalten begann mit gesenkten Spießen dem Verlorenen Haufen entgegenzumarschieren. Ein heller Schrei, vom Wind getragen, erreichte Anna Elisabeths Ohr: »Vorwärts, Brüder – unverzagt!«

Die Bauern fielen in Laufschritt, genau wie die kleine Einheit der Lanzknechte, die Balzer den Verlorenen Haufen genannt hatte. Anna Elisabeth konnte sie jetzt gut erkennen – es waren buntscheckig gekleidete Kerle mit Federbaretten, aufgeputzt wie zu einem Tanz. Auch sie brüllten jetzt aus rauen Kehlen, stießen ein Feindgeschrei aus, dass einem die Ohren gellten.

Das Dröhnen der Trommeln war angeschwollen. Den sanften Hang hinunter marschierten die Truppen des Truchsess heran – viele, viele Karrees, überwallt von bunten, im sanften Wind sich blähenden Fahnen, starrend von langen Spießen, deren scharfe Spitzen im Sonnenlicht funkelten. Es waren unzählige Lanzknechte, die da im Schnellschritt herannahten – Söldner, in vielen Feldzügen erprobt, erfahren im Töten. Der Verlorene Haufen schwenkte seitwärts ab, beschrieb einen Bogen, ließ den vorrückenden Bauernhaufen einfach durch …

»Warum tun sie das?«, fragte Anna Elisabeth zitternd an Balzer gewandt. Der beobachtete das Geschehen mit glühenden Augen. »Sie haben schlicht und einfach keine Lust, sich aufspießen zu lassen«, sagte er. »Wenn sie den Angriff überstehen, sind sie ja frei ...« Er saß ab und griff seinem Pferd mit harter Hand in die Mähne, so dass es erschrocken schnaubte. »Nun wird es ernst«, fügte er hinzu, ohne Anna Elisabeth anzusehen, »nun zeigt sich, ob die Bauern das Glück noch einmal auf ihre Seite zwingen können!«

Im Lager des Hellen Haufens hatten jetzt endlich alle Truppen Aufstellung genommen. Auch hier wurden Trommeln gerührt, ihr trockenes Rasseln erfüllte die Luft. Und noch ein anderer Klang mischte sich da hinein – Anna Elisabeth konnte Melodie und Worte eines alten Pfingstliedes hören, die aus tausenden heiserer Männerkehlen zu ihr heraufschallten: »Komm, Heil'ger Geist ... kehr bei uns ein ...«

Welle um Welle rückten die Bauern vor; schon einmal hatte Anna Elisabeth so etwas gesehen – vor Weinsberg, am Ostertag. Jetzt wie damals flößte ihr der Anblick der vielen mehr oder weniger ungeordnet vorwärts schreitenden Männer eine würgende Angst ein. Nur beiläufig sah sie die anderen, die unter der schwarzen Fahne, die wie die Lanzknechte in einer festen Ordnung dem Feind entgegenzogen und dabei nicht sangen.

Die Männer begannen zu laufen. Nach wenigen Augenblicken trafen die Schlachtreihen aufeinander. Unter gesenkten Spießen sanken die ersten Krieger auf der blühenden Wiese nieder. In das Donnern der Trommeln und das Krachen der letzten Musketenschüsse mischten sich wütendes Feindgeschrei und das Stöhnen der Sterbenden. Dann, plötzlich, herrschte im Talgrund ein unbeschreibliches Getümmel – ein Durcheinander aus langen Spießen, stolpernden, stürzenden Bauern und Söldnern, blitzenden Kurzschwertern, die in Menschenleiber fuhren ...

Anna Elisabeth, zitternd und wie gelähmt vor Schrecken, konnte den Blick nicht abwenden von diesem Chaos der

Kämpfenden. Alles schien sich rot zu färben – der Rasen, die bunte Kleidung der Lanzknechte, die weniger bunte der Bauern. Immer mehr Trupps in sauberer Schlachtordnung näherten sich vom blühenden Flachsfeld her, immer lauter dröhnten und rasselten die großen Trommeln, immer entsetzlicher schallte das Feindgeschrei der gegnerischen Lanzknechte zu ihr herauf. Von der einen Seite her näherten sich jetzt auch Reiter in funkelndem Harnisch und mit wehenden bunten Federn auf den blitzenden Helmen – Edle, die prunkend ihre Wappen auf den Schabracken ihrer Rosse zeigten. Sie galoppierten das Tal hinab, fielen aus der Flanke in die Reihen der Bauern ein und metzelten sie nieder ...

Aus dem Wäldchen brach ein zweiter Reitertrupp hervor. Diese Männer protzten nicht mit glänzendem Panzer und Federschmuck. Sie sahen dunkel aus – beinahe schwarz aus der Entfernung –, und einer von ihnen ritt einen mächtigen Falben.

Sie stürzten sich in die Schlacht, drängten die schillernden Ritter ab, verwickelten sie in Schwertkämpfe. Einer von ihnen wurde vom Pferd gehauen. Der auf dem großen Falben kam ihm zu Hilfe, half ihm auf, zerrte ihn aus dem dichten Getümmel. Dann war er wieder mitten im Gewirr der am Boden Kämpfenden – hieb auf Landsknechtsschädel ein, fällte einen nach dem anderen, mähte sie nieder wie ein Kriegsgott ...

»Albrecht«, flüsterte Anna Elisabeth, »Albrecht ...!« Plötzlich nahm sie nichts mehr wahr als diesen einen Reiter. Sie packte die Zügel ihres Pferdes, setzte dem Tier die Fersen in die Flanken und spornte es zu wildem Galopp. Ein wilder Schrei kam aus ihrem Mund, und sie stürmte den Hügel hinab.

»Bist du wahnsinnig geworden?«, gellte Balzers Ruf hinter ihr her, doch sie hörte ihn nicht. Alle ihre Gedanken waren ausgelöscht außer einem: Ich will an seiner Seite sein ... wenn er sterben muss, dann nicht, ohne mich mitzunehmen.

Er war es. Sie drängte ihr angstvoll schnaufendes Pferd durch die Knäuel der Kämpfenden auf ihn zu. Ein Dunst schlug ihr entgegen, den sie nicht kannte – der Geruch nach frisch vergossenem Blut, vermischt mit Angstschweiß und dem Gestank von ungewaschenen Körpern …

Der Dunst war so stark, dass er ihr beinahe den Atem raubte. Da vorn war Albrecht – er hieb einen buntscheckigen Söldner nieder, schlug noch einmal nach, wendete sein Pferd in ihre Richtung. »Hier bin ich«, schrie Anna Elisabeth, »sieh mich doch an, Albrecht …!«

Er schien zu horchen. Einen Augenblick ruhte sein Schwertarm, seine Aufmerksamkeit war abgelenkt. Dann hatte sein Blick sie wahrgenommen, und seine Augen öffneten sich weit. Sein Mund formte ein Wort, das Anna Elisabeth nicht hören konnte …

Und dann zerfetzte etwas seine linke Schulter. Blut spritzte auf, er stürzte vom Pferd, versank im Getümmel aus wütend miteinander ringenden Kriegern. Der große Falbe brach aus, setzte mit einem weiten Sprung über am Boden liegende Hindernisse hinweg, galoppierte vom Schlachtfeld.

Anna Elisabeth stieß ihrem Gaul die Fersen in die Flanken, fühlte sich gepackt, vom Pferd gerissen und weggeschleift. »Albrecht«, schrie sie verzweifelt, »ich bin hier … hier!«, während sie sich gegen den harten Griff des Angreifers wehrte und sich loszureißen suchte.

»Rückzug!«, gellte ein wütend gebrüllter Befehl, »Rückzug!«

Weitere Rufe folgten: »Flieht, christliche Brüder, flieht … die Schlacht ist verloren!« Ein scharfer Schlag traf Anna Elisabeths Hinterkopf. Alles wurde dunkel.

Der Sturz vom Pferd hatte Albrecht für den Bruchteil eines Herzschlags den Atem benommen – aber nicht lange genug, als dass er nicht sofort wieder auf die Beine hätte kommen können. Seine Waffe hatte er verloren … noch im Aufspringen griff er nach einem Katzbalger, der im Gras steckte, riss das Kurzschwert hoch und stieß es dem Lanzknecht, der ihn niedermachen wollte, in die Flanke. Der Mann brach in die Knie – und das war Albrechts Rettung, denn einer seiner Kameraden, der bereits ausgeholt hatte, stürzte ebenfalls. Albrecht konnte ihn ausschalten ...

»Rückzug!«, gellte ein Befehl. Das war Florian Geyer ... Rückzug, jetzt, mitten im Gefecht?

Albrecht taumelte vorwärts. Sein Pferd stand da, am Rand des Feldes, direkt vor dem Wald ... er musste es erreichen. Wenn nur nicht seine Schulter so mörderisch geschmerzt hätte. Blut sickerte über sein Wams, es hatte schon den dicken Stoff durchweicht. Weiter – weiter ...

Der Falbe hielt still. Wie oft war er jetzt schon sein Lebensretter gewesen – zehnmal, zwanzigmal? Hinter ihm, neben ihm, vor ihm rannten Flüchtende, verfolgt von den Knechten des Truchsess. Wo waren die anderen – die von der Schwarzen Schar?

Albrecht sah sich hastig um. Florian Geyer saß noch zu Ross. Er schwenkte den Arm. »Rückzug ...«, brüllte er unentwegt, »zurück, Männer!«

»Herr Vetter«, rief Albrecht ihm zu, »was heißt das? Ihr wollt doch nicht etwa –«

»Flieht, Albrecht«, schrie der Geyer, »hier haben wir keine Chance mehr. Die feigen Hunde vom Hellen Haufen haben längst das Hasenpanier ergriffen. Zu Ross, Mann – seht zu, dass Ihr lebend davonkommt, solange Ihr noch die Zeit dazu habt!«

Albrecht nickte verwirrt. Er war schwindlig, seine Knie zitterten plötzlich. »Ich glaube, ich brauche einen Feldscher«, murmelte er. »Meine Schulter ...«

»Rettet Euch, Vetter!« Florian Geyer gab seinem Pferd die Sporen. Dann sprengte er über die Wiese davon, hielt sich Richtung Wald, verschwand zwischen den Bäumen.

Albrecht schaffte es mit Mühe, in den Sattel zu kommen. Sein Pferd folgte ohne Aufforderung dem des Hauptmanns und galoppierte in den Wald hinein. Andere Reiter der Schwarzen Schar und einige wenige Männer der Fußtruppe kamen nach.

Sie wurden nicht verfolgt. Gegen Einbruch der Dunkelheit hatten Albrecht Wolf von Weißenstein, Florian Geyer und die Überlebenden der Schwarzen Schar das Schlachtfeld weit genug hinter sich gelassen, um sich für den Augenblick sicher zu fühlen.

Ein alter Haudegen versorgte notdürftig die Wunden der Männer. »Wohin nun?«, fragte Albrecht den Geyer, der unversehrt geblieben war.

»Nach Ingolstadt«, sagte der grimmig. »Mein dortiges Haus ist fest und gut gesichert. Ich werde mich da verschanzen, solange es nötig ist.«

»Dann ist die Sache endgültig verloren?«

»Ja. Es gibt keinen Weg mehr, die Fürsten zu zwingen.«

»Und der Helle Haufen? Wir hatten doch noch mehr als viertausend Mann unter Befehl ...«

»Sie sind gefallen oder geflohen«, war die knappe Antwort.

»Viertausend ...«, flüsterte Albrecht.

»Vierzigtausend insgesamt«, erwiderte Florian Geyer bitter, »wenn das reicht.«

Sie fielen in Schweigen. Nach einer Weile fragte Albrecht: »Wollt Ihr, dass ich mit Euch reite, Vetter?«

»Nein«, sagte der Geyer. »Was jetzt kommt, muss jeder für sich allein durchstehen. Der Kaiser wird ein scharfes Wort sprechen über mich und die Meinen ...«

»Das fürchte ich nicht«, erwiderte Albrecht. »Ich habe ja noch –«

Er verstummte abrupt. Ein Bild leuchtete wie ein greller Blitz vor seinem inneren Auge auf. Jemand hatte ihn gerufen in der

Schlacht ... es war eine junge Frau gewesen ... eine mit braunen Augen von unbeschreiblichem Zauber ...

Weitere Bilder blitzten auf. Anna hatte seinen Namen gerufen, und sie war es gewesen – ohne Zweifel. Wie war sie auf das Schlachtfeld gekommen, mitten ins Getümmel? Jedenfalls musste sie umgekommen sein ... er hatte im Stürzen noch den Kerl gesehen, der sie über den Kopf geschlagen und weggezerrt hatte. Sie hatte schlaff in seinen Armen gehangen ... eine Tote ...

Er wandte sich von Florian Geyer ab. Tränen brannten plötzlich in seinen Augen. »Nein«, murmelte er, »ich habe auch nichts mehr, woran ich mich halten kann. Mit diesem letzten Gefecht ist mein Leben zu Ende gegangen.«

»Und Eure Gemahlin? Die wartet auf Euch. Es heißt auch, der Junge, der die Gräfin Helfenstein gerettet hat, stamme aus Eurem Hause ...« Florian Geyer schenkte Albrecht ein schmales Lächeln. »Ihr habt vielleicht nichts zu fürchten.«

»Selbst wenn dieser Christoph einer der Meinigen gewesen wäre – es würde mir nichts nützen«, gab Albrecht trostlos zurück. »Denn Anna ist gefallen – beinahe an meiner Seite.«

Das weiche Waldgras war überall rot gesprenkelt. Die Flecken leuchteten; sie sahen aus wie Blut ...

Anna Elisabeth strengte die Augen an. Sie selbst schien auch mit diesem Rot besudelt, aber sie fand keine Wunde an ihrem Körper – nur eine Beule am Hinterkopf, die übel schmerzte. Unweit von ihr graste ein gesatteltes Maultier, sorgfältig die roten Gräser vermeidend.

Anna Elisabeth horchte. Nirgends ein Laut, nur die Vögel zwitscherten ... und die Sonne schien im Sinken ...

Wo war sie? Wie war sie in diesen Wald gekommen? Mühsam versuchte sie ihre Gedanken zu sammeln. Neben ihr regte sich etwas. Da lag jemand auf der Seite ... Balzer. Er blickte sie mit glanzlosen Augen an.

»Was tun wir hier?«, fragte sie ihn verwirrt.

Er lächelte sein nichtsnutziges Lächeln. »Nun ist er gefallen, dein Edelherr«, kam es wie ein matter Hauch von seinen Lippen, »und ich kann dich trotzdem nicht gewinnen ...«

»Was?« Anna Elisabeth verstand nicht.

»Ein Armbrustbolzen hat mich erwischt«, flüsterte Balzer. »Ist es nicht zum Lachen? Einmal im Leben hatte ich die Möglichkeit, das Glück zu packen zu kriegen, und jetzt ...«

»Was redest du denn da?«, fragte sie verwirrt. Dann flammten plötzlich Bilder vor ihrem inneren Auge auf. Ein großes falbes Pferd ... Albrecht stürzte, versank in einem wüsten Chaos von kämpfenden Lanzknechten ...

»Ich mach's nicht mehr lange, Mädchen«, wisperte Balzer, »du bist auf dich selbst gestellt ... kann dich leider ... nicht weiter begleiten ...«

»Was redest du denn da?«, wiederholte sie verständnislos.

»Glaub mir«, hauchte er mühsam, »ich hab Erfahrung ...« Er stieß ein tonloses Lachen aus, das sie seltsam berührte. »Lange genug hab ich mein Fell verkauft ... an die verschiedensten Herren ... und als ich's satt hatte und mir ein Nest bauen wollte ...« Er lachte noch einmal. »Es hat mich doch getroffen«, fügte er leise hinzu. »Einmal Lanzknecht, immer Lanzknecht ... und das auch noch ... für eine aussichtslose Sache ...«

Sie betrachtete ihn genauer. Aus seiner Brust ragte ein kurzer hölzerner Schaft hervor, unter dem der Stoff seines Wamses blutdurchtränkt war. Ein dünner dunkler Strom sickerte unaufhörlich an seiner Seite hinab und hatte neben ihm im Gras schon eine beträchtliche Lache gebildet.

Hastig bückte sie sich und versuchte, vom Saum ihres Hemdes einen Streifen abzureißen.

»Lass gut sein«, lächelte Balzer, »du brauchst deine Kleidung nötiger als ich.«

Sie mühte sich weiter. »Wie ist das gekommen?«, fragte sie voll großer Besorgnis.

»Hab dich da rausgeholt ... bevor einer ... dich niedermachen konnte«, wisperte Balzer. »Das mit der Beule ... das tut mir Leid ... aber anders hätt ich dich ja nicht bewegen können ...« Er rang nach Atem. »Dann bin ich mit dir in den Wald ...«, fuhr er mit sonderbar keuchender Stimme fort, »und ... hab mich totgestellt ...« Er musste wieder um Luft kämpfen. »Kenn mich aus ... Mädchen ...«, hauchte er. »Keiner hat gemerkt, dass wir noch ... lebten ... aber auf mich hat doch noch einer ... mit seiner verdammten Armbrust geschossen ...«

»Bitte, Balzer«, befahl ihm Anna Elisabeth, »schweig jetzt – und streng dich nicht unnötig an. Ich verbinde dich, damit du nicht noch mehr Blut verlierst!«

»He«, flüsterte er, »ich sagte doch schon ... es hat keinen Zweck ... in mir ist kaum mehr genug Blut ... um eine Katze am Leben zu halten ...« Er heftete den Blick auf Anna Elisabeth. »Weißt du, kleines Ännchen«, fügte er mit einem sanften Lächeln hinzu, »es würde ohnehin ... nicht gut gehen ... mit uns beiden ... weil ich ...« Der Atem stockte ihm. Er tastete nach ihrer Hand und presste sie heftig. »Nur ...«, hauchte er, beinahe nicht mehr hörbar, »ich hab dich trotzdem ... so lieb ...«

Das Licht in seinen Augen erlosch. Der Griff seiner Hand lockerte sich, löste sich ganz. Sein Atem versiegte, und er sank in sich zusammen.

»Balzer«, sagte Anna Elisabeth, »ich mag dich auch. Wir könnten ja Freunde bleiben – wir sind doch Freunde?«

Er gab keine Antwort. Erst jetzt erkannte Anna Elisabeth, dass er gestorben war, und schlug die Hände vors Gesicht.

Vor einer halben Stunde hatte sie den Meilenstein passiert, auf dem sie mühsam buchstabierend den Namen »Amorbach« gelesen hatte. Bis dahin sollten es noch fünfzig Meilen sein – ein langer Weg, aber wenn sie bedachte, wie viele Tage ihrer beschwerlichen Reise schon hinter ihr lagen, dann kam ihr diese Entfernung klein vor.

Sie hatte Schrecken über Schrecken gesehen. Kein Dorf, in dem nicht Galgen standen ... das Bild der riesigen Eiche, an der sie vor zwei Tagen vorübergekommen war, würde sich nie mehr aus ihrem Gedächtnis löschen lassen. Mehr als zwanzig Gehenkte hatten an den dicken unteren Ästen des Baumes gehangen und sich leise, an knarrenden Seilen, im Wind gedreht. Und ein Schwarm von Rabenkrähen ...

Anna Elisabeth schloss die Augen. Aber das Entsetzen war da und ließ sich nicht vertreiben. Überall zerrten jetzt die Büttel des Truchsess die überlebenden Aufständischen aus ihren Häusern, und die Henker kamen gar nicht nach mit Hängen, Vierteilen, Köpfen und Rädern ...

Anna Elisabeth hatte Glück gehabt, so unversehrt bis hierher durchzukommen. Sonderbarerweise hatte niemand sich um die Frau in dem wettergebleichten blaugrauen Mantel gekümmert, die auf einem alten Maultier unterwegs war – wer weiß, wohin. Viele Frauen lagen heutzutage auf der Straße, irrten mit ihren unmündigen Kindern im Land umher, versuchten sich durch Betteln am Leben zu erhalten. Ihre Männer waren gefallen oder hingerichtet. Ihre Bleibe, ihre Heimat hatten sie verloren, ganz so wie Anna Elisabeth.

Ringsumher blühten die Wiesen in voller, sommerlicher Pracht. Weiße Margeriten schwankten auf schlanken Stängeln im warmen Wind, einträchtig neben gelbem Hahnenfuß und violetten Witwenblumen. Doch Anna Elisabeth hatte keine Augen für all diese Schönheit. Sie hockte auf ihrem Muli, das vor zwei Tagen zu lahmen begonnen hatte und dessen Gang immer schwerfälliger und langsamer wurde, und dachte an nichts mehr. Ihre Welt hatte keine Farben.

Albrecht war tot. Sie hatte ihn mit eigenen Augen vom Pferd

fallen sehen auf dem Schlachtfeld vor Sulzdorf. Niemand hatte in dem grauenhaften Getümmel von wütend hauenden, stechenden, metzelnden Lanzknechten überleben können. Er würde niemals mehr zu ihr heimkehren, und sie war allein.

Was wohl aus Hannes geworden war ...? Ein müßiger Gedanke. Sie zog sich die Kapuze gegen die hellen Sonnenstrahlen tiefer ins Gesicht. Auch er würde nicht wiederkommen – ebenso wenig wie der Schmiedejörg, der arme Matthias und der Schweineheinz. Schon die Chancen, dass sie alle das Gemetzel von Böblingen überlebt hatten, standen mehr als schlecht. Selbst, wenn sie aus Sulzdorf noch ohne Verwundung herausgekommen waren, hatte man sie mit höchster Wahrscheinlichkeit jetzt schon an irgendeinem Baum, irgendeinem Dorfgalgen aufgeknüpft – wie all die anderen, die dabei gewesen waren.

Anna Elisabeth griff nach dem kleinen goldenen Ring mit dem roten Stein, den sie seit jenem furchtbaren Tag nach Pfingsten wieder am Band um den Hals trug. »Liebster«, flüsterte sie vor sich hin, »du hättest mich nicht verlassen dürfen. Ich hatte Recht, als ich versuchte, dich zurückzuhalten. Was hat dir dein verdammtes Ehrgefühl denn genützt? Die Sache der Bauern war schon damals unwiderruflich verloren – die anderen haben gewonnen, wie immer. Und dennoch ...«

Ohnmächtiger Zorn hob sich plötzlich in ihr – ein hilfloser Hass auf die Fürsten, die sich jetzt so grausam dafür rächten, dass Bauern es gewagt hatten, ein ganz bescheidenes Recht einzufordern. Sie selbst hatte die Zwölf Artikel gelesen, einen verblassten Druck auf einem zerknitterten Stück Papier – und zwar in einem Wirtshaus bei Heilbronn, wo sie ihren letzten Silbergroschen aus Albrechts Beutel gelassen hatte. Es war wenig gewesen, was die Bauern hatten erreichen wollen – so wenig, dass einem die Tränen kommen konnten. Keinen kleinen Zehnten mehr, keinen Todfall, und freie Nutzung der Wälder und Gewässer. Vor allem hatten sie sich ihren Pfarrer selbst wählen wollen – ein Recht, das wahrlich gering einzuschätzen war. Und auf alles, was nach Gottes Gesetz unrecht war, hatten sie uneingeschränkt verzichten wollen.

Nun blieb alles beim Alten. Anna Elisabeth krampfte die Hände um die Zügel ihres Reittieres, das müde stolpernd dahinzog. Nein – nicht alles. Albrecht war tot. Ihre Liebe war gestorben – und sie musste weiterleben. Sie wusste noch nicht, wie sie das fertig bringen sollte.

Zu Hause, in dem Haus am Mühlenteich, wie es da jetzt wohl aussah? Die Frauen, die Kinder – sie alle waren allein, genauso verlassen wie sie selbst. Von den Männern waren ja nur die Alten zurückgeblieben, Greise, die zur Arbeit nicht mehr taugten. Würde der Abt von Kaltental ihnen alles nehmen und sie hinausweisen auf die Landstraße?

Wie es auch sein mochte – sie würde heimkehren. Sie würde sich der Kinder annehmen, sich um die Überlebenden kümmern. Vielleicht verblassten dann irgendwann einmal die grauenvollen Bilder, die sie jetzt noch neu und frisch im Gedächtnis trug. Und vielleicht konnte sie irgendwann einmal ohne den wilden Schmerz, der jetzt noch ihr Herz zerriss, an Albrecht denken ...

Das müde Tier blieb stehen und weigerte sich, weiterzugehen. Anna Elisabeth glitt von seinem Rücken herab und führte es an den Rand des Baches, der neben der Straße floss. Hier, vor einem kleinen Gehölz, bei dem die Blumen besonders schön blühten, würde sie eine lange Rast einlegen und dem Muli Ruhe gönnen. Es kam nicht auf einen Tag an, oder auf zwei. Zeit war unwichtig geworden ohne ihre Liebe ...

Noch fünfzig Meilen bis Amorbach. Das stand auf dem Meilenstein rechts am Staßenrand. Die Sonne strahlte vom sommerblauen Himmel, und kleine Lämmerwölkchen zogen in unschuldigem Weiß darüber hin ...

Albrecht Wolf von Weißenstein hatte harte, ausgemergelte Züge. Seine blauen Augen lagen tief in den Höhlen; sein blondes, schulterlanges Haar, das in der sanften Brise flatterte, umgab das Gesicht eines Mannes, der nichts mehr vom Leben erwartet.

Es musste um Mittag sein. Der große Falbe schnaubte sacht, tänzelte, wollte weiter. Doch Albrecht zügelte ihn und verhielt noch einen Augenblick auf der Stelle. Zeit spielte keine Rolle mehr, seit er wusste ...

Er biss die Zähne zusammen und schloss für einen Moment die Augen. Den Geyer hatten sie umgebracht auf einer Heide bei Hall. Ingolstadt war die letzte Station der Schwarzen Schar gewesen, dort waren die letzten seiner Getreuen gefallen – mit einer Ausnahme. Er, Albrecht Weißenstein, hatte es geschafft, zu entkommen. Aber zu welchem Zweck?

Er war ein Gejagter, wurde gesucht ... vielleicht. Bis hierher hatte ihn allerdings noch niemand aufgehalten oder nach dem Woher und Wohin gefragt. Das war schon sonderbar, zumal doch das Richten und Hängen unter den Bauern augenblicklich seinen Höhepunkt erreicht hatte. Die Henker wateten förmlich in Blut – so, wie die Lanzknechte des Truchsess bei Sulzdorf in Blut gewatet hatten.

Ausgestorbene Dörfer, verwaiste Äcker allenthalben. Kaum ein Feld, das bebaut war. Hoch sprossten die wilden Blumen, und er hatte auf seinem langen Ritt überall fast nur Ödland gesehen. Kein Feindgeschrei mehr, und keine frommen Choräle, von Tausenden verzweifelter Streiter gesungen – das war vorbei. Kein Blut auf prangenden Fluren, so weit das Auge blickte. Der Sommerregen hatte es längst gnädig weggewaschen, als sei es nie da gewesen. Aber auch die Hoffnung war gestorben in den Weilern, die er passiert hatte. Nur Trostlosigkeit und Entsetzen – Jammern, Weinen, Trauer um die Verlorenen, grenzenloses Elend waren ihm begegnet. Die Raben kreisten heutzutage über unzähligen Richtstätten, nicht mehr über Schlachtfeldern.

O ja, die hohen Herren hatten gewonnen, auf der ganzen Linie. Bauern und Reichsritter waren die Verlierer. Warum es so gekommen war, wen kümmerte das noch? Jetzt verrichtete die Obrigkeit ihre blutige Arbeit, und sie tat es gründlich. Kaum ein Haus, in dem nicht einer fehlte von nun an. Was ihn erwartete, wenn er wieder daheim war, wusste Albrecht nicht. Hatten die Bauern aus Weißenstein einen »Heißen Stein« gemacht, wie ihm das einmal einer vom Hellen Haufen zugerufen hatte? Gab es das Haus seiner Geburt überhaupt noch – oder würde er bei seiner Rückkehr eine ausgebrannte Ruine vorfinden?

Gleich – alles gleich. Albrecht ließ den Blick teilnahmslos über die blumenübersäten Wiesen wandern. Die Herrlichkeit des Frühsommers berührte ihn nicht. Ohne Anna gab es kein Glück mehr für ihn. Nur noch die Pflicht.

Aber welche? Darüber war sich Albrecht nicht recht im Klaren. War er noch Grundherr – oder hatten sie ihn schon mit der Acht belegt? Hatte ihn das kaiserliche Gericht auch für vogelfrei erklärt wie einige der anderen Edelherren, die mit den Bauern gemeinsame Sache gemacht hatten?

Irgendwie erschien es ihm unwichtig. Mochten sie ihn doch aus dem Hinterhalt niederschießen wie den Geyer. Was hatte er denn zu verlieren?

Anna lebte nicht mehr. Warum nur war sie ihm nicht dieses eine Mal gehorsam gewesen und in Sicherheit geblieben, anstatt ihrem wilden Herzen zu folgen? Warum hatte sie sich in eine so übermächtige Gefahr begeben – in der sie umkommen musste?

Eine große Todessehnsucht überkam Albrecht. Seine Augen brannten. »Liebste«, flüsterte er vor sich hin, »du bist einfach fortgegangen und hast mitgenommen, was mich lebendig machte. Was ist ein Mann ohne Herz und ohne Seele?«

Seine Hand ging nach dem Dolch an seiner Seite. Einfach aufhören zu existieren – alle Einsamkeit, alles Elend und allen Schmerz hinter sich lassen und sie vielleicht drüben wiedersehen … dieser Gedanke übte eine dunkle Lockung aus. Aber durfte er dieser Lockung nachgeben? Würde die Sünde, sich selbst das Leben zu nehmen, ein Wiedersehen auf der anderen Seite nicht unmöglich machen …?

Noch etwas hinderte ihn daran, die Tat zu begehen. Er zog die Hand zurück, die das Heft des Dolches schon berührt hatte. Nicht so, dachte er. Nicht von eigener Hand, das ist eines Wolfs von Weißenstein nicht würdig.

Am besten würde es sein, wenn sie ihn aufspürten – hier auf offener Straße. Dann konnte er noch einmal das Rapier ziehen und sein Leben in den Kampf werfen. Er würde sich nicht verstecken wie ein Verbrecher. Die Sache, für die er gekämpft hatte, war auch jetzt noch aller Ehren wert. Und es lohnte sich nach wie vor, dafür zu sterben, ungeachtet dessen, dass der Aufstand der Bauern unwiderruflich zu Ende war – untergegangen in einem Meer von Blut, so wie seine eigenen hochfliegenden Pläne.

Der Falbe schnaubte noch einmal und warf den Kopf hoch. »Was hast du, mein Braver?«, fragte Albrecht tief atmend. Er tätschelte dem Hengst den glatten Hals. »Spürst du, dass es nicht mehr weit ist nach Weißenstein?«

Das Pferd setzte sich von selbst wieder in Trab. Sollte es laufen. Er gab ihm die Zügel frei. Zu Ross auf einer Straße war er Anna das erste Mal begegnet, damals im September. Es schien Ewigkeiten her zu sein.

In der Ferne war ein kleines Gehölz, bei dem ein Maultier graste. Da würde er rasten. Der Bach am Straßenrand führte klares Wasser – gut geeignet, den brennenden Durst zu stillen …

Nur den einen nicht. Der würde bleiben und ihn quälen bis ans Ende seiner Tage. »Lass es bald sein, Gott«, flüsterte Albrecht, den Blick auf die Baumgruppe geheftet, die langsam näher kam. »Und bis dahin – gib mir Frieden!«